LENA JOHANNSON

Die Frauen vom Jungfernstieg

Gerdas Entscheidung

ROMAN

atb aufbau taschenbuch

MIX
Papier aus verantwortungsvollen Quellen
FSC® C083411

ISBN 978-3-7466-3704-4

Aufbau Taschenbuch ist eine Marke
der Aufbau Verlag GmbH & Co. KG

1. Auflage 2021

Gesetzt aus der Adobe Garamond durch Greiner & Reichel, Köln
Druck und Binden CPI books GmbH, Leck, Germany
Printed in Germany

www.aufbau-verlag.de

1
Gerda

Posen, 1889

Eigentlich war Gertrud für ihre Besonnenheit und ihr gutes Nervenkostüm bekannt und stolz darauf. Doch an diesem Tag kam ihr beides abhanden. Es hatte damit begonnen, dass sie ihren Morgenkaffee verschüttet hatte. Als sie sich später umkleiden wollte, blieb sie in der Schnürung ihres Kleides hängen und riss eines der seidenen Bänder ab. Höchst ärgerlich, denn es handelte sich um ihr Lieblingskleid, das sie für diesen Anlass mit Bedacht ausgewählt hatte. Als ob das nicht gereicht hätte, bekam sie gegen Mittag vor Aufregung auch noch einen ihrer gefürchteten Niesanfälle. Sie musste mehrfach frischen Puder auflegen. Doch weder diese Maßnahme noch die rosigen Wangen konnten von den geröteten Augen ablenken. Sie sah aus wie das Albino-Wildschwein, das sie kürzlich im Zoologischen Garten betrachtet hatte. Und alles nur, weil Oscar zu Besuch kam. Oscar Troplowitz hatte vor Jahren in der Apotheke von Gertruds Vater gearbeitet. Sie hatten sich gemocht, es schien ihr, als hätten sie einiges miteinander gemeinsam, wenn man das von Frau und Mann überhaupt sagen konnte. Oscar war strebsam und klug, nicht sonderlich gefühlsduselig oder überdreht, dafür geradeheraus. Sie fand, dass diese Beschreibung auch auf sie zutreffen könnte.

Obwohl es ihm in Posen gut gefallen habe, wie er mehrfach erwähnt hatte, verließ er die Stadt und die Apotheke seines Onkels, um in seiner Heimat Breslau das Abitur nachzuholen und zu studieren. Das hatte Gertrud sehr beeindruckt. Immerhin war sein Vater von einer akademischen Laufbahn seines Sohnes wenig angetan. Dem Maurermeister schwebte eher etwas Handfestes vor, weshalb er Oscar nach dem Erlangen der Mittleren Reife vom Gymnasium genommen hatte. Gertrud fragte sich, ob ein Vater seinen Sohn so schlecht kennen konnte. Während Oscars Gehilfenzeit war sie noch ein Kind gewesen. Als er jedoch vor Antritt seines Militärdienstes noch einmal auf Besuch kam, ging Gertrud auf die Hauswirtschaftsschule, um sich auf ihr Leben als Ehefrau eines fleißigen und klugen Mannes vorzubereiten. Sie sahen sich bei dieser Gelegenheit nur für wenige Minuten. Die kurze Begegnung reichte jedoch, um sich einen Eindruck von Oscars Charakter und Wesen zu machen. Es waren wohl eher die Erzählungen ihres Vaters, die ein Übriges taten.

»Oscar hat weder mit seinen umfangreichen Studienfächern noch mit seinen teilweise berühmten Professoren geprahlt, nicht einmal mit seinem Doktortitel, den er in Heidelberg erworben hat«, sagte Vater und nickte anerkennend. »Er kann stolz darauf sein, was er alles erreicht hat. Und das ist er auch, ohne Zweifel, doch auf eine für meinen Geschmack angenehm angemessene Art.« Gertruds Vater war felsenfest davon überzeugt, dass Oscar eine bemerkenswerte Zukunft vor sich habe. Der Junge habe Pläne, verkündete er mehr als einmal. Oscar würde etwas Eigenes, etwas Großes auf die Beine stellen. Das lag in seiner Natur. Wie konnte sein eigener Vater das nicht sehen?

Nun kam er also zurück, um als gelernter Apotheker und studierter Pharmazeut seinen Dienst erneut anzutreten. Wie lange würde ihn die Position als zweiter Mann neben Gustav Mankiewicz zufriedenstellen? Nicht lange, das konnte Gertrud sich beim besten Willen nicht vorstellen. Nur stand die Übernahme der Hofapotheke nicht zur Disposition.

Obwohl es an diesem Sonntag im Mai nicht sonderlich warm war, stieg Hitze in Gertrud auf, als sie vom Fenster ihres Zimmers aus die Kutsche von der Breslauer Straße in den Alten Markt einbiegen und vor dem Haus anhalten sah. Das musste er sein. Der Verschlag öffnete sich, ein Fuß, dann der zweite, die Beine, schließlich baute sich die gesamte Statur des Oscar Troplowitz vor dem Fuhrwerk auf, er drückte das Kreuz durch und zog Weste und Gehrock glatt. Dann wippte er einmal kurz auf die Fußspitzen, ehe er zur Haustür ging und damit aus Gertruds Blickfeld verschwand. Doch schon einen Wimpernschlag später hörte sie kräftiges Klopfen, gleich darauf die Schritte von Haushälterin Ottilie, die ihm öffnete. Gertrud hatte sich ganz fest vorgenommen, zu warten, bis ihre Eltern sie riefen. Als habe sie Oscars Ankunft gar nicht mitbekommen. Doch plötzlich fehlte ihr die Geduld. Als Mädchen hatte sie ihn gemocht. Bei seinem letzten Besuch war sie mehr als ärgerlich gewesen, ihn nur so kurz zu sehen. Sie war schrecklich neugierig, ob sie sich noch immer so gut verstanden. Er war ein Teil ihrer Kindheit, wann immer sie an ihn dachte, machte ihr Herz einen Hüpfer. Irgendetwas sagte ihr, dass der erwachsene Oscar in ihrem weiteren Leben eine Rolle spielen könnte. Gertrud spitzte die Ohren. Nichts. Keine Stimmen. Ließen ihre Eltern den Gast etwa warten? Wann würden sie endlich nach ihr rufen? Albernes Backfischverhalten! Aus dem Alter war sie raus, entschied sie, lief eilig die Treppe hinab und betrat die gute Stube.

»Habe ich doch richtig gehört«, begrüßte sie ihn und versuchte, sich nicht um ihr klopfendes Herz zu scheren. »Wie nett, dass du uns wieder die Freude machst.«

Oscars Augen blitzten fröhlich. »Die Freude ist auf meiner Seite, liebe Gerda.« So hatte er sie schon bei seinem letzten Besuch genannt und erklärt, Gertrud klinge für eine junge lebendige Frau zu alt und gesetzt. »Hübsches Kleid!« Nun ließ sich das Hüpfen ihres Herzens nicht länger ignorieren. Eigentlich war es ja nur das zweitschönste, aber ab sofort war das hier ihr Lieblingskleid.

»Wie ich sehe, hast du bereits ein Empfangskomitee, lieber Oscar. Vorzüglich.« Ihr Vater begann mit seiner Rede, sobald er über die Türschwelle getreten war, ungeachtet der Tatsache, dass Oscar zunächst formvollendet die Dame des Hauses begrüßte.

Als sie es sich alle vier in den gepolsterten Stühlen rund um den ovalen Tisch bequem gemacht hatten, nutzte Gerda die Gelegenheit, ihn in Ruhe zu betrachten. Unter Gehrock und Weste trug er ein weißes Hemd. Der Vatermörder war eigentlich schon ein wenig aus der Mode, doch Gerda fand ihn sehr schnittig. Oscars dunkler Schopf war über den Ohren kürzer geschnitten, als sie es in Erinnerung hatte. Er trug keinen Scheitel, das Haar stand senkrecht vom Kopf ab und schimmerte wie Samt. Wie das Fell eines Bären, dachte sie. Sie musste lächeln. Oscar, bereits in ein ernsthaftes Gespräch mit ihrem Vater vertieft, wandte ihr das Gesicht zu. Er musste ihren Blick bemerkt haben, lächelte ebenfalls und schenkte ihrem Vater schon im nächsten Moment wieder die volle Aufmerksamkeit.

Eine warme Welle flutete durch Gerdas Bauch und ein Kribbeln. Woher kam plötzlich diese Aufregung? Es bestand doch gar kein Anlass. Sie schluckte, versuchte, das Flattern ihres Magens zu kontrollieren. Sie hatte einen ehrgeizigen jungen Burschen erwartet, für den sie noch die gleichen unschuldigen Gefühle hegte wie früher. Doch davon konnte keine Rede sein. Der Militärdienst hatte ihm den entscheidenden Schliff verliehen und aus dem etwas ungelenken Apotheker-Gehilfen einen beeindruckenden Mann gemacht. Sie war entzückt von seiner Ausstrahlung und konnte ihren Blick nicht mehr von ihm abwenden, wollte ihm stundenlang zuhören.

Mit einem Schlag war Gerda ganz sicher, dass Oscar in ihrem Leben eine bedeutsame Rolle spielen würde.

Von der Sekunde seiner Rückkehr fühlte es sich an, als sei er nie fort gewesen. Es war der schönste Sommer ihres bisherigen Lebens. An den Abenden, an denen es lange hell war, flanierte Gerda mit ihm über den Alten Markt. Er machte sich gut vor dem Rathaus, fand sie, dem ebenso prachtvollen wie imponierenden Renaissance-Bau. Eine Festung mit Türmen und Zinnen und dreigeschossigen Bogengängen, für deren Umgestaltung im sechzehnten Jahrhundert eigens ein italienischer Architekt engagiert worden war. Die Läden und Lokale daneben wirkten bescheiden wie Puppenstuben, obwohl einige von ihnen ebenfalls ausgesprochen stattlich waren. Zu jedem Geschäft, das sich um den weitläufigen Platz gruppierte, hatte Oscar eine Idee.

»Wenn ich ein Möbelgeschäft besäße«, sagte er beispielsweise, »würde ich die Kundschaft selbst aussuchen lassen, aus welchem Stoff und in welcher Farbe die Bezüge ihrer Stühle und Sessel sein sollten.« Ein anderes Mal blieb er vor einem Zigarrenladen stehen. »Wäre ich der Inhaber, würde ich regelmäßige Herrenabende veranstalten, an denen man verschiedenste Tabaksorten probieren könnte. Und es würde Vorträge geben.«

»Vorträge in einem Zigarrengeschäft?« Gerda betrachtete ihn. Was sollte sie sich darunter vorstellen?

»Allerdings. Über die Herkunft, den Anbau und die Verarbeitung der Tabakpflanze. Denkst du nicht, die Herren würden ihre Rauchware mit einem ganz anderen Gefühl auswählen und stets nur noch bei mir kaufen?« Er sah sie erwartungsvoll an, als dächte er ernsthaft darüber nach, in den Zigarrenhandel einzusteigen.

»Schon möglich.« Sie nickte, denn sie war sich auf einmal sicher, dass er recht hatte. »Die Herkunft der Tabakpflanze«, wiederholte sie. »Wenn ich dein Kunde wäre, würde ich an Ort und Stelle sehen wollen, wo die Blätter geerntet werden.« Sie bemerkte seinen Blick und musste lachen. »Was siehst du mich so überrascht an? Ist Reisen nicht eines der größten Abenteuer, die wir erleben können?« Sie schlenderten weiter. »Ich möchte für mein Leben gern einmal die Uffizien in Florenz besuchen oder den Louvre in Paris. Die berühmtesten Gemälde großer Meister aus nur wenigen Schritten Distanz betrachten zu können, muss ein Traum sein«, schwärmte sie.

»Du willst reisen, um dich in Museen zu vergraben?« Sie wollte ihm gerade erklären, dass diese Ausstellungen sicher jede Mühe wert waren, als sie das Funkeln in seinen Augen sah.

»Natürlich würde ich auch so viel wie möglich von Land und Leuten kennenlernen wollen. Frankreich ist bekannt für seine hervorragende Küche. Und Italien mit seinem ewigen Sommer …«

»Nicht gerade ewig, aber du hast schon recht. Das Klima dort soll äußerst angenehm sein.«

»Hieße immer nur an einem Ort zu bleiben nicht, nur einen Satz einer Sinfonie zu hören? So hübsch Posen auch ist, aber es ist gewiss nicht das Ende der Fahnenstange.« Insgeheim malte Gerda sich aus, wie es wohl wäre, mit Oscar die Welt zu entdecken. Der Gedanke leuchtete wie ein Stern in ihrer Seele. Nichts wünschte sie sich mehr. Gleichzeitig überfiel sie eine nie gekannte Angst, er könne sich schon bald auf den Weg in ferne Länder machen. Ohne sie.

Der Juli brachte drückende Hitze. Eingeklemmt zwischen Westpreußen und Schlesien, zwischen Brandenburg und Polen ächzte die Provinz Posen unter den Temperaturen und noch mehr unter der fehlenden Meeresbrise. Das galt für die Stadt im Herzen der Provinz umso mehr.

»Die Menschen verkriechen sich in ihren Häusern«, sagte Vater, nachdem die Familie gerade zu Mittag gegessen hatte, und warf Gerda einen Blick zu. »Selbst der Weg in die Apotheke ist ihnen zu beschwerlich. Ich werde Oscar für den Rest des Tages freigeben. Er hat es sich verdient, fleißig wie er ist.« Vater erhob sich schnaufend, auch ihm war es eindeutig zu warm. Mutter wollte sich in der Hoffnung auf leichten Wind ein schattiges Plätzchen im Garten suchen und sich ausruhen. Gerda musste nicht lang warten. Als hätten sie eine Verabredung, tauchte Oscar auf und fragte, ob sie einen Spaziergang an die Warthe unternehmen wollte.

»Am Wasser könnte die Luft ein bisschen frischer sein«, meinte er. »Die Mücken werden das allerdings auch zu schätzen wissen, fürchte ich.«

Auf dem Alten Markt hatten fliegende Händler ihre Buden aufgebaut.

»Feine Dame, feine Haut«, rief einer schon von Weitem, als Gerda, einen Schirm in der Hand, und Oscar sich näherten. »Kommen Sie, schauen Sie, probieren Sie. Beste Tinkturen und Öle, herrlichste Duftwässerchen.«

Gerda wäre an ihm vorübergegangen, schließlich war ihr Ziel das Ufer des Flusses, östlich hinter der Großen Gerberstraße gelegen. Doch Oscars Neugier war geweckt, er führte sie sanft zum Stand des Händlers. Nun, da sie schon einmal dort war, betrachtete sie die Waren. Es gab braune Glasflaschen in allen erdenklichen Größen, dazu Tiegel und hübsche Töpfchen.

»Kommen Sie nur näher, Gnädigste«, ermunterte der Mann hinter dem Verkaufstisch sie erneut, obwohl sie doch schon direkt vor seinen Auslagen stand. Für Oscar interessierte er sich augenscheinlich kein bisschen. Er öffnete ein Keramikgefäß und hielt es Gerda schwungvoll unter die Nase. Sie wich zurück. Welch eine unansehnliche Pampe, lauter Klumpen in flüssigem Fett.

»Die Hitze, Gnädigste«, erklärte der Händler beflissen.

»Dass sich Fett und Wasser aber auch nicht dauerhaft verbinden lassen«, sagte Oscar nachdenklich. »Ein ständiges Ärgernis.«

Der Händler griff eilig nach einem Holzspatel und rührte um. Mit mäßigem Erfolg.

»Tja, kann man nichts machen. Der Anblick wird nicht besser. Der Ihrer Haut, wenn Sie diese reichhaltige Creme auftragen, dagegen ganz gewiss. Ich verspreche Ihnen einen Teint, der aussieht wie Porzellan, sich jedoch anfühlt wie Seide.«

»Versprechen Sie lieber nicht zu viel«, entgegnete Gerda trocken. Von ihrem Vater wusste sie, dass allzu viele Scharlatane nutzlose Tinkturen und Mittelchen zu überhöhten Preisen anboten. »Porzellan und Seide kümmern mich nicht. Wenn Sie aber etwas gegen das unangenehme Spannen meiner Haut hätten?«

Der Händler hob den Zeigefinger der rechten Hand. »Aber gewiss, Gnädigste. Da habe ich etwas, das Ihnen helfen wird«, rief er laut und sah an ihr vorbei zu Passanten hinüber, die im Begriff waren, achtlos an seinem Stand vorbeizugehen. In der nächsten Sekunde hatte er das Keramikgefäß gegen ein anderes ausgetauscht. Der Inhalt sah nicht viel vertrauenerweckender aus und verströmte zu allem Überfluss einen seltsam beißenden Geruch.

Oscar rümpfte die Nase. »Puh, das ist doch …«

»Nachtkerze und Ringelblume«, fiel der Händler ihm ins Wort.

»Nein, davon spreche ich nicht.« Oscar schnupperte mit skeptischer Miene. »Alkohol«, begann er und wurde erneut unterbrochen.

»Franzbranntwein. Er hat nicht nur ausgezeichnete Eigenschaften, die der Haut wohltun, sondern bietet gerade bei dieser unmenschlichen Hitze eine angenehme Erfrischung.«

»Reiner Alkohol, in vernünftigem Maße verdünnt und mit Zitrone versetzt, eignet sich als Abkühlung ebenso gut«, brummte Oscar, der sich den Unfug dieses dahergelaufenen Marktschreiers offenbar nicht länger anhören mochte. »Komm, Gerda, gehen wir weiter.« Gerda tupfte sich den Schweiß von der Oberlippe und hakte sich bei ihm unter. »Das war ein Quacksalber. Warum fragst du nicht deinen Vater nach einem Mittel gegen das Spannen deiner Haut? Oder mich!«

»Du hast mich zu diesem Stand geschleift«, verteidigte sie sich lächelnd.

Er sah sie kurz an. »Das ist wahr. Ziemlich unsinnig meinerseits.«

Die Sonntage gehörten Oscar mit einer Selbstverständlichkeit, die sogar ihre Eltern einschloss. Ihre Mutter Therese fragte höchstens mal, ob Gerda und Oscar die beiden in ein Kaffeehaus begleiten wollten oder was sie denn Schönes vorhatten. Dass Gerda und Oscar den freien Tag gemeinsam verbringen würden, daran bestand niemals ein Zweifel. Gerda genoss jede Sekunde in seiner Nähe. Er war charmant, brachte sie zum Lachen. Er hatte immer neue Einfälle und war von einer Leidenschaft, wenn er sich für etwas interessierte, dass man sich davon einfach anstecken lassen musste. Manches Mal sah er sie mit einem Blick an, der ihre Knie ganz weich werden ließ. Gerda dachte dann immer, er würde ihre Hand nehmen und sie küssen. Oder ihre Lippen. Obwohl sie bereits zwanzig war, hatte sie in diesen Dingen keinerlei Erfahrungen. Zum einen war sie ganz und gar nicht der verspielte Typ, sie verstand es nicht, nur so zur Probe zu kokettieren und zu beobachten, wie ein Mann darauf reagierte. Sie hatte nichts gegen Ausgelassenheit und Spaß, nur musste bei ihr alles einen Sinn haben. Gerda hatte beispielsweise Freude daran, ihren Großeltern etwas vorzulesen. Sie begleitete ihre Mutter liebend gern in Ausstellungen und Konzerte. Wenn eine Frau in einem Labor auch eher wenig zu suchen hatte, liebte sie es doch, ihrem Vater in seinem über die Schulter zu schauen. Diese Düfte! Und die Wirkung, die man erzeugen konnte, indem man verschiedene Substanzen miteinander kombinierte. Die Stunden rannen nur so dahin, wenn Gerda ihm zusah. Als sie die Hauswirtschaftsschule abgeschlossen hatte, waren zwei ihrer engen Freundinnen verheiratet und hatten nicht mehr viel Zeit für sie. Sie standen nun einem Haushalt vor und wurden rasch Mütter. So kümmerte sich Gerda darum, die erlernten Handarbeitstechniken zu perfektionieren. Besonders das Sticken machte ihr Freude. Malen mit einem Faden, nannte sie es. Im Gegensatz zur Malerei hatte sie für das Sticken eine Begabung. Das Studium der Violine hatte sie dagegen abgebrochen. Nicht das Üben schreckte sie, sondern die Tatsache, dass der Klang, den sie auf der Geige erzeugte, sehr lange eine Zumutung bleiben würde.

Kurzum: Ihr Alltag spielte sich vorwiegend im Kreis ihrer Familie ab, es gab nicht viele Gelegenheiten, bei denen sie Männerbekanntschaften hätte machen können. Zum anderen war Gerda fest davon überzeugt, ihr sei ein Mann vorbestimmt. Wozu hätte sie sich also von einem anderen küssen lassen sollen? Es erschien ihr weder klug noch reizvoll. Dummerweise war sie folglich nicht geübt darin, deutliche Signale zu senden. Sie wünschte, sie wüsste, wie sie Oscar zeigen konnte, dass er sich mehr trauen durfte.

Als die größte Hitze überstanden war, besuchten die beiden den

Zoologischen Garten im Westen der Stadt. Auch die Nähe zwischen ihnen, wenn sich Gerda bei ihm einhakte, war mittlerweile selbstverständlich. Am Anfang war sie schrecklich nervös gewesen. Sein Gesicht so nah. Konnte er ihren Atem spüren? Doch nun scherzte sie und plauderte ungezwungen. Selbst als sie einmal leicht umknickte, weil ein Stein unglücklich in ihrem Weg lag, schämte sie sich nicht dafür, gegen Oscar zu stoßen. Mehr war bisher noch nicht passiert. Leider. Sie hielten nicht Händchen, von einem Kuss, außer einem galant angedeuteten Handkuss, gar nicht zu reden. Gerda wollte nicht ungeduldig sein. Alles zu seiner Zeit. Einerseits. Andererseits mochte sie nicht länger warten. Jede Minute mit ihm fühlte sich so richtig an, geradezu perfekt. Warum nur blieb er stets der Kavalier, statt einfach mal ein wenig ein Draufgänger zu sein? Sah er in ihr womöglich noch immer das Kind, mit dem ihn nur eine harmlose Freundschaft verband? Ein scheußlicher Gedanke. Gerda sah in ihm so viel mehr. Er konnte sie gleichermaßen in Aufregung versetzen, wie er in ihr ein Gefühl größter Ruhe auszulösen vermochte. Wenn er ihr seine Standpunkte erklärte, konnte sie diese bestens nachvollziehen. Immer wollte er aber auch ihre Sicht der Dinge wissen. Mit Oscar fühlte sich das Leben an, als füge man zwei Teile einer Kugel zusammen. Es war rund, beweglich, wenig angreifbar und wunderschön. War er fort, fehlte die Hälfte, die nötig war, um gleichmäßig vorwärts zu rollen. Gerda war, als müsse sie hilflos an einem Ort verharren, bis er wieder in ihrer Nähe war.

Der Zoologische Garten war eines ihrer liebsten Ziele. Das Gelände wurde stets erweitert und war wie ein Park angelegt. Sie hätte die Ziegen, Esel und Hasen nicht unbedingt gebraucht, es reichte ihr, zwischen hohen Bäumen und duftenden Sträuchern spazieren zu gehen. Besonders gefiel ihr die Gründungsgeschichte, die sie Oscar gleich bei ihrem ersten gemeinsamen Besuch erzählt hatte und an die sie beim Anblick jeder Kreatur denken musste.

»Alles hat damit angefangen, dass ein Haufen Kegelbrüder dem Vorsitzenden ihres Vereins ein besonderes Geburtstagsgeschenk machen wollte. Jeder brachte ihm ein Tier. Darunter waren ein Schwein, ein Schaf, ein Pfau, aber auch ein Bär und ein Affe.«

»Wirklich, sie schenkten ihm einen Bären und einen Affen?« Oscar hatte sie ungläubig angesehen.

»Wenn ich es dir doch sage! Es waren wohl zwölf unterschiedliche Arten. Doch dabei blieb es nicht lange. Anwohner brachten immer mehr Tiere. So konnte der arme Mann nicht anders, als einen Zoo zu gründen.«

Oscar runzelte die Stirn. »Ein guter Grund mehr, nicht zu kegeln.«

Sie kamen häufig hierher, manchmal auch am Abend zu Konzerten oder Akrobatikvorführungen.

»Gehen wir zum Pavillon mit den Elefanten«, schlug Oscar an diesem Tag vor.

»Ihre Haut sieht schrecklich aus«, stellte Gerda fest, als sie das Gehege erreichten. »Sie muss höllisch jucken, so rau und rissig, wie sie ist. Was meinst du?«

»Ich glaube, es gibt Vögel, die ihre Hautpflege übernehmen.« Er sah sie an. »Oder denkst du, ich sollte ein Öl für Elefanten entwickeln?«

Sie lachte. »Das wäre doch nett.«

Eine Weile schwiegen sie. »Möchtest du ein Tier sein?«, wollte er plötzlich wissen.

»Wenn du extra für mich ein Öl herstellen würdest, könnte ich darüber nachdenken.«

»Dafür brauchst du kein Dickhäuter oder Eichhörnchen zu sein, das mache ich auch …« Er brach ab. »Es ist mein Ernst«, sagte er dann. »Möchtest du?«

»Nein.« Gerda schüttelte energisch den Kopf. »Sie haben keinen Sinn für die Schönheit der Kunst. Und du?«

»Auf keinen Fall! Immer nur Nahrung beschaffen, um ein Revier kämpfen, das wäre mir zu wenig.« Er betrachtete die Elefanten einen Moment. »Siehst du, ihnen ist es auch zu wenig. Sie schwenken ihre mächtigen Schädel vor Langeweile ständig hin und her. Aber wahrscheinlich macht es ihnen nichts aus. Tiere haben schließlich keine Gefühle.« Er dachte nach. »Sie paaren sich, aber sie scheren sich nicht um ihren Nachwuchs. Sie bleiben nicht einmal bei ihrem Weibchen.«

»Das stimmt nicht.« Er wandte seinen Blick von den grauen Riesen ab und sah sie neugierig an. »Ich habe gelesen, dass Elefanten sehr gut auf ihre Jungen aufpassen und dass ein männliches und ein weibliches Tier oft ein ganzes Leben miteinander verbringen.«

»Vielleicht ist das der Grund, warum ich die Dickhäuter so mag«, sagte er schließlich und blickte ihr dabei auf eine Weise in die Augen, die ihr einen wohligen Schauer über den Körper jagte. In dieser Sekunde war sie ganz sicher, dass er mehr in ihr sah als die kleine Freundin von früher. Er musste es einfach.

Auf dem Rückweg lud er sie in ein Restaurant ein und griff zum ersten Mal vorsichtig nach ihrer Hand. »Deine Haut ist wirklich ganz besonders zart. Nicht verwunderlich, dass sie leicht spannt.« Er ließ sie nicht mehr los. Gerda war überglücklich. Sie erwiderte den Druck seiner Hand, während sie einander tief in die Augen blickten. Das war viel mehr als ein Kuss. Ihr war, als könnte sie in seine Seele blicken, darin lesen, als würden sie einander ohne ein einziges Wort ihre Liebe gestehen. Endlich war alles ganz klar. Ein zartes Flattern huschte durch ihren Bauch und ließ eine behagliche Wärme zurück.

Als die Tage bereits merklich kürzer wurden, versammelte Gustav Mankiewicz seine Frau und seine Tochter in der guten Stube.

»Es gibt etwas Wichtiges zu bereden«, sagte er mit leicht belegter Stimme und feierlicher Miene. Gerda spürte ihr Herz in ihrer Brust, gleichzeitig war eine große Ruhe in ihr. Mutter saß in ihrer typischen aufrechten Art auf einem der zierlichen Sessel und legte ihre Fingerspitzen leicht aneinander. Vater hatte glänzende Augen. Das kam nicht häufig vor. »Oscar hat um deine Hand angehalten, Gertrud«, erklärte er.

»Ach, ist das schön«, rief ihre Mutter, ihr Gesicht leuchtete.

Gerda sagte nichts. Sie konnte nicht. Was sollte man schon sagen, wenn der größte Wunsch erfüllt wurde? Sosehr sie auch gehofft hatte, wirklich damit gerechnet hatte sie nicht. Nicht so schnell und schon gar nicht damit, dass Oscar ihren Vater um ihre Hand bitten könnte, ohne zunächst mit ihr selbst zu sprechen. Gerda war ein wenig durcheinander. Und ganz erfüllt vor Glück. Eines wusste sie sicher: Es fühlte sich richtig an.

»Oscar ist ein guter Junge, strebsam und bestens gebildet. Wir können uns keinen besseren Schwiegersohn vorstellen.« Ihr Vater räusperte sich. »Deine Mutter und ich genießen das Privileg einer glücklichen Ehe. Dazu gehört mehr als die Verbindung zweier tüchtiger und verantwortungsvoller Menschen. Du weißt, was ich meine.« Er räusperte sich erneut. »Du sollst die Gelegenheit haben, dich selbst zu der Sache zu äußern. Ich nehme aber doch an, es spricht nichts dagegen?«

Zur Sache äußern. Typisch ihr Vater, er war nicht gerade geübt darin, über Gefühle zu sprechen. Umso mehr schätzte sie es, dass er den Versuch unternahm und Oscars Bitte nicht einfach ohne ihr Wissen stattgegeben hatte.

»Nein, Vater, es spricht überhaupt nichts dagegen«, erwiderte sie und spürte, wie warm ihre Wangen wurden.

Vater nickte. »Dachte ich mir. Sehr schön.« Er wandte sich ihrer Mutter zu. »Was denkst du?«

»Unbedingt. Ihr passt vorzüglich zueinander. Ach Kind, du wirst heiraten. Freust du dich?«

»Aus tiefster Seele.«

»Schön, dann werde ich dem Jungen die Nachricht mal überbringen. Aber vorher stoßen wir an. Ottilie soll uns ein Fläschchen MM extra öffnen.«

2
Gerda

Zur Verlobung reisten Oscars Eltern aus Breslau an. Louis Troplowitz trug das Haar, das ihm auf dem Kopf fehlte, als weißen Vollbart im Gesicht. Er hatte gütige Augen und ein eher stilles Wesen. Seine Frau Agnes, deren Onkel mütterlicherseits Gerdas Vater war, war eine aristokratische Erscheinung. Vorstehende Wangenknochen, eine schmale Nase, die womöglich eine Spur zu lang war, perfekt geschwungene Lippen. Auch sie traf das Verlöbnis nicht unvorbereitet, und auch sie waren darüber höchst erfreut.

Für Gerda änderte sich nicht viel. Jeden Tag aufs Neue war sie von Oscars Klugheit und seiner Offenheit hingerissen, mit jedem Morgen, der über Posen heraufdämmerte, freute sie sich auf ein Leben mit ihm. Er kam jetzt jeden Abend nach getaner Arbeit zu ihr und ihren Eltern in die gute Stube. Und er hielt nun regelmäßig ihre Hand. Zur Feier der Verlobung hatte er sie zart auf die Wangen geküsst. Das erste Mal, dass sein Mund sie sanft berührte. Sie war gespannt, wie er sich auf ihren Lippen anfühlen würde. Zwischen Gerda und Oscar herrschte schon jetzt großes Vertrauen und ein tiefes Verständnis füreinander. Der Gedanke, dass neben der seelischen auch eine körperliche Nähe auf sie wartete, löste aufgeregten Schauder in ihr aus. Und Vorfreude. Sie waren einander nicht am Tag der Verlobung vorgestellt worden, wie es durchaus hier und da vorkam. Gerda kannte ihren Oscar aus Kindertagen. Sie wusste, was sie an ihm haben würde, und war sicher, dass sie ihm auch in diesen Dingen vertrauen konnte.

Eine Freundin hatte mal gesagt: »Welch ein Glück, dass ich schwanger bin. So habe ich im Schlafzimmer erst mal Ruhe vor meinem Mann. Auch im Bett geht es nur um ihn.«

Oscar war anders. Gerda war sich ganz sicher, dass er in jeder Hinsicht für sie der Richtige war.

Und noch eines wurde ihr rasch klar: Mit Oscar würde es niemals langweilig werden. Stets spukte ihm eine Idee im Kopf herum. Immer wieder kam er weit nach Geschäftsschluss aus der Apotheke und brachte Gerda ein Öl mit.

»Sieh mal, Mutzl, hier habe ich etwas für dich. Du musst deine Haut damit einreiben, bevor du zu Bett gehst. Jeden Abend. Und in einer Woche sagst du mir, ob das lästige Spannen weggegangen ist.«

An einem anderen Tag saßen sie zu viert beieinander, Oscar, Gerda und ihre Eltern. Beide Männer in verschiedene Teile der Wochenzeitung vertieft.

»In Hamburg sind die Arbeiter auf die Straße gegangen«, erklärte ihr Vater. »Diese Bewegung wird uns das Leben noch schwer machen, fürchte ich.«

»Nicht nur in Hamburg«, entgegnete Oscar. Er klang weniger besorgt. »Sie fordern eine Reduzierung der Arbeitszeit auf achtundvierzig Wochenstunden, nur noch acht Stunden am Tag.« Er nickte langsam. »Das ist ein starkes Stück, das muss man sich leisten können.«

»Meine ich auch«, stimmte ihr Vater ihm zu.

»Aber sie haben schon recht, auf lange Sicht muss die Arbeitszeit verringert werden. Was bleibt ihnen sonst für ihr Leben, für ihre Familien?« Oscar lächelte Gerda zu. »Trotz so mancher Maschine schuften viele noch immer hart. Sie brauchen Zeit, sich zu erholen.

Denkst du nicht, Gustav? Je weniger Pausen, desto mehr Gebrechen, desto weniger Leistung.«

Meist runzelte Vater die Stirn oder brummte etwas, doch so ganz von der Hand zu weisen war Oscars Betrachtungsweise scheinbar nicht, denn sie gerieten sich nie in die Haare. Gerda liebte die gemeinsamen Stunden im Familienkreis, in denen sie nichts zu tun hatte, als Oscar zu beobachten, ihre Ohren zu spitzen oder sich vielleicht mal an einer kleinen Zeichnung zu versuchen. Der Umgang mit Farben machte ihr Freude, das Gefühl, auf einem weißen Bogen Papier etwas zu erschaffen, das ohne sie nie dort gewesen wäre, hatte etwas sehr Befriedigendes. Sie fand sich nicht sonderlich begabt und würde es nie zur Meisterschaft bringen. Wollte sie auch gar nicht. Sie zeichnete zu ihrem eigenen Vergnügen, das war alles. Manches Mal bekam sie kaum mit, worüber sich Oscar mit ihrem Vater unterhielt, weil sie in ein Buch vertieft war oder in einen Artikel in einem Magazin. Zum Beispiel über den Maler Edvard Munch, von dem gerade alle Welt sprach. Gerda konnte wenig mit seinen Bildern anfangen, sie erschreckten sie sogar. Dennoch, irgendetwas an diesem Künstler zog auch sie in seinen Bann. Das war es, was sie an der Kunst so faszinierte: Selbst wenn sie einem nicht gefiel, konnte sie eine Wirkung entfalten, der man sich nicht entziehen konnte.

An diesem Tag malte Gerda nicht, und sie steckte ihre Nase auch nicht in ein Buch. Mutter stickte, Vater las die Zeitung, auch Oscar war hinter seiner Lektüre verschwunden. Er las viel, verschlang Buchstaben geradezu, wenn sie vom Tagesgeschehen oder aus der Geschäftswelt berichteten. Gerda saß einfach nur da und lauschte der Musik, die knisternd aus dem Wachswalzen-Phonographen tönte. Mit einem Mal schnellte Oscar vor, ließ das Blatt sinken und hatte einen Gesichtsausdruck, den sie noch nicht an ihm kannte. Eine Mischung aus Aufregung, Freude und größter Wachsamkeit.

»Diese Anzeige ist interessant«, sagte er ein wenig atemlos. »Hier in der Pharmazeutischen Zeitung.« Jetzt sah auch ihr Vater von seiner Lektüre auf. »Paul Carl Beiersdorf will sein vor acht Jahren in Altona gegründetes Labor sowie sein chemisch-pharmazeutisches Lager verkaufen. Das wäre es.«

»Ein Labor und Lager? In der Tat, das klingt interessant.« Ihr Vater atmete hörbar aus. »Wer, sagtest du, will es veräußern?«

»Du hast richtig gehört: Paul Carl Beiersdorf.«

»Das ist mehr als interessant. Seine medizinischen Pflaster haben einen ausgezeichneten Ruf. Warum will er nach nicht einmal zehn Jahren verkaufen? Die Geschäfte müssten prächtig laufen, wenn er nicht einen gravierenden Fehler gemacht hat.«

Die Musik war zu Ende, Gerda stand auf und nahm die Walze behutsam vom Phonographen. Sie setzte sich zu Oscar und warf einen Blick auf die Anzeige. Sofort nahm er ihre Hand in die seine, die sich feucht anfühlte.

»Hier steht etwas von privaten Gründen.«

»Private Gründe, aha.« Vater runzelte die Stirn. »Was sollte das sein? Warum will man sich von einem rentablen Unternehmen trennen, das man vor nicht allzu langer Zeit erst gegründet hat?«

»Vielleicht ein Schicksalsschlag, eine Erkrankung«, wandte Gerda ein. Sie spürte deutlich, dass Oscar das Angebot dieses Herrn Beiersdorf nicht so rasch würde vergessen können.

»Das denke ich auch, etwas in der Art ist sehr gut möglich.« Oscar drückte ihre Hand.

»Kannst du ihm nicht schreiben und ihn einfach fragen?«, schlug Gerda vor.

Ihr Vater lachte auf, auch Oscar lächelte.

»Private Gründe haben im Geschäftsleben nichts verloren, sonst wären sie ja nicht privat.« Er zwinkerte ihr zu. »Ich denke nicht, dass sie mich etwas angehen. Trotzdem hast du recht, es gibt noch einiges mehr, was ich gern wüsste. Ein Brief kann gewiss nicht schaden. Allerdings würde er mir sicher nicht offen mitteilen, sollte er eine folgenschwere Fehlentscheidung getroffen haben, schließlich wäre das ein Grund, um den Preis zu reduzieren«, überlegte Oscar laut. »Ein eigenes Laboratorium, eigene Entwicklungen und Neuheiten. Dazu noch der gute Name Beiersdorf, es ist genau das, worauf ich gewartet habe.«

Mehr als einmal hatte Oscar davon gesprochen, ein eigenes Geschäft führen zu wollen. Eines, das von A bis Z in seinem Sinne wäre, wie er sich ausdrückte. Eigene Produkte, eigene Räume, eigene Regeln. Etwas, das bliebe, wenn sein kurzes Gastspiel auf dieser Erde längst beendet wäre. Er wollte die Welt besser machen. Nur ein wenig, aber überall, wo es ihm möglich war.

»Dann zieh Erkundigungen ein. Schreib diesem Beiersdorf, damit du dir ein genaueres Bild machen kannst.« Ihr Vater vertiefte sich wieder in seine Zeitung.

Oscar folgte seinem Rat noch am selben Abend. Und er konnte die Antwort kaum abwarten.

Nach einigen Tagen war sie endlich da. Beiersdorf nannte die Konditionen: Dreißigtausend Mark wollte er sofort haben, den Rest über acht Jahre verteilt.

»Insgesamt eine stolze Summe«, sagte Oscar, den Brief in der Hand. »Aber ein anständiges Angebot.«

»Sofern das Geschäft so viel Geld wert ist«, wandte Gerda ein, ohne eine Vorstellung davon zu haben, wie viel man für ein Labor einschließlich der Apparaturen, Utensilien und natürlich der bereits gefertigten Produkte berappen musste.

»Wenn der Mann die Wahrheit schreibt, wovon ich ausgehe, zweifle ich nicht an dem Wert. Er behauptet, der Umsatz steige Jahr für Jahr, und verweist auf seine internationale Kundschaft, die er ganz sicher hat.« Gerda wollte jedes Detail erfahren, denn zum einen brauchte sie Oscar nur anzusehen, um zu wissen, dass sein Interesse nach Erhalt des Schreibens noch gewachsen war. Zum anderen würden sie sich ein gemeinsames Leben aufbauen. Wenn dieses Labor darin eine Rolle spielen sollte, würden viele Abende kommen, an denen sie sich darüber unterhalten würden. Letztlich würde Oscar im Betrieb die Entscheidungen treffen, doch sie hatte keinen Zweifel, dass er sie stets nach ihrer Meinung fragen würde. Anders wäre es für sie auch nicht vorstellbar. Umso wichtiger, dass sie von vornherein im Bilde war. Zudem ging es um eine stattliche Summe und damit um einen bedeutenden Schritt für ihre Zukunft. Sie gehörte nicht zu den Frauen, die nichts vom Tun ihrer Männer wissen wollten und eines schönen Tages aus allen Wolken fielen. Mit geschlossenen Augen konnte man einen Abgrund nur schwer erkennen. Dreißigtausend Mark erschreckten sie nicht. Doch ihr war auch bewusst, dass sie als Tochter eines Hofapothekers und Medizinalrates ein höchst komfortables Leben führte. Die Zukunft als Ehefrau eines gescheiterten Geschäftsmannes mit hohem Schuldenberg sähe deutlich anders aus.

»Beiersdorf schreibt von elf Mitarbeitern. Das ist nicht übel«, sagte Oscar. »Die höchsten Einnahmen erzielt er mit seinen Pflastern. Dachte ich mir.« Er sah sie an, seine Augen blitzten. »Auf seine gestrichenen Pflaster hält er sogar ein Patent. Auch die Salbenmullproduktion ist nicht zu verachten.«

»Diesen Blick kenne ich doch, Oscar. Was geht dir durch den Kopf?«

»Die persönlichen Gründe. Du sagtest, vielleicht steckt eine Erkrankung hinter seiner Verkaufsabsicht. Womöglich wäre ihm schon geholfen, wenn er entlastet würde. Wenn ich mich in sein Geschäft einkaufe, kämen wir gemeinsam unter Umständen weiter, als wenn ich nach einer Übernahme allein dastehe. Beiersdorf ist ein kluger Kopf, ein geschätzter Fachmann. Wäre es nicht dumm, auf sein Wissen und seine Erfahrung zu verzichten?«

Oscar schrieb erneut einen Brief. Dieses Mal war die Antwort ernüchternd.

»Wie es aussieht, verliert er die Geduld«, meinte Gerdas Vater, nachdem Oscar das zweite Schreiben aus Hamburg vorgelesen hatte. So klangen die Zeilen tatsächlich. Von zwei weiteren Kaufinteressenten war die Rede, was Oscar zwar zur Kenntnis nahm, ihn jedoch nicht in Panik versetzte.

»Beiersdorf ist ein kluger Mann, an seiner Stelle würde ich auch Druck aufbauen. Aber ich bin eben auch nicht dumm.« Seine Lippen verzogen sich zu einem Lächeln.

»Ein kluger Mann, der allerdings ein wenig tiefstapelt«, sagte ihr Vater. »Dass er große Stücke auf Unna hält, ist bekannt, dass er ihm jedoch einen so hohen Anteil am Erfolg zuspricht, ist bemerkenswert.«

Selbst Gerda war der Name Dr. Paul Gerson Unna geläufig. Seine Hautklinik in Hamburg gehörte zu den renommiertesten des Landes.

»Das ist wahr«, stimmte Oscar zu. »Er vertritt den Standpunkt, dass sein Unternehmen nicht leisten könnte, was es leistet, wenn der medizinische Rat nicht Teil des Ganzen wäre.«

»Er sagt sogar, dass nur durch die Zusammenarbeit auch in Zukunft der Erfolg gesichert ist, wenn ich das richtig wiedergebe.« Ihr Vater zog die Augenbrauen hoch.

»So ist es. Von Dr. Unna hängt die Qualität der Produkte ab, das ist die Aussage.« Oscar nickte bedächtig.

»Ich schlage vor, wir statten dem Herrn Beiersdorf einen Besuch ab«, sagte Gustav schließlich. »Er bittet sich sehr deutlich aus, auf weitere schriftliche Nachfragen zu verzichten. Entweder schickst du ihm eine verbindliche Kaufabsicht, oder du suchst das Gespräch, ehe du dich endgültig entscheidest.«

»Eine prächtige Idee. Und wenn wir schon nach Hamburg reisen, reden wir vor allem anderen mit Dr. Unna. Seine Sicht der Dinge würde mich interessieren.«

»Richtig, ein guter Gedanke.« Damit war für Gerdas Vater zunächst alles besprochen.

»Soll das heißen, ihr fahrt nach Hamburg und gebt ein Angebot ab, sofern all eure Fragen zu eurer Zufriedenheit beantwortet werden?« Gustav und Oscar sahen sich irritiert an, dann nickten sie. »Hast du denn die dreißigtausend Mark zur Verfügung?«

Diesen Aspekt schien Oscar sehr weit beiseite geschoben zu haben. »Du hast natürlich vollkommen recht, Gerda, bevor wir reisen, muss ich die Bank aufsuchen.«

»Du gehörst bald zur Familie, es liegt doch wohl auf der Hand, dass ich dich unterstütze«, widersprach ihr Vater.

Die Tage ohne Oscar waren schrecklich. Jeder einzelne war fade und zog sich endlos hin. Es war das erste Mal seit seiner Rückkehr nach Posen, dass sie so lange voneinander getrennt waren. Gerda hatte damit gerechnet, dass er ihr fehlen würde, doch nicht, dass es so schlimm sein könnte. Kein verschmitztes Zwinkern, kein Spaziergang Hand in Hand, kein liebes Wort. Es war, als wäre die Luft etwas weicher, wenn er in der Nähe war, als hätten die Rosenbüsche draußen vor der Apotheke eine kräftigere Farbe, als würden die Vögel fröhlicher zwitschern. Gerda nahm an einer Exkursion entlang der Warthe teil. Ein stadtbekannter Maler hatte dazu eingeladen, der weniger für seine Gemälde als für seine Frauengeschichten berühmt war. Zeichnen erfordere zuallererst gründliches Hinsehen, behauptete er und versprach, das Auge der Damen entsprechend zu schulen. Dass er dabei ein Auge auf die eine oder andere warf, störte Gerda nicht, denn immerhin hielt er Wort und lehrte sie, in einer früh geöffneten Rispe des Sommerflieders die unzähligen kleinen Blüten zu erkennen, die wiederum aus unterschiedlichsten Blättern bestanden. Er hatte völlig recht, um einen solchen blühenden Strauch gut wiederzugeben, musste man wissen, dass die winzigen Blätter nicht einfarbig waren, wie Griffel und Narbe beschaffen und in welcher Weise der Fruchtknoten gebogen war. Nach diesem Ausflug ertappte sich Gerda täglich dabei, in der Betrachtung der alltäglichsten Dinge zu verharren. Wie nahmen ihre Augen die Linien eines Bauwerks wahr, auf das sie aus großer Entfernung blickte? Wie viele einzelne Elemente hatte doch das Muster im Teppich, der in der Diele lag, seit sie denken konnte? Selbst ihr eigenes Spiegelbild entdeckte sie plötzlich neu, die flache Kuhle unterhalb ihrer Nase, der Schwung ihrer Oberlippe, die hauchzarten Härchen. All diese Dinge füllten die Stunden, und doch fühlten die sich leer an. Welchen Sinn hatte es, gründliche Beobachtungen anzustellen, wenn Gerda sie nicht mit Oscar teilen konnte?

Wenigstens traf am fünfzehnten Juni ein Telegramm ein. Oscar schrieb, sie hätten am Vortag den Vertrag unterschrieben, der nun noch dem Notar vorgelegt werden müsse. Wie zuversichtlich und glücklich seine Zeilen klangen! Er würde zunächst tatsächlich mit dem Vorbesitzer Beiersdorf zusammen am Wachstum des Unternehmens arbeiten, teilte er ihr mit.

»Kontinuität ist so wichtig«, schrieb er. »Deswegen belasse ich es auch bei dem Firmennamen.«

Das war ziemlich ausführlich für ein Telegramm, wie sie amüsiert registrierte.

Bei seiner Rückkehr war Gerda so nervös wie am Tag seiner Ankunft in Posen vor gut einem Jahr. Würde sich das je ändern? Wäre sie auch als seine Ehefrau jedes Mal außer sich, wenn sie sich nach einigen Tagen der Trennung wiedersahen? Gerda musste lächeln. Es würde ihr gefallen.

»Dr. Unna ist wahrhaftig ein feiner Mensch«, erzählte Oscar ihr, als sie ihren Abendspaziergang machten. Sie überquerten die Warthe, hielten sich links auf die Venetianerstraße und erreichten schließlich den Dom, dessen zwei Türme schon von Weitem zu sehen waren. »Er hat uns sehr freundlich empfangen, und wir haben ein langes, überaus angenehmes Gespräch geführt. Es muss das reine Vergnügen sein, mit einem so durch und durch kundigen Fachmann gemeinsam etwas zu entwickeln«, schwärmte Oscar. »Sein Urteil bedeutet mir viel.«

»Und wie lautet sein Urteil?« Sie waren stehen geblieben, Gerda wandte sich ihm zu und sah ihn an.

»Die Guttapercha-Pflastermulle sind nicht nur qualitativ über jeden Zweifel erhaben, wie wir es erwartet hatten, sondern außerdem rentabel, sagt er. Das gilt ebenfalls für die Jodoformstifte, die odorisierte Watte oder auch seine Spray-Apparate für Hals, Nase und die Ohren. Es sollte sich also auch in Zukunft ein Geschäft damit machen lassen.«

»Und der Herr Beiersdorf, wie ist er so?«

Oscar sah für einen kurzen Moment ratlos aus. »Ich werde nicht recht schlau aus ihm, fürchte ich.« Sie schlenderten einmal um den Dom herum und dann gemächlich zurück Richtung Fluss. »Nicht, dass du mich falsch verstehst, er ist ein ehrenwerter Herr, daran gibt es nichts zu rütteln. Er ist auch freundlich auf seine Art, doch verhaltener als Dr. Unna. Ich weiß nicht, Gerda, in seinen Augen liegt eine so große Traurigkeit. Ich habe beinahe den Eindruck, als hätte ihm ein großer Kummer sämtliche Energie geraubt.«

»Vielleicht hat es etwas mit dem Schicksalsschlag zu tun, mit den persönlichen Gründen, aus denen er sein Laboratorium veräußern will.«

»Daran habe ich auch schon gedacht.« Er nickte.

»Hat er denn nichts dazu gesagt?«

Oscar verneinte. Nach ein paar Schritten blieb er erneut stehen und sah sie an.

»Ich möchte dich nicht belasten, Mutzl, aber mich interessiert deine Einschätzung. Vielleicht kannst du dir ja einen Reim auf sein seltsames Wesen machen.«

»Ohne ihn je selbst getroffen zu haben? Schwierig.« Sie nahm seine Hand und hatte mit einem Mal das Bedürfnis, ihm ganz nah zu sein. »Erzähl mir von ihm.«

»Er hat einen regen Geist, ist stolz auf seine Produkte und sein Wissen. Dennoch ist er überhaupt nicht von oben herab. Ein angenehmer Mensch und respektabler Unternehmer.« Er zögerte. »Leider ein wenig in der Zeit zurück.«

»Wie meinst du das?«

»Ein Beispiel: In Berlin findet in Kürze eine Messe statt. Sämtliche namhafte Hersteller werden ihre Salben, Verbände, Tinkturen dort präsentieren. Es ist eine ideale Gelegenheit, zum ersten Mal gemeinsam vor unserer Kundschaft aufzutreten.«

»Eine sehr gute Idee.« Gerda sah ihren Oscar direkt vor sich, mit stolz geschwellter Brust im Kreise vieler interessierter Fachleute und Geschäftsmänner.

»Das sieht Herr Beiersdorf ganz anders.«

»Warum denn das?« Sie setzten sich wieder in Bewegung.

»Er will nicht«, schimpfte Oscar. »Es sei unsinnig anstrengend. Viel zu viele Menschen dicht an dicht, laut, einige von ihnen würden schwitzen, riechen.« Gerda hob erstaunt die Augenbrauen. »Welchen Sinn es haben soll, wenn er als einer von zahllosen Herstellern in der Menge unterginge, wollte er von mir wissen.« Oscar schnaubte ungehalten. »Er schließe seine Geschäfte in seinem Labor oder im Hause seiner Kundschaft ab, hat er gesagt und mich allen Ernstes gefragt, wozu eine Messe da wohl von Nutzen sein soll. Dabei geht es in Berlin um so viel mehr. Alle, die auf sich halten, werden da sein. Man zeigt, dass man eine Größe ist, dass man Interesse am Austausch hat. Nicht zuletzt bekommt man nirgends einen besseren Überblick über die Entwicklungen und Neuheiten der Konkurrenten. Wir müssen doch wissen, was auf dem Markt gefragt ist, was es in welcher Qualität gibt.« Endlich holte er Luft und stieß sie gleich wieder hörbar aus.

»Das müsste ihm doch einleuchten«, wandte Gerda ein.

»Müsste.« Er schüttelte den Kopf. »Ich habe ihm erklärt, dass heutzutage ein Messeauftritt zu den modernen Verkaufsmethoden gehört. Ich will auf Werbung setzen, Mutzl, Reklame wird in Zukunft das Zünglein an der Waage sein, sie entscheidet über Erfolg oder Misserfolg. Ich habe ihn nach den bisherigen jährlichen Ausgaben dafür gefragt. Weißt du, was er mir geantwortet hat?«

»Was?«

»Er hat überhaupt kein Reklamekonto.« Oscar drückte das Kreuz durch. »So etwas kenne ich nicht«, sagte er mit eindeutig hamburgischer Färbung. Gleich darauf ließ er die Schultern zurückfallen. »Es behagt ihm nicht, für seine Waren zu werben, wie es heute viele tun, hat er mir erklärt, es erscheint ihm unseriös und marktschreierisch. Obendrein sei es hinausgeworfenes Geld, denn es gäbe keine bessere Reklame als die wissenschaftlichen Arbeiten der Dermatologen über seine Präparate. Und die kosteten ihn keinen müden Pfennig.«

»Könnte an seiner Argumentation nicht auch ein Fünkchen Wahrheit sein?«, wollte Gerda wissen, als sie zurück auf dem Alten Markt waren.

»Ein Fünkchen, ja, aber leider nicht mehr. Was nützt denn ein wissenschaftliches Urteil, wenn nur eine Handvoll Menschen davon erfährt? Reklame trägt diese Beurteilung hinaus in die Welt und sorgt dafür, dass jeder sie kennt. Darum geht es. Dass Beiersdorf das aber auch nicht einsehen will«, murmelte Oscar, als sie ins Haus gingen.

Trotz der Meinungsverschiedenheiten in diesem Punkt war Oscar die Zuversicht in Person. Er verlor keine Zeit und zog nach Altona, um sich einzuarbeiten und eine Geschäftsübernahme vorzubereiten. Zunächst würde er in einer Wohnung von Herrn Beiersdorf unterkommen. Sobald sich alles eingespielt habe, würden sie heiraten und er sich nach einer Unterkunft für sie beide umsehen. Gerda hatte vor der Trennung gegraut, und als es so weit war, dass er seine gepackten Koffer in die Kutsche verladen ließ und sich mit Küssen auf die Wange, einen rechts, einen links, zögern, lächeln, dann endlich mit einem langen zärtlichen Kuss auf ihre Lippen von ihr verabschiedete, da fühlte sie sich, als müsse sie die nächsten Wochen und Monate mit nur einem Arm leben.

»Ich werde dir schreiben«, hatte er versprochen, »und alles ganz genau berichten.« Er hielt sein Versprechen.

Meine liebe Gerda,
Altona ist ein gemütliches Städtchen mit einer glänzenden wirtschaftlichen Zukunft, denke ich. Schon der Freihafen wird dafür sorgen. Alles ist sehr modern. Du kannst dich hier in den Zug setzen und in der Nachbarstadt Hamburg, in Kiel oder in Kaltenkirchen aussteigen. Erst kürzlich sind drei Ortschaften eingemeindet worden, so dass Altona mit einem Schlag erheblich gewachsen ist. Nicht nur das. Durch die Vergrößerung gehört nun auch eine Trabrennbahn mit Tribüne zum Stadtgebiet. Ich begreife nicht, wie jemand, der dies alles ständig vor Augen hat, so schrecklich altmodisch sein kann. Du weißt natürlich, von wem ich spreche und was ich meine.

Elf Mitarbeiter haben wir, zwei davon sind Kontorbeamte, die sich um die Bestellungen kümmern. Du kannst es dir nicht vorstellen, sie beschriften alles mit der Hand! Jemand bestellt Pflaster, die beiden Kontorbeamten schreiben die genaue Bezeichnung auf Etiketten und kleben diese auf. Denk dir nur! Mir geht das alles viel zu langsam. Wenn ich Etiketten drucken lasse, können wir erheblich schneller ausliefern. Ich hoffe nur, Herr Beiersdorf hält nicht auch das für unnötigen Firlefanz.

Nun will ich enden, denn die Arbeit ruft.
Ich sende dir die besten Grüße und einen Kuss,
Oscar

PS: Nachdem ich meine Zeilen noch mal durchgelesen habe, muss ich feststellen, dass ich noch gar nicht erwähnt habe, wie du mir fehlst. Aber das tust du. Sehr sogar!

Gerda las den Brief jeden Abend vor dem Zubettgehen. Jedes Mal war es ihr, als hörte sie Oscars Stimme und könnte ihn vor sich sehen, wie er ungeduldig auf die Zehenspitzen wippte, während zwei Angestellte per Hand Schildchen beschrifteten. Hatte sie sich beim Abschied noch gefragt, wie sie die Tage herumbringen sollte, schon die während seines kurzen Besuchs in Hamburg waren ihr schließlich unwirklich lang vorgekommen, ergab sich dafür eine überraschende Lösung.

»Der Apothekerverein ruft dazu auf, Vorschläge einzureichen, wie er sein Jubiläum begehen könnte«, knurrte Gerdas Vater an einem regnerischen Dienstag, nachdem er die Post durchgesehen hatte. »Jetzt schon. Dabei ist noch über ein Jahr Zeit.«

»Gut Ding will Weile haben«, meinte Gerdas Mutter.

»Ja, ja, gewiss. Ich frage mich allerdings, was ich damit zu tun habe.«

»Geht das denn aus dem Schreiben nicht hervor?«, wollte Gerda wissen.

»Alle Mitglieder sind aufgerufen, sich Gedanken zu machen«, erklärte er sichtlich verständnislos. »Jeder Mensch weiß, welche wichtigen Aufgaben wir Apotheker erledigen. Das müssen wir niemandem erläutern. Wen sollte interessieren, warum es einen Berufsverband gibt und welchen Zweck dieser erfüllt?«

»Du hast bestimmt recht, Gustav.« Ihre Mutter sah kurz von ihren Klöppeln und dem komplizierten Netz aus Garn auf und lächelte ihn an.

»Aber nein!« Gerda erntete höchst verdutzte Blicke. Sie musste an das denken, was Oscar ihr über Reklame gesagt hatte. »Natürlich wissen die Menschen dich und deinen Berufsstand zu schätzen, aber sie kaufen auch zweifelhafte Arzneien von irgendwelchen Quacksalbern, nur weil die blumige Versprechungen über die angebliche Wirksamkeit machen. Was nutzt es, dass du sämtliche Heilmittel in- und auswendig kennst, wenn die Leute es nicht wissen?«

»Das ist doch selbstverständlich«, murmelte ihr Vater und runzelte die Stirn.

»Ebenso ist es selbstverständlich, dass ich atme, und doch mache ich mir keine Gedanken darüber.« Er sah sie aufmerksam an. »Du schimpfst doch selbst immer über die vielen Scharlatane, die gutgläubigen Menschen das sauer verdiente Geld aus der Tasche ziehen. Und nicht nur die. Auch anständige kluge Menschen, wie Pfarrer Kneipp, sagen, der Weg zur Gesundheit führe durch die Küche, nicht durch die Apotheke.«

»Das ist wahr.«

»Warum nutzt ihr das Jubiläum dann nicht, um auf den Unterschied zwischen Kurpfuschern und studierten Pharmazeuten aufmerksam zu machen?«

Ihr Vater sah sie lange an. »Schön, aber wie?« Eine gute Frage.

»Mit Kunst.« Gerda hätte nicht sagen können, woher die Antwort gekommen war. Aber sie hatte das Gefühl, das fehlende Steinchen für ein prächtiges Mosaik gefunden zu haben. Sie liebte die Malerei, würde es auf diesem Gebiet aber kaum zu etwas bringen. Schon oft hatte sie sich gefragt, was sie mit ihrer Begeisterung und ihrem wachsenden Wissen anfangen konnte. Wie wurde eine sinnvolle Beschäftigung daraus, die ihr Freude machte und über das bloße Betrachten und Darüber-Lesen hinausging? Jetzt wusste sie es: Indem sie andere dazu ermunterte. »Ruf die Posener zu einem Wettbewerb auf! Lass sie das malen, was ihnen als Erstes zu einer Apotheke einfällt. Eine Ringelblume, ein Regal voller Glasfläschchen, der menschliche Körper.«

»Gertrud!«, rief ihre Mutter, beruhigte sich aber sofort wieder. »Nun, ein nackter Mann wird es nicht gleich werden.« Sie lächelte schmal. »Glücklicherweise verfügen die meisten Menschen über Moral. Vor allem hier in Posen. In Berlin oder Paris mag das anders sein. Wie sonst hätte die Therbusch, deren Talent ich eigentlich sehr schätze, wie ich betonen möchte, Diderot nackt malen können?«

»Ich verstehe nichts von diesen Dingen«, sagte Gerdas Vater ungeduldig, »aber die Idee gefällt mir. Ich müsste jemanden mit Kunstverstand finden, der sich um die Sache kümmert.« Er sah Gerda an, ein Schmunzeln lag auf seinen Lippen. »Von vorne bis hinten.«

»Das würde ich sehr gerne übernehmen.« Gerda spürte, wie ihre Wangen glühten. Aus heiterem Himmel hatte sie etwas geschenkt bekommen, das ganz allein ihr gehörte, dem sie sich mit ganzer Kraft widmen konnte. Welch ein Abenteuer! Das musste sie unbedingt Oscar berichten.

Zwei Wochen später wurde ein weiterer Umschlag aus Altona für sie abgegeben.

Liebste Gerda,
einem meiner Kontorbeamten ist es bedauerlicherweise ein wenig langweilig geworden, seit wir die Etiketten drucken lassen. Er habe zu wenig zu tun, und Däumchen zu drehen, liege ihm nicht, sagte er mir. Obwohl ich ihm versichert habe, das würde sich gewiss schon sehr bald wieder ändern, hat er leider gekündigt. Zu schade, denn ich rechne fest mit der Erhöhung der Bestellungen.

Im nächsten Brief klagte er ihr sein Leid über Beiersdorf. Wieder einmal.

Es ist zum Verrücktwerden! Ich verstehe mich ausgezeichnet mit Herrn Beiersdorf. Und er kann nichts gegen mich persönlich haben. Würde er mir sonst seine geräumige Wohnung zur Verfügung stellen? Oft arbeiten wir auch prächtig miteinander. Neulich haben wir beispielsweise eine Rezeptur ausprobiert, die vorzüglich gelungen ist. Welche Freude! Bei uns beiden. Ich nutzte die Gelegenheit, ihn erneut auf meine Ideen für Werbung anzusprechen. Wäre es nicht fein, wenn alle Welt von der Güte unserer neuen Rezeptur erfahren würde? Er sah mich an, als wollte er mich am liebsten kopfüber in einen Kessel mit heißem Öl tauchen. Ich bin ganz sicher, aus dem kleinen Labor lässt sich ein Unternehmen von Weltformat machen. Es gibt doch sogar schon internationale Kundschaft. Es braucht gar nicht mehr viel, man müsste es nur richtig anstellen, man müsste moderner werden, mit der Zeit gehen. Aber nein, es ist, als wollte dieser sture Mensch nicht noch mehr Erfolg haben. Das Schlimme dabei ist, dass er meines Erachtens einem Irrtum aufsitzt. In meinen Augen ist das Geschäftsleben wie ein Turnier hier auf der Trabrennbahn. Gehört dein Pferd zu den führenden, reicht es aus, wenn es sein Tempo hält. Aber nur so lange, bis die anderen beschleunigen. Wird dein Gaul dann nicht ebenfalls schneller, liegt er bald zurück und wird schließlich ganz abgehängt. Wenn wir uns nicht jeden Tag anstrengen, besser und bekannter zu sein als andere, sehe ich schwarz für P. Beiersdorf & Co.

Aber jetzt zu dir: Welch eine famose Idee, einen Malwettbewerb zu veranstalten. Ich bin sicher, du wirst viele dazu bewegen teilzunehmen. Wer weiß, womöglich entdeckst du ein bisher unbekanntes Genie. Auch der Apotheke deines Vaters und der gesamten Zunft wird dein Vorhaben gewiss Aufmerksamkeit bringen. Und die kann nie schaden.

Gerda war hin und her gerissen. Oscar hatte gefunden, was er sich gewünscht hatte. Es würde sich im schlimmsten Fall etwas anderes finden, aber es würde ihm zu schaffen machen, wenn dieser Traum platzte. Wie gerne hätte sie ihm ein wenig Trost zugesprochen, ihm wenigstens zugehört. Gleichzeitig musste sie über ihn lächeln. Wie uneitel er war! Noch immer rüttelte er nicht an dem gut eingeführten Namen des Unternehmens, nur um seinen eigenen auf Produkten und Briefkopf zu lesen. Daran, dass ihm ihr Kunstprojekt gefallen würde, hatte sie keine Sekunde gezweifelt. Trotzdem machte ihr Herz einen Freudenhüpfer, als sie seine Worte las.

Zum Weihnachtsfest des Jahres 1890 kam Oscar nach Posen zurück. Gleich am Morgen hatte Gerda vor Aufregung eine Niesattacke gehabt, kaum dass er das Haus betreten hatte, folgte eine weitere.

»Eine schöne Begrüßung«, stellte er schmunzelnd fest. »In der Medizin ist das Phänomen der Rosenerkältung durchaus gut bekannt. Wollen wir nicht hoffen, dass du einen Oscarschnupfen hast.«

»Ach was, es sind nur meine Nerven. Du kennst mich doch. Wenn ich aufgewühlt bin, kribbelt es in der Nase und los geht's.«

Er legte den Kopf schief. »Mir scheint, dann sind diese Wiedersehensereignisse nicht günstig für dich. Wir sollten sie in Zukunft meiden.« Was sagte er da? Gerda setzte zum Widerspruch an, doch er kam ihr zuvor. »Begleite mich, wenn ich nach den Feiertagen zurück nach Altona fahre. Die Wohnung, die mir Herr Beiersdorf zur Verfügung stellt, ist kein Palast, du hättest weniger Platz als hier.« Er machte eine Pause und sah sie frech an. »Selbst schuld, du hast mir schließlich dein Versprechen gegeben, mich zu heiraten. Du wirst wohl oder übel auch in einer Wohnung in Altona mit mir leben müssen. Was hältst du davon, im Januar vor den Altar zu treten?«

Gerda war von einem Gefühl ganz erfüllt, das sie sonst nur kannte, wenn sie nach vielen Stunden einer Kutsche entstieg und endlich am Ziel ihrer Reise angekommen war. Keine Trennung mehr, keine Briefe, sondern ihren Oscar Tag für Tag an ihrer Seite. Was spielte es da für eine Rolle, ob sie nun zwei oder drei Zimmer zur Verfügung hatten? Sie würde die Feiertage genießen, sich noch einmal von Ottilie verwöhnen lassen, ehe sie endlich das Nest ihrer Eltern verlassen und ein eigenes gründen konnte.

Am Mittag des Christfestes verzichtete sie darauf, etwas zu essen. Oscar fand, eine Kleinigkeit sei erlaubt. Er verspeiste ein Stück Früchtekuchen, zwei Finger dick geschnitten, dazu einen kleinen Berg Nüsse und einen Apfel. Am Heiligen Abend, den sie trotz ihres jüdischen Glaubens in christlicher Manier begingen, servierte Ottilie eine Mohnsuppe mit gerösteten Brotbrocken, danach Karpfen mit brauner Butter und dazu Sauerkraut. Ihren mit Pflaumenkompott gefüllten Mehlkloß schaffte Gerda nur noch mit Mühe. Nicht auszudenken, wenn sie schon am Tage etwas zu sich genommen hätte. Aber es war auch wirklich zu köstlich. Hand in Hand ging sie mit Oscar hinter ihren Eltern her zum Gottesdienst. Die Kälte biss ihr in die Wangen und trieb ihr die Tränen in die Augen, doch sie spürte es kaum, weil die feierliche Stimmung und der Gedanke an einen bald beginnenden neuen Lebensabschnitt sie wärmten. Zu Hause erwartete Ottilie die Familie mit einem Punsch mit viel Zimt und Nelke. Die Bescherung fand in der guten Stube statt, für Gerda der einzig beklemmende Moment des Heiligen Abends. Immerhin hieß es, wenn das erste Licht in die Stube getragen wurde, müsse man die Schatten der Anwesenden betrachten. Der, dessen Schatten keinen Kopf hatte, würde das kommende Jahr nicht überleben. Dummer Aberglaube, dennoch schlug ihr das Herz einen

Takt schneller, und sie blickte nur aus dem Augenwinkel an die dunkel tapezierten Wände. Kein Kopf fehlte, gottlob!

Zur Bescherung überreichte Oscar ihr feierlich zwei Päckchen. Sie waren in rotes glänzendes Papier gewickelt und mit goldenen Schleifen verziert, was sehr hübsch zum mehr als zwei Meter hohen Baum passte, an dem kleine knallrote Äpfel und mit Rauschgold belegte Nüsse hingen.

»Ich habe sie nicht selbst eingepackt«, erklärte Oscar. »Ich fürchte, dafür fehlt mir das Geschick. Aber ich habe mir gemerkt, dass du dieses zuerst öffnen sollst.« Er zeigte auf das kleine Paket in ihrer linken Hand. Nachdem Gerda Schleife und Papier entfernt hatte, kam ein Kästchen zum Vorschein. Eine warme Welle flutete durch ihren Körper. Schmuck! Dann war das gewiss … Sie klappte den Deckel auf.

»Ein Ring!«

Ihre Eltern tauschten Blicke. Gustav legte den Arm um die Schulter seiner Frau.

»Dein Ehering«, ergänzte Oscar.

»Er ist perfekt. Genau so einen hätte ich mir ausgesucht. Danke, mein Lieber.« Sie trat einen Schritt vor und küsste ihn auf die Wange.

»Ein Ehering ist im Grunde kein Weihnachtsgeschenk«, sagte er, »den hättest du auf jeden Fall von mir bekommen. Deshalb das zweite Päckchen.«

»So ein Unsinn, er ist das schönste Geschenk, das ich mir vorstellen kann«, widersprach sie und hielt das mit Samt ausgeschlagene Kästchen ins Licht, um den Diamanten zum Funkeln zu bringen. »Als ob der Stein selbst leuchten würde. Siehst du?«

»Wenn man's richtig bedenkt, ist es auch nur ein Mineral.« Oscar zuckte mit den Achseln. Sein zweites Geschenk kam ebenfalls vom Juwelier. Er hatte goldene Ohrringe gekauft, die wie Tropfen an Gerdas Ohrläppchen hingen. Auch sie zierte jeweils ein einzelner Diamant. Gerda fiel ihm um den Hals. Vielleicht ein wenig zu stürmisch, aber wen kümmerte das schon?

»Den Ehering darfst du einmal probieren. Ich will sehen, ob die Größe stimmt. Danach musst du ihn bis Januar wieder hergeben.« Er lachte und steckte ihr den Ring an.

Gerda musste die Rührung herunterschlucken. Sie hielt die Hand mit ausgestrecktem Arm vor sich.

»Er sitzt wie angegossen«, flüsterte sie.

»Ach Kind, er ist sehr schön«, wisperte ihre Mutter und tupfte sich die Augen.

»Sieh dir die Frauen an, Oscar«, brummte Gustav, »sie heulen jetzt schon. Wie soll es erst bei der Hochzeit werden?«

»Also wirklich!«, tadelte Mutter ihn scherzhaft. »Als ob Freudentränen etwas Schlechtes sein könnten.«

»Das ist wahr«, stimmte Gerda ihr zu. »Wir sollten uns ausgiebig über alles freuen, was wir haben.« Ihr Vater runzelte die Stirn und schüttelte sanft den Kopf. »Es ist mir ernst. So viel Glück im Leben zu haben, ist keine Selbstverständlichkeit. Oder sind wir etwa nicht glücklich dran?«

»Das sind wir zweifellos«, stimmte Oscar ihr sofort zu. »Vielen geht es nicht so gut wie uns.«

»So ist das eben. Mancher taugt nur zum einfachen Arbeiter. Der kann nicht so viel erwarten wie einer, der ein Unternehmen leitet und Verantwortung trägt.« Gerdas Vater hob kurz die Achseln.

»Da gebe ich dir recht, Gustav. Nur gäbe es ohne Arbeiter kein einziges Unternehmen. Sollten sie sich nicht wenigstens zum Fest auch etwas gönnen können? Ihnen sollen auch einmal vor Glück Tränen in den Augen stehen, meinst du nicht?«

»Nun ja, wenn sie ein bisschen sparsam sind …« Vater beendete den Gedanken nicht.

»Sie sollten sich nichts vom Munde abzwacken müssen, um am Heiligen Abend etwas mehr zu haben.« Oscar sah von Gustav zu Gerda und lächelte ihr zu. »Sie sollten etwas extra bekommen, um ihren Familien ein prachtvolles Fest zu gestalten.« Vater und Mutter sahen sich irritiert an, Oscar dagegen wirkte höchst zufrieden. »Ich habe beschlossen, meinen Angestellten im nächsten Jahr ein Weihnachtsgeld zu zahlen«, verkündete er.

3
Irma

Altona, 1891

Das Grauen hatte sich in ihr eingenistet wie ein Winterschläfer in einer warmen Höhle. Ein einziger Gedanke hämmerte in ihrem Hirn: Was konnte sie tun, um dem zu entgehen, was ihre Eltern sorgsam geplant hatten? Kopfschmerzen vortäuschen wäre eine Möglichkeit. Noch besser, sich die Handgelenke aufschneiden. Dann bliebe ihr diese unsägliche Hochzeit sicher erspart. Hochzeit. Ein Hoch auf ... Worauf schon? Eheversprechen. Auch so ein Wort. Wenn sich diese Gertrud Mankiewicz nur nicht zu viel davon versprach. Irma sah aus dem Fenster, nahm die graue schneematschige Landschaft da draußen aber nicht einmal wahr. Ihr Blick blieb an den Eisblumen hängen. Wunderschön, makellos und von einer Vielförmigkeit, die ihresgleichen suchte. Da war es wieder, dieses goldene Leuchten, das in Irma wohnte, solang sie denken konnte. Es war eine Kraft, eine Energie, die sie unruhig machte, antrieb. Irma wollte etwas schaffen, das so faszinierend schön war wie diese Eisblumen. Aus dem kraftvollen Leuchten etwas machen, das jeder sehen konnte. Ein unerhörter Gedanke! Aber warum eigentlich? Nur weil sie eine Frau war? Sie hatte so viele Männer kennengelernt, die sich Künstler nannten. Und niemand rührte daran. Niemand stellte in Frage, ob das, was diese Maler oder Dichter schufen, die Bezeichnung Kunst verdient hatte. Irma hatte eine Stimme in sich, die etwas zu sagen hatte, die raus wollte. Wenn sie sie weiter unterdrücken musste, würde sie irgendwann daran ersticken. Schon jetzt blieb ihr in manchen Momenten die Luft weg. Sie hat eine schwache Konstitution, hieß es dann. Nicht ungewöhnlich für ein so feines zerbrechliches Wesen. Lächerlich!

»Es wird Zeit, Irmgard!« Die Stimme ihrer Mutter vom Fuß der Treppe. Schon die Stufen zu erklimmen, war mit der engen Schnürung ihres Kleids eine nicht zu bewältigende Aufgabe. Irma musste grinsen. Was, wenn sie einfach hier oben auf ihrem Zimmer bliebe? Sollte Mutter nur rufen. Sie würde sie gewiss nicht persönlich die Treppen hinunter und zum Wagen schleifen. Wenn doch, wäre es wenigstens ein überraschendes Erlebnis in all dieser Eintönigkeit.

»Irmgard!« Aha, der Tonfall wurde schärfer. Sie waren offenbar wirklich spät dran.

»Ich komme!« Ihr wurde übel. Was war sie nur für eine Versagerin! Die geballte strahlende Kraft war dahin.

Du willst eine Künstlerin sein? Niemals. Du führst nicht den Pinsel, du bist wie eine Borste daran, die sich biegt, wenn jemand Druck auf sie ausübt.

Irma graute es vor dieser Hochzeit. Schon wieder so eine eingefädelte Vernunftsache. Schon wieder eine Frau, hinter der eine Tür krachend ins Schloss fiel. Verschenkte Möglichkeiten. Was kümmerte es sie? Sie kannte Gertrud Mankiewicz nicht einmal. Und sie legte keinen Wert darauf, sie kennenzulernen. Das Schlimmste war: Irmas Eltern würden ihr wieder mindestens einen Kandidaten vorstellen, damit sie selbst bald die Braut war. Ganz subtil natürlich. Jedenfalls würden ihre Eltern ihr Gebaren so einschätzen. Irma würde sich einmal mehr vorkommen wie ein Huhn, das auf dem Markt feilgeboten wurde. Nackt, all seiner Federn beraubt, den Blicken der hungrigen Kundschaft preisgegeben. Ein Würgen kroch ihren Hals hinauf. Wenn sie sich nur auf das gebohnerte Parkett übergeben könnte. Ihre Eltern würden abwägen und am Ende nicht riskieren, sie mitzunehmen. Die Gefahr, dass ihr die Galle in der schaukelnden Kutsche erneut hochkam, wäre viel zu groß. Aber Irma übergab sich nicht. Sie schloss die Augen und schlich mit hängenden Schultern die Treppe hinunter.

Der Weg flog nur so an ihr vorbei. Sie hätte viel dafür gegeben, noch Stunden im Wagen zu sitzen. Obwohl es sich anfühlte, als würden die hölzernen Räder das Schlagen auf dem Kopfsteinpflaster direkt an ihre Beine und ihr Gesäß weitergeben. Obwohl es trotz Pelz auf ihren Knien eisig und der Anblick der grauen Winterstadt deprimierend war. Altona. Nicht dass es in Hamburg im Moment schöner gewesen wäre. Auch am Jungfernstieg, wo Irma mit ihren Eltern wohnte, waren die nassen Schneeberge längst schwarz vom Ruß. Sie hatten viel Platz zu Hause, Irma hätte die genaue Zahl der Zimmer nicht auf Anhieb sagen können. Sie verfügten über eine Köchin, Küchenhilfen, eine Haushälterin und Putzfrauen. Den von Hohenlamburgs war nur eine einzige Tochter beschieden. Irma hätte ihnen mehr gegönnt. Sie hätte sich zu gern hinter einem ganzen Stall von Geschwistern versteckt. Doch da war niemand. Ihre Eltern setzten alle Hoffnungen in sie. Natürlich, wenn man nur ein einziges Los auf dem Rummelplatz gezogen hatte, musste es der Hauptgewinn sein.

Ihr Blick wanderte ohne Ziel und Freude über die Häuserzeilen. Wie sie Einladungen von wildfremden Menschen hasste. Hochzeit im benachbarten Altona. Das klang für sie so verlockend wie ein Kirschkern im Kuchen. Vater kaufte Pflaster oder irgendein Verbandszeug bei dem Bräutigam. Was hatte sie damit zu tun?

»Was geht dir durch den Kopf, mein Kind?« Ihre Mutter hatte einen schrecklich feinen Blick. Immer wieder vergaß Irma das und verriet sich mit ihrem unverstellten Mienenspiel.

»Nichts weiter. Ich dachte nur über den Namen Altona nach. Heißt es nicht, er sei aus einem plattdeutschen Ausdruck abgeleitet?«

»So heißt es«, sagte ihr Vater kühl. Wenn es nach ihm ginge, würde sie von nichts anderem sprechen als von hübschen Spangen, Schleifen und der neuen Kleidermode. Und von wohlhabenden gutaussehenden Junggesellen. »Eine Spelunke stand nach Ansicht des Hamburger Rates ›allzu nah‹ an der Stadtgrenze«, erklärte er ernsthaft.

»Und in dieser Spelunke wird heute gefeiert?« Irma bemühte sich um ein süßes Lächeln.

»Ganz gewiss nicht. Im Gesellschaftshaus …« Weiter kam er nicht.

»Es war nur einer ihrer Scherze. Wann wirst du dich nur daran gewöhnen?« Ihre Mutter legte eine Hand auf seine. Eine Geste der geteilten Verzweiflung und des Trostes. Das Schicksal hatte sie mit einer Tochter gestraft, die nicht in die Gesellschaft passen wollte. Und nicht in das Gesellschaftshaus, vor dem der Wagen nun hielt.

»Nie! Ich werde mich nie daran gewöhnen«, sagte ihr Vater. Er gab sich erst gar keine Mühe, leise zu sprechen.

Irmas Laune sank noch weiter. Es war immer das gleiche Elend, sie hasste es, dort zu sein, wo ihre Eltern sie haben wollten. Aber irgendwie tat es ihr auch leid, sie wieder und wieder zu enttäuschen. Hätte sie sich ihre Bemerkung nicht einfach verkneifen können? Verkniffen sich ihre Eltern jemals irgendetwas? Warum musste sie sich am Ende immer schuldig und schlecht fühlen?

Von der bunt bemalten Decke hingen Kronleuchter, die den Saal in warmes Licht tauchten. Zwischen dem farbenfroh gestalteten Prachthimmel und der umlaufenden Galerie, schimmernden Balustraden, fein gestalteten Marmorsäulen waren runde Scheiben in dreieckige Nischen gesetzt, die Irma an Kirchenfenster erinnerten. Fenster, dort oben?

»Sie sind schön, nicht wahr?«, hörte Irma eine Frauenstimme.

Wunderschön, dachte sie.

»Irmgard!« Die schneidende Stimme ihrer Mutter. Irma trennte sich schweren Herzens von dem Anblick der Deckenverzierung und blickte geradewegs in das freundliche Gesicht einer Frau, die sie erwartungsvoll ansah.

»Die Glasscheiben dort sind nur Attrappen«, sagte die Dame und deutete auf die Stirnseite des Saals. »Aber die runden kleinen Fenster hier links und rechts haben tatsächlich eine Verbindung nach draußen. Sie müssen es sich am Tag ansehen, wenn das Sonnenlicht hereinfällt. Dann kommen die Fresken erst richtig zur Geltung.«

»Irmgard malt selbst«, erklärte ihre Mutter eifrig. »Gelegentlich«, setzte sie sogleich hinzu. »Irmgard, willst du Frau Troplowitz nicht endlich gratulieren?«

»Wozu?« Sie hörte, wie ihre Mutter die Luft scharf einsog. Ihr Vater war glücklicherweise in ein Gespräch vertieft. Irma blickte an der freundlichen Frau herunter, der sie gratulieren sollte. Elfenbeinfarbenes Kleid mit Spitze und Perlen besetzt, die Volants plätscherten wie Kaskaden vom üppigen Busen abwärts. Die Taille wurde durch ein stramm geknöpftes Mieder im Zaum gehalten. Das flackernde Kerzenlicht ließ den Seidenstoff schimmern, der in einer weiten Schleppe auslief. Irma begriff. Sie hatte die Braut vor sich, das Brautpaar, um genau zu sein.

»Verzeihung, ich bin mit meinen Gedanken hin und wieder woanders«, erklärte sie.

»Leider Gottes«, zischte ihre Mutter.

»Alles Gute zur Vermählung«, sagte Irma und deutete einen Knicks an, den Blick zu Boden gerichtet, damit die frischgebackene Frau Troplowitz in ihren Augen nicht ihre Meinung zu diesem Spektakel hier erkannte.

»Danke schön!« Das klang fröhlich, wie von einem Kind, dem man gerade einen Apfel geschenkt hatte. »Sie malen also, interessant. Mir fehlt leider die nötige Begabung, aber ich beschäftige mich theoretisch sehr gern mit Kunst. Wenn sie es ist, an der Ihre Gedanken hin und wieder hängen bleiben, kann ich das gut verstehen.« Sie lächelte.

Irmas Vater stellte sie nun auch dem Bräutigam vor, doch sie hörte nicht zu, was geredet wurde, sondern verschanzte sich nur hinter einem starren Lächeln. Unterdessen betrachtete sie das Paar. Es ging ihnen gut, sie aßen gern, wie es aussah. Fett waren sie gewiss nicht, aber doch recht gut gepolstert.

»Wie es aussieht, amüsieren Sie sich bereits. Das ist gut.« Die gezwirbelten Bartenden über Herrn Troplowitz' Oberlippe schoben sich in die Höhe. »Das ist sogar sehr gut. Denn leider müssen wir Sie schon wieder verlassen.« Er deutete mit dem Kopf auf die nächsten Gäste, die eingetroffen waren und darauf warteten, ihre Glückwünsche auszusprechen.

»Wir müssen unbedingt später noch ein wenig plaudern«, sagte Frau Troplowitz und legte Irma kurz die Fingerspitzen auf den Arm, ehe sie lächelnd an der Seite ihres Mannes davonging. Irma spürte die Hand ihres Vaters im Rücken, der sie vorwärts schob. Ein Mädchen kam mit einem Tablett zu ihnen. Irma nahm eines der Gläser, in denen es verheißungsvoll perlte, und trank es leer, während ihre Eltern gerade erst zugriffen. Es zahlte sich eben aus, schnell zu sein. Sie stellte das Glas zurück und nahm ein zweites. Der Alkohol stieg ihr sofort zu Kopf. Es zahlte sich sogar doppelt aus, keine Zeit zu verlieren, stellte sie belustigt fest. Ihre Mutter schnappte nach Luft, ihr Vater kündigte Konsequenzen an, wenn sie später wieder zu Hause wären. Womit wollte er ihr drohen? Durfte sie womöglich das nächste Mal nicht mitgehen, wenn sie wieder eingeladen waren? Wie bedauerlich. Sie lächelte die Dunkelheit, die sich in ihr zusammenballen wollte, einfach weg. Ein Ehepaar kam auf ihre Eltern zu, man begrüßte einander. Irma nutzte die Gelegenheit und suchte sich ein Plätzchen, von wo sie das Geschehen ungestört beobachten konnte.

Irma lehnte sich an eine der Säulen, die die Galerien trugen. Sie ließ ihren Blick wandern. Überall Tische mit weißen Decken, weißem Porzellan, die Teller mit Goldrand, auch das Besteck golden glänzend und poliert. Irma nahm einen großen Schluck und hielt nach dem Mädchen mit dem Tablett Ausschau. Sie musste sich rechtzeitig in ihre Nähe begeben, um erneut die Gläser zu tauschen. Hitze stieg in ihr auf, so plötzlich, dass sie die Stirn gegen die steinerne Säule legte. Herrlich.

»Geht es Ihnen nicht gut?«

Irma erschrak. Sie blickte in braune Augen, die nicht erkennen ließen, ob der Mann sich um sie sorgte oder es missbilligte, dass sie angetrunken war.

»Doch, bestens«, entgegnete sie schnippisch.

»Schön.« Er zögerte, nickte und ging. Ein großer schlanker Mann mit braunem Haar und auffallend gerader Haltung. Wie konnte jemand nur derartig viel Selbstbewusstsein ausstrahlen? Irma leerte ihr Glas in einem Zug, legte einen Arm um die Säule und hielt sich daran fest, wie an einem Geliebten. Sie hatte dem Fremden nachgesehen, jetzt blieb ihr Blick an dem Brautpaar hängen, das unaufhörlich Gäste begrüßte. Nicht auszudenken, wie sie am Tag ihrer Silberhochzeit aussehen würden. Sie glichen einander jetzt schon wie ein Grashalm dem anderen. Was mochten sie gedacht haben, als sie einander zum ersten Mal begegnet sind? Hach, wie nett, mein Ebenbild. Wer mir so ähnlich ist, den kann ich ohne Bedenken heiraten. Gott, wie langweilig! Irma konnte sich beim besten Willen nicht vorstellen, dass dieser Mann mit dem samtigen Haar und den vergnügt blitzenden Augen eine Frau überraschen konnte, begehren oder gar um den Verstand bringen. Er würde sie gut versorgen, wenn sie Glück hatte, ihre Wünsche erfüllen, die sich mit Geld erfüllen ließen. Sie würde bei ihm liegen, pflichtbewusst, und froh sein, wenn sie einen Stammhalter zur Welt brachte. Welch ein armseliges Leben. Irma wollte mehr. Gerade riss der Strom der eintreffenden Gäste für einen Augenblick ab, das Brautpaar hatte einen Moment für sich. Irma sah, wie er ihr etwas zuflüsterte, die Hand auf ihrer Schulter. Ihr Gesicht nah an seinem Mund. Plötzlich warf Gertrud Troplowitz den Kopf zurück und lachte. Heiter, glücklich. Die beiden sahen einander an, als wären sie allein in dem Saal. Sie schienen ihre Hochzeitsgesellschaft tatsächlich für Sekunden vergessen zu haben. Vielleicht waren sie einander nicht ähnlich, dämmerte es Irma durch den Nebel, der sich in ihrem Kopf gebildet hatte, vielleicht waren die beiden zwei Hälften einer Einheit. Sie schienen sich doch wahrhaftig mit Blicken zu verstehen. Wie war so etwas nur möglich? Gab es für jeden Menschen diese zweite Hälfte? Und wenn ja, wie sollte man sie nur finden? Das Mädchen mit dem Tablett tänzelte an ihr vorbei, Irma ließ die Säule los, machte einen Schritt und schnappte sich ein Glas. Unter der Galerie auf der gegenüberliegenden Seite des Saals entdeckte sie den Mann mit dem braunen Haar und den braunen Augen wieder. Er starrte sie an. Unverschämt! Irmas Wangen glühten. Er wandte den Blick nicht ab, obwohl sie ihm standhielt. Irma hob das Glas, nickte ihm zu und trank.

Sie brachte den Abend irgendwie herum. In einer Wolke aus Champagner, Wein, Musik und braunen Augen. Die Braut mit dem Namen, der Irma mit jeder weiteren Stunde, die sie in dem Saal aushielt, schwerer über die Lippen kam, vergaß ihr Versprechen nicht. Sie nahm sich wirklich Zeit für ein längeres Gespräch mit Irma und echauffierte sich nicht einmal darüber, dass sie unsicher auf den Beinen war.

»So ein schöner Abend. Sie haben vollkommen recht, ihn in vollen Zügen zu genießen«, sagte Gertrud Troplowitz ohne jeden Spott. Sie war nett, ob es Irma nun passte oder nicht. Sie waren beide nett. Jawohl, nett und offen und kein bisschen borniert. Vor allem ihr Interesse an Kunst und der Malerei machte die zwei sehr sympathisch. Wenn Irma ehrlich war, dann freute sie sich sogar, sie kennengelernt zu haben. Wer hätte das gedacht? Dennoch war sie froh, als sie sich verabschieden konnte. Vorbei, geschafft. Irma würde nie heiraten, schwor sie sich ein weiteres Mal, als sie in den Wagen kletterte. Niemals. Das käme nur in Frage, wenn die Liebe wie ein Blitz einschlüge. Wenn ihre zweite Hälfte vor ihr stünde und sie das sofort erkannte. Es musste mehr prickeln als Champagner und sich wärmer anfühlen als Rotwein, aufregender sein als ein Paar selbstsicher blickende braune Augen. Es musste innig sein und ihr den Atem rauben, ein größeres Gefühl als alle, die je zuvor in ihr gewesen waren. Aber das war nur Poesie und eben nicht die Wirklichkeit.

4
Gerda

Die Hochzeit war ganz wundervoll gewesen. Sowohl Oscars als auch ihre Eltern waren schon zwei Tage zuvor angereist. In Metscher's Gesellschaftshaus hatte sich alles versammelt, was in Altona und im nahen Hamburg Rang und Namen hatte. Dazu Verwandtschaft und einige von Oscars Weggefährten seiner Studienzeit in Breslau und Heidelberg. Auch Geschäftsleute aus Posen hatte ihr Vater eingeladen, die Gerda kannte, seit sie ein kleines Mädchen war. Es war ein gelungenes Fest, von dem man noch lange reden würde. Im Grunde legte Gerda zwar keinen Wert darauf, aber für Oscar war es von Bedeutung, dass sein Name im Gespräch blieb. »Haben Sie schon gehört? Die Hochzeit des Herrn Apotheker und Doktor der Philosophie soll ja ganz prachtvoll gewesen sein. Übrigens hat er vor Kurzem ein neues Pflaster kreiert. Es soll gegen Hühneraugen helfen.«

Gerda musste lächeln. Tatsächlich war die einzige schmerzhafte Erinnerung an ihren Hochzeitstag diejenige des Brauttanzes. Ihr lieber aufmerksamer Oscar hatte sofort bemerkt, dass ihr etwas weh tat, obwohl sie das Gesicht höchstens ganz kurz und nur ein kleines bisschen verzogen haben konnte.

»Entschuldige, Liebste!«, hatte er gesagt.

»Wofür entschuldigst du dich?«

»Ich dachte, ich wäre dir auf den Fuß getreten. Ich bin nicht gerade ein eleganter Tänzer.«

»Nein, das bist du nicht«, hatte sie geantwortet und dann erst gemerkt, wie er das verstehen musste. »Du bist mir nicht auf den Fuß getreten, meine ich.«

Es waren ihre schmalen Schuhe gewesen, die sie beinahe umgebracht hätten.

»Ich kümmere mich darum, Mutzl«, hatte er versprochen. So war ihr Oscar. Er kümmerte sich darum, wenn ihre Haut spannte, wenn ihre Augen brannten oder eben wenn sie Druckstellen von zu engen Schuhen bekam. Sie wünschte, sie könnte umgekehrt auch seine Probleme lösen. Noch immer hatten er und Beiersdorf unterschiedliche Auffassungen davon, was im Unternehmen welche Bedeutung hatte. Daran würde sich kaum etwas ändern. Dummerweise war das der Schuh, der Oscar drückte. Hoffentlich würde ihre kleine Hochzeitsüberraschung ihm Freude machen und ihn für ein paar Stunden ablenken. Der Kunstverein Hamburg hatte eine Einzelausstellung von Anna Dorothea Therbusch zusammengetragen. Eine wirklich seltene Gelegenheit, so viele Werke der Malerin beieinander bewundern zu können. Seit ihre Mutter den Namen der Künstlerin einmal erwähnt hatte, beschäftige sich Gerda mit ihr. Der Skandal, den ihr Akt des Kunstkritikers Denis Diderot ausgelöst hatte, war in Gerdas Augen nur ein mehr oder weniger amüsantes Detail. Was hätte sie denn machen sollen, wenn man sie als Frau vom Unterricht ausschloss, sobald Aktzeichnen auf dem Lehrplan stand? Gerda war so fasziniert von dem Talent der Therbusch, dass sie Oscar einmal deren Selbstporträt gezeigt hatte, ein Werk, das nicht lang vor dem Tod der Malerin entstanden war.

»Donnerwetter«, hatte Oscar gesagt, »die Falten ihres Kleides, der Glanz des Stoffes und der durchscheinende Tüll … Man möchte meinen, man hätte eine Fotografie vor der Nase. Nur wäre die weniger klar.« Von dem Anblick des Gesichts, das einen so lebendig und klug aus dem Selbstbildnis ansah, konnte er sich kaum lösen. Gerda war sicher, die Ausstellung würde ihm große Freude bereiten. Immerhin hatte er einmal Kunsthistoriker werden wollen. Wenn er sich beruflich nun schon mit Tinkturen und Verbänden beschäftigte, anstatt mit Ölfarbe und Leinwand, sollte er zumindest in seiner freien Zeit etwas Schönes für Herz und Gemüt haben. Gerda kam ein noch besserer Gedanke: Sie könnte Kunstsalons organisieren! Den Malwettbewerb, den sie für ihren Vater und den Apothekerverband auf die Beine gestellt hatte, betreute zwar wegen Gerdas Umzugs nach Altona die Tochter eines Posener Arztes zu Ende, aber es war Gerdas Idee. Sie hatte sich um sämtliche Vorbereitungen gekümmert, Texte für die Aufrufe verfasst, Kriterien für die Bewertung und Preisvergabe festgelegt. Oscar war Feuer und Flamme gewesen.

»Ich liebe es, wenn du hochkonzentriert bei der Sache bist. Du gehst in diesem Wettbewerb auf, bist ganz in deinem Element. Das ist schön zu beobachten. Ich würde mir wünschen, dass du so etwas öfter machst.« Zwinkernd hatte er hinzugefügt: »Das hätte für mich den Vorzug, Kunstprojekte hautnah mitzuerleben, für die ich selbst keine Zeit hätte.«

Künstlersalons wären genau das Richtige. Allein bei dem Gedanken schlug Gerdas Herz einen Takt schneller vor Freude. Allerdings konnte sie das Vorhaben kaum in die Tat umsetzen, solange sie in der Beiersdorfschen Wohnung lebten. Aber das sollte schließlich nicht für ewig sein, und es sprach nichts dagegen, schon jetzt ein kleines Netz zu spinnen und die richtigen Leute kennenzulernen. Die von Hohenlamburgs kamen ihr in den Sinn. Deren Tochter Irmgard war ein außergewöhnliches Mädchen. Sie konnte einem leid tun. Als ob zwei Kräfte in der jungen Frau wüteten und sie zu zerreißen drohten. Sie war jünger als Gerda, wohl aber nicht viel.

Doch ihre Augen wirkten so viel reifer, als hätten sie etwas gesehen, das nur wenige Menschen zu sehen bekamen. Sie wusste viel über Malerei und hatte eine Zeichenausbildung erhalten. Ihre Eltern erhofften sich anscheinend, dass Irmgard in die Fußstapfen einer Maria Sibylla Merian treten und sich als Blumenmalerin einen Namen machen würde. Nur stand Irmgard danach offenbar nicht im Geringsten der Sinn. Wie hatte sie sich ausgedrückt?

»Halten Sie es ernsthaft für interessant, Blüten, Blätter und Knospen anzustarren und auf Papier zu bringen?« Dieser Blick dabei, voller Spott und auch ein wenig überheblich für eine junge Frau, die noch nichts vorzuweisen hatte.

»Ich habe die Erfahrung gemacht, dass genaues Hinsehen ausgesprochen interessant sein kann. Und ich denke, ihr geschultes Auge, ihre Geduld und ihre gute Beobachtungsgabe haben der Merian einigen Ruhm als Naturforscherin eingebracht. Ihr Buch über die Schmetterlinge gilt als Standardwerk.«

»Blümchen und Schmetterlinge«, hatte die junge Frau gesagt und plötzlich gestockt. Gerda erinnerte sich genau daran, wie der Gesichtsausdruck von Irmgard von Hohenlamburg sich von einer Sekunde auf die andere verändert hatte. Und dann hatte sie mit schwerer Zunge und leiser rauer Stimme erklärt: »Das Verhalten der Menschen beobachten und in einem einzigen Bild festhalten, das wäre Kunst.« Gerda beschloss, ihr demnächst einen Besuch abzustatten. Sie würde gern ein paar Arbeiten von ihr sehen. Falls die nur annähernd so interessant waren wie die Künstlerin selbst, sollte man sie einem Publikum zugänglich machen.

Doch zunächst einmal musste Gerda sich in Altona einleben. Oscar hatte nicht zu viel versprochen, es war ein freundliches Städtchen, in dem der Handel sich prächtig entwickelte. Für Radfahrer gab es einen Velozipeden-Club, der hier ganz modern Bicycle-Club genannt wurde, außerdem gab es ein beeindruckendes Kriegerdenkmal am Ende einer hübschen Allee, ein weiteres Denkmal mit Kanonen davor und ein Stadttheater sowie eine städtische Badeanstalt. Sie hatten auch schon Ausflüge nach Hamburg unternommen. Gerda war zutiefst beeindruckt von den Bautätigkeiten. Ein neues riesiges Rathaus wuchs mit jedem Tag. Und erst die Speicher zwischen Zollkanal und Sandtorhafen! Nie zuvor in ihrem Leben hatte sie etwas Mächtigeres gesehen, dabei war die Anlage noch längst nicht fertig. Auf Gerüsten in schwindelerregender Höhe kletterten unzählige Arbeiter wie Ameisen herum.

»Wie kann man nur den Überblick behalten und dafür sorgen, dass am Ende alles da steht, wo es hingehört, und dass es auch noch für die nächsten hundert Jahre hält?«, hatte sie leise gefragt und ganz fest Oscars Hand gehalten. »Die Planer müssen sehr kluge Menschen sein.«

»Ganz sicher«, stimmte Oscar ihr zu. »Und wie mutig, fleißig und kräftig müssen jene sein, die jeden einzelnen Ziegel bewegen, die Mörtel schmieren und die glasierten Ziersteine ins Lot bringen. Ohne sie nützte all die Klugheit der Planer nichts.« Da hatte er recht.

Gerdas Alltag war davon bestimmt, kurze Spaziergänge zu unternehmen, zu lesen und die verschiedenen Kulturangebote auszuloten. Sie legte sich ein Büchlein darüber an, welche Galerien es gab und welchen Schwerpunkten diese sich gegebenenfalls annahmen. Dazu notierte sie sich, wer etwas zu sagen hatte, wer etwa darüber entschied, welcher Künstler gezeigt wurde. Auf die gleiche Art lernte sie die Museen der Umgebung kennen. In Gesprächen mit Verantwortlichen fand sie beispielsweise heraus, dass der altehrwürdige Hamburger Kunstverein sich die Entwicklung des Kunstsinnes in der Bevölkerung auf die Fahnen geschrieben hatte. Die einstige Tradition, auch begabten Laien eine Bühne zu bieten, war dagegen ein wenig in Vergessenheit geraten. Gerda suchte nicht nach bereits erfolgreich existierenden Leitgedanken, die sie mit ihrem Vorhaben kopieren konnte. Im Gegenteil. Sie wollte in eine Lücke stoßen. Mit jeder weiteren Unterhaltung, mit jeder Vereinssatzung, die sie in die Finger bekam, wuchs ihre Freude. Ganz offensichtlich gab es kaum jemanden, der talentierten Anfängern ein Forum bot. Aber genau das wollte Gerda mit ihren Salons liebend gern tun. Ob Laien, Studierende oder Künstler, die gerade erst eine Ausbildung abgeschlossen hatten, ganz egal, Hauptsache, sie verfügten über einen eigenen Stil, ragten aus der Masse heraus, hatten aber nicht die nötigen Verbindungen, um vor einem breiten Publikum in Erscheinung zu treten.

An manchem Tag blickte sie ungeduldig zur Uhr, weil sie sich so sehr auf Oscar freute, an anderen war sie derartig beschäftigt, dass sie ihn überrascht ansah, wenn er durch die Tür trat, weil sie gar nicht bemerkt hatte, wie viele Stunden verflogen waren. So oder so war es ihr jeden Abend eine Freude, ihm von ihren Erlebnissen zu erzählen und von seinen zu hören. Obwohl er vor Begeisterung für das Geschäft glühte, fiel er jedes Mal regelrecht in sich zusammen, wenn er auf die Meinungsverschiedenheiten mit Beiersdorf zu sprechen kam. Sie wurden einfach nicht weniger, sondern nahmen leider immer noch zu.

»Es kann nicht funktionieren«, sagte Oscar eines Abends, begleitet von einem tiefen und irgendwie endgültigen Seufzer. »Das Sozietätsverhältnis noch bis Ende dieses Jahres aufrechtzuerhalten, wie wir es geplant hatten, ist schier unmöglich.«

»Was ist es denn jetzt wieder, worüber ihr euch nicht einigen könnt? Besteht er darauf, dass die Etiketten doch wieder von Hand geschrieben werden sollen?«

»Wenn es nur solche Details wären, würde sich ein Weg finden lassen. Es ist das Grundsätzliche.« Er stöhnte, rieb sich die Stirn, zum ersten Mal schien er tatsächlich keine Lösung parat zu haben. »Er hat die Betriebsräume von Anfang an so geplant, dass eine Vergrößerung nicht möglich ist. Wir können nicht mehr Arbeiter beschäftigen, weil es schlicht keinen Platz für sie gibt. Das ist doch absurd.«

»Aber Betriebsräume kann man doch wechseln.« Gerda betrachtete ihn aufmerksam.

»Das sagst du, Mutzl. Bloß will Herr Beiersdorf davon nichts hören. Es macht mich ganz verrückt, es ist, als habe er eine Allergie gegen Erfolg.«

»Kannst du nicht ein Pflaster dagegen entwickeln?«

Er musste lachen, wenigstens etwas. »Schön wär's. Dummerweise ist mir keine Rezeptur bekannt, die Schranken im Denken löst und Mut und Einfallsreichtum fördert.«

Gerda dachte einen Moment nach. »Vielleicht solltet ihr euch ganz in Ruhe unterhalten. Nicht in eurem Kontor oder im Laboratorium.«

»Da schon gar nicht«, knurrte Oscar. »Wir passen ja kaum zu zweit hinein.«

Sie lachte. »Im Ernst, lade ihn zu uns ein, Bärchen.« Oscar zog überrascht die Augenbrauen hoch. »Wir leben immerhin in seiner Wohnung …« Weiter kam sie nicht.

»Ich staune nicht über den Vorschlag, sondern über das, was du eben zu mir sagtest.«

»Bärchen?« Gerda spürte, wie ihre Wangen warm wurden. »Entschuldige. Es ist dein Haar. Es hat mich schon immer an das Fell eines Bären erinnert.«

»Wirklich?« Er strich sich durch den Schopf. Plötzlich trat ein belustigtes Blitzen in seine Augen. »Was bin ich froh, dass meine Haare dich nicht an die Borsten eines Wildschweins erinnern.« Er nahm lachend ihre Hand und drückte sie. Schnell wurde er wieder ernst. »Glaubst du, dass er sich hier auf unserer Chaiselongue leichter überzeugen lässt als hinter seinem Schreibpult?« Sie brauchte ihm nicht zu antworten. »Vielleicht hast du recht.«

»Wir trinken zusammen Kaffee, essen Sahnetorte, dann ziehe ich mich zurück, und ihr tauscht euch über dieses oder jenes aus, ehe du zum Punkt kommst.«

Wenige Tage später war es so weit. Paul Carl Beiersdorf betrat die Stube, in der Gerda und Oscar für eine Weile zu Hause waren. Er war freundlich und höflich. Gerda wusste, dass er verheiratet war und Kinder hatte, allesamt wohl schon aus dem Gröbsten raus. Von seiner Familie erzählte er nicht, dafür recht offen von seiner beruflichen Vergangenheit. Sie nutzte die Gelegenheit, ihn genauer zu betrachten. Das Haar war glatt und sah viel dünner aus als Oscars. Dafür bedeckte ein dunkler krauser Bart sein Kinn, die Oberlippe und einen erheblichen Teil der Wangen. In seinem Blick lag Entschlossenheit. Schwer vorstellbar, dass er jemals von einer einmal gefassten Meinung abrückte. Gerda meinte aber noch einen anderen Ausdruck zu erkennen. Trauer. Obwohl er einerseits stark wirkte, hätte sie ihn am liebsten getröstet, so verloren sah er aus. Er hatte bereits zwei Apotheken geführt, eine davon in Niederschlesien, ehe er 1880 nach Hamburg kam, erzählte er. Dort hatte er wiederum eine Apotheke erworben.

»Ausgerechnet in der Nähe der Kirche St. Michaelis«, erzählte er freimütig.

»Was ist daran schlecht?« Gerda hatte sich aus der Konversation weitgehend heraushalten wollen, aber die Frage hatte sich ihr einfach aufgedrängt.

»Das Viertel ist eines der ärmsten der Stadt. Wer dort lebt, kann sich keine Medizin leisten«, erklärte er. »Trotzdem eröffnete außer der meinen eine weitere Apotheke. Praktisch direkt vor meiner Nase.«

»Es kann sich für Ihren Konkurrenten doch unmöglich gelohnt haben«, wandte Oscar ein.

»Es hat sich für ihn gelohnt, weil er Hilfe hatte. Ein Arzt, der dort und in den umliegenden Vierteln einen ausgezeichneten Ruf genoss, lud seine Patienten zu Sprechstunden in eben diese Apotheke ein.« Gerda glaubte sich verhört zu haben und machte offenbar ein entsprechend verdutztes Gesicht. »Sie haben ganz richtig verstanden, liebe Frau Troplowitz.«

»Mussten Sie Ihre Apotheke schließen?«, fragte sie zaghaft.

»Nein. Sie brachte kaum etwas ein, aber geschlossen habe ich sie nicht. Sie verfügte nämlich über ein kleines Labor«, berichtete er lächelnd. »Dort war ich ohnehin mehr in meinem Element als hinter dem Verkaufstresen.« Wenn Gerda auch gern weiter zugehört und mehr über Herrn Beiersdorf erfahren hätte, erkannte sie doch das perfekte Stichwort für Oscar, über eine neue Arbeitsteilung zu sprechen. Entwicklung der eine, Verkauf und Reklame der andere. Es war genau der richtige Moment, sich schleunigst zu verabschieden.

»Ich denke, ich lasse die Herren jetzt allein. Für mich ist es Zeit, mich ein wenig auszuruhen.« Sie stand auf, augenblicklich erhoben sich auch Oscar und Herr Beiersdorf. Als sie an der Tür war, hörte sie ihren Mann sagen: »Für mich ist das einer der Vorteile der Selbständigkeit, man kann sich auf seine eigenen Stärken und Interessen konzentrieren und die Dinge, die einem weniger liegen, anderen überlassen.«

Gerda schloss die Tür hinter sich und lauschte noch kurz. Doch die beiden Herren kamen nicht umgehend auf das Thema zu sprechen, das Oscar so auf der Seele brannte. Anscheinend war Herr Beiersdorf in Erzähllaune. Er berichtete davon, wie er zahlreiche Ärzte aufgesucht und ihnen seine Dienste verschiedenster Laborarbeiten angeboten hatte und wie es so auch zur Bekanntschaft und schon bald Freundschaft mit Hautarzt Dr. Unna gekommen war. Oscar würde Geduld brauchen, ehe er die heiklen Fragen anpacken konnte.

Gerda vertiefte sich in einen hochinteressanten Artikel über Pierre-Auguste Renoir. Eine französische Sammlerin und Veranstalterin von Kunstsalons hatte nicht unerheblich dazu beigetragen, dass sein Werk und damit auch sein Name in der Gesellschaft bekannt wurden. Gerda konnte dem Gedanken, selbst solche Salons zu organisieren, immer mehr abgewinnen. Mit jeder Zeile wurde ihr klarer, wie viel Freude es ihr machen würde. Und Oscar bestimmt ebenfalls. Sicher gab es in Altona oder zumindest in Hamburg talentierte Künstler, die in die Öffentlichkeit gehörten, denen aber sowohl die finanziellen Mittel als auch die nötigen Kontakte fehlten. Diese Talente zu entdecken und zu fördern, wäre eine wirklich reizvolle Aufgabe. Sofort fiel ihr Irmgard von Hohenlamburg ein.

Vielleicht war sie einer dieser Rohdiamanten, die nur noch geschliffen werden mussten. Gerade las Gerda, wie sehr Renoir es schätzte, einfache Blumenstillleben zu malen, was sie erneut an Irmgard denken ließ, als die Stimmen in der Stube lauter wurden. Sie klangen nicht gerade freundlich oder heiter. Alarmiert sprang sie auf und ging auf Zehenspitzen zur Tür.

»Die Etikettierung ist das eine«, hörte sie Oscar mühsam beherrscht sagen, »in Zukunft werden aber auch Maschinen in anderen Bereichen benötigt. Nur haben wir keinen Platz dafür. Ich sehe gar keine andere Möglichkeit, als in neue Räume zu ziehen.«

»Ich sagte es Ihnen schon, lieber Troplowitz, das ist Unfug. Der Platz hat bisher gereicht, er wird auch in Zukunft reichen.«

»Der Platz reicht?« Jetzt war es um Oscars Fassung geschehen. »Ich bitte Sie, lieber Herr Beiersdorf, das Laboratorium misst fünf Quadratmeter. Fünf! Wenn dort zwei Personen arbeiten, kann eine dritte nur vom Flur hereinschauen.«

»Mehr als zwei Personen müssen dort nicht gleichzeitig arbeiten«, gab Beiersdorf zurück. Auch er war lauter geworden, wenn auch nicht so sehr wie Oscar. Dafür klang er umso härter. Gerda überlegte hektisch, was sie tun konnte. Wäre es klug, die beiden an dieser Stelle zu unterbrechen, damit sie sich sammeln konnten? Doch womöglich mussten sie es jetzt und hier austragen, ganz gleich, zu welchem Ergebnis ihr Disput führen würde.

»Bisher vielleicht nicht. Wie sollen wir aber wachsen?« Oscar dämpfte seinen Ton wieder ein wenig.

»Ist es denn immer nötig zu wachsen? Kann es nicht bleiben, wie es ist, wenn es doch gut ist?«

»Ja, sicher«, stimmte Oscar halbherzig zu, machte dann aber doch keine Mördergrube aus seinem Herzen. »Nein, kann es nicht! Weil es nicht gut bleiben wird, wenn wir nicht wachsen und uns an die moderne Welt anpassen. Die Konkurrenz wird uns überholen, abhängen. Wenn wir uns nicht entwickeln, werden wir auf der Strecke bleiben, Herr Beiersdorf.«

»So gut ich Sie auch leiden kann, Troplowitz, und so kompetent Sie in meinen Augen auch sind, aber diese ewigen Diskussionen gehen mir, mit Verlaub, allmählich gegen den Strich. Können Sie nicht endlich Ruhe geben?« Er hatte beinahe geschrien. Gerda legte erschrocken eine Hand auf ihr Schlüsselbein.

»Ich werde niemals Ruhe geben«, kam es von Oscar nicht minder donnernd zurück. »Denn wenn ich das tue, ist die Zukunft von P. Beiersdorf besiegelt.«

»Noch mehr Unfug!« Ein Rascheln. Vermutlich war einer der Männer aufgesprungen. Oder beide. »Mein Sohn hätte … Er wäre nicht auf so alberne Einfälle gekommen …«

»Dann hätten Sie besser Ihrem Sohn das Labor anvertraut, statt es zu verkaufen.« Schnelle Schritte. Gerda machte einen Satz zurück. Gerade noch rechtzeitig, denn da wurde die Tür aufgerissen. Sie sah Oscar, der ihr den Rücken zudrehte. Er war doch nicht etwa im Begriff, Herrn Beiersdorf hinauszuwerfen? Aber genau danach sah es aus. Sie rührte sich nicht vom Fleck, traute sich kaum, Luft zu holen. Sie wollte um keinen Preis entdeckt werden.

»Mein Sohn ist tot. Er hat sich erschossen.« Das war Beiersdorfs Stimme, plötzlich ganz rau und brüchig.

Oscar schloss langsam die Tür. »Das tut mir sehr leid«, hörte Gerda ihn sagen.

»Erst behauptete er, der Sohn hätte der perfekte Nachfolger werden können, doch dann hat er sich entschuldigt und gesagt, dass es wohl nie dazu gekommen wäre.« Oscar war noch immer aufgewühlt, als er Gerda am Abend alles erzählte.

»Nun mal langsam und von Anfang an. Sein Sohn hat sich selbst getötet?« Sie mochte es gar nicht in den Mund nehmen, so ungeheuerlich war es.

»Mit der Pistole seines Vaters.«

»Du lieber Himmel!«, flüsterte sie.

»Es ist im März letzten Jahres geschehen.« Oscar hatte sich ein wenig gesammelt und sprach ruhiger. »Es war sein ältester Sohn, aber dennoch erst ein junger Kerl von gerade einmal sechzehn Jahren.«

»Aber warum nur?«

»Er war auf dem Gymnasium und schaffte die Versetzung in die nächste Stufe nicht.«

»Das ist doch kein Grund.«

»Für ihn schon.« Oscar machte eine lange Pause. »Vor dem Wohnhaus der Familie hat er es getan«, sagte er dann stockend.

Gerda schüttelte den Kopf, schluckte. »Es muss ein schlimmer Schock gewesen sein«, sagte sie, als ihre Stimme ihr wieder gehorchte.

»Ich glaube, Beiersdorf steht noch immer unter Schock. Nur wenige Wochen danach hat er sein Laboratorium zum Verkauf inseriert.«

»Der arme Mann.« Gerda seufzte. »Die arme Familie. Wie soll man nur weiterleben, wenn etwas so Grauenvolles geschehen ist? Wenn ich mir vorstelle, wir haben irgendwann Kinder, und eines davon …«

»Psst«, machte er und nahm ihre Hand. »Stellen wir uns einfach nur vor, dass wir irgendwann Kinder haben. Mehr nicht.« Er lächelte. Zwar musste sie noch immer gegen die Tränen kämpfen, aber sie fühlte sich auf der Stelle sicher und geborgen.

Plötzlich kam ihr ein Gedanke. »Glaubst du, er hat das Inserat übereilt aufgegeben? Kann doch sein, dass er den Schritt längst bereut und es dir deshalb so schwer macht.«

»Nein, nein, mir scheint es eher so, als bräuchte er eine Veränderung. Wenn du mich fragst, sollte er sogar darüber nachdenken, sein Wohnhaus und die Stadt zu verlassen. Es würde der ganzen Familie guttun, wenn sie im wahrsten Sinn des Wortes Abstand gewinnen könnte.« Einige Augenblicke saßen sie da und hingen ihren Gedanken nach. Dann sagte Oscar: »Der Verkauf war ganz sicher der richtige Schritt. Wenn er weiter in dieser Starre verharrt, was ich vermute, dann richtet er den Betrieb zugrunde.« Ein Partner konnte das verhindern. Jedenfalls wenn Herr Beiersdorf sich auf dessen Entscheidungen einließ.

»Ihr habt noch lange gesprochen«, begann sie behutsam. »Habt ihr euch denn am Ende wenigstens einigen können?«

»Ja, das haben wir. Wir beenden unsere Zusammenarbeit, und ich übernehme das Geschäft allein. So schnell es nur geht.«

Nur wenige Tage nach der Aussprache, die einen so überraschenden Ausgang genommen hatte, reiste Gerdas Vater an. Durch die Wendung änderte sich nicht zuletzt auch die finanzielle Situation völlig. Die volle Kaufsumme wurde auf einen Schlag fällig. Damit nicht genug, wollte Oscar obendrein unbedingt so rasch als möglich aus dem Hinterhaus an der Oelkersallee aus- und in neue Räume einziehen, was weitere Kosten verursachen würde. Gerda zweifelte nicht daran, dass ihr Vater ihren Mann unterstützen würde, und es stand ja auch noch ein Teil ihrer Mitgift aus. Sie machte sich daher keine Sorgen. Und sie behielt recht. Schnell war das Nötige besprochen.

»Ich habe schon Räumlichkeiten in Ottensen in Aussicht«, erklärte Oscar. Seit er allein schalten und walten durfte, war er voller neuem Tatendrang. »Das ist ein neuer Stadtteil Altonas, in dem sich in den letzten Jahren reichlich Industrie niedergelassen hat. Ich denke, ich passe sehr gut dorthin.«

»Also, mein Sohn«, setzte Gustav mit einer sehr zufriedenen Miene an, »dann wird es nun doch bald Laboratorium dermatopeutisch … dermato-therapeutischer Pä…« Er holte Luft, setzte neu an: »Präparate Topro… Herrgott, Troplowitz heißen.«

»Nein, das wird es ganz sicher nicht. Wenn selbst dir dieser Name nicht über die Lippen kommt, wie geht es erst den Einkäufern in fremden Ländern? Und die Menschen dort würden sich den Hersteller des Pflasters, das ihnen so prächtig geholfen hat, auch nicht merken und weitersagen können.«

»Fremde Länder? Mir ist zwar bekannt, dass Beiersdorf internationalen Handel getrieben hat. Meinst du nicht, du solltest dich dennoch zunächst auf das Geschäft im eigenen Land konzentrieren, Oscar?«

»Gewiss. Zunächst.«

»Im Deutschen Reich kann jeder den Namen aussprechen.«

»Wie du soeben eindrucksvoll bewiesen hast.« Oscars Lippen verzogen sich zu einem breiten Lächeln, seine sanften Augen blitzten.

»Du bist halb so alt wie Beiersdorf, du hast Zeit und musst noch lernen. Mit bedachten Schritten kommt der Kluge zum Ziel.«

»Es geht um mehr, verehrter Schwiegervater.« Oscar drückte das Kreuz durch. »Selbst wenn das Laboratorium des Herrn Beiersdorf erst acht Jahre besteht, hat es doch bereits einen beachtlichen Ruf innerhalb der Ärzteschaft.«

»Und bei Apothekern, das ist mir bekannt.«

»Nicht nur in Altona und Hamburg, sondern darüber hinaus«, fuhr er ruhig fort. »In nur acht Jahren sind weit über hundert Produkte entstanden, nicht wenige davon sind den Menschen vom Namen vertraut. Immer mit dem Zusatz Beiersdorf darunter. Das wird sich nicht ändern.« Ihr Vater setzte zu einer Erwiderung an, doch Oscar sprach bereits weiter: »Es kann meinem Geschäft nur schaden, wenn der Name, der bei den Menschen Vertrauen genießt, sich ändert. Noch dazu in einen schwer auszusprechenden, den jeder sofort als den Namen eines Juden erkannte.« Er sah von Gustav zu Gerda. »Eine Kleinigkeit werde ich doch ändern«, sagte er. »Ich werde & Co. hinzusetzen. Das soll reichen.«

Gerda bekam Oscar kaum noch zu Gesicht. Es war, als wolle er den gesamten Betrieb innerhalb weniger Wochen umkrempeln und ausbauen. Von bedachten Schritten, von denen ihr Vater gesprochen hatte, schien er nichts zu halten. Um sie nicht auch noch am Sonntag allein zu lassen, nahm er sich Arbeit mit nach Hause. Er wühlte sich durch Papiere und Rezepte. Bei der Gelegenheit stieß er auf Unterlagen, die ihn vollkommen in ihren Bann zogen.

»Was liest du da, Bärchen?«, wollte Gerda wissen.

»Dieses Klebeband«, murmelte er. »Es ist mir nicht untergekommen. Das verstehe ich nicht. Seine Eigenschaften …« Schon steckte seine Nase wieder in den Schriftstücken, und Gerda war vergessen. Nach einer Weile, in der er ein Blatt nach dem anderen hochgehoben und umgedreht hatte, als würde er nach der Formel des ewigen Lebens suchen, sah er sie an. »Bitte entschuldige, Mutzl.« Er schob die Zettel zwischen zwei Pappdeckel. »Ich möchte wetten, Beiersdorf hat den Sinn in der Entwicklung dieses Bandes nicht gesehen. Er hatte Erfolg mit seinen Guttapercha-Pflastern, damit sollte es genug sein. Dabei bin ich sicher …« Wieder stockte er mitten im Satz. Dann strahlte er sie an. »Alles spricht dafür, dass vor geraumer Zeit an einem Klebeband geforscht wurde, das allerdings nicht in der aktuellen Produktpalette auftaucht. Dabei klingt alles, was ich darüber lese, mehr als interessant. Glücklicherweise steht ein Name auf einem der Blätter. Hermann Krause. Das ist keiner meiner Mitarbeiter, aber offenbar war er früher für das Laboratorium tätig. Ich werde diesen Herrn Krause ausfindig machen.« Er erhob sich. »Wäre doch gelacht!«

Eine Nachfrage bei Beiersdorf, mehr war nicht nötig. Im Handumdrehen hatte Oscar die Anschrift dieses Herrn Krause. Er wohnte in Hamburg. Oscar lud ihn zu sich und Gerda nach Hause ein.

»Es ist eine gute Idee, in einer privaten Atmosphäre miteinander zu reden, da hattest du ganz recht, Gerda«, betonte er.

»Wenn ich an den Ausgang des Gesprächs mit Herrn Beiersdorf denke, bin ich da nicht so sicher.«

»Es lag nicht an der Sahnetorte oder der Umgebung. Es wäre kein anderes Ergebnis möglich gewesen.« Er streichelte über ihre Wange. »An den Arbeitstagen fehlt mir die Zeit für eine Unterredung mit dem Herrn. Sollte ich mich am Sonntag mit ihm im Kontor verabreden, wäre meine wunderbare Ehefrau einen weiteren Tag allein zu Hause.«

»Sofern das nicht zur Gewohnheit wird, habe ich nichts dagegen einzuwenden. Ich verbringe gern einen ganzen Sonntag in einem Museum.«

Er zog eine beleidigte Miene. »So? Und ich dachte, du legst dabei Wert auf meine Begleitung.«

Gerda küsste ihn. »Das tue ich. Aber ich kann es verkraften, ausnahmsweise darauf zu verzichten. Außerdem verstehe ich doch, wie wichtig dieses Treffen für dich ist.«

»Ich hoffe sehr, dass es mir neue interessante Erkenntnisse bringt, ja. Und ich weiß, dass du Verständnis dafür hast. Das schätze ich sehr. Die Wahrheit ist: Ich möchte nicht auch noch den Sonntag im Kontor zubringen und von meiner wunderbaren Frau getrennt sein.«

In dem Moment ertönte die Türglocke.

»Das wird er schon sein.« Oscar ging ihm öffnen.

Das Erste, was Gerda von Hermann Krause zu sehen bekam, war der blond gelockte Schopf, der statt eines Scheitels eine runde Mulde vorzuweisen hatte. Wie ein Nest, dessen Bewohner kurzfristig ausgeflogen waren. Sie konnte es deshalb so gut sehen, weil er beim Eintreten mit dem Fuß hängen geblieben sein musste und nun mit den Händen nach Halt suchend vorwärts stolperte, Kopf voraus.

»Hoppla«, sagten Gerda und Oscar wie aus einem Mund.

»Herrje, Entschuldigung«, stammelte Krause. »Das ist mir schrecklich peinlich. Verzeihen Sie bitte, Herr Troplowitz. Frau Troplowitz, Sie natürlich auch. Also, Sie zuerst, die Dame zuerst … Tut mir wirklich leid, ich mache aber auch gleich alles falsch.«

»Schon gut, schon gut.« Oscar schlug ihm fröhlich auf die Schulter. Als er endlich aufhörte, von einem Fuß auf den anderen zu hüpfen und sich ständig von Gerda zu Oscar und wieder zu Gerda zu wenden, konnte sie ihn endlich anständig begrüßen. Sie hatte einen athletischen großen Mann vor sich, dessen graue Augen in seinem jungenhaften Gesicht sie sofort für ihn einnahmen. Er mochte nicht viel jünger als Oscar sein, wirkte auf sie jedoch wie ein Schüler, bestenfalls wie ein Student. Trotz seiner männlich-sportlichen Erscheinung, die Gerda nicht ohne eine gewisse Bewunderung wahrnahm, löste er in ihr nicht das Kribbeln aus, das Oscars Anblick verursachte. Dieser ungestüme Lockenkopf weckte eher Muttergefühle in ihr. Sie musste lächeln. Er lächelte freundlich zurück.

Als sie den mit Puderzucker bestreuten Napfkuchen auf den Tisch stellte, leuchteten seine Augen geradezu.

»Da läuft einem ja das Wasser im Mund zusammen, gnädige Frau. Ich muss gestehen, ich liebe alles Süße.« Er erschrak. »Ich meine, ich liebe Kuchen, Pudding, Schokolade, so etwas.« Ein freches Blitzen huschte durch seinen Blick. »Und ich liebe alles Deftige. Wurst, Schinken, Braten. Ich fürchte, ich bin ein Vielfraß.«

Kein Zweifel, das war er. Während Gerda und Oscar noch mit ihrem ersten Stück zu tun hatten, war sein Teller bereits blitzblank, und er lehnte nicht ab, als Gerda ihm ein weiteres Stück anbot. Auch zu einem dritten sagte er nicht nein. Wie war es möglich, dass er derartig viel vertilgte und gleichzeitig eine so schlanke Figur hatte?

»Ich bin mit fünf Brüdern und einem körperlich hart arbeitenden Vater aufgewachsen. Da habe ich mir angewöhnt, schnell zu essen. Hätte ich nicht immer dafür gesorgt, mir in Windeseile meinen Anteil zu sichern, hätte ich nichts abbekommen.«

Dieser Hermann Krause war von einer entwaffnend aufrichtigen Art. Gerda konnte ihn von der Sekunde leiden, in der er in ihre gute Stube gestolpert war.

»Sie sagten, Sie seien in der Forschung tätig«, begann Oscar, nachdem er seine Kuchengabel endgültig abgelegt hatte.

»Das ist richtig. Allerdings forsche ich noch nicht lange.«

»Ich hörte, Sie arbeiten an einer Salbe gegen Hornhaut. Wie weit sind Sie damit?«

»Leider nicht besonders weit«, gab Krause zu. »Mir fehlt ein anständiges Labor. Ich bin erst kürzlich aus Marburg zurück, wo ich studiert habe. Seither improvisiere ich mehr, als dass ich wirkliche Studien betreibe.«

»Ich denke, ich sollte mich zurückziehen«, warf Gerda rasch ein. »Sicher wollen Sie sich in Ruhe unterhalten.«

»Bitte, gehen Sie nicht meinetwegen, gnädige Frau. Ich habe die Erfahrung gemacht, dass weibliche Beteiligung einer Unterhaltung immer zugutekommt.«

»Ja, leiste uns Gesellschaft«, stimmte Oscar zu. »Wenn es dir nicht zu langweilig wird.«

»Überhaupt nicht.« Sie holte ihren Stickrahmen hervor, in den sie einen Tischläufer eingespannt hatte.

»Ihre Hände müssen immer etwas zu tun haben«, erklärte Oscar amüsiert. »Ist es nicht erstaunlich, dass sie sich gleichzeitig auf das Muster und auf unser Gespräch konzentrieren kann?« Er ließ ihrem Gast die Gelegenheit, Gerda für ihre Stickerei ein Kompliment zu machen, dann sprudelte er los: »Sie haben vor geraumer Zeit für Paul Beiersdorf gearbeitet. Warum haben Sie aufgehört und sind aus Hamburg weggegangen?«

»Ich hatte das Gefühl, dort nicht weiterzukommen.«

»Dachte ich's mir doch«, fiel Oscar ihm ins Wort.

»Verstehen Sie mich nicht falsch, Paul Beiersdorf ist ein guter Apotheker, es liegt ihm im Blut, Produkte von Qualität und hohem Nutzen zu entwickeln. Mit Dr. Unna hat er zudem einen exzellenten Hautarzt an seiner Seite.«

»Da stimme ich Ihnen in beiden Punkten zu.«

Krause zögerte. »Ich hatte allerdings den Eindruck, dass weder geplant war, das Unternehmen in der Art zu vergrößern, dass verschiedene Abteilungen entstanden wären«, sagte er und wählte jedes Wort mit Bedacht. »Auch sah es für mich nicht danach aus, als wolle Herr Beiersdorf weitere Pharmazeuten damit beschäftigen, neue Rezepturen zu entwickeln. Das wäre es aber gewesen, was mich langfristig interessiert hätte, die Leitung einer Abteilung oder die Entwicklung.« Schnell setzte er hinzu: »Zum damaligen Zeitpunkt hatte ich allerdings noch gar nicht die nötige Qualifikation. Ich hätte also ohnehin zum Studieren fortgehen müssen. Erst lernen, dann Schritt für Schritt etwas erreichen, so stelle ich mir das vor«, schloss er.

»Sehr klug.« Oscar spitzte die Lippen, wie so oft, wenn er nachdachte. »Ihre Salbe gegen Hornhaut geht mir nicht aus dem Sinn.« Krauses Miene verdunkelte sich. »Meinen Sie, die könnte auch gegen Hühneraugen wirksam sein?«, wollte Oscar wissen.

»Offen gestanden, weiß ich noch nicht einmal, ob sie Hornhaut bekämpft«, gab Krause zerknirscht zurück. »Und wenn sie das tut, kann ich nicht sicher sein, dass sie nicht gleich die gesamte Haut abschält.«

Gerda sah von ihrer Stickerei auf und verzog unwillkürlich das Gesicht.

»Verzeihung, gnädige Frau.« Wieder an Oscar gewandt, erklärte er seufzend: »Wie ich schon sagte, derzeit improvisiere ich eher, als dass ich forsche oder entwickle.«

»Sie wissen, dass Herr Beiersdorf sein Laboratorium, sein Patent, eben alles, was zum Betrieb dazugehört, an mich verkauft hat.« Krause nickte. »Bei mir sollten Sie alles finden, was Sie für die Entwicklung der Salbe benötigen. Was nicht vorhanden ist, wird angeschafft. Warum kommen Sie nicht zu Beiersdorf zurück?«

»Meinen Sie das ernst?«

»Aber ja.«

Gerda lächelte. »Er versteht zwar Spaß, macht aber selten Witze, wenn es um das Geschäft geht.«

»Da hat sie recht. Wie immer.« Oscar lächelte breit. Nicht lange, dann kniff er konzentriert die Augen zusammen. »Mir sind Unterlagen in die Finger geraten, in denen von einem höchstinteressanten Produkt die Rede war. Meines Wissens haben Sie im letzten Jahr daran gearbeitet.« Er stutzte. »Ist das denn überhaupt möglich? Sagten Sie nicht, Sie seien zum Studieren nach Marburg gegangen, nachdem Sie bei Beiersdorf aufgehört hatten?«

»Genau so war es.« Krause sah ihn irritiert an.

»Ich spreche von einem Klebeband«, sagte Oscar ein wenig hilflos.

»Natürlich, ich erinnere mich. Nun ja, dass Sie meinen Namen im Zusammenhang mit diesem Band gefunden haben, ist purer Zufall. Richard hatte mir diesbezüglich eine Frage geschickt, die ich ihm beantwortet habe. Wir haben uns eine Weile schriftlich darüber ausgetauscht. Mir war nicht klar, dass er mich in seinen Dokumenten erwähnt.«

Oscar strahlte. »Dann wissen Sie gewiss auch, was aus dem Klebeband geworden ist? Laut meinen Papieren wurde die Forschung einfach eingestellt. Warum?«

»Der Mann, der maßgeblich an der Entwicklung gearbeitet hat, war Richard. Wie hieß er noch gleich mit Nachnamen?« Die hohe Stirn legte sich unter den Locken in Falten. »Peters. Ja, genau, Richard Peters. Er und Beiersdorf steckten mitten in der Entwicklung dieses neuartigen Pflastertyps, als Beiersdorf einen schweren Schicksalsschlag hinnehmen musste.«

»Den Tod seines Sohnes?«, fragte Gerda.

»Ganz genau, gnädige Frau.«

»Kein Wunder, dass Herr Beiersdorf anschließend die Finger von dem Projekt gelassen hat.«

»Verstehe, die Entwicklung ruhte«, hakte Oscar ein.

»Meines Wissens verließ Richard das Unternehmen, weil die Entwicklung nicht nur ruhte, sondern regelrecht erstarrte.«

»Und dieser Wissenschaftler, dieser Peters … wissen Sie, ob er die Forschung woanders fortgesetzt hat?«

»Ich glaube nicht. Wir haben uns damals recht gut verstanden, Richard und ich, ehe ich nach Marburg ging. Darum hat er sich mit seiner Frage bezüglich des Klebepflasters wohl auch an mich gewandt. Wir waren Kollegen mit ähnlichen Interessen und einem ähnlichen Humor.« Er grinste. »Freunde waren wir aber nicht. Das wäre zu viel gesagt. Ich war schon recht erstaunt, als ich in Marburg Post von ihm bekam. Natürlich schrieb ich zurück. Ich freute mich, ihm mit meinen Kenntnissen helfen zu können.« Er machte eine kurze Pause. »Offen gestanden, interessierte mich das Produkt. Was Richard darüber schrieb, klang durchaus reizvoll. Ich plane zwar Schritt für Schritt, habe aber, während ich den einen mache, schon den nächsten im Sinn, wenn möglich. Ich sah in dem Kontakt die Möglichkeit, nach meinem Studium tatsächlich zu Beiersdorf zurückzukehren und dort eine Stelle zu bekleiden, wie sie mir vorschwebte. Hätte ja sein können, dass sich im Betrieb etwas verändert hatte, dass nun doch die Entwicklung ausgeweitet wurde.«

»So war es aber nicht«, stellte Oscar fest.

»Es gingen ein paar Briefe hin und her, dann war das Thema erschöpft, und Richard antwortete mir nicht mehr. Ich wollte auch nicht aufdringlich erscheinen, also schlief der Kontakt wieder ein. Dass er nicht mehr bei Beiersdorf ist, hörte ich über mehrere Ecken, als ich zurück nach Hamburg kam. Es tut mir leid, Herr Troplowitz, mehr kann ich Ihnen dazu nicht sagen.« Nur das rhythmische Klacken der Präzisionspendeluhr in ihrem gläsernen Zylinder, einem Erbstück, auf das Gerdas Großvater unendlich stolz gewesen war, erfüllte für einige Sekunden die Stube. »Wenn Sie möchten, statte ich Richard einen Besuch ab«, schlug Krause dann vor.

»Unbedingt. Bringen Sie mir den Mann!«

5
Toni

»O Entschuldigung, ich wollte zu Herrn …« Ein großer Mann mit blonden Locken stand vor Tonis Wohnungstür. Sportlich, hübsches Gesicht. Allerdings guckte er auch 'n büschen dösig aus der Wäsche.

»Na, zu wem wollten Sie denn?« Sie verschränkte die Arme vor der Brust. »Zu Johannes Brahms? Der wohnt Ecke Speckstraße.«

Dem Fremden schien es komplett die Sprache verschlagen zu haben. Gediegen. Gut, musste sie eben schnacken. »Wohnte! Der Herr Musiker wohnt hier nicht mehr, ist hier man bloß geboren worden. Nicht genau hier, sondern drüben im Specksgang. Nu guckt er Hamburg mit dem Mors nicht mehr an.«

»Ich wollte zu Herrn Peters«, sagte der Blonde. »Richard Peters. Wohnt der denn noch hier, oder guckt er die Stadt auch nicht mehr mit dem …? Sie wissen schon.« Er zwinkerte. Toni war flau im Magen, die Kälte, die zu dieser Jahreszeit wie Kleister im Gemäuer festsaß, ließ sie plötzlich schlottern.

»Geht es Ihnen nicht gut? Sie sind ganz blass geworden von einem Moment auf den anderen.« Dass die grauen Augen sie nun so besorgt ansahen, machte es nicht besser. Im Gegenteil. Toni starrte ihn an und überlegte, was sie tun sollte. Nur wollte ihr Kopf einfach nichts ausspucken. »Vielleicht setzen Sie sich am besten hin«, schlug der Gelockte vor und sah sich um. Was glaubte er denn, was er hier finden würde? Einen bequemen Ohrensessel mitten im Treppenhaus?

»Richard wohnt hier nicht mehr«, presste sie heiser hervor, ehe er womöglich einfach in die Wohnung marschierte, um dort nach einer Sitzgelegenheit zu suchen.

»Das ist aber wirklich ärgerlich. Wissen Sie, wo ich ihn finden kann, Frau …?« Toni stieß die Luft aus ihren Lungen, ihr Atem bildete ein Nebelwölkchen vor ihrem Mund.

»Was wollen Sie überhaupt von ihm?«

»Verzeihung, ich habe mich nicht vorgestellt.« Er führte die Hände an die Lippen, schöne Hände, fein und doch kräftig, hauchte dagegen und rieb sich die Finger. »Mein Name ist Hermann Krause. Ich habe bei Beiersdorf gearbeitet.«

»Sie sind ein Kollege?« Toni betrachtete ihn. Sie hatte ihn noch nie gesehen, aber Richard hatte ja auch kaum jemanden mit nach Hause gebracht.

»Nicht solange wir noch in der Caffamacherreihe wohnen«, hatte er immer gesagt.

»Wir waren Kollegen, ja. Ich bin dann zum Studieren nach Marburg gegangen.« Sie spürte, wie ihre linke Augenbraue kurz in die Höhe schoss. Und sie sah, dass er es sah. »Wir hatten noch Briefkontakt. Er hatte eine Frage bezüglich des Klebepflasters, dessen Entwicklung ihn und Beiersdorf beschäftigt hat.«

Richards letzte Forschungsarbeit!

»Die bringt uns hier raus, Antonia«, hatte er versprochen, nachdem er Beiersdorf den Rücken gekehrt hatte. »Wenn mein Klebeband erst den Markt erobert, können wir uns ein Häuschen weiter draußen im Grünen leisten.« Die letzten Ersparnisse hatte er in die Anschaffung der merkwürdigsten Apparaturen und Zutaten gesteckt. Der Gestank, der manches Mal ihre Wohnküche erfüllt hatte, wenn man das dazu sagen wollte, war beinahe so schlimm gewesen wie der vom Notdurft-Eimer, den sie sich mit drei Familien teilten.

»Darüber hätte ich gern mit ihm gesprochen«, hörte Toni den Blonden plötzlich sagen. »Tja, aber wenn Sie nicht wissen, wo er ist, will ich auch nicht länger stören.«

»Nee, nee, Sie stören nicht. Man rein in die gute Stube.« Sie trat zur Seite. »Ja nun gucken Sie mich man nicht an wie 'n Kalb, wenn's donnert. Hier lungern oft genug Gauner rum. Musste ja erst mal wissen, ob ich Ihnen über den Weg trauen kann.«

»Und das können Sie?« Er stand ziemlich nah vor ihr, sie musste an ihm hochsehen.

»Glaub schon«, murmelte sie und schlängelte sich zwischen ihm und dem Kleiderschrank, der nur im winzigen Flur Platz hatte, selbst dort nicht so recht, in die Küche. Er folgte ihr und sah sich um, verstohlen, schnell. Meinte anscheinend, sie würde es nicht mitbekommen. Aber ihr entging nichts, nicht die Überraschung, nicht das Mitleid. Er war wohl davon ausgegangen, dass Richard zu seinen Kreisen gehörte, dass er auch mal eben zum Studieren in eine andere Stadt hätte gehen können. »Ich hätte Feigenkaffee da. Wollen Sie einen?«, fragte sie, um etwas zu sagen. Um ihm das Gefühl zu geben, dass es ihr gar nicht so übel ging. Gut ging's ihr nun wirklich nicht, aber sie hatte ein Dach überm Kopf, alles war sauber und ordentlich. Sie brauchte sich weiß Gott nicht zu schämen.

»Nein, danke, ich wollte mit Herrn Peters reden«, wiederholte er. Komische Antwort.

»Richard ist tot«, sagte sie und beobachtete, wie sich in seinen Augen Schreck, Mitleid und Enttäuschung abwechselten. Sie wischte sich die rechte Hand an ihrer Schürze ab und streckte sie ihm hin. »Ich bin Toni, Antonia Peters. Richards Witwe.«

Ein drolliger Kerl, dieser Hermann Krause. Es dauerte ordentlich lange, bis er ihr sein Beileid ausgesprochen und sich wieder im Griff hatte. Minutenlanges Gestammel, dann war er plötzlich wieder ganz aufgeräumt und wollte nun doch einen Feigenkaffee. Hätte sie nur nicht davon angefangen, nun hatte sie ihn womöglich noch lange hier hocken. Ihr war nicht wohl dabei, wie er sie beobachtete, während sie nach und nach das heiße Wasser in den Filter goss. Dass er das tat, konnte sie genau spüren. Als würde sich ein Finger in ihren Rücken bohren.

»Ich wusste gar nicht, dass er verheiratet war«, sagte er plötzlich. Sie drehte sich zu ihm um und sah gerade noch, wie er sich wieder umschaute. Ertappt heftete er gleich darauf seinen Blick auf die Tischplatte. »Im Grunde wusste ich überhaupt nichts über ihn.«

»Und was genau wollten Sie von ihm, wenn Sie sich eigentlich gar nicht so gut kannten?«

»Wie ich schon sagte, waren wir damals bei Beiersdorf Kollegen.« Er sah sie an, lächelte.

»Ja, das sagten Sie schon.«

»Ach so, manchmal bin ich aber auch … Wir interessieren uns für Richards Arbeit. Ich werde wieder bei Beiersdorf anfangen. Oscar Troplowitz hat den Betrieb übernommen, und er wüsste gern mehr über die Pflaster oder das Klebeband, das Richard im letzten Jahr herstellen wollte, ehe die Sache mit Beiersdorfs Sohn war und Richard das Unternehmen verließ.«

Toni sah, wie die hübsch geschwungenen Lippen sich bewegten, aber es fiel ihr schwer, sich auf das zu konzentrieren, was er sagte, denn ihr Grips war an einem der ersten Sätze hängengeblieben: Wir interessieren uns für Richards Arbeit. Die Stimme ihres Mannes hämmerte in ihrem Kopf, wie sollte sie da hören, was der Besucher von sich gab?

Die Stimme, in der so viel Freude schwang, so viel Zuversicht: »Ich habe es geschafft, Antonia, wir haben es geschafft.« Richards Augen hatten gestrahlt, waren sogar ein bisschen wässrig geworden vor Glück. Das war ein schöner Moment gewesen, ein ganz warmer besonderer Moment. Nach den vielen Stunden, in denen er getüftelt hatte. Bis spät in die Nacht hatte sie ihm geholfen, hatte Notizen gemacht über jede noch so kleine Veränderung der Mengen und Zutaten. Und immer wieder Rückschläge. Klebeband, das nicht klebte, war für die Katz. Aber dann endlich war es gelungen, endlich pappte es fest am Untergrund wie Dreck am Schuh. Das Beste: Man konnte es abziehen, ohne sich gleich die Haut mit von den Knochen zu reißen. Das war es, worauf es ankam. Hatte es sich also gelohnt, Tag für Tag auf den Knien herumzukriechen und anderer Leute Böden zu schrubben, obwohl ihr fast die Augen zugefallen wären. Richard hatte es geschafft. Mit ihrer Hilfe. Ein besseres Leben konnte beginnen.

»Warum lächeln Sie?« Der blonde Mann wirkte verunsichert.

»Tut mir leid, war keine Absicht«, sagte sie schnell.

»Es muss Ihnen gar nicht leid tun, es steht Ihnen sehr gut.«

Dabei war ihr Lächeln völlig unpassend. Das bessere Leben hatte nämlich nicht begonnen, sondern Richards Leben war zu Ende gegangen. Auf einen Schlag.

»Ich hätte nur gern den Grund gewusst.«

Toni räusperte sich. »Der wird Ihnen gefallen. Ich kann es Ihnen geben, dieses Klebezeug«, sagte sie fest und beobachtete seine Reaktion genau. Wie sie gehofft hatte, leuchtete sein Gesicht vor Freude.

»Wirklich? Hat er also doch allein daran weitergearbeitet.«

»Allerdings, das hat er. Mit Erfolg. Das Zeug dürfte sich ziemlich gut verkaufen lassen.« Mensch, Toni, das ist aber man ganz dünnes Eis. Du weißt doch nicht mal, wie viel noch da ist und ob das wirklich so viel taugt, wie Richard dachte. Ihr brach trotz der Kälte der Schweiß aus. Eilig goss sie die beiden Tassen voll und legte auch noch vier Kekse abgezählt auf ein Tellerchen. Er sollte nur nicht denken, dass sie in Not war.

»Ich verstehe. Ich mache Ihnen einen Vorschlag: Sie geben mir ein Muster mit. Herr Troplowitz sieht es sich an, und wir melden uns wieder bei Ihnen.«

»Nee, nee, nicht so schnell mit den jungen Pferden.« Wahrscheinlich hielt er sie für dumm und wollte sie beschummeln, wollte ihr das Ergebnis von Richards Experimenten für ein Almosen abluchsen. Oder das Muster genau untersuchen und nachmachen. Konnte doch sein, dass das möglich war. Aber nicht mit ihr.

»Ich hab seine Sachen weggeräumt. Ich muss erst gucken, wo der Kram ist, an dem er geforscht hat. War ja nicht nur das Klebeband«, sagte sie beiläufig und rührte ein paar Tropfen Milch in den dünnen Kaffee. »Ich habe die Kartons ’ne ganze Weile nicht angerührt. Zucker ist aus, tut mir leid.«

»Ich trinke ihn sowieso ohne und schwarz.« Er lächelte ihr zu. »Ohne Zucker, aber nicht ohne Keks«, erklärte er fast schüchtern und griff zu. »Die sehen köstlich aus, ich kann nicht widerstehen.«

»Selbst gebacken«, sagte sie. Er biss hinein und nickte anerkennend. In Tonis Kopf ratterte es wie die Maschinen in der Näherei, in der sie vor zwei Monaten untergekommen war. Wie stellte sie es am besten an, möglichst viel aus Richards Entwicklung herauszuholen? Wie schützte sie sich davor, billig abgespeist zu werden?

Krause vertilgte einen Keks nach dem anderen, und lächelte. Ein Anstandsplätzchen ließ er auf dem Teller liegen.

»Wie ist er ums Leben gekommen?«, wollte er unvermittelt wissen.

»Ertrunken.« Sie hatte es lange nicht mehr sagen müssen und war überrascht, wie schwer das Wort noch immer durch ihre Kehle kam. »Wollte 'ne junge Frau retten, die an der Alsterlust baden gegangen war. Bloß konnte die nicht schwimmen. Sie hat wohl Panik gekriegt, als sie gemerkt hat, dass sie keinen Boden mehr unter den Füßen hat. Jedenfalls hat sie wild mit den Armen gerudert und denn wohl Wasser geschluckt.« Toni hätte die Bilder, die jetzt in ihr aufstiegen, gern ganz weit weggeschoben, wie Richards Kisten, aber das ging nicht. Sie waren einfach da, klar und deutlich, als würde sie wieder auf der Lombardsbrücke stehen und zusehen müssen. »Oben auf'm Steg sind die feinen Leute spazieren gegangen. Keiner hat geholfen. Da ist Richard eben rein. Er war kein guter Schwimmer, aber ein guter Mensch. Er hätte sie nie einfach ertrinken lassen.«

»Was ist denn geschehen, dass er …?«

»Er hat sie erst zu packen gekriegt. Ich dachte schon: Gott sei Dank, nun bringt er sie raus. Aber sie ließ sich einfach nicht beruhigen. Hat nicht aufgehört, um sich zu schlagen. Sie sind beide immer weiter unter den Steg geraten. Und da muss er dann wohl mit dem Kopf angestoßen sein.«

»Das tut mir sehr leid.«

»Ja, mir auch«, flüsterte sie. »Können Sie das verstehen? Die Herren im Sonntagsstaat haben ihre Damen getröstet, die so was Schlimmes ansehen mussten, anstatt in die Alster zu springen und meinen Richard zu retten. Oder die junge Frau. Auch die anderen, die im Wasser waren, haben nix unternommen, sondern sich eher verzogen, wollten nix damit zu tun haben. Erst als ich einen direkt angebrüllt habe, ist der hin. Aber da war's schon zu spät.«

»Sie sind beide ertrunken?«

»Ja. Blödsinnig, was? Hätte Richard sich nicht um die Frau gekümmert, wäre er noch am Leben. Er hat's gut gemeint, aber alles schlimmer gemacht.« Sie seufzte. »So ist das wohl manchmal. Man meint's gut und löst 'ne Katastrophe aus.«

Sie hatte ihn noch einmal um etwas Zeit gebeten, dann war er endlich gegangen. Toni war zum Fenster gerannt und hatte auf die Straße geschaut, bis er unten aus dem Haus trat. Er hüpfte leichtfüßig vom Bürgersteig auf das Kopfsteinpflaster, um einem Leiterwagen auszuweichen, ehe er um die nächste Ecke verschwand. Sofort raffte sie ihren Rock, stolperte trotzdem beinahe auf der Treppe, öffnete im Keller den kleinen Verschlag, in dem Richards Habseligkeiten aufbewahrt waren, von denen sie sich noch nicht hatte trennen mögen. Alles voller Staub und Mäusekötel. Die Biester hatten auch hier und da was angeknabbert. Aber es fehlte nichts. Kein Wunder, niemand glaubte, dass in diesem Schrott etwas Wertvolles zu finden sein könnte. War ja auch nix Kostbares. Jedenfalls, wenn man keine Ahnung von Medizin und dem ganzen Kram hatte. Toni wusste ganz genau, in welchem Karton sie suchen musste. So viele waren es ja auch nicht. Sie schleppte ihre Fracht nach oben in die Wohnung. Als sie im vierten Stock angekommen war, spürte sie den kalten Schweiß und fröstelte. Sie legte sich die Decke aus Pferdehaar um, die sie zur Hochzeit geschenkt bekommen hatten. Dann stöberte sie in den Unterlagen. Das Papier roch modrig, die Buchstaben waren schon etwas verblasst und verschwommen. Noch kein halbes Jahr her, trotzdem kam es Toni vor, als läge ein ganzes Leben zwischen heute und dem Tag, an dem sie die Wörter und Zahlen sorgfältig mit Tinte festgehalten hatte. Das Blatt in ihrer Hand zitterte leicht, eine Träne bahnte sich den Weg aus ihrem Augenwinkel über die Wange. Toni wischte sich ruppig mit dem Handrücken über das Gesicht. Kein Grund zum Heulen. Sie war nicht nur traurig, sie weinte auch vor Wut. Richard hatte damals einfach gekündigt. Ohne ein Wort, ohne wenigstens einmal mit ihr darüber zu sprechen, sie zu fragen, wie sie darüber dachte. Toni hätte gern eine Ausbildung zur Telegraphistin gemacht oder wäre noch lieber Krankenpflegerin geworden. Bloß hatte es Richard nicht gekümmert, was sie wollte. Zusammen Pflaster und anderes medizinisches Material herzustellen und zu verkaufen, wäre für sie auch in Ordnung gewesen. Dann hätte sie wenigstens einen Beruf gehabt, einen interessanten obendrein. Sie hätte ihr eigenes Geld verdient. Ob es je dazu gekommen wäre? Sie zog sich die Decke fester um die Schultern. Wohl eher nicht. Wenn sie darüber nachdachte, musste sie sich eingestehen, dass Richard immer nur von seiner Entwicklung, seiner eigenen kleinen Firma gesprochen hatte.

»Wir können ein besseres Leben haben!« Das ja, aber nur durch seine Arbeit. Wieder kam der Ärger in ihr hoch, dass ihre Unterstützung für ihn immer so verdammt selbstverständlich gewesen war. Dass sie in mehreren Häusern putzen ging, die eigene Wohnung in Schuss hielt, kochte, für den Winter einmachte und ihm obendrein noch bei seinen Experimenten half, alles nicht erwähnenswert für den schlauen Herrn Wissenschaftler. Schön, er war natürlich der Gebildete von ihnen gewesen. Tonis Vater hatte als Arbeiter im Tiefbau geschuftet. Ihre Mutter war von früh bis spät damit beschäftigt gewesen, die elf Kinder im Zaum zu halten. Spielen durfte Toni nur, wenn sie damit einige ihrer jüngeren Geschwister beschäftigte. Richard war ein echter Glücksfall gewesen, ein anständiger Kerl mit Manieren und Grips. Aber empfindlich wie so 'n Rennpferd! Er hätte noch Jahre bei Beiersdorf bleiben und gutes Geld verdienen können. Aber nein, der feine Herr meinte, man würde ihn nicht gut genug behandeln und nicht hoch genug schätzen. Er war nicht in der Lage, sich anzupassen und auch mal unterzuordnen, so sah es nämlich aus. Und sie hatte es ausbaden müssen. Wie müde sie oft gewesen war. Trotzdem hatte sie sich nie beklagt. Hättest du man besser machen sollen, selbst schuld! Toni holte eine Blechkiste hervor. Ihr Leben hätte um einiges einfacher sein können, wenn Richard nur auch mal die Zähne zusammengebissen und durchgehalten hätte. Aber nee, er musste ja immer gleich die Flinte ins Korn werfen. So war er eben. Nicht so richtig tauglich für den Alltag, aber 'n lieber Kerl. Sie seufzte. Dafür würde ihr Leben jetzt einfacher werden. Wenn sie es nur richtig anstellte, brauchte sie weder umziehen noch einen Untermieter aufnehmen. Sie strich mit den Fingerspitzen über das kalte hellblaue Metall. Hier drinnen musste dieses Klebzeug sein, mit dem Richard erste Kunden für sich gewinnen wollte. Sie schloss einmal kurz die Augen und atmete tief ein. Dann öffnete sie den Deckel. Nicht besonders viel. In ihrer Erinnerung waren es mehr Rollen gewesen. Besser als nichts. Sie holte auch den Rest aus den Tiefen der Kiste. So schwer konnte es doch nicht sein, mehr von dem Band herzustellen. Die Vorgehensweise war nicht schrecklich kompliziert gewesen, die Anleitungen waren alle da, von ihr selbst aufgeschrieben. Sie würde sich erinnern und verstehen, wie es funktionierte. Dieser neue Besitzer mit dem unaussprechlichen Namen sollte bekommen, was er wollte. Und so viel er wollte. Er musste nur anständig dafür bezahlen.

6
Gerda

Gerda verstand die Welt nicht mehr. Oscar war stets höflich, fleißig, rundum ein guter Geschäftsmann. Sie fand, sie durfte sich ein Urteil darüber erlauben, weil sie immerhin nicht nur seine Ehefrau, sondern auch seine Kundin war. Oscar tüftelte für sie an Hühneraugenringen, eine geniale Idee, wie sie fand. Um die schmerzhafte Verhärtung wollte er einen Polsterring legen, so dass ein Schuh nicht direkt auf den Punkt drücken konnte, der weh tat. Einen Wirkstoff wollte er auch noch irgendwie unterbringen. Sie war ganz sicher, dass er damit vielen Menschen das Leben leichter machen würde. Genau wie mit der Zahnpasta, die er gerade entwickelte. Sie sollte die Zähne nicht nur reinigen, sondern gleichzeitig vor Mundgeruch schützen. Gerda konnte es nicht ausstehen, wenn jemand einen übel riechenden Atem hatte. Sie hatte das Gefühl, dass solche Personen einem immer besonders nah kamen. Scheußlich!

»Gerda, meine Liebe, du bist in dieser Hinsicht mehr als pimplich«, hatte Oscar sie einmal lachend getadelt. Er hatte ihr versprochen, sich unermüdlich dem Problem zu widmen. Unermüdlich. Das beschrieb vollkommen Oscars Einsatz, seine gesamte Lebensweise. Er müsste bereits nach der kurzen Zeit, die er jetzt in Altona lebte und sein Geschäft betrieb, Ansehen genießen. Doch so war es nicht. Die Fischer, die täglich gewaltige Mengen Fisch zur Auktion brachten, waren ehrliche aufrichtige Männer. Hatte man mit denen Streit, konnte einem schon mal eine Scholle ins Gesicht klatschen. Die Kaufleute aber waren anders. Sie tuschelten hinter seinem Rücken. Auch jetzt wieder. Oscar und Gerda waren einer Einladung der Hamburger Börse gefolgt. Gerda hatte sich nicht gemerkt, was genau der Anlass war, irgendetwas von Wein hatte sie gelesen. Es war nicht so, dass ihnen offene Ablehnung entgegengeschlagen wäre, doch von der ersten Sekunde an war deutlich, dass nicht jeder sich über ihr Erscheinen freute. Zum Beispiel die drei Herren, die unweit des Eingangs gestanden hatten. Gerda war ganz sicher, sie hatten Oscar erkannt. Als er sich zu ihnen gesellen wollte, drehten sie ihm den Rücken zu. Einer zeigte auffällig in die entgegengesetzte Ecke des Saals, und schon marschierten sie in diese Richtung, als hätten sie dort etwas Dringendes zu erledigen. Oscar blieb zurück. Zwei Frauen, bei ihren Gatten untergehakt, kicherten und flüsterten hinter ihren knochigen Händen. Registrierte Oscar es tatsächlich nicht? Oder ließ er sich nur nichts anmerken? Gerda wusste es nicht. Das beunruhigte sie. Wenn es möglich war, dass er sich vor ihr so verstellte, dann konnte sie nie wissen, ob er Sorgen hatte, von denen sie nichts ahnte.

Gerade hatte Oscar ein Paar begrüßt, der Mann sagte: »Wir müssen uns unbedingt einmal in aller Ruhe unterhalten, Herr Troplowitz, in einem überschaubareren Rahmen.« Er zwinkerte Oscar, der sich anscheinend auf einen längeren Plausch eingestellt hatte, verschwörerisch zu, zog seine Gattin regelrecht davon und verschwand mit ihr im Getümmel. Wie konnten sich Menschen nur so betragen? Erwachsene Menschen! Gerda hatte schon als kleines Mädchen gelernt, dass Kinder grauenvoll ungerecht sein konnten. Sie wussten es nicht besser. Das hatte ihre Mutter ihr erklärt, nachdem Gerda einen schrecklichen Kindergeburtstag bei einem Mädchen aus der Nachbarschaft hatte ertragen müssen. Sie hatte bei der Einladung etwas falsch verstanden und geglaubt, es handele sich um ein Gartenfest unter dem Motto Tierpark. Ihre Mutter hatte ihr eine lange Kordel hinten an das Röckchen geheftet, einen Haarreif mit niedlichen Ohren verziert und ihr ein Mausenäschen ins Gesicht gemalt. Bis heute wusste Gerda nicht, ob jemand ihr absichtlich einen Streich gespielt hatte. Die Kinder hatten sie noch Wochen später damit aufgezogen und sie ausgelacht. Nicht nur irgendwelche fremden Kinder, sondern ihre Freundin! Damals hatte Gerdas Mutter ihr erklärt, dass sie es bestimmt nicht so gemeint hatte:

»Weißt du, Schätzchen, deine Freundin lacht mit den anderen Kindern, um nicht auch ihrem Spott ausgesetzt zu sein.« Mit zunehmendem Alter hatte Gerda verstanden, dass Kinder lernen mussten, für andere einzustehen und einzuschätzen, wo die Grenze zwischen einem Spaß und einer Verletzung lag. Was war bei Erwachsenen nur schiefgelaufen, die diese Lektion nie begriffen hatten? Und überhaupt, worin lag der Grund, sich über Oscar lustig zu machen? Sie beide hatten sich dem Anlass entsprechend gekleidet, sie konnten sich sehen lassen und benehmen. Lag es daran, dass sie nicht aus Altona oder Hamburg kamen? Musste man einen Stammbaum zurück bis ins Mittelalter nachweisen können, um hier anerkannt zu werden? Gerda wurde immer wütender. Bestimmt war Oscar mit seinen modernen Ansichten und Methoden einfach nur seiner Zeit voraus. Damit konnten selbst gestandene Mannsbilder nicht gut umgehen, weil sie sich mit einem Schlag rückständig fühlten, was sie vermutlich auch waren.

Gleich zu Anfang der Veranstaltung war Gerda ein Herr mit Trauerflor aufgefallen. Er hatte Oscar einen besonders abweisenden, sogar feindseligen Blick zugeworfen. Als sie nun Platz nahmen, sah

Gerda ihn mit einem anderen Herrn zusammenstehen. Ganz nah bei ihrem Tisch, Oscar den Rücken zugewandt.

»Die Zahl der Arbeiter, die sich in dieser SPD organisieren, wächst von Tag zu Tag«, schimpfte er gerade und schüttelte den Kopf. »Die nehmen sich immer mehr heraus.« Er redete zu laut, sein Ton war unangenehm aggressiv. »Ihre Gier kennt keine Grenzen. Wenn wir ihnen erst den kleinen Finger reichen wie dieser schlesische Jude Troplowitz, dann wollen sie die ganze Hand. Wie kann man nur so einfältig sein. Sich erst in ein hanseatisches Unternehmen drängen und dann mit den Arbeitern gemein machen.« Er schnaubte. »Ich schwöre Ihnen, am Ende reißen die uns den ganzen Arm ab!«

Gerda erstarrte. Sie hätte aufspringen und weglaufen mögen. Stattdessen saß sie nur da, spürte, wie die Röte ihre Wangen und den Hals in Brand steckte. Sie schämte sich. Nicht dafür, Jüdin zu sein, auch nicht für ihre schlesische Herkunft. Sie schämte sich, weil sie einfach nur dasitzen und nichts tun oder sagen konnte. Es war ihr nicht einmal möglich, Oscar anzusehen. Der erhob sich, wie sie aus dem Augenwinkel wahrnahm, strich sich Weste und Jacke glatt und räusperte sich vernehmlich. Der Gesprächspartner des Mannes mit Trauerflor sah sich um, erschrak und machte dem anderen ein Zeichen. Gerda beobachtete, wie sich nun auch der umdrehte. Kurz sah es so aus, als suche er nach einem Fluchtweg.

»Wie ich höre, reden Sie über mich«, begann Oscar freundlich und lächelte ihn sogar an. Gerdas Scham verwandelte sich in Stolz. Sie drückte den Rücken durch und schenkte dem Herrn mit dem schwarzen Kennzeichen am Ärmel nun auch ein Lächeln. »Wäre es nicht nur recht, wenn ich wenigstens wüsste, wer so gut über mich Bescheid zu wissen scheint?«, fragte Oscar.

»Ich meine ja nur, dass diese Arbeiter uns auf der Nase herumtanzen, wenn wir nicht achtgeben«, murmelte der Fremde. »Nichts für ungut«, sagte er dann noch und ging eilig davon, ohne sich vorgestellt zu haben. Gerda sah ihm fassungslos nach. Auch Oscar war die Überraschung anzusehen. Trotzdem verlor er keinesfalls seine Contenance. Als wäre nichts von Bedeutung geschehen, zuckte er die Achseln und setzte sich wieder.

»Mit dem würde ich mich an Ihrer Stelle nicht einlassen.«

Gerda blickte erschrocken in die Richtung, aus der die Frauenstimme gekommen war. Irmgard von Hohenlamburg stand vor ihnen. Ihr Blick war glasig.

»Darf ich?«, fragte sie die Herrschaften am Nebentisch und schnappte sich, ohne eine Antwort abzuwarten, einen Stuhl. Als ob sie es darauf anlegte, alle vor den Kopf zu stoßen. Gerda stellte fest, dass sie dennoch eine merkwürdige Sympathie für die Frau empfand. Und Bewunderung. Irmgard hätte es nicht tatenlos geduldet, dass jemand ihren Mann in aller Öffentlichkeit beleidigt.

»Überrascht, mich hier zu sehen?«, fragte Irmgard und stützte sich auf beide Ellenbogen.

»Überrascht und erfreut«, sagte Oscar, als sei das eine völlig normale Situation. »Ihre werten Eltern sind auch hier?«

Die junge Frau gab einen spöttischen Laut von sich und warf das lange rotblonde Haar zurück, das sie offen trug. »Meine werten Eltern. Tja, man trifft immer und überall die gleiche feine Gesellschaft.« Sie lachte heiser. »Aber Sie haben schon recht, eigentlich wollte ich meine Eltern nicht mehr begleiten. Nur hörte ich, dass sich der gesamte Abend um den Rotspon dreht. Da ließ ich mich dann doch nicht lange bitten.«

Jetzt fiel es Gerda wieder ein, dass in der Einladung etwas davon gestanden hatte, die Weinhändler der Stadt wollten die Spezialität ihrer Lübecker Zunftbrüder den Hamburgern näherbringen. Wie es aussah, war Irmgard der Spezialität schon ziemlich nahe gekommen.

»Sie kannten den Herrn mit den schlechten Manieren?«, wollte Oscar wissen. »Leider hat er es unterlassen, sich mir vorzustellen.«

»Das war Dirk Dierksen«, antwortete sie mit bereits sehr schwerer Zunge. »Ich hätte gewettet, Sie kennen ihn.« Oscar zog die Augenbrauen in die Höhe. »Er gehört immerhin zu Ihrer Zunft, ist Chemiker, soweit ich weiß.«

»Ah, wirklich?«

Sie nickte und hielt sich plötzlich die Hand vor den Mund. »Mir ist nicht gut«, flüsterte sie.

»Das wundert mich nicht. Kommen Sie, Fräulein von Hohenlamburg!« Gerda stand auf und fasste Irmgards Arm. Sie betete inständig, dass auf dem Weg zu den Toiletten kein Malheur geschah. Glücklicherweise blieb ihr das erspart. Bei den Waschräumen angekommen, kühlte sich die junge Frau nur die Handgelenke unter fließendem Wasser.

»Das tut gut«, stöhnte sie. »Ich glaube, ich könnte etwas frische Luft gebrauchen. Würden Sie mich bitte begleiten?« Es war das erste Mal, dass Gerda sie fast ein wenig schüchtern erlebte.

»Aber natürlich.« Sie lächelte, augenblicklich hakte sich Irmgard bei ihr unter. »Sie hatten recht«, stimmte Gerda ihr zu, nachdem sie vor die Tür getreten waren. »Die Erfrischung ist herrlich. Ich habe gar nicht gemerkt, wie dick die Luft drinnen war.«

»Wirklich nicht?« Irmgard hatte ihren Panzer wieder angelegt. Dachte Gerda. »Ich bin Irma«, sagte sie da leise und streckte ihr zögernd die Hand entgegen. »Das gehört sich bestimmt nicht, aber jetzt, wo Sie mich praktisch gerettet haben, können Sie sich unmöglich weiter mit meinem entsetzlichen Namen herumschlagen.«

Gerda schüttelte ihre Hand. Meine Güte, fühlte die sich schmal und zerbrechlich an. »Wollen wir ein paar Schritte gehen?«

»Hervorragende Idee.« Kaum waren sie vom Alsterdamm ein Stück in Richtung Jungfernstieg gegangen, holte Irma eine Zigarette und Zündhölzer aus ihrem mit Perlen besetzten Täschchen. »Mein Vater würde mich umbringen, wenn er das sehen würde.«

»Kann ich verstehen.« Was sollte sie nur von dieser Frau halten? Eben noch hatte sich Gerda über die überraschende Vertraulichkeit gefreut, jetzt war es ihr unangenehm, mit Irma gesehen zu werden.

»Stört es Sie?«

»Na ja, als Frau auf offener Straße …« Weiter kam sie nicht.

»Darum geht es Ihnen? Bei einem Mann würde es Sie nicht stören?«

»Das ist ja wohl etwas anderes.«

»Warum?« Irma wurde laut. Was regte sie denn plötzlich so auf? Sie klang geradezu verzweifelt. »Warum dürfen sich Männer so viel mehr herausnehmen als wir? Warum dürfen sie sich Künstler nennen, selbst wenn sie nichts zustande bringen? Warum dürfen sie über ihr Leben entscheiden und wir nicht?«

Eine ziemlich kluge Frage, musste Gerda zugeben, je länger sie darüber nachdachte.

»Das ist eben so«, antwortete sie leise. »Das war doch schon immer so.«

»Das soll der Grund sein?« Irmas Stimme überschlug sich. Sie hatte eilig wenige Züge genommen, gehustet, die Zigarette dann achtlos auf den Boden geworfen. »Macht es Ihnen Spaß, verheiratet zu sein?«, fragte sie plötzlich.

Gerda musste lachen. »Ja, es macht mir Spaß. Wenn ich es auch nicht so ausgedrückt hätte.«

Als sie ans Wasser kamen, schwamm ein Schwan ein Stück neben ihnen her, ehe er sich einen Platz für die Nachtruhe suchte. Die Schiffchen, die am Tag die Ufer von Binnen- und Außenalster verbanden, lagen vertäut an den Pontons und wiegten sich in den Schlaf. Außer dem leisen Glucksen des Wassers, das an die Stege schwappte, waren nur in der Ferne Stimmen zu hören, wahrscheinlich von einem Balkon herunter. Gerda genoss einen Moment die Ruhe.

»Mein Leben ist so, wie ich es mir gewünscht habe«, begann sie dann. »Ich kenne Oscar seit einigen Jahren und mochte ihn schon, als er noch ein etwas ungelenker Bursche war.« Sie lächelte. »Er hat etwas aus sich gemacht, wir sahen uns wieder, und ich wusste auf der Stelle: Das ist der Mann, mit dem ich mein Leben teilen möchte. Glücklicherweise dachte er genauso.«

»Dann ist Ihre Ehe also eine Rarität. In unseren Kreisen ist es doch eher üblich, die Macht der eigenen Familie durch kluge Verheiratungen auszubauen. Ob eine Frau einen Mann für den Richtigen hält, spielt selten eine Rolle.« Sie klang so traurig, dass Gerda fragen wollte, was sie auf dem Herzen habe, doch Irma sprach weiter: »Ich beglückwünsche Sie, Gerda. Sie haben, was Sie wollen. Wer kann das von sich behaupten?«

»Eine Kleinigkeit fehlt mir doch noch zu meinem Glück«, sagte Gerda. »Wenn Oscar nur mehr Anerkennung bekäme! Woran liegt es bloß, dass die Hamburger Kaufleute ihn ablehnen?«

»Tun sie das?«

»Sie haben es doch selbst gehört. Dieser … wie hieß er noch?«

»Dierksen? Sie wollen von dem Anerkennung? Vergessen Sie es! Er ist ein böser Mensch.«

»Kein Mensch ist böse«, widersprach Gerda. »Nicht nur.« Sie betrachtete die funkelnden Reflexe auf dem Wasser. Die Worte sprudelten mit einem Mal von ganz allein aus ihr heraus. Sie erzählte Irma, dass Oscar machen konnte, was er wollte, nie suchte jemand seine Nähe oder unterstützte ihn in seinen Vorhaben. »Als ob sich alle gegen ihn verschworen hätten. Gegen uns«, schloss sie mit einem tiefen Seufzer.

»Wenn Ihnen an Ansehen gelegen ist«, sagte Irma mit spöttisch nach oben gezogenen Augenbrauen, »dann gründen Sie einen Wohltätigkeitsverein. Wohltäter mag jeder. Oder Kunst!«, rief sie dann. »Fördern Sie die Kunst.« Das klang plötzlich gar nicht mehr ironisch, sondern ernst und leidenschaftlich. Sie waren langsam durch eine Allee bis zum Alsterpavillon gelaufen. Dort machten sie kehrt.

»Darüber habe ich tatsächlich schon nachgedacht«, entgegnete Gerda.

»Wirklich?«

»Ja. Ich liebe die Kunst, wir sprachen doch schon auf unserer Hochzeit darüber. Oscar und ich halten Malerei und Musik für etwas Wunderbares und sehr Wichtiges. Es darf in keiner Stadt zu kurz kommen.«

Irma blieb stehen. »Ihr Mann interessiert sich für Malerei?« Sie sagte das, als sei es völlig undenkbar. Gerda nickte.

»Er wollte Architektur studieren, etwas schaffen. Hätte er nur mehr Zeit, würde er zu gern selbst kreativ tätig werden.« Gerda lächelte. »Vielleicht später einmal, wenn wir alt werden«, sagte sie leise.

»Und dann wundern Sie sich, dass die ach so stolzen Hamburger Kaufleute ihn nicht anerkennen? In ihren Augen ist Kunst völlig nutzlos, reine Zeitverschwendung.«

»Ich bin sicher, es gibt einige, die anders denken. Die gilt es, zusammenzubringen.«

»Nette Idee. Nun denn, viel Glück!«

Im Herbst des Jahres bot der Hauseigentümer, in dessen Räumlichkeiten in der Oelkersallee Oscars Laboratorium untergebracht war, ihm das Gebäude zum Kauf an. Gerda freute sich, denn es schien ihr ein Zeichen dafür zu sein, dass ihr Mann allmählich an Ansehen gewann. Doch Oscar sah die Sache völlig anders.

»Der Besitzer ist pleite, darum will er verkaufen. Wer ihm den Kasten abnimmt, ist ihm gleich. Hauptsache, die Bezahlung stimmt.«

Gerda war enttäuscht. »Wirst du ihm ein Angebot machen?«

»Nein. Ich habe versucht, mich zu arrangieren, um die Kosten nicht in die Höhe zu treiben, aber leider ist nicht daran zu rütteln: Die Räume sind viel zu klein, und es gibt keine Reserven. Ich hatte dir doch von einem möglichen Standort in Ottensen erzählt. Ich werde mir die Gegebenheiten dort jetzt mal genauer ansehen.«

Das tat er, ohne Zeit zu verlieren, und war begeistert. Die Maschine, die Oscar für moderne Etikettierungsverfahren eingeführt hatte, wurde abtransportiert und in Ottensen aufgebaut, es kam auch gleich eine weitere hinzu.

Oscar strahlte beinahe wie am Tag ihrer Hochzeit. »Wir können sofort die Produktion erhöhen. Erinnerst du dich an Werner Hagen, den Kontorbeamten, der gegangen ist, weil er keine Etiketten mehr per Hand beschriften und aufkleben durfte?« Er grinste schelmisch. »Ich habe ihn wieder eingestellt.«

»Und was ist aus dem jungen Mann geworden, diesem Herrn Krause?«

»Was soll aus ihm geworden sein? Er arbeitet für mich.« Er stutzte. »Hatte ich dir das etwa noch nicht erzählt?« Sie schüttelte den Kopf. »Bitte entschuldige, Mutzl. Wie konnte ich dir diese erfreuliche Nachricht nur vorenthalten?« Er küsste sie.

»Wolltest du nicht eine ganz bestimmte Entwicklung von ihm haben?« Gerda versuchte, sich zu erinnern, aber sie kam nicht mehr darauf, was es noch gewesen war.

»Das Klebeband!«, rief er auch schon. »Gewiss, gewiss, aber das war nicht Hermanns Entwicklung, sondern die eines früheren Mitarbeiters. Peters heißt der.« Seine Miene verfinsterte sich kurz. »Hermann hat mir Muster von ihm beschafft. Bedauerlicherweise sind die Eigenschaften nicht so gut, wie ich gehofft hatte. Um ehrlich zu sein, bleiben sie weit hinter meinen Erwartungen zurück. Vielleicht haben sie nur zu lange gelegen, womöglich kann er frische herstellen und mich damit überzeugen.« Oscar sah sehr zuversichtlich aus. »Dann würde ich Herrn Peters sehr gern in meiner Mannschaft begrüßen. Ich werde viel mehr Leute brauchen. Je mehr einer von der Entwicklung versteht, desto besser.«

7
Toni

Der Frühling würde auch in der Caffamacherreihe bald Einzug halten. Schon im März, früh dieses Jahr. Die Luft war mild und roch frisch. Das war für alle Hamburger gleich, egal ob reich in der Elbchaussee oder arm hier im Gängeviertel. Toni öffnete das kleine Küchenfenster weit und hängte ein Glied der Metallkette an die rostige Halterung, damit der Wind das Fenster nicht zuschlagen konnte. Richtig warm war es natürlich noch nicht. Sie durfte nicht zu lange lüften, sonst musste sie nachher umso mehr heizen. Hoffentlich hielt der Haken im morschen Holz des Fachwerks überhaupt noch. Er war schon letztes Jahr bannig wackelig gewesen. Ihr Blick fiel auf die Straße. Ein großer Mann marschierte gerade mit energischen Schritten an der alten Schule vorbei, in der Waisenkinder Lesen, Schreiben und Rechnen lernten und die Mädchen Nähunterricht bekamen. Der Mann passte nicht zu der schmutzig-rußigen windschiefen Fassade. Und sein Anblick passte nicht zu der Leichtigkeit dieses schönen sonnigen Tags, die Toni eben noch empfunden hatte. Blonde Locken, die in der Mitte des Schädels heruntergedrückt waren wie ein Vogelnest. Das konnte sie von hier oben genau sehen. Auf den Kopp spucken könnte sie ihm auch. Als hätte er ihre Gedanken gehört, blickte er auf, sah sie, lächelte und winkte. Hermann Krause. In ihrem Bauch rumorte es. Sie hob zaghaft die Hand zum Gruß. Wie lange hatte sie darauf gewartet, dass ein Brief von dem Beiersdorf-Nachfolger, dessen Namen sie schon wieder vergessen hatte, für sie abgegeben würde. Eine Bestellung, mehr Pflaster, viel mehr. Das hatte sie sich so schön ausgemalt. Nun kam dieser blonde Krause selbst. Ob das was Gutes bedeutete? Wenn er sich doch nur angemeldet hätte, dann hätte sie etwas besorgt, was sie ihm anbieten konnte. Die paar Mark, die sie auf dem Jungfernstieg für Näharbeiten bekam, waren längst aufgebraucht. Bis Kleiderkönig Baumann das nächste Mal zahlte, würden noch einige Tage vergehen. Trockenes Brot, 'n paar saure Gurken und eingelegter Hering, damit musste sie auskommen. Sie konnte Herrn Krause wohl schlecht Fisch hinstellen. Am Nachmittag, wenn die feinen Leute ihren Tee mit Mürbegebäck oder diesen modernen englischen Scones genossen. Toni räumte das Kleid weg, das sie aus einer Bluse und einem Rock nähen wollte. Ein äußerst großzügiges Trinkgeld von Frau Baumann, die es liebte, ihre getragenen Sachen mit großer Geste an die Arbeiterinnen ihres Gatten zu verschenken. Mit den beiden Stücken hatte Toni wirklich Glück gehabt. Die Ärmel waren zwar ziemlich aufgescheuert, aber mit kurzem Arm würde das Kleid ohnehin hübscher aussehen, und immerhin passten beide Teile farblich zueinander.

»Autsch!« Eine Nadel, die sie zum Abstecken verwendet hatte, bohrte sich in ihre Hand. Es klopfte, Toni warf alles auf ihr Bett, zog die Schürze aus, zupfte einen Faden vom Rock und lief zur Tür, die Lippen auf den Ballen gepresst, aus dem ein Tropfen Blut hervorquoll.

Krause hatte die Faust gehoben, als Toni ihm öffnete. »Ich wollte gerade noch mal klopfen. Ist alles in Ordnung bei Ihnen?«

»Ja, alles bestens.« Sie sah ihn fragend an.

»Sie haben eben geschrien.« Er blickte auf ihre Hand. »Sind Sie verletzt?«

»Nein.« Toni brauchte einen Moment, ehe sie begriff. Eilig ließ sie den Arm sinken. »Ich habe eine Nadel übersehen. Es war mehr der Schreck.« Er hatte noch nicht einmal gegrüßt, jetzt sagte er gar nichts mehr. Ein wirklich komischer Kauz. Aber hübsch. Sie lächelte. »Möchten Sie vielleicht hereinkommen?«

»Ach ja, gern.« Schon marschierte er an ihr vorbei zum Küchentisch und setzte sich ausgerechnet auf den wackeligsten ihrer drei Stühle. Der kippelte, Herr Krause warf erschrocken Arme und Beine hoch. Toni musste ans Marionettentheater denken und lachte.

»Entschuldigung, ich lache nicht über Sie. Es ist nur …« Was sollte sie denn sagen? Natürlich lachte sie über ihn.

»Nicht? Über wen dann?« Die Frage musste ja kommen. Glücklicherweise sah er sie freundlich an. Im nächsten Moment sprang er auf, hob das Sitzmöbel hoch, rüttelte hier, prüfte da. »Sie haben nicht zufällig Holzleim im Haus?«

»Ich weiß nicht, ich glaube nicht. Vielleicht geht's auch mit dem Klebeband, das mein Mann entwickelt hat«, schlug sie vor.

Er erstarrte mitten in der Bewegung. »Ach richtig, darum bin ich hier.« Herr Krause stellte den Stuhl wieder ab und nahm auf einem der beiden anderen Platz. Schade, wäre nicht übel gewesen, wenn er ihn in Ordnung gebracht hätte. »Tut mir leid, Ihnen das sagen zu müssen, aber …« Er wirkte zerknirscht. Kein gutes Zeichen. »Die Sache ist die: Herr Troplowitz ist mit der Qualität nicht zufrieden. Das Band klebt nicht. Nicht lange. Es löst sich zu schnell wieder ab.«

Schöner Schiet! Sie hatte sich alles so blumig ausgemalt, hatte sich schon in der Großproduktion und in einer schicken Wohnung mit Extra-Zimmer gesehen. Aber sie hatte auch geahnt, dass es anders kommen könnte. Die Haltbarkeit, das war immer Richards Problem gewesen. Hatte er sich wohl zu früh gefreut, als er glaubte, das gelöst zu haben.

»Nun ja, ich hatte Ihnen gesagt, dass es Restbestände sind«, begann sie und überlegte fieberhaft, wie sie doch noch ins Geschäft kommen könnte. Raus aus der Nähstube, weg vom knickrigen Baumann und seiner blasierten Gattin.

»Hatten Sie?«

»Ja. Ich hatte Ihnen gesagt, dass ich den ganzen Kram länger nicht angerührt habe und erst nachgucken muss, wo das Band ist. Außerdem wussten Sie, dass Richard tot ist. Ist doch logisch, dass die Produktion schon ein Weilchen her war.«

»Da haben Sie allerdings recht.« Er nickte und ließ den Blick über den Tisch schweifen, als hoffte er, doch noch ein paar ihrer selbstgebackenen Kekse zu entdecken. Sie hätte ihm zu gerne welche hingestellt. Hätte seine Laune bestimmt gehoben.

»Tja, das ist sehr schade. Es wäre für Sie von Vorteil gewesen, wenn noch einiges von dem Material auf Lager und auch verkäuflich wäre. Dann hätten Sie wenigstens noch ein paar Mark bekommen.« Er lächelte freundlich, sie konnte aber auch sehen, wie es in seinem Kopf arbeitete. In den meisten seiner Überlegungen spielte sie keine Rolle, da machte sie sich nichts vor. »Nun müssen wir uns wohl doch selbst um die Entwicklung kümmern.« Er machte Anstalten, sich zu erheben.

»Nein, warten Sie, bitte! Ich besorge Ihnen neue Pflaster. Bestimmt kleben frische ganz wunderbar. Sicher tun sie das. Sie werden begeistert sein.« Toni strahlte ihn an, während sich etwas in ihrem Inneren vor Angst in die hinterste Ecke verkrümelte.

»Richard ist tot. Wie wollen Sie …?«

»Ich kann sie herstellen. Ich habe meinem Mann geholfen. Mehr als das. Ich habe jeden Schritt verfolgt, alles festgehalten.« Er war noch nicht überzeugt, aber er hielt es für möglich, das konnte sie seinem Gesicht ablesen. Sie sah ihm in die Augen. »Ich kann es.«

»Soso, schön, warum nicht? Und Sie können die Einnahme gut gebrauchen, was?« Er ersparte es ihr, sich demonstrativ umzuschauen. Stattdessen fixierte er sie, ihre Blicke tauchten einen Moment ineinander.

»Ich sage Herrn Troplowitz, dass er neue Muster bekommt«, erklärte er plötzlich. »Melden Sie sich, wenn Sie so weit sind.« Er stand auf und ging zur Tür. Toni folgte ihm, suchte nach Worten. Sollte sie ihn mit einem besonders guten Preis ködern? Sie musste dafür sorgen, dass er diesen Herrn Dingswitz überredete. Herr Krause war schon aus der Wohnung raus, blieb stehen und fasste sich an die Stirn. »Das hätte ich ja beinahe vergessen. Manchmal bin ich aber auch … Haben Sie noch Klebeband übrig? Einen letzten Rest?« Sie nickte. Tatsächlich hatte sie sich eine Rolle aufbewahrt. Konnte man immer mal brauchen. »Und vielleicht ein paar Zahnstocher oder zur Not alte Zeitung?«

»Ich hätte einen Holzspan zum Anzünden da.« Was hatte er bloß vor?

»Sehr gut.« Wieder spazierte er einfach an ihr vorbei in die Küche und sah sie erwartungsvoll an. Toni brachte ihm Band und Span. Sofort ging er auf die Knie und machte sich an dem wackeligen Stuhl zu schaffen. Es dauerte nur ein paar Minuten. »So, das sollte fürs Erste halten. Leider nicht auf Dauer, denn das Klebeband … Das wissen Sie ja.« Er richtete sich vor ihr auf, rieb sich die Hände und ging.

»Danke«, rief sie ihm hinterher, als das düstere Treppenhaus ihn schon fast verschluckt hatte.

Da hatte sie sich ja einen schönen Schlamassel eingebrockt. Ich besorge Ihnen neue Pflaster, ich kann das. Gut gebrüllt, Löwe. Und nun? Toni hatte keinen Pfennig übrig, um die Zutaten zu besorgen. Sie holte den Karton mit Richards Unterlagen hervor. Was brauchte sie? Auf jeden Fall Mull, Guttapercha, dann Kautschuk, damit es gut klebt. Lanolin war durchgestrichen. Daneben stand Wollfett. Richtig, damit hatte Richard gute Erfahrungen gemacht. Die Pflaster trockneten nicht so schnell aus, hatte er ihr erklärt. Außerdem war es billiger als Lanolin. Ein unschlagbarer Vorteil. Dumm nur, dass sie nicht einmal dafür das nötige Geld hatte. Mit einem Mal fröstelte sie. Verdammt, nun hatte sie doch vergessen, das Fenster zu schließen. Immerhin schien noch die Sonne. Mit etwas Glück würde es in ihrer Wohnung wieder warm sein, ehe sie am Abend ohnehin den Ofen anfeuern musste. Viel Holz war nicht mehr da. Nicht schlimm, Toni hatte ihre Decke aus Pferdehaar. Nur Geld hatte sie eben nicht. Sie seufzte. Wie sie es auch drehte, sie musste zu Baumann gehen und ihn bitten, ein paar Näharbeiten extra übernehmen zu dürfen. Die Chancen standen nicht schlecht, dass das klappte. Nur brauchte sie den Lohn sofort. Los, du Bangbüx!, spornte sie sich selbst an. Wer nichts wagt, der kann auch nix gewinnen.

Wild entschlossen verließ sie das Haus in der Caffamacherreihe. Mit jedem Schritt in Richtung Jungfernstieg rutschte ihr Herz tiefer. Bei Modehaus Baumann angekommen, wäre sie am liebsten weggerannt.

»Was machst du denn hier? Sag bloß, du willst etwas kaufen.« Verkäuferin Liese kicherte. Dumme Ziege! Bildete sich ein, sie sei etwas Besseres, nur weil sie nicht im Hintergrund arbeitete. Verkäuferin, von wegen! Sie durfte lediglich Kleidungsstücke in unterschiedlichen Größen aus dem Lager holen und dem Chef oder seinem Zögling Johann bringen, die die Kundschaft dann selbst berieten. Als ob das eine wertvollere Arbeit wäre als das Kürzen oder Umarbeiten.

»Wohl kaum«, murmelte Toni. Sie konnte sich nichts von dem leisten, was hier angeboten wurde, nicht einmal ein Taschentuch. »Ist Herr Baumann hinten?«

»Gewiss. Aber er macht gerade Pause, da würde ich ihn lieber nicht behelligen.«

»Dann lass das man lieber sein.« Sie freute sich über Lieses Flunsch und ging mit klopfendem Herzen den vertrauten Weg.

Baumann hatte gerade seine geliebte Zeitung vor der Nase. Er las meistens nur wenig, sondern hielt hinter den bedruckten Papierbögen ein Nickerchen. Oder er suchte nach der Anzeige, die er aufgegeben hatte, um Reklame für sein Geschäft zu machen. Er wählte jedes Mal das kleinstmögliche Format und regte sich dann ebenso regelmäßig darüber auf, wie winzig die Anzeige sei.

»Guten Tag, Herr Baumann, bitte entschuldigen Sie die Störung«, begann Toni.

Er schreckte hoch. »Fräulein Peters! Haben Sie mich … Ich war in meine Lektüre vertieft. Wie können Sie sich da so heranschleichen?«

»Tut mir leid, entschuldigen Sie bitte«, wiederholte sie.

Er strich sich durch den rötlich-braunen Kinnbart. »Sie sind hoffentlich nicht wegen eines Vorschusses gekommen.«

Na, prima, das fing ja gut an. Er konnte es nicht leiden, wenn seine Arbeiterinnen Geld wollten, ehe sie die Leistung dafür erbracht hatten.

»Nein!«, entgegnete sie entrüstet. Erst einmal hatte sie ihn vorzeitig um Geld fragen müssen. Jetzt aber wollte sie mehr arbeiten, was er eigentlich gern sah. Dusselig nur, dass sie eben doch auch Geld von ihm wollte. Und zwar gleich.

»Na ja, um ganz ehrlich zu sein …« Sein Blick wurde härter. »Also, ich bin hier, weil ich gern mehr nähen möchte. Zehn oder zwölf Stunden mehr pro Woche könnte ich schon schaffen.« Sie biss innerlich die Zähne zusammen. Sie würde aus dem Hinterzimmer so gut wie gar nicht mehr rauskommen. Die Pflaster musste sie nachts herstellen. Baumann faltete die Zeitung zusammen und legte sie auf seinen Schreibtisch.

»Zehn oder zwölf Stunden pro Woche, soso. Hatten Sie mir nicht gerade neulich erst gesagt, gegen ein paar Überstunden hätten sie nichts einzuwenden, aber grundsätzlich seien zehn Stunden am Tag anstrengend genug?«

Sie blickte auf ihre Schuhspitzen. »Ja, das habe ich gesagt.«

»Und nun haben Sie Ihre Meinung geändert?«

Toni sah ihn an. »Ja. Ich brauche das Geld, darum wäre ich froh, wenn Sie mir doch noch die Möglichkeit geben würden«, sagte sie und schenkte ihm ein Lächeln. Im Grunde war er kein übler Kerl, und er konnte sie leiden, da war sie sicher.

»Tut mir wirklich leid, Fräulein Peters«, sagte er nach einer Weile. »Ich habe keinen Bedarf mehr.«

»Aber …«

»Ich habe eine weitere junge Dame eingestellt. Tja, Sie kommen zu spät.«

Sie ließ den Kopf hängen. »Verstehe. Das ist schade. Ich bin nämlich in einer Notlage, sozusagen. Wenn ich dann vielleicht doch um einen Vorschuss …« Baumann stöhnte vernehmlich. »Nur dieses eine Mal«, flehte sie. »Ich schwöre Ihnen, ich würde nicht fragen, wenn ich einen anderen Ausweg hätte.« Sie ließ ihre Stimme leicht zittern. Sofort wurde sein Blick wieder sanft. Er konnte Frauen nicht gut weinen sehen. Das würde er aber gleich, wenn es sein musste.

»Nein, Fräulein Peters, das kann ich nicht machen. Sie wissen ganz genau, dass ich erst vor Kurzem eine Rede vor der gesamten Belegschaft gehalten habe. Erst die Arbeit, dann der Lohn. Das habe ich unmissverständlich klargemacht.« Toni hasste es zu betteln, aber wenn sie kein Geld bekam, konnte sie ihre Chance mit den Pflastern endgültig vergessen. Eine Träne kullerte über ihre Wange.

»Verstehe«, hauchte sie und sah ihn von unten herauf an. Da lief die zweite Träne über ihr Gesicht.

»Na, na, na, Fräuleinchen.« Er kam um seinen Schreibtisch herum und reichte ihr ein Taschentuch.

»Danke«, wisperte sie.

»Ich bin kein Unmensch«, begann er. Toni atmete innerlich auf. »Nur kann ich leider keine Ausnahme machen. Das spricht sich herum …«

»Von mir erfährt niemand ein Wort«, unterbrach sie ihn.

Er lachte leise. »Frauenzimmer, die den Mund halten können, müssen erst noch erfunden werden.« Er schien über seinen Satz nachzudenken und lachte wieder, lauter dieses Mal und voller Begeisterung für seinen Witz. Schöner Schiet, anscheinend war er heute immun gegen ihre Tränen.

»Sie haben natürlich völlig recht«, hauchte sie. »Sie können keine Ausnahme machen. Meine Not ist nicht Ihre Sorge. Bitte, verzeihen Sie mir, dass ich Sie damit behelligt habe. Das war nicht in Ordnung. Was gehen Sie meine Probleme an? Wirklich, das war nicht anständig von mir. Bitte, entschuldigen Sie.« Toni sah ihm in die Augen, dann senkte sie den Blick, drehte sich langsam um und wünschte ihm noch einen angenehmen Tag.

Als sie schon an der Tür war, hielt er sie auf: »Bitte, Fräulein Peters, warum tun Sie mir das an?« Das war die letzte Sekunde. Sie wandte sich ihm zu und sah ihn so überrascht an, wie sie nur konnte. »Sie brechen mir noch mein Herz.« Er seufzte. »Wie ich schon sagte, ich bin kein Unmensch. In der Netzmacherei meines Bruders werden ständig fleißige Hände gebraucht. Ist eine schwere Arbeit.«

»Das macht mir nichts aus«, sagte sie sofort.

»Also schön, aber nicht, dass Ihr Einsatz für mich darunter leidet, hören Sie?«

»Ganz bestimmt nicht«, versicherte sie ihm, während er sich bereits hinter seinem Schreibtisch niederließ.

»Gut, ich gebe Ihnen eine Empfehlung mit, dann können Sie sofort anfangen.« Er tauchte die Feder in ein Tintenfässchen. »Mein Bruder sucht dringend nach zuverlässigen Arbeitern«, erzählte er im Plauderton. »Und ich bin ihm einen winzigen Gefallen schuldig. Sieht so aus, als hätten wir alle etwas davon.«

»Sieht so aus«, stimmte Toni fröhlich zu. »Allerdings ist mir nicht geholfen, wenn ich erst nächsten Monat an das Geld komme.« Das Kratzen der Feder auf dem Papier verstummte abrupt, er sah zu ihr hoch. »Können Sie mir nicht doch einen lütten Vorschuss zahlen? Nicht für meine Näharbeit, das geht ja nicht, Ausnahmen sind unmöglich.« Sie lächelte ihn verschwörerisch an. »Aber im Namen Ihres Bruders können Sie das sehr wohl machen. Und dann sind Sie ihm auch ganz sicher nichts mehr schuldig«, fuhr sie eilig fort, damit er nur keinen Einspruch erheben konnte.

Die Furchen auf seiner Stirn verschwanden. »Sie sind ein raffiniertes Ding, Fräuleinchen.« Er reichte ihr das Schreiben. »Machen Sie mir nur keine Schande!« Er drehte sich um, verdeckte mit seinem Kreuz den Geldschrank und machte sich daran zu schaffen. »Sind zehn Mark genug?«, fragte er, ohne sie anzusehen.

»Fünfzehn wären besser.«

Toni konnte es nicht abwarten, mit der Herstellung zu beginnen. Musste sie aber, denn obwohl Baumann ihr wahrhaftig fünfzehn Mark in die Hand gedrückt hatte, ließen sich die Zutaten nicht so einfach beschaffen. Mull und Wollfett hatte sie in ausreichender Menge bekommen, Guttapercha dagegen hatte sie bestellen müssen. Für Kautschuk sollte sie am nächsten Tag im Handelshaus Weber vorsprechen. Das tat sie in ihrer kurzen Mittagspause.

»Wie viel benötigen Sie, gnädige Frau, und wofür, wenn ich das fragen darf?« Der Prokurist betrachtete sie mit unverhohlener Skepsis. Kein Wunder, was wollte ein Weibsbild mit Kautschuk anfangen?

»Den genauen Zweck kann ich Ihnen leider nicht verraten. Betriebsgeheimnis«, sagte sie und lächelte. Das war eines von Richards Lieblingswörtern gewesen. Nichts über seine Ideen zu verraten, schien ihm bedeutender gewesen zu sein, als sie in die Realität umzusetzen. »Es geht um medizinische Produkte. Ich brauche etwa so einen Eimer voll«, erklärte sie und deutete die Form mit Händen und Armen an.

Der Mann zog die Augenbrauen hoch. »Wir verkaufen zentnerweise.«

»O, ein Zentner erscheint mir ein bisschen viel. Kann ich nicht auch einen halben Zentner oder noch lieber ein Viertel bekommen?« Er starrte sie an. »Es ist so, ich … wir probieren gerade neue Rezepte aus. Wär ja nicht besonders plietsch, wenn wir nachher das ganze Zeug stehen hätten und es gar nicht mehr bräuchten.« Sie lachte. Noch immer keine Reaktion. »Was kostet denn so ein Zentner überhaupt?«, fragte sie leise. Als sie den Preis hörte, schnappte sie nach Luft. Selbst wenn sie nicht schon etwas ausgegeben hätte, würden ihre fünfzehn Mark nicht einmal annähernd reichen. Das war es dann wohl schon mit ihrem glänzenden Geschäft. Ohne Kautschuk müsste man die Pflaster zu stark erwärmen, wodurch zugefügte Arzneistoffe in ihrer Wirkung gemindert oder gar nutzlos wurden. Tat man das nicht, klebten die Mullstreifen aber nicht, das hatte Richard immer wieder zu spüren bekommen. Womöglich hatte er sogar an dem milchigen Saft gespart, weil auch sein Geld für eine anständige Menge nicht gereicht hatte. Dann wär's kein Wunder, dass dieser Herr Troplowitz mit ihrer Lieferung nicht zufrieden gewesen war.

»Hier, Frau Peters, gehen Sie damit direkt zu unserem Quartiersmann.« Toni war so tief in ihren Gedanken gewesen, dass sie nicht gleich begriff. »Der Rehse füllt Ihnen einen Eimer ab.« Noch immer wusste sie nicht, wie ihr geschah. »Also?« Der Prokurist streckte ihr die Hand entgegen, darin die handschriftliche Anweisung für den Quartiersmann Rehse. »Ich habe nicht den ganzen Tag Zeit.« Ein amüsiertes Funkeln trat in seine Augen. Toni griff zu.

»Vielen Dank, das ist mächtig anständig von Ihnen.«

Sie war ganz hibbelig, als sie am nächsten Tag, bewaffnet mit einem Eimer, die Zollstelle passierte und den Hafenbereich betrat, in dem in rasender Geschwindigkeit ein gewaltiger Speicher nach dem anderen entstand. Noch vor wenigen Jahren wohnten hier Tausende Menschen. Wo die wohl alle geblieben waren? Einige waren in Tonis Nachbarschaft gezogen, in die Gänge, in denen es vorher schon bannig eng gewesen war. Die feinen Kaufleute, die auf den Brookinseln ihre Prachthäuser gehabt hatten, lebten nun an den grünen Ufern der Außenalster. Die hatten jede Menge Platz. Nicht in Ordnung, fand Toni, den Leuten einfach so die Häuser unterm Hintern abzureißen. Trotzdem, beeindruckend waren diese großen neuen Backsteinbauten schon. Sie blickte daran hoch. Ein paar Frauen arbeiteten hier, aber eigentlich war diese schnell wachsende Stadt in der Stadt Männersache. Fühlte sich schick an, an den Kontoren vorbeizulaufen, als gehörte sie hierher. Sie lugte unauffällig, wie sie hoffte, auf ihren Zettel und dann hinauf zu einem Straßenschild. Konnte nicht mehr weit sein. Aus einem Block am Kehrwieder stieg beißender übler Geruch aus dem Keller. Heiliger Strohsack, hatte da jemand Leichen versteckt? Handel mit Därmen, las sie auf einem Schild. Womit die Leute so ihren Lebensunterhalt verdienten. Nee, das wär nichts für sie. Mit Darm konnte sie sich nur anfreunden, wenn schon jemand 'ne leckere Knackwurst draus gemacht hatte. Bloß nicht an Essen denken, viel kam bei Toni derzeit nicht auf den Tisch. Ihr war flau im Magen.

Endlich hatte sie den Block erreicht, den der Kautschukhändler ihr aufgeschrieben hatte. Sechs Stockwerke zählte sie. Rehse & Consorten, stand in goldenen Buchstaben über dem Eingang. Sie hatte die Tür noch gar nicht hinter sich geschlossen, da eilte auch schon ein junger Mann mit Ärmelschonern und blank gewienerten Schuhen herbei.

»Kann ich etwas für Sie tun?« Sein Blick verriet, dass er sich das nicht vorstellen konnte. Doch in der nächsten Sekunde wich seine Skepsis großer Besorgnis. »Sie sind 'n büschen blass, Fräulein. Setzen Sie sich mal lieber hin.« Er rückte ihr einen Stuhl zurecht.

»Danke, das ist sehr freundlich.«

»Warten Sie! Ich hole Ihnen etwas.« Weg war er. Weiter hinten im

Kontor konnte Toni zwei Männer an Schreibtischen sitzen sehen. Sie blickten zu ihr herüber, kümmerten sich allerdings nicht um sie. Toni überlegte, ob sie nach diesem Herrn Rehse fragen sollte, da kam der junge Mann mit den Ärmelschonern zurück und strahlte sie an.

»Kampfer aus Sumatra«, verkündete er stolz und hielt ihr ein Beutelchen mit einem scharf riechenden weißen Salz hin.

»Kampfer aus Sumatra?«, wiederholte sie. Keines der beiden Wörter hatte sie je zuvor gehört. Klang fremd, geradezu exotisch. Sie sah sich die Kristalle genauer an.

»So ist es. Halten Sie lieber etwas Abstand, sonst laufen Ihnen gleich die Tränen.« Er lächelte. »Sehen Sie, Sie kriegen schon wieder Farbe. Wie fühlen Sie sich?«

»Besser, danke«, sagte sie, um ihn nicht zu enttäuschen.

»Der Kampferbaum gehört zu den Lorbeergewächsen. Sein Wirkstoff …«, er deutete mit dem Kopf auf die weißen Körnchen, »belebt nicht nur, wie Sie gerade am eigenen Leib erfahren haben, er ist ein wahrer Alleskönner. Lösen Sie eine winzige Menge in heißem Wasser auf und inhalieren Sie die aufsteigenden Dämpfe. Im Nu ist Ihre Erkältung vergessen.« Toni sah ihn fragend an. »Wenn Sie eine haben. Sollten Ihnen dagegen Muskeln und Gelenke weh tun, geben Sie einfach eine Messerspitze des Kampfers in ein einfaches Öl und reiben sich damit ein.« Sie wurde hellhörig. »Sie werden sehen, Ihre Schmerzen sind vergessen.«

»Ein wahres Wundermittel«, sagte sie.

»Allerdings. Ich könnte Ihnen noch viel mehr erzählen …« Er wurde von einer tiefen Stimme unterbrochen, die so zackig klang, dass Toni sich auf der Stelle erhob und das Beutelchen mit dem Wunder-Kampfer in ihre Tasche gleiten ließ.

»Bezahle ich dich dafür, einer fremden jungen Dame schöne Augen zu machen, Hinrich? Was ist hier los?« Der Mann mit dem breiten Gesicht, einer breiten Nase und einem beeindruckenden Doppelkinn war an seiner Tracht sofort als Quartiersmann zu erkennen: schwarze Jacke mit großen Silberknöpfen, schwarze Hose und eine ebenfalls schwarze Schürze. Wenn Toni auf dem Gänsemarkt oder am Jungfernstieg mal einen der Herren dieser Zunft zu Gesicht bekam, trugen sie außerdem Zylinder. Darauf verzichtete der Mann, der sie und den armen Hinrich streng musterte.

»Der Dame war ein wenig blümerant, Herr Rehse, da musste ich doch etwas tun.« Rehse. Das war der Herr, mit dem sie sprechen musste.

»Blümerant, so.« Seine hellblauen Augen bohrten sich in Tonis Blick. »Geht's Ihnen denn jetzt besser?«

Sie deutete einen Knicks an. »Ja, vielen Dank.« Dann wandte sie sich an Hinrich: »Auch Ihnen herzlichen Dank, dass Sie sich um mich gekümmert haben. Nicht auszudenken, was mit mir gewesen wäre, wenn Sie nicht beherzt eingegriffen hätten.« Sie bedachte beide mit einem Augenaufschlag, dann holte sie Ihr Schreiben hervor. »Ich benötige Kautschuk und habe hier eine Empfehlung vorzuweisen.« Rehses Augenbrauen zogen sich zusammen, während er die wenigen Zeilen studierte, Hinrich verzog sich schnell, um nicht noch einmal den Unmut seines Vorgesetzten auf sich zu ziehen. Rehse stutzte und brach in donnerndes Gelächter aus.

»Und was wollen Sie wohl mit so einem Näpfchen Kautschuk anfangen?« Er zeigte auf ihren kleinen Eimer und japste.

»Ich wollte nicht unverschämt sein«, entgegnete sie und setzte leise hinzu: »Außerdem besitze ich keinen größeren.«

Rehse schüttelte den Kopf. »Verstehe.« Er sah sie abschätzend von oben bis unten an. »Können Sie ein bisschen was tragen, oder brechen Sie dann gleich wieder zusammen?«

»Ich bin sogar ziemlich kräftig«, behauptete sie. »Ich habe heute Morgen nur vergessen zu frühstücken, und für das Mittagessen fehlte die Zeit. Darum war mir etwas schummerig.«

»So, vergessen und keine Zeit.« Er schüttelte wieder den Kopf, dieses Mal sah er nicht amüsiert aus, sondern sehr freundlich. »Hinrich!« Der junge Mann war mit einem Satz zur Stelle. »Die Dame bekommt fünf Liter Kautschuk und ein Pfund Reis.«

Der Heimweg wurde immer länger, der Henkel mit dem Eimer schnitt in Tonis ohnehin schon schmerzenden Hände, die sich noch längst nicht an das mühsame Netzeknüpfen gewöhnt hatten. Egal, sie war glücklich! Sie hatte nicht nur alle Zutaten zusammen, die sie zur Pflasterherstellung brauchte, sondern obendrein noch Kampfer geschenkt bekommen. Damit würde sie den feinen Herrn Troplowitz beeindrucken. Und Reis hatte sie auch. Tränen stiegen ihr in die Augen. Mit einem Klacks Fett und 'n büschen Zucker ein Gedicht. Zur Not auch nur mit etwas Salz und Gemüse, das sie für ihre letzten Pfennige kriegen konnte. Der Monat war gerettet. Und nicht mehr lange, dann brauchte sie vielleicht nicht mehr bei Baumann und dessen Bruder schuften, sondern nur noch Richards Pflaster herstellen. Leider war es noch nicht so weit. Am nächsten Tag musste sie wieder pünktlich an der Nähmaschine sitzen. Von dort lief sie direkt zur Netzmacherei.

Es war längst dunkel, als sie ihre Wohnung betrat. Toni war durchgefroren und vollkommen erschöpft. Die Haut an ihren Händen brannte, die Fingerkuppen waren zerstochen. Trotzdem verlor sie keine Zeit. Sie holte Richards Walze hervor, mit der sie diesen milchig-gummiartigen Pflanzensaft, der sich Guttapercha nannte, auf den Mull bringen musste. Sofort erfüllte der typische Geruch ihre Küche, der ein wenig an Leder erinnerte. Toni wurde schwer ums Herz. Wie viele Stunden hatte Richard hier gestanden und probiert? Und sie mit ihm. Wofür das alles? Für eine Geschäftsbeziehung mit Oscar Troplowitz, die sie aus diesem Loch herausbringen würde! Nachdem sie sicher sein konnte, dass die Unterlage stabil war, folgte der zweite Schritt. Streng nach Richards Aufzeichnungen rührte sie die Kautschuklösung in zwei Schalen an. In eine davon gab sie eine kleine Menge Kampfer. Sie atmete den scharfen Duft tief ein und fühlte sich nach kurzer Zeit frischer als zuvor. Ein wirklich erstaunliches Zeug! Woher kam es noch mal? Das hatte Toni vergessen. Mit dem Pinsel trug sie die Lösungen auf die Guttapercha-Fläche auf. Zum Schluss noch jeweils einen Streifen Gaze darauf, damit die Klebefläche bis zur Benutzung geschützt war. Verdammt, die Gaze! An die hatte sie nicht gedacht. Sie konnte ja wohl schlecht einen alten Unterrock zerschneiden. Toni wurde erst kalt, dann ganz heiß. Und plötzlich spürte sie ihre Erschöpfung wieder. Sie ließ sich auf den Stuhl sinken, erwartete, dass er wackelte, was er nicht mehr tat. Sofort sah sie Hermann Krause vor sich und musste lächeln. Sorgfältig räumte sie Richards Kartons aus, legte Papiere, Schere, Pipetten auf den Tisch. Ein Umschlag fühlte sich irgendwie weich an, nicht als ob Papier darin wäre. Sie sah hinein. Gaze! In kleine Streifen geschnitten.

»Danke, Richard.« Dann fiel es ihr ein. Sie selbst hatte immer dafür gesorgt, dass er einen Vorrat zur Hand hatte. Halbe Nächte hatte sie gesessen, bis sie vom Schneiden Blasen an den Fingern hatte. Das zahlte sich jetzt aus. Als Toni endlich fertig war, graute schon der Morgen. Ihr fielen die Augen immer wieder zu, aber zum Hinlegen war es zu spät. Baumann wartete.

8
Gerda

Kurz nach dem Umzug des Laboratoriums und Kontors nach Ottensen flatterte eine Hochzeitseinladung in Gerdas und Oscars Haus.

Eckart Behn und Irmgard von Hohenlamburg gaben sich die Ehre.

Sofort musste Gerda an ihre Unterhaltung am Abend des Weinfests der Börse denken. Hatte Irma deshalb gefragt, ob es ihr Spaß mache, verheiratet zu sein?

Wusste sie bereits, dass auch sie bald unter der Haube sein würde? Gerda erinnerte sich genau an Irmas traurigen Blick. Ihr schwante nichts Gutes.

»Wer ist dieser Eckart Behn?«, wollte sie von Oscar wissen, als sie Hand in Hand auf den Polstern einer einfachen Holzbank saßen. »Kennst du ihn?« Sie schipperten von Altona parallel zur Elbchaussee hoch bis nach Teufelsbrück. Gerda liebte solche Sonntagsvergnügungen. Vor allem, weil sie dann Zeit füreinander hatten, ganz ohne Labor und ohne ihr Kunst-Notizbuch. Das Wasser des Flusses gluckerte unter dem Bauch des kleinen Schiffes. Aus dem Schornstein stieg Dampf, der sich auflöste und zu Wolken wurde. Zwischen Bäumen, deren Größe ihr stolzes Alter verriet, blitzten die weißen Prachtvillen der Hanseaten auf, die in der Stadt das Sagen hatten und hier, oberhalb der Elbe, zeigten, was sie hatten und waren.

Möwen begleiteten den Weg des Kahns. Hin und wieder ruhten sie sich auf dem weißen Gestänge der Reling aus. Sie brauchten keine Villa und keine Fahrscheine. Gerda mochte die mit dem roten Punkt auf dem gelben Schnabel am liebsten. Die bekam man nicht oft zu sehen, weshalb Gerda fand, ihr Anblick brächte Glück.

»Jeder in Hamburg kennt ihn«, beantwortete Oscar ihre Frage. »Noch nie ist jemand in den Senat gewählt worden, der so jung ist wie er. Behn müsste jetzt dreißig sein«, überlegte er laut. »Ist schon eine Weile im Senat. Davor hat er Rechtswissenschaften studiert und sich als Anwalt niedergelassen.« Er nickte anerkennend. »Das ist ein sehr heller Kopf. Und ehrgeizig. Ich wette, der will mal Bürgermeister werden.«

Kaum vierzehn Tage später war es so weit. Gerda und Oscar fanden sich auf einer Hochzeitsfeier wieder, die sich für Gerda anfühlte wie ein Tanz auf dem Seil. Irma war die Artistin. Sie trug eine über und über bestickte schwarze Robe mit langer Schleppe. Schwarz zur Hochzeit zu tragen, war früher einmal üblich gewesen, vor zig Jahren. Aber heute? Eine Farbe, die den Beginn von etwas Gutem symbolisierte, war Schwarz gewiss nicht. Irmas Haar war zu einem kunstvollen Gebilde aufgetürmt, in dem unzählige Perlen glitzerten. Über ihren Zügen lag eine dicke Schminkschicht, die die dunklen Ringe jedoch nicht verbergen konnte, die ihre hübschen Augen umrandeten. Die Augen. Das Leuchten einer glücklichen Braut suchte Gerda darin vergebens. Das hatte sie auch nicht erwartet, aber in einem Winkel ihres Herzens doch gehofft, wenigstens einen Schimmer der Freude oder des Einverständnisses zu erkennen. Nichts. Nur glasige Weinseligkeit. Irma machte sich nicht einmal die Mühe zu lächeln. Ihre Lippen waren wie eingefroren, ihre Wangenknochen traten immer mal wieder hervor. Wann immer sie ein Glas in die Finger bekommen konnte, griff sie zu. Im Grunde war es eine

Frage der Zeit, vermutete Gerda, bis die Braut aus der Rolle fallen und in den Abgrund stürzen würde. Es fand sich keine Gelegenheit, mit ihr oder ihrem Ehemann zu reden, denn den beiden ging es nicht anders als Gerda und Oscar auf ihrer eigenen Hochzeit. Schon bei ihnen waren es so viele Gäste gewesen, dass sie für jeden kaum mehr als ein paar Worte hatten. Da Eckart Behn, hoffnungsvoller Senator mit Ambitionen, es nach ganz oben zu schaffen, und Herr und Frau von Hohenlamburg einluden, war die Gesellschaft nahezu unüberschaubar.

Das Essen war vorzüglich, die Musik ebenfalls. Oscar war kaum noch vom Parkett fernzuhalten.

»Du musst mir eine Verschnaufpause gönnen«, sagte Gerda atemlos. »Ich kann nicht mehr. Noch ein Wiener Walzer, und ich liege dir zu Füßen.« Sie lachte.

»Eine hübsche Vorstellung.« Er zwinkerte. »Aber nicht unbedingt hier.« Oscar führte sie zu ihrem Platz. »Also, was meinst du?«

Gerda wedelte sich mit ihrem Fächer Luft zu. »Was meine ich wozu?«, brachte sie keuchend hervor.

»Zu den Hühneraugenringen«, entgegnete er so laut, dass alle in der Nähe sie ansahen.

Gerda lächelte in die Runde, beugte sich zu Oscar herüber und flüsterte: »Wäre es dir möglich, etwas diskreter zu sein?«

»Aber du musst dich doch nicht genieren, dass du meine neuen Ringe ausprobierst. Du hast sozusagen im Dienst der Wissenschaft mit mir getanzt.«

Sie genierte sich, dass nun alle Welt von ihren Hühneraugen wusste. Es war unnütz, ihm das erklären zu wollen. Sie ahnte, dass er an diesem Abend nur aus beruflichen Gründen so bewegungsfreudig war und dass er schon die ganze Zeit gespannt auf ihre Einschätzung wartete. Eine Dame ersparte es Gerda, ihm ihre Eindrücke jetzt und hier schildern zu müssen.

»Verzeihung, wir sind einander nicht vorgestellt worden. Meyerling ist mein Name. Ich habe zufällig gehört, dass Ihr Mann von Hühneraugenringen sprach.«

»Zufällig ist gut.« Gerda lachte. »Sie hätten sich die Ohren zuhalten müssen, wenn Sie es nicht hätten mitkriegen wollen. Troplowitz«, sagte sie dann, »Gertrud Troplowitz.«

»Ach was!« Herr Meyerling wandte sich erst Gerda, dann Oscar zu. »Das freut mich aber außerordentlich«, sagte er. »Meyerling«, stellte er sich überflüssigerweise vor, »Direktor der königlichen Eisenbahngesellschaft.«

Ein netter Mann. Oscar und er kamen umgehend ins Gespräch. Gerda hätte ihnen gern ein wenig zugehört, was nicht möglich war, weil Gattin Meyerling ihr unentwegt ihr Leid klagte. Von den Zehen, an denen es vor Blasen, Druckstellen und dergleichen nur so wimmelte, bis hinauf zum Ohrensausen und ihrem dünnen Haar. Zu manchem Wehwehchen konnte Gerda eifrig eines von Oscars Produkten ins Gespräch bringen, andere interessierten sie, weil auch sie davon betroffen war. Im Großen und Ganzen hätte sich Gerda jedoch gewünscht, dass die Dame auch noch für anderes etwas übrig hatte als für ihre eigenen Befindlichkeiten. Zweimal lenkte Gerda geschickt, wie sie fand, zu einem anderen Thema über, zur Kultur. Mit mäßigem Erfolg.

»Mein Mann und ich waren erst kürzlich im Stadttheater. Ich kann Ihnen nicht einmal mehr sagen, was gegeben wurde, sosehr hat mich mein Abszess gequält.« Sie seufzte, als spürte sie die Schmerzen auch jetzt. »Ich schwöre Ihnen, keine Minute länger hätte ich es auf dem Sessel ausgehalten.«

Zwischendurch beschränkte Gerda sich darauf zu lächeln und mal ein »Oho« oder ein »Sagen Sie bloß« einzuwerfen. So bekam sie bruchstückhaft mit, dass sich Oscar und Herr Meyerling über einen Bekannten des Eisenbahndirektors unterhielten, der kürzlich Räumlichkeiten in Ottensen hatte mieten wollen.

»Die haben Sie ihm wohl weggeschnappt«, meinte Meyerling.

»Die Ärzte taugen doch alle nichts«, verkündete seine Gattin und beugte sich so vor, dass Gerda von der Unterhaltung der beiden Männer wieder abgeschnitten war.

»Das würde ich so pauschal durchaus nicht sagen«, wandte Gerda müde ein.

»Wirklich nicht? Ich kriege immer das Gleiche zu hören: Gnädigste, Ihnen fehlt nichts. Seien Sie sparsam mit fettem Fleisch, und gehen Sie regelmäßig an die frische Luft. Was sollen das wohl für Ratschläge sein?«

Im Verlauf des Abends steuerte Irma einmal auf Gerda zu, ein Flehen im Blick, das einem das Herz zerreißen konnte. Ein Herr schnitt ihr den Weg ab und führte sie galant zum Tanz. Gerda überlegte, ob sie Oscar auch noch einmal ermuntern sollte, entschied sich aber zugunsten ihrer Füße dagegen. Wie hätte sie mit Irma auf dem Parkett schon ein vernünftiges Wort wechseln können? Außerdem machte Meyerling Oscar und Gerda mit Fritz Schumacher bekannt. Die Meyerlings wandten sich einem anderen Paar zu, so dass sich Oscar und Gerda in Ruhe mit diesem ausgesprochen sympathischen jungen Mann unterhalten konnten.

»Ich stamme nicht aus München«, erklärte er, »ich studiere nur dort. Geboren bin ich in Bremen. Ein echtes Nordlicht also.« Er lachte fröhlich.

»Was sind Ihre Fächer, wenn ich fragen darf?«, wollte Gerda wissen.

»Mathematik und Naturwissenschaften, gnädige Frau.«

»Sehr interessant«, sagte Oscar. »Meine waren Pharmazie, Chemie, Physik, Botanik und Philosophie.«

»Alle Achtung. Beeindruckend, Herr Troplowitz, ich muss schon sagen.« Schumacher legte den Kopf leicht schief. »Philosophie, tatsächlich? Darf ich daraus schließen, dass Ihnen die rein faktisch orientierten Studien nicht genügten, weil Ihnen das Wesen des Geistes, des nicht Greifbaren fehlte?«

Oscar sah ihn überrascht an und dachte kurz nach. »Genau so war es. Sie bringen es auf den Punkt, junger Freund. Ich hatte schon früh sehr genaue Vorstellungen davon, was ich mit meinem Leben anfangen will«, erzählte er freimütig. Es schien, als wäre Gerda das eine oder andere Gläschen Wein entgangen, das er getrunken hatte. »Vor allem wollte ich zurück nach Posen, um dort in der Apotheke zu arbeiten. Unter anderem.« Er legte seine Hand auf Gerdas, eine Glückswelle schwappte gegen ihr Herz.

»Verstehe«, entgegnete Schumacher.

»Inzwischen habe ich das Laboratorium für medizinische Produkte von Herrn Beiersdorf übernommen, wenn Ihnen das etwas sagt.«

»Aber gewiss!«

»Nur ist Arbeit eben nicht alles. Man ist doch so vielseitig interessiert, nicht wahr? Philosophie …« Oscar lächelte versonnen. »Man kann sich beruflich eben nicht mit allem beschäftigen. Aber ist es nicht gut, wenn man schon jetzt etwas hat, wofür man sich irgendwann im Alter Zeit nehmen möchte? Nichts ist schlimmer als Müßiggang und Langeweile.«

»Da gebe ich Ihnen recht.« Schumachers Lächeln veränderte sich. »Und doch halte ich es für sinnvoll, sich auch beruflich dem zu widmen, das in einem die größte Leidenschaft entfacht. Die eigene Gattin natürlich ausgenommen.« Er lachte etwas unsicher und errötete sogar ein wenig. »Ich möchte jedenfalls gestalten, Kunst und Funktion zusammenbringen.« Seine Augen leuchteten.

»Kunst?« Gerda horchte auf.

»Formen und Farben faszinieren mich«, erzählte er. »Ich dachte darüber nach, die Bildenden Künste zu studieren. Ein paar Monate habe ich Unterricht in einer Malklasse genommen. Dort bin ich Irmgard von … Irmgard Behn begegnet. Kennen Sie ihre Bilder?« Gerda und Oscar verneinten. »Sie ist sehr talentiert. Das ist jedenfalls meine bescheidene Einschätzung.«

»Was ist mit Ihnen?«, hakte Oscar nach. »Was brachte sie zu Mathematik und den Naturwissenschaften?«

»Das, was man wohl Vernunft nennt. Es war nicht die schlechteste Entscheidung. Ein notwendiger Ausflug, um ans Ziel zu kommen.«

»Das Ziel?« Gerda war gespannt.

»Ich bin im Begriff, zur Architektur zu wechseln.«

»Architektur, wirklich?«, rief Oscar freudig. »Ich habe auch mal darüber nachgedacht, mich dem Fach zu widmen.«

»Ich erhoffe mir, auf diesem Feld beides verbinden zu können, das Künstlerisch-Gestalterische und die Funktion.«

Es war spät geworden. Oscar hatte einen Wagen rufen lassen, und sie hatten sich vom Brautpaar verabschiedet. Nun gingen sie zum Ausgang.

»So ein netter Kerl, dieser Schumacher«, murmelte er mit schwerer Zunge. »Der wird es noch weit bringen.« Gerda hing mit ihren Gedanken bei Irma fest. Wie betrübt sie beim Abschied ausgesehen hatte. Gerda musste sie unbedingt sprechen. Irgendwann in den nächsten Wochen, wenn sie sich in ihre Rolle als Ehefrau eines ambitionierten Politikers eingefunden hatte. Sie unterdrückte ein Gähnen. Da hörte sie Absätze auf dem Parkett, eilig, dazu das Knistern und Rascheln ungeheurer Stoffmengen. Gerda drehte sich um. Irma stand atemlos vor ihr. Sie sah ein wenig derangiert aus, das Kleid hatte Flecken, wie Gerda auf den zweiten Blick feststellte. Womöglich war schwarz doch eine gute Wahl gewesen. War das Blut?

»War es Ihnen ernst, Gerda? Mit der Idee, Menschen zusammenzubringen, die der Kunst den Stellenwert einräumen, den sie verdient?«, brachte sie keuchend hervor. Ihr Blick war geradezu fiebrig. Gerda erschrak.

»Ja, natürlich«, stotterte sie.

»Ich kenne eine Malerin. Sie nennt sich Mynona. Sie bringt Ungeheuerliches aufs Papier. Es ist etwas völlig Neues, Mutiges. Wollen Sie etwas von ihr sehen?« Im nächsten Moment warf sie den Kopf in den Nacken und lachte. Unter dem Puder war ihr Teint mit einem Schlag gerötet. »Aber ich muss Sie warnen, die Bilder sind nichts für zarte Gemüter.«

»Bitte verzeihen Sie, liebe Frau Troplowitz.« Bräutigam Behn trat höflich lächelnd zu ihnen und nahm Irmas Arm. Gerda sah, wie seine Wangenknochen sich bewegten. »Die Sievekings wollen sich verabschieden. Kommst du bitte, Irmgard?« Sein Ton ließ keinen Widerspruch zu.

»Was sagen Sie, Gerda? Sind Sie interessiert?«, hakte Irma hastig nach.

»Ja, das bin ich.«

Ein Leuchten in ihren Augen, dann folgte Irma ihrem frischgebackenen Gatten.

»Warum hat Behn sich das nur angetan?«, fragte Oscar und schüttelte den Kopf. »Nicht, dass ich etwas gegen sie hätte. Nur scheint es mir eine Lebensaufgabe zu sein, sie im Zaum zu halten.« Er drückte Gerda an sich. »Was bin ich doch für ein glücklicher Mann.«

»Die Braut, Irmgard von Hohenlamburg«, begann Oscar am nächsten Morgen, als sie beim Frühstück saßen. »Sperriger Name.« Seine Stirn legte sich in Falten.

»So heißt sie ja gar nicht mehr, sondern Behn. Erinnerst du dich?« Gerda musste lächeln, als sie Oscars verwirrten Gesichtsausdruck sah. Manches Mal war er zerstreut wie ein umgestoßenes Paket Salz.

»Natürlich, ja, Behn. Das ist viel besser. Schön kurz. Sie hat von einer Malerin gesprochen, die … Wie hat sie sich ausgedrückt? Die etwas Neues und Mutiges aufs Papier bringt. Was meinst du, Mutzl, könnte sie nicht etwas Hübsches auf unsere Verpackungen zeichnen?« Gerda musste den Gedanken sacken lassen. Eine Frau, die ein sehr spezielles Talent und offenbar bereits mindestens eine Fürsprecherin ihrer Kunst hatte, sollte für Oscar arbeiten?

»Wir kennen diese Mynona nicht einmal. Irma sagte auch, dass ihre Bilder nichts für zarte Gemüter seien. Und die willst du auf deine Kundschaft loslassen?« Sie strich sich Butter auf die Brotscheibe.

»Ich konnte nicht jedes Wort verstehen, was Irmgard Behn zu dir gesagt hat. War ja auch nicht für meine Ohren bestimmt, hatte ich den Eindruck.« Er angelte mit der kleinen Gabel nach dem hauchdünn geschnittenen Schinken. »Und wenn sie es selbst macht?«

Gerda konnte ihm nicht folgen. »Wenn wer was macht?«

»Na, Frau Behn, wenn sie für mich zeichnet?« Seine Lippen verzogen sich zu einem breiten Lächeln. »Möchtest du sie wohl fragen, ob sie sich vorstellen könnte, unsere Packungen zu verzieren?«

»Eckart Behn ist ein einflussreicher Politiker, und ein höchst ehrgeiziger noch dazu. Das hast du mir selbst gesagt. Er wird begeistert sein, wenn seine Gattin Schachteln bemalt.« Sie musste lachen.

»Was soll er dagegen haben?« Manchmal war Oscar fast ein wenig naiv. »Schachteln und Werbeanzeigen. Wir sollten sie fragen«, erklärte er bestimmt und biss in sein Schinkenbrot.

9
Toni

Herr Krause hatte Toni vorgeschlagen, die Übergabe der neuen Ware mit einer Einladung zum Essen zu verbinden. Eine nette Idee. Zumindest dachte sie das zuerst. Je näher die Verabredung rückte, desto mehr bekam sie es mit der Angst zu tun. Wenn er man nur nicht Mitleid mit ihr hatte. Noch schlimmer: Womöglich wollte er etwas von ihr. Nee, Freundchen, daraus wird nichts. Richard war noch nicht einmal ein Jahr tot.

»Die Pflaster sind fertig, Sie können sie abholen«, hatte auf ihrer Nachricht gestanden. Seine Antwort hatte nicht lange auf sich warten lassen:

Ich kann auf keinen Fall schon wieder Ihr Gast sein. Bitte geben Sie mir die Möglichkeit, mich zu revanchieren. Ich würde Sie gern zu einem kleinen Mittagessen einladen. Lassen Sie mich wissen, wann es Ihnen passt, und schlagen Sie ein hübsches Lokal vor!

Ihr Hermann Krause

Nicht »ergebenst«, nicht »hochachtungsvoll«, sondern einfach nur »Ihr«. Das mochte Toni leiden. Ein hübsches Lokal. Hätte sie sich bloß Zeit gelassen, um in Ruhe nachzudenken. Aber nee, sie musste ja sofort zu Bleistift und Zettel greifen. Als ob er es sich sonst anders überlegt hätte. Für eins der vornehmen Restaurants hätte sie nichts zum Anziehen gehabt. Hätte sich dort auch nicht wohlgefühlt zwischen den Herrschaften, die genau wussten, wie man sich da benimmt. Woher sollte sie das denn wissen? Also hatte sie die Wirtschaft in der Niedernstraße neben der ehemaligen Puppenklinik aufgeschrieben, wo schon lange keine Arme mehr geklebt und Glasaugen ersetzt wurden, sondern längst Fisch verkauft wurde. Das war ein einfaches Lokal, wo man etwas bekam für sein Geld. Nicht nur Knackwurst mit Brot, sondern auch eine deftige Erbsensuppe oder 'n leckeres Bauernfrühstück. Allein bei dem Gedanken lief Toni das Wasser im Munde zusammen. Wie lange hatte sie keine Bratkartoffeln mit Speck mehr gehabt? Doch der Appetit verging ihr schlagartig, denn nun hatte sie Sorge, dass Herr Krause denken könnte, sie wäre in der Gosse aufgewachsen, wenn das für sie ein hübsches Lokal war. Das konnte man ja nun auch nicht von ihr behaupten. Arm ja, aber Gosse? Nein. Sie wusste vielleicht nicht, wie man sich unter feinen Leuten aufführte, Manieren hatte sie trotzdem. Dazu gehörte Pünktlichkeit. Also los, Toni, es hilft doch nichts. Sie seufzte und machte sich auf den Weg. Als sie gerade in den Valentinskamp einbiegen wollte, hörte sie ein Hecheln. Im nächsten Moment musste sie zur Seite springen. Beinahe wäre ihr der Karton mit den Pflasterrollen aus den Händen gerutscht. Der Hund, der ihr vor die Füße rannte, nahm sie nicht einmal wahr. Alt war er, das konnte Toni an dem grauen Fell der Schnauze sehen. Trotzdem trieb der Torfbauer, dessen Karren der bedauernswerte Vierbeiner zog, ihn gnadenlos an. Die Zeit der Torflieferungen war für sie glücklicherweise vorbei. Einer der wenigen Vorteile ihrer einfachen kleinen Wohnung, es gab schon einen Kohleofen. Wenn es weiter so mild blieb, bräuchte sie auch den nicht mehr lange anfeuern. Ein Lichtblick. Und wenn Herr Krause dieses Mal mit der Qualität ihrer Lieferung zufrieden war, dann wurde alles einfacher. Die neuen Muster hatten ihm schon mal gefallen. Er hatte nach eingehender Prüfung fünfzig Rollen bestellt! Sogar eine Anzahlung hatte er geleistet, so dass sie das Material mühelos hatte bezahlen und ihre Stelle bei der Netzmacherei wieder aufgeben können. Mit ihrer Fracht unter dem Arm überquerte sie jetzt voller Hoffnung den Gänsemarkt und lief über den Jungfernstieg, vorbei am Modehaus Baumann. Sie richtete ihren Blick stur auf die Alster. War sowieso schöner als die Häuser, die so hoch waren, dass man einen steifen Nacken bekam, wenn man die Dächer sehen wollte. Toni mochte das Wasser, die Schiffchen, die Stege. Komischerweise hatte sich daran seit Richards Unfall nichts geändert. Außerdem wollte sie nicht riskieren, dass Kleiderkönig Baumann sie entdeckte. Dann müsste sie bestimmt gleich mal eben eine Kleinigkeit für ihn erledigen, jetzt, wo die Neue schon wieder aufgehört hatte. Jedes Mal stellte er ihr in Aussicht, 'n Snoopgroschen zu verdienen. Jedes Mal vergaß er, ihr diesen Extra-Groschen dann auch auszuzahlen. An leeren Versprechungen konnte sie sich aber nun mal nicht die Füße wärmen. Seit sie seinen Bruder nach so kurzer Zeit gleich wieder im Stich gelassen hatte, wie er sich ausdrückte, war er gar nicht gut auf sie zu sprechen.

Toni war lange nicht mehr in der Niedernstraße gewesen. Ganz so heruntergekommen hatte sie die Wirtschaft nicht in Erinnerung gehabt. Richard hatte sie einmal hierher ausgeführt, als er noch um sie geworben hatte. Als er sich dann seiner Sache sicher war, setzte sich seine sparsame Ader durch.

»Wir legen das Geld lieber zur Seite, als es einem Wirt in den Rachen zu schieben, findest du nicht? Wenn wir jetzt auf jede Mark achten, können wir es uns später mal umso schöner machen.« Das hatte ihr eingeleuchtet. Leider war es zu diesem Später nie gekommen.

Toni wurde immer mulmiger. Am Abend mit Beleuchtung, und wenn das Leben in den vielen Schänken und Weinhandlungen erwachte, wirkte die Niedernstraße so viel reizvoller. Aber jetzt? Trotz des Sonnenscheins alles grau in grau. Die beiden steinernen Stufen, die zum Lokal führten, waren in der Mitte so ausgetreten, dass sie eher Schüsseln glichen als einer Treppe. Die Mauer, auf der ein windschiefes Geländer befestigt war, an dem man sich besser nicht festhielt, brach schon auseinander. Toni dachte eine Sekunde daran, wieder zu gehen. Einfach wegzulaufen. Nur war das unmöglich. Sie hatte zwei Nächte geschuftet und kaum geschlafen, das sollte sich nun auszahlen, das musste es einfach.

Krause traf eine Minute nach ihr ein. Er sah sich rasch um, sein Blick sagte alles.

»Ich war lange nicht hier«, entschuldigte sich Toni sofort. »Aber wenn das Rührei noch so gut ist wie früher, können Sie sich auf einen Hochgenuss freuen.« Sie schenkte ihm ein strahlendes Lächeln, während sie ein stilles Gebet zum Himmel schickte. Hoffentlich würde der liebe Gott in der Küche kurzfristig das Regiment übernehmen. Bei der Aussicht auf anständige Hausmannskost vergaß Krause offensichtlich sein Unbehagen. Ohne nachzufragen, bestellte er zwei Portionen, dazu Shandy.

»Wat soll dat sein?«, wollte der Wirt wissen.

»Bier und Limonade. Soll in Großbritannien sehr beliebt sein«, erklärte Krause unbekümmert.

»Sind wir hier in Großbritannien?« Der Wirt blickte finster drein.

»Nein«, erwiderte Krause. Mehr schaffte er nicht.

»Eben.«

»Dann also zwei Bier«, entschied Krause.

»Rotbier, Bockbier oder Pils?«, wollte der Wirt wissen und stellte einen höchst gelangweilten Gesichtsausdruck zur Schau.

»Oh, dann würde ich sagen: Rotbier.« Er sah Toni fragend an, sie nickte. Sie hätte zu allem genickt, um nur diese Bestellprozedur zu einem guten Ende zu bringen.

»Rotbier is aus«, kam es prompt zurück.

»Ja, aber Sie …« Krause war überfordert.

»War 'n Scherz.« Der Wirt verzog keine Miene, Krause lächelte erleichtert. »Die Auswahl war 'n Scherz. Wir ham Pils und basta.«

Krause seufzte, verzichtete aber darauf, sich mit dem Wirt anzulegen. »Dann hätten wir gern zwei Pils«, sagte er matt.

»Jo.« Der Mann drehte sich um und ging. »Warum nich gleich so?«, murmelte er noch.

Krause musste sich offenbar sammeln, kam dann aber ohne Umschweife auf den Punkt: »Herr Troplowitz war sehr angetan von dem Muster, das Sie mir das letzte Mal gegeben haben. Vor allem von dem mit dem Kampfer. Wie ich Ihnen schon sagte, ich habe höchsten Respekt davor, wie Sie das hinbekommen haben. Sie sind eine Frau und haben keine Ahnung von Chemie und Pharmazie.« Anscheinend spiegelten sich ihre Gedanken in ihrer Miene. »Verzeihung, Frau Peters, das sollte nicht klingen, als ob ich Ihnen das nicht zugetraut hätte.«

»Genau so klang es aber«, rutschte ihr heraus. Nach dem Hin und Her mit dem Bier wollte sie ihn nicht noch mehr verärgern. Besser, sie hielt ihre Schnute, bloß war das manchmal gar nicht so einfach.

»Es ist ungewöhnlich, das müssen Sie zugeben. Ungewöhnlich, im Ergebnis aber sehr zufriedenstellend.« Er sah sie freundlich an. »Die Variante mit dem Kampfer ist außerordentlich wirksam.«

Dann zog ein düsterer Ausdruck in seine hübschen Augen. »Nun haben wir ein Problem«, begann er zögerlich.

»Warum denn? Kann es dem Herrn Tropel… Troplo…«

»Troplowitz.«

»Ja, genau. Entschuldigen Sie bitte.«

»Bei mir brauchen Sie sich nicht entschuldigen.« Er lachte. »Krause kriegen Sie doch hin. Oder Hermann. Sie können mich auch Hermann nennen.« Er erschrak. »Wenn Ihnen das nicht unangenehm ist.« Das Bier kam zum rechten Zeitpunkt.

»Das ist mir gar nicht unangenehm.« Sie ergriff ihr Glas. »Na dann, zum Wohl, Hermann.«

Er strahlte. »Zum Wohl, Antonia.«

»Sagen Sie man lieber Toni«, schlug sie vor, nachdem sie einen kräftigen Schluck genommen und sich verstohlen den Schaum von den Lippen gewischt hatte.

»Also, Toni, die Schwierigkeit ist die, dass Herr Troplowitz glaubt, ich hätte die Muster von dem ehemaligen Mitarbeiter des Herrn Beiersdorf bekommen, von Richard Peters. Wie Sie es … wie du es wolltest, habe ich ihm nichts gesagt.«

»Danke.«

»Gern geschehen.« Für einen Moment sah er ziemlich zufrieden aus. Dann fiel ihm wieder ein, in welcher Situation er jetzt steckte. »Herr Troplowitz möchte dich einstellen.«

»Wie bitte?«

»So, zweimal Bauernfrühstück!« Der Wirt stellte die Teller schwungvoll auf den Tisch. Toni konnte gerade noch sehen, dass seine Daumen im Ei gesteckt hatten. Glücklicherweise lag sofort ein verführerischer Duft in der Luft.

»Das sieht aber köstlich aus. Guten Appetit!« Hermann stürzte sich auf das Essen. Toni sah ihm einen Moment zu, ehe sie auch zu essen begann. Herrlich! Sie schloss kurz die Augen. Das Aroma von gebratenem Speck, dazu frische Petersilie und geröstete Zwiebeln, eine saure Gurke war auch dabei. Und sogar ein paar Stückchen Fleisch! Sie hatte lange nicht mehr so geschlemmt. Toni wollte sich Zeit lassen, um jeden Bissen zu genießen, aber es ging nicht. Sie schlang ihre Portion geradezu herunter.

»Der liebe Gott hat höchstpersönlich am Herd gestanden, glaub ich«, sagte sie. »Mein Gebet ist erhört worden.«

»Ich verstehe nicht.«

»Schon gut.« Sie lächelte. »Ich habe nicht zu viel versprochen, oder?«

»Keinesfalls. Ich glaube, ich habe nie ein besseres Bauernfrühstück gegessen.«

»Nee, wohl kaum«, brummte der Wirt und räumte die Teller ab.

Allmählich kam Toni wieder in den Sinn, worüber sie vor dem Essen gesprochen hatten.

»Ich habe dich vorhin so verstanden, als hätte Herr Troplowitz gesagt, er möchte mich einstellen. Aber das kann ja nicht sein.«

»Nein, natürlich nicht.« Er lachte fröhlich. Toni spürte einen Stich. Natürlich nicht. Trotzdem. Ein winziger Teil von ihr hatte gehofft, dass es doch möglich wäre. Es war schließlich nicht so, als könnten Frauen nicht die verschiedensten Berufe haben. Ob Kaffeebohnen verlesen, Haselnüsse sortieren oder die Winden bedienen, mit denen Teppiche, Säcke und Kisten hoch hinauf auf die obersten Böden der Speicher gehievt wurden, alles das waren Arbeiten, die viele Frauen verrichteten. Na schön, in einem Labor zu stehen und Produkte herzustellen, war etwas anderes. Dafür brauchte man Grips. Das trauten Männer keiner Frau zu.

»Er möchte Richard einstellen«, erklärte er leise. »Ich habe ihm gesagt, ich könnte mir nicht vorstellen, dass daraus etwas wird.«

»Kannst du ihm nicht sagen, Herr Peters hat sich selbständig gemacht und beliefert ihn auch in Zukunft gern?«

»Wenn es nur so einfach wäre. Leider meint er, das Produkt ist noch nicht gänzlich ausgereift. Es sei gut, aber es könne noch besser werden. Herr Troplowitz sagt, das ließe sich bestens erreichen, sobald der junge Wissenschaftler wieder bei Beiersdorf tätig ist.«

»Schöner Schiet!« Toni erschrak und sah in belustigt funkelnde Augen. Sie musste grinsen. »Was mache ich denn jetzt? Ich könnte das Geld für regelmäßige Lieferungen wirklich gut gebrauchen.«

»Du müsstest Oscar Troplowitz kennenlernen.« War er denn von allen guten Geistern verlassen? »Doch, bestimmt. Er ist modern und offen für neue Ideen. Lass mich ihm reinen Wein einschenken. Vielleicht stellt er dich trotzdem ein. Nicht in der Entwicklung, aber in der Herstellung möglicherweise. Du wirst ihn mögen.« Toni trank viel zu viel auf einmal, nur um nicht antworten zu müssen. Das hatte sie nun davon, dass sie nicht von Anfang an mit offenen Karten gespielt hatte. Schöner Schlamassel. Wär ein Traum, bei diesem Herrn eine feste Anstellung zu bekommen. Und Richard würd's auch freuen, wenn er sich noch freuen könnte, dass sein Pflaster doch noch in alle Haushalte käme. Das hatte er sich immer gewünscht. Bloß wusste Toni es besser. Die Pfeffersäcke waren doch alle gleich, sie hatte genug von denen kennengelernt. Ob Baumann, dessen Bruder oder die Herrschaften, für die sie geputzt hatte, immer war sie behandelt worden, als wäre sie nichts wert. Als wäre sie nur ein Besen, ein Gegenstand, der nur eine einzige Sache konnte, den man benutzte und dann wieder in die Ecke stellte. So war das nun mal: Als Frau musstest du einen reichen Mann heiraten, oder du warst immer der Besen. Sie konnte sich beim besten Willen nicht vorstellen, dass irgendein reicher Fabrikbesitzer das anders sah. Der wollte Richard und vor allem seine Rezepte. Hatte er die in den Fingern, interessierte er sich einen feuchten Kehricht für Toni.

»Was meinst du?« Hermann sah sie an.

»Kannst du ihn nicht noch ’n büschen hinhalten?« Sie wäre zu gerne mutiger. War sie aber nicht. »Bitte, verrate mich nicht«, flehte sie leise.

Er fuhr sich über das Gesicht. Es dauerte lange, ehe er sagte: »Gestern ließ sich der Vermieter der neuen Geschäftsräume blicken. Herr Troplowitz hat die Maschinen und Gerätschaften erst im Herbst letzten Jahres dorthin bringen lassen.« Toni hatte keine Ahnung, wovon er sprach oder worauf er hinauswollte. »Nun kommt also dieser Mann und sagt, er müsse das Mietverhältnis beenden. Nach nicht einmal einem halben Jahr hat der Eigentümer Herrn Troplowitz wieder gekündigt.«

»Warum?«

»Das hat Herr Troplowitz selbstverständlich auch gefragt.« Er verzog ärgerlich das Gesicht. »Herumgedruckst hat er, der feine Herr Hausbesitzer. Er bräuchte die Räumlichkeiten selbst. Und das wusste er im vergangenen Herbst noch nicht? Würdest du ihm das glauben?« Toni schüttelte den Kopf. »Siehst du, ich auch nicht. Ich hätte es nicht hingenommen, so offen beschwindelt zu werden. Aber Herr Troplowitz zitierte nur den Philosophen Marcus Aurelius: ›Es wäre dumm, sich über die Welt zu ärgern. Sie kümmert sich nicht darum.‹ Damit war der Fall für ihn erledigt. Gestern hat er ein Stück Bauland in Eimsbüttel besichtigt. Was soll ich dir sagen? Ein ansässiger Bauunternehmer, der sich auch für das Grundstück interessierte, hat sich über ihn lustig gemacht. ›Ach, der Herr Philosoph‹, hat er laut gerufen. Ich weiß nicht, ob es sich schon herumgesprochen hatte, dass Herr Troplowitz Aurelius zitiert hat, oder ob es nur eine Anspielung auf sein abgeschlossenes Studium war. Auf jeden Fall pöbelte er herum, dass er nicht für Herrn Troplowitz zu arbeiten gedenke, falls dieser den Zuschlag für das Land bekommen sollte. Mit einem, der so wirres Zeug im Kopf hat, wolle er nichts zu tun haben. Philosophie sei vollkommen unnütz, nur praktisches Handeln und Vorankommen würden etwas zählen.« Er holte tief Luft, seine Miene veränderte sich. »›Für mich nicht‹, hat der Chef ihm geantwortet und gelächelt.«

»Und, weiter?« Oder war seine Erzählung etwa am Ende angekommen?

»Nichts weiter. So ist Oscar Troplowitz. Für ihn gilt nicht nur Erfolg oder Umsatz etwas, er ist ein Feingeist. Auf seine Art. Ein Vordenker. Du kannst dich ihm offenbaren.«

Sie seufzte. »Ich denke darüber nach, versprochen. Aber verschaffe mir noch etwas Bedenkzeit.« Er öffnete den Mund. »Bitte!«, sagte sie eindringlich.

»Ist dir klar, was du von mir verlangst? Ich soll meinen Arbeitgeber anlügen. Einen aufrichtigen Mann, einen Hanseaten im besten Sinn, obwohl er hier gar nicht geboren ist. Das hat er nicht verdient.«

»Und die Deern auch nich«, meldete sich der Wirt von seinem Tresen zu Wort. »Das hältst ja nich aus, das Gesabbel.«

»Ich nehm das alles auf meine Kappe«, sagte Toni schnell. »Irgendwann. Ich brauche doch nur noch ein bisschen Zeit. Jetzt bring ihm erst mal den Karton. Wenn er das Pflaster gut verkauft und mehr haben will, dann können wir uns das noch immer überlegen. Das mit dem reinen Wein.«

Er nickte langsam, seufzte wieder. Dann hob er die Hand. »Zahlen, bitte!« Der Wirt war schnell zur Stelle, nannte die Summe. Hermann legte einen Groschen zu wenig auf den Tisch. »Stimmt so.«

»Wolln Sie mich verschaukeln, Kerl? Dat stimmt hinnen und vorn nich!« Hermann sah vollkommen irritiert aus und starrte auf die Münzen.

»Zehn Pfennig fehlen«, flüsterte Toni.

»Liebes bisschen, das war keine Absicht«, entschuldigte Hermann sich.

»Das sagen sie alle«, raunte der Mann mit der Schürze.

Hermann legte eine Mark obendrauf. Das waren nun neunzig Pfennige zu viel! Seine Finger zitterten leicht, auf seiner Stirn glänzten Schweißperlen, die Toni eben noch nicht aufgefallen waren. Entweder war er so großzügig, weil er sich schämte, oder Rechnen war nicht seine Stärke. Überhaupt, manchmal wirkte er hilflos wie ein Fohlen. Toni lächelte. Er könnte jemanden brauchen, der sich um ihn kümmerte.

10
Irma

Nun war die Ehe also vollzogen. Oder vollstreckt? Vollzug, Vollstreckung, wo war da der Unterschied? Beides passte zur Ehe so gut wie zur Hinrichtung. Sie hatte Erinnerungen an die Hochzeitsnacht. Verwaschen, als würde sie versuchen, am Boden des Wasserglases, in dem sie ihre Pinsel ausspülte, etwas zu erkennen. Keine üblen Erinnerungen, im Gegenteil. Sie lösten feurig-rotes Prickeln in ihr aus. Irma Behn. Kurz und bündig. Das mochte sie. Und wenn diese Heirat eine Chance war? Eckart verhielt sich bisher anständig. Obwohl … in der Hochzeitsnacht … Konnte man das noch als anständig bezeichnen? Ihr Inneres flatterte, sie lächelte. Eckart. Ausgerechnet der Mann mit den braunen Augen. War er ihre Chance? Gerda Troplowitz konnte das auf jeden Fall sein. Auch der Gedanke an ihre kurze Unterredung löste in ihr ein nervöses Kribbeln aus. Der Wein hatte Irma mutig genug gemacht, Gerda aufzuhalten, ehe sie fort war, ohne dass sie ein einziges Wort über Mynona gesprochen hatten. Der Wein und der Absinth, den ihr einer der Kellner in einer Speisekammer eingeflößt hatte. Nicht gegen ihren Willen, gewiss nicht. Doch die Bezahlung, die er sich vorgestellt hatte, wäre gegen ihren Willen gewesen. Glücklicherweise hatte sie einen Topf mit passierten Tomaten zu fassen bekommen. Ihr Kleid hatte etwas abbekommen, aber das Hemd des Kellners sah sehr viel schlimmer aus. Ihr Lächeln wurde breiter, als sie sich an sein Fluchen erinnerte, das sie noch hörte, als sie aus der Kammer geschlüpft war.

Gerda wollte Mynonas Bilder sehen! Irma dachte jeden Tag daran. Je mehr Zeit vergangen war, desto klarer war ihr allerdings geworden, dass sie sich zu früh gefreut hatte. Diese biedere Frau Troplowitz hatte nur höflich sein wollen. Irma hatte sie ja auch wirklich überfallen. Was hätte sie schon sagen sollen? ›Nein, danke, werden Sie erst mal wieder nüchtern, ehe wir über Kunst sprechen‹? Niemals hätte Irma noch einmal ihren Mut zusammengenommen, um auf sie zuzugehen und sie um Hilfe zu bitten. Musste sie auch nicht. Gerda kam auf sie zu.

Ich hoffe, Sie hatten ein schönes Hochzeitsfest. Wir haben uns sehr wohlgefühlt. Nun würde ich gern dort anknüpfen, wo wir beim Abschied aufgehört haben, hatte sie geschrieben. Und jetzt waren sie verabredet.

Irma verließ das Haus in der Fontenay, das ihr noch immer fremd war, und ging an der Außenalster entlang, über die Lombardsbrücke hinweg zum Jungfernstieg. Sie wollten sich am Alsterpavillon treffen. Gerda war schon da und winkte übermütig. Irma konnte sich ein Grinsen nicht verkneifen. Wo waren nur die Manieren der Troplowitz-Gattin geblieben? Beinahe wie ein Kind stand sie da, wedelte mit dem Arm und freute sich. Irma durchquerte das breite Gebäude.

»Ich habe uns einen Platz hier draußen gesichert«, sagte Gerda, als Irma auf die halbrunde Terrasse trat. »Wir haben Glück, wir bekommen Sonne ab, sind aber vor dem Wind geschützt. Wusste ich doch, dass es Glücksbringer sind.« Sie strahlte über das ganze Gesicht und deutete auf eine stattliche Möwe. »Aber nur die, die einen roten Punkt auf dem gelben Schnabel haben«, erklärte sie feierlich.

»Sie glauben an so etwas?«

»Ach, na ja, es kann nicht schaden, nicht wahr?« Jetzt lachte sie. »Die Möwe stört es jedenfalls nicht.«

»Ich meine nicht die Möwe, ich meine Glück.«

Sie setzten sich. Irma fragte sich, ob diese Frau geeignet war, um etwas Großes zu schaffen. War Irmas Geheimnis bei ihr sicher aufgehoben, oder würde sie augenblicklich zu ihrem Gatten rennen, um ihm alles brühwarm zu erzählen? Ihm war zuzutrauen, dass er sich auch noch für Weiberklatsch interessierte.

»Glauben Sie etwa nicht daran?« Gerda ließ sich nieder und blickte fröhlich über das glitzernde Wasser. »Sie leben in dieser prachtvollen Stadt und haben sich gerade einen der begehrtesten Junggesellen geschnappt.« Sie zwinkerte. Meinte sie das ernst?

»Eckart Behn ist … Ich weiß weder, was er den ganzen Tag tut, noch wo er jetzt gerade steckt. Er brauchte eine Ehefrau zum Vorzeigen, um seinen Weg mit großen Schritten weiterzugehen, meine Eltern wollten mich gewinnbringend loswerden. Es war naheliegend.« Die Möwe saß noch immer dort und lauerte. Dann hatte sie unter der Wasseroberfläche etwas entdeckt. Ohne zu zögern stürzte sie sich hinab und war in der nächsten Sekunde wieder in der Luft, einen zappelnden Fisch im Schnabel.

»Ob dieser Vogel ein Glücksbringer ist, hängt wohl davon ab, wer sich diese Frage stellt«, sagte Irma.

Sie widmeten ihre Aufmerksamkeit der Speisekarte.

»Ich nehme nur ein Glas Champagner«, ließ sie den Kellner wissen, nachdem sich Gerda Baiser mit Sahne und einen Kaffee bestellt hatte. Zu schön, wie er versuchte, die Überraschung zu verbergen.

»Sehr gern.« Er deutete eine Verbeugung an und ging.

»Es geht mich nichts an, aber Sie trinken ziemlich oft Alkohol, finde ich.« Gerda sah ihr in die Augen.

»Da haben Sie recht.« Sie legte eine Kunstpause ein. »Es geht Sie tatsächlich nichts an«, beendete sie dann ihren Satz, ohne den Blick zu senken.

»Aber Ihren Mann. Was sagt er dazu, wenn Sie mitten am Tag schon trinken?« Schüchtern war Gerda Troplowitz nicht, das musste man ihr lassen.

»Er weiß es ja nicht. Er hockt bis spät in seiner Kanzlei oder im Rathaus. Oder was weiß ich, wo.« Sie starrte auf ihre Hände, die in schwarzen Spitzenhandschuhen steckten.

»Wie lange es wohl noch dauern wird, ehe er und die anderen Herren Senatoren das neue Rathaus beziehen können? Es muss ein erhebendes Gefühl sein, in einem so prachtvollen Bau zu arbeiten.«

»Ist das Ihr Ernst?« Irma konnte es nicht fassen. »Das wird auch wieder nur so ein Prunkbau ohne jegliche Ideen oder gar schöpferische Kraft.« Sie verzog abfällig das Gesicht.

»Wie meinen Sie das?« Sehr viel schien Gerda nicht von Kunst zu verstehen. Oder gehörte sie etwa zu denen, die nur die Alten Meister verehrten? Dann war sie gewiss die Falsche.

»Finden Sie etwa originell, was gerade in der Stadt gebaut wird? Alles nur traditionell. Nichts ist bahnbrechend, alles nur von den Engländern abgeschaut.«

Plötzlich trat ein Leuchten in Gerdas Augen. Irma wusste nicht, ob es ihr galt oder dem Baiser, das soeben serviert wurde.

»Sie haben das von Fritz Schumacher, stimmt's?«, wollte Gerda wissen, als der Kellner gegangen war. »Der junge Mann, der sich so für Form, Farben und Funktionen interessiert.« Sie schob sich eine Gabel der Süßigkeit in den Mund, schloss die Augen und stöhnte. »Das ist himmlisch!« Sie öffnete die Augen wieder und deutete mit der Gabel auf Irma. »Ich habe recht, nicht wahr? Er will Architektur studieren, er hat Ihnen bestimmt solche Flöhe ins Ohr gesetzt.« Sie wiegte den Kopf. »Oscar ist auch sehr für Neues zu haben. Aber ich finde, darauf kommt es nicht an. Für Gebäude gilt für mich das Gleiche, was ich auch über Bilder denke oder über Skulpturen: Ansprechend muss es sein.« Sie aß und redete gleichzeitig, ohne dabei unappetitlich zu wirken. Im Gegenteil, wenn Irma ihr noch länger zusah, würde sie sich am Ende womöglich auch noch etwas mit viel Sahne bestellen. Nur vernebelte das ihre Sinne leider nicht so wie der Champagner. Und ganz klar war dieses Leben kaum zu ertragen. »Das meine ich im wörtlichen Sinne«, führte Gerda weiter aus, ohne dabei wie eine Oberlehrerin zu wirken. Ihr war einfach nur daran gelegen, Irma ihren Standpunkt zu verdeutlichen. Wie angenehm. Wenn Irma dagegen an ihren Vater dachte, grauste es ihr. Er hatte sie immer und in jeder Hinsicht belehren wollen. Unerträglich.

»Im Wortsinn ansprechend. Sagt Ihnen Alsina etwas?« Irma musste verneinen. Sie leerte ihr Glas und hob sofort die Hand, um ein neues zu bestellen. »Ich denke, Sie haben genug«, sagte Gerda freundlich, aber sehr bestimmt. »Wenn Sie aber vielleicht einen Kaffee wollen …?«

Wie schaffte es diese Person nur, sie derartig einzuschüchtern? Während sie noch überlegte, wie sie ihr ein paar Widerworte verpassen konnte, bestellte Gerda bereits.

Dann fuhr sie im Plauderton fort: »Ich kann mir den Vornamen von diesem Alsina nicht merken. Er kommt aus Spanien. Jedenfalls ist er ein Vertreter des Realismus. Ich wünschte, ich könnte so malen. Die Alster, die Lombardsbrücke, all das so festhalten, dass man den Anblick auch zu Hause in der guten Stube jederzeit genießen kann. Eine feine Sache. Leider sind einige Werke dieses Spaniers sehr düster, andere sind mir zu glatt. Verstehen Sie, was ich meine?«

»Ja!« Glatt, das war genau das, was Irma hasste.

»Das gilt nicht für alle seiner Gemälde, aber einigen fehlen einfach die Haken und Ecken, an denen mein Auge und mein Geist hängenbleiben können. Das hat nichts damit zu tun, ob ein Bild schön ist.« Der Kaffee kam, Gerda streute sich ein Löffelchen Zucker hinein. »Heute schlage ich mal über die Stränge.« Sie lächelte verschmitzt.

»Sie haben so recht, Gerda. Kunst darf nicht glatt sein, sie muss Ecken haben, an denen man sich verletzen kann. Deshalb reizte es mich ja am meisten …« Verdammt, sie wollte nicht über ihre Kunst sprechen, zumindest nicht offen. »Ich male nicht so gerne Blumen oder Bäume, wie meine Mutter es am liebsten hätte«, erklärte sie eilig. Gerettet. »Das ist es, was ich an Mynonas Bildern so schätze. Wenn sie etwa eine schöne Frau in einer kostbaren Robe zeigt, dann werden Sie auf dem Gemälde ganz gewiss eine Blutspur sehen, weil das Korsett seiner Trägerin ins Fleisch schneidet.« Gerda verzog das Gesicht. »Keine von uns findet ein Korsett bequem. Warum tragen wir trotzdem alle eins? Weil wir dem Schönheitsbild der Männer entsprechen wollen, weil Männer es sind, die unsere Kleider entwerfen. Das ist doch nicht richtig!«

»Tja, darüber habe ich noch gar nicht nachgedacht.«

»Sie waren schockiert, dass ich auf offener Straße geraucht habe. Wäre ich ein Mann, hätten Sie es nicht einmal erwähnt. Warum dürfen Frauen nicht alles, was auch Männer dürfen?« Sie spürte, dass sie sich in Rage redete. Gut so, Gerda war nicht dumm, sie war nur gefangen in ihrer Erziehung, in den Normen einer Gesellschaft, die sie so nicht mitgestaltet hatte. Man musste es ihr nur bewusst machen. Irma konnte sie aus ihrer Erstarrung befreien, wenn sie ihr die Augen öffnete.

»Warum dürfen Vögel nicht alles, was auch Hunde dürfen?«, fragte Gerda. Irma starrte sie an. »Frauen und Männer sind verschieden, das werden Sie doch nicht anzweifeln wollen.«

»Und das gestattet es Männern, uns alles zu verbieten?« Irma war laut geworden, sie spürte die Blicke der Menschen an den Nebentischen. Sollten sie ruhig schauen. Vor allem: Sollten sie ruhig hören! »Keine Frau wird zur Senatorin ernannt. Wir dürfen nicht einmal studieren. Warum darf keine Frau Kunst studieren, können Sie mir das erklären?«

»Würden Sie bitte ein wenig leiser …?«

»Ich denke ja nicht dran. Champagner!«, rief sie dem Kellner zu, der sich gerade vorsichtig näherte. Es war klar, was er wollte. Er kam, um ihr den Mund zu verbieten. Immer nur Verbote, sie hatte es so satt!

»Aber Sie hatten doch Zeichenunterricht«, warf Gerda ein.

»Das ist nicht das Gleiche! Ich will auf die Universität gehen können, einen Abschluss machen, anerkannt werden.« Ihre Stimme überschlug sich. Irma hasste es, wenn sie das tat. Andererseits wollte sie nicht auch noch ihre Seele in ein Korsett schnüren müssen.

»Und ich will gehen, wenn Sie sich nicht zusammenreißen und wie eine vernünftige erwachsene Frau reden.« Gerda zog missmutig die Augenbrauen zusammen. »Wenn Sie so herumkreischen, wundert es mich nicht, dass Männer uns als hysterisch bezeichnen.«

Der Kellner brachte den Champagner. »Sind Sie sicher, dass Sie ihn vertragen?« Irma erschrak über die Härte in seiner Stimme. Sie nickte scheu. Ein Reflex, für den sie sich am liebsten geohrfeigt hätte.

»Die Dame ist Künstlerin«, erklärte Gerda mit einem Tonfall, in dem Bewunderung mitschwang. »Es ist das Wesen des Künstlers, dass seine Sinne und Gefühle intensiver sind als bei uns normalen Menschen.« Sie lächelte ihn an. »Entsprechend schwerer sind sie unter Kontrolle zu halten. Das Temperament eines Künstlers ist wie der Ozean, während unseres eher dem der hübschen Alster hier gleicht, verstehen Sie?«

Er wirkte verunsichert. »Gewiss. Nur werden nicht all unsere Gäste Verständnis dafür haben«, raunte er.

»Das sehen wir ein.« Gerda lächelte verbindlich. »Verzeihen Sie bitte.« Er nickte und ging. »Uns ist eine unschätzbare Macht gegeben, finden Sie nicht?« Irma schwieg. Sie fühlte sich wie eines der Boote dort unten, dem man das Tau gekappt hatte, und nun trieb es ziellos herum, mal von einem anderen Boot in die eine Richtung gestoßen, von einer Welle gleich darauf wieder in eine andere. »Wir können die Männer um den kleinen Finger wickeln, wenn wir nur unsere Weiblichkeit einsetzen.«

Wieder lächelte Gerda so freundlich und unbekümmert, dass Irma ihren Zorn nicht festhalten konnte. Sie musste ihn gehen lassen und fühlte sich augenblicklich schrecklich erschöpft.

»Tja, was ich eben über Sie sagte, ist meine Vorstellung vom Gemüt des Künstlers. Es muss schwer sein, es im Zaum zu halten. Andererseits können Sie es sich zunutze machen, wenn Ihre Sinne geschärfter sind als die normaler Menschen, wie ich einer bin. Sie können damit gerade in der Männerwelt viel erreichen. Darum denke ich, es spielt keine so große Rolle, ob Sie nun an eine Universität gehen können oder in eine Privatschule. Die Hauptsache ist doch, Sie können malen. Oder nicht?« Irma öffnete den Mund, doch ihr Verstand war wie ausgeschaltet. Wenn sie aber nichts Kluges zu sagen wusste, sagte sie lieber gar nichts. »Ich weiß, es sprießen jetzt überall Vereine aus dem Boden, in denen es um die Rechte der Frauen geht«, sprach Gerda weiter. »Sie fordern beispielsweise das Wahlrecht.« Sie strich sich eine Locke aus dem Gesicht, die der Wind ihr über die Nase geschoben hatte. »Um ehrlich zu sein, finde ich diese Damen wenig weiblich. Und ich begreife auch nicht recht, welchen Vorteil ich hätte. Müsste ich mich nicht mit schrecklich vielen sehr langweiligen Dingen beschäftigen, um eine gute Wahl treffen zu können? Mir ist es lieber, ich setze meine Macht der Weiblichkeit ein, um das zu erreichen, was mir lieb und teuer ist.«

Der Champagner lief prickelnd durch Irmas Kehle. Gleich würde sich wieder frische Watte in ihren Kopf schieben und ihn langsam ausfüllen. Ein tröstliches Gefühl.

Sie versuchte es noch einmal: »Verstehen Sie denn nicht? Ich möchte doch nur gleich viel wert sein wie ein Mann. Wenn meine Bilder in der Lage sind, die Kunstwelt aufzurütteln, nicht nur die Kunstwelt, sondern alle Menschen, dann soll das geschehen dürfen. Dafür will ich Tag und Nacht arbeiten. Ich will studieren, um immer noch besser zu werden. Ich will nach der Ausbildung eine Aussicht auf eine berufliche Tätigkeit haben.« Das Feuer in ihr brannte immer stärker, doch eine Stimme mahnte sie, nicht wieder laut zu werden. Sie wollte Gerda für sich gewinnen, sie musste es einfach.

»Das verstehe ich sehr gut, und ich bewundere es«, entgegnete Gerda ruhig. »Kennen Sie Anna Dorothea Therbusch?« Irma nickte. Selbstverständlich kannte sie diese großartige Malerin, sie war ihr schon immer ein leuchtendes Vorbild. »Meines Wissens hat sie auch nicht regulär an einer Universität studiert, und doch bewarb sie sich mit Erfolg um die Mitgliedschaft an einer renommierten Pariser Akademie.«

»Den Erfolg hatte sie erst beim zweiten Versuch.« Gerda hob fragend die Augenbrauen. »Wussten Sie das nicht?« Irma freute sich über ihren kleinen Triumph. »Man hat sie zunächst abgelehnt. Das Bild, mit dem sie sich zuerst bewarb, war so gut, dass die Herren Akademiker nicht glaubten, dass es das Werk einer Frau war.«

»Und doch hat sie sich schließlich durchgesetzt«, erklärte Gerda schlicht. »Vielleicht kommt es manchmal auf den richtigen Zeitpunkt an. Sie können jetzt ganz famos Tag und Nacht daran arbeiten, besser zu werden. Es ist wunderbar, nicht von der Malerei leben zu müssen, sondern von einem Mann versorgt zu sein. So können Sie es sich doch erst erlauben, immer weiter zu lernen, sich völlig der Kunst zu widmen. Glauben Sie mir, in der Universität vermittelt man Ihnen nichts, was Sie sich nicht auch im Austausch mit anderen Künstlern aneignen könnten. Bei Kunstsalons zum Beispiel.«

Das alles klang plötzlich so schön. Irma fragte sich, warum sie immer so viel Widerstand in sich hatte. Weil das alles eine große Illusion war.

»Verheiratet zu sein, bedeutet ständige Abhängigkeit. Wir sind der Gunst der Männer ausgeliefert. Wenn sie nicht möchten, dass wir malen, dann unterbinden sie es.«

»Ich fürchte, das ist nicht völlig von der Hand zu weisen. Wobei es im Fall von Frau Therbusch die Schwiegermutter war, die es ihr verboten hat, wie ich kürzlich las. Herr Therbusch hatte nie etwas gegen die Beschäftigung seiner Frau.« Gerda lehnte sich vor, als hätte sie plötzlich einen ungemein wichtigen Einfall. »Sie wollen unabhängig sein? Dann nehmen Sie Oscars Angebot an. Mein Mann interessiert sich für Ihre ganz neue Malerei, von der Sie gesprochen haben, für das Ungehörige, was Sie zu Papier bringen.«

»Ist das wahr?«

»Aber ja. Wir sind beide gespannt auf Ihr Werk, Mynona.«

Gerdas Gesicht verschwamm, die klugen Züge lösten sich vor Irmas Augen auf. Sie wollte nach ihrem Glas greifen, rührte es dann aber doch nicht an. Wie konnte Gerda wissen …? Das Ungehörige, was SIE zu Papier bringen. Es war eine Falle, und sie war hineingetappt.

»Tja, nun ist es raus.« Der ironische Ton, der ihr in solchen Momenten schon oft die Haut gerettet hatte, wollte ihr nicht so recht gelingen. Egal. Ihr Versteckspiel war vorbei, ehe es richtig hatte beginnen können. Jetzt musste sie alles auf eine Karte setzen. Entweder Gerda und ihr Mann waren aufgeschlossen oder eben nicht. Sie hatte nichts zu verlieren. Gerda hatte noch etwas gesagt, das ihr erst jetzt wieder in den Sinn kam. »Von welchem Angebot sprechen Sie?«

»Oscar möchte, dass Sie die Verpackungen seiner medizinischen Produkte verzieren. Er stößt die Hamburger mit seinem Hang zu Reklame vor den Kopf. Das müsste Ihnen doch gefallen.«

Irma hatte den Rest ihres Champagners stehen lassen. Trotzdem fühlte sie sich berauscht wie lange nicht. Gleichzeitig sperrte sich etwas in ihr gegen die Freude, die sich breitzumachen drohte. Sie ging langsam an der Alster entlang. In einem Moment wollte sie hüpfen wie als kleines Mädchen, im nächsten fühlte sie den Drang, vor dieser von selbstgefälligen Herren bestimmten Stadt auszuspucken. Das war es, was sie mit ihrer Kunst wollte: den Leuten ins Gesicht spucken. Ihnen einen Spiegel vorhalten, damit sie ihre hässlichen Fratzen ansehen mussten. Reklame? Nein! Wenn man ein Produkt verkaufen wollte, musste man doch wohl freundlich zu den Leuten sein. Musste man ihnen nicht sogar schmeicheln? Ihre Bilder sollten eine Botschaft enthalten, aber doch keine, die Herr Troplowitz ihr vorgab. *Er stößt die Hamburger mit seinem Hang zu Reklame vor den Kopf.* Irma musste lachen. Sie konnte gar nicht mehr aufhören zu lachen. Ein Pärchen wich ihr im viel zu weiten Bogen aus. Ja, das gefiel ihr in der Tat. Ihr kam in den Sinn, wie Gerda ihr gesagt hatte, dass Oscar nicht die Anerkennung bekomme, die er verdiente. War er womöglich wirklich ein Quertreiber, einer, der die fetten Hanseaten in ihren Nestern aufscheuchte? Wie sehr sie Gerda beneidete. Ihr ging es nicht um Unabhängigkeit, sie kämpfte nicht gegen ihren Mann. Die beiden waren eins. Wie war das möglich?

Ich werde ihm von unserem anregenden Plausch erzählen, hatte Gerda gesagt.

Konnte Irma das nicht auch tun, Eckart einfach davon erzählen, ihn einbeziehen, ihn fragen, was er davon hielt? Wenn Oscar Irmas Stil gefiel, war er bereit, sie zu bezahlen. Eigenes Geld! Vielleicht würde ihr das sogar Eckarts Respekt einbringen.

Es war später geworden, als sie erwartet hatte. Ihr Schlüssel verfehlte einmal das Türschloss, dann gelang es, und sie öffnete.

»Ich bin wieder da«, rief sie leise. Wer sollte das hören? »Eckart? Ich bin zurück.« Schon besser. Trotzdem keine Antwort. Was hatte sie erwartet, dass es ihn interessierte? Die Zeitung war sicher aufregender als der Bericht der Ehefrau, die einen Nachmittag mit einer anderen Ehefrau verbracht hatte. Sie stapfte ins Wohnzimmer. Niemand da.

»Gnädige Frau, haben Sie mich gerufen?« Helene trat ein.

»Nein, ich habe meinen Mann gerufen.«

»Er ist noch nicht zurück. Möchten Sie schon zu Abend essen oder lieber auf ihn warten?«

»Ich habe keinen Hunger. Vielleicht esse ich später etwas, wenn er da ist.«

»Kann ich sonst noch etwas …?«

Irma schnitt ihr das Wort ab: »Nein, danke, Hella.« Das Mädchen machte einen Knicks und ging. Irma konnte sich frei bewegen, konnte gehen, wohin sie wollte. Trotzdem fühlte sie sich eingesperrt. Wo steckte Eckart? War er ihrer jetzt schon überdrüssig und vergnügte sich nach der anstrengenden Juristerei mit einer anderen? Der Gedanke zwickte unangenehm. Doch was kümmerte es sie, wo er steckte und mit wem er was trieb? Gerdas Stimme. *Wenn Sie Lust haben, machen Sie doch einfach ein, zwei Entwürfe. Oscar würde sich über ein Markenzeichen freuen, ein kleines Bild, das auf all seinen Verpackungen zu finden ist.* Auf all seinen Verpackungen! Das würden mehr Menschen sehen, als wenn ihre Bilder in einer Galerie hingen. Etwas drang aus ihrer Kehle. Ein Schluchzen, nein, ein Lachen. Sie hielt sich eine Hand vor die Lippen.

Sie bekommen Ihre Entwürfe, Oscar Troplowitz!

11
Gerda

1892

Gerda mochte das Grundstück sehr, das Oscar in dem Vorort Eimsbüttel gekauft hatte. Es lag vis-à-vis eines kleinen Parks mit einem hübschen Weiher und nicht weit weg von ihrem Zuhause in Altona.

»Wenn wir schon selbst bauen, sollten wir nicht nur ein Gebäude für das Labor und die Mitarbeiter planen, sondern auch eins für uns«, hatte er ihr erklärt. »Wie denkst du darüber?«

»Es wäre sehr vorteilhaft«, hatte Gerda sofort geantwortet. »Du würdest dir die Zeit für die Fahrt durch die Stadt sparen. Wir könnten immer zusammen zu Mittag essen.«

Er hatte gelacht. »Dafür liebe ich dich, Gerda! Du denkst sehr praktisch. Macht es dir denn gar nichts aus, schon wieder umzuziehen?«

»Aber wieso denn? Ich muss schließlich nicht das Geschirr einpacken und die Kisten tragen. Mir bleibt die angenehme Aufgabe, für alles einen Platz zu finden und es uns schön zu machen.«

Ein ganzes Haus! Und dann auch noch hier draußen. Früher oder später würde man keinen Unterschied mehr bemerken, wenn man von Eimsbüttel nach Hamburg kam und umgekehrt. Doch jetzt war es dort draußen noch etwas ruhiger. Trotzdem war es bis zur Alster nur ein Katzensprung, bis zur Elbe auch nicht viel weiter.

»Hier die Fabrik, dort euer Wohnhaus«, sagte Louis Troplowitz gerade und fuhr sich mit der Hand durch seinen buschigen Kinnbart.

»Ist es nicht günstig, einen Bauunternehmer zum Vater zu haben?« Oscar lächelte über das ganze Gesicht. Noch war hier nichts außer Sand, Steinen und sehr viel Platz, doch er konnte es wohl schon vor sich sehen, wie alles einmal werden könnte.

»Es hat auch Nachteile, mein Sohn. Ich bin vom Fach und darum sehr gründlich. Ohne meinen Rat würdest du gewiss Aufwand und Geld sparen.«

»Und am Ende draufzahlen«, meinte Oscar leichthin und wischte sich den Schweiß von der Stirn. Gerda fächelte sich Luft zu. Dieser Sommer war aber auch ausgesprochen heiß. Und wie lange war es her, dass es zuletzt geregnet hatte?

»Du musst den Boden untersuchen lassen«, sagte Louis, »und die Tragfähigkeit des Baugrunds prüfen.«

»Wozu ist das nötig?«, wollte Gerda wissen. »Ich denke, es sollen nur ganz gewöhnliche Häuser darauf errichtet werden.«

»Dreigeschossige Häuser immerhin«, gab Louis zurück.

»Außerdem will ich eine eigene Dampfmaschine für die Heizung aufstellen«, ergänzte Oscar. »Die kann uns beim Erhitzen unserer Rohstoffe gute Dienste leisten. Dampf hat ein deutlich geringeres Brandrisiko als offenes Feuer«, erklärte er ihr. »All die Lösungsmittel, mit denen wir arbeiten, sind diesbezüglich sehr gefährlich. Sie gehen schneller in Flammen auf, als man gucken kann. Womöglich kämen Arbeiter nicht rechtzeitig ins Freie. Das möchte ich mir nicht vorstellen.« Da musste Gerda ihm recht geben, ein schlimmer Gedanke. »Eine Dampfmaschine ist sicher eine gute Investition, aber eben auch eine statische Herausforderung.«

Vater Louis legte die Stirn in Falten.

Gerda betrachtete die Holzpflöcke, die im Boden steckten und ein Rechteck bildeten. Sie stellte überrascht fest, dass das geplante Labor nicht viel größer werden würde als das jetzige. Aber durch eine klügere Aufteilung der Räumlichkeiten würden diese viel besser nutzbar sein. Das Wichtigste waren allerdings die Erweiterungsmöglichkeiten, wie Oscar wieder und wieder betonte.

»Wenn sich das Geschäft so entwickelt, wie ich es mir erhoffe, werden weitere Gebäude folgen. Aber erst, wenn wir genau wissen, was nötig ist, und …« Er hob den Zeigefinger und reckte das Kinn, »… wenn das Geld dafür verdient ist.«

Sie gingen zurück zum Wagen. Mit jedem Schritt wirbelten sie Staub auf, der längst ihre Schuhe bedeckte. Gerda stellte es sich rasend interessant vor, wie sich in den nächsten Wochen und Monaten alles entwickeln würde. Hin und wieder würde sie Oscar auf die Baustelle begleiten, um mitzuerleben, wie auf dieser großen leeren Fläche ihre gemeinsame Zukunft wuchs. Louis machte es sich bereits bequem, Oscar hielt ihr die Tür auf. Gerda wollte gerade einsteigen, hatte aber aus dem Augenwinkel einen Mann gesehen, der sich ihnen näherte. Also hielt sie in der Bewegung inne. Oscar folgte ihrem Blick. Ihr wurde mulmig. Kein Zweifel, das war der Herr, der sich an dem Rotspon-Abend so schlecht benommen und vor dem Irma sie gewarnt hatte. Wie war sein Name noch? Gerda kam nicht drauf. Dass man sich mit ihm nach Irmas Ansicht nicht anlegen sollte, war ihr dagegen im Gedächtnis geblieben. Groß war er und hager. Seine Augen lagen in tiefen Höhlen, das braune Haar, das er an der Seite gescheitelt trug, war dünn wie Spinnengewebe. Dazu passten seine Hände, stellte sie fest, als er nur noch wenige Schritte von ihnen entfernt war. Dünne Finger, seltsam angewinkelt wie die Beine einer Spinne. Gerda schauderte.

»Herr Troplowitz, ich grüße sie.« Der Mann streckte Oscar die Hand entgegen. »Dirk Dierksen!« Die beiden schüttelten einander die Hände, die Blicke ineinander gebohrt. »Wir sind einander bereits begegnet, leider hatte ich keine Gelegenheit, mich vorzustellen.«

»Ah so?« Oscar lächelte.

»Erinnern Sie sich nicht?«, kam es in einem Ton zurück, der nicht verbarg, dass Dierksen beleidigt war. Anscheinend hatte man sich an ihn zu erinnern.

»Aber sicher, dass wir uns getroffen haben, weiß ich sehr wohl«, gab Oscar freundlich zurück. Es schien Dierksen keinesfalls zu gefallen, dass Oscar ihm die Verdrehung der Tatsachen nicht durchgehen ließ. Daran ließ seine Miene keinen Zweifel. Sie zeigte auch nur allzu deutlich, wie schnell seine Laune wechseln konnte.

»Sie haben völlig recht, mein Fehler. Ich hätte mich Ihnen vorstellen müssen. Gestatten Sie mir, das jetzt nachzuholen.« Er neigte den Kopf, sein Haar wehte wie Gräser im Wind. »Dirk Dierksen, meines Zeichens Apotheker.« Er sah wieder auf, strich die Frisur einigermaßen in Form. »Gnädige Frau.« Nun reichte er auch Gerda die Hand. Sie hätte liebend gern darauf verzichtet.

»Wie nett, Sie kennenzulernen«, sagte sie höflich.

»Ich wünschte, unser erstes Zusammentreffen wäre glücklicher verlaufen. Ich kann mich nur entschuldigen und zu meiner Ehrenrettung erklären, dass ich eine schwierige Zeit hinter mir habe. Das heißt, ich befinde mich noch immer in einer sehr schwierigen Phase. Leider.« Seine Stimme war immer leiser geworden.

Oscar stieß Gerda vorsichtig in die Seite und warf ihr einen flehenden Blick zu.

»Sie trugen an dem Abend Trauerflor. Es geht uns natürlich nichts an«, sagte sie stockend, »aber das ist vermutlich der Grund für die schwierige Zeit, nehme ich an?«

»So ist es, gnädige Frau.« Seine Augen, die für das schmale Gesicht irgendwie unpassend groß wirkten, begannen zu glänzen. »Meine Tochter«, brachte er heiser hervor. »Sie ist vor etwa einem halben Jahr ertrunken.«

»Großer Gott«, murmelte Oscar.

»Unser herzliches Beileid«, sagte Gerda sanft. »Das ist furchtbar. Der Verlust eines Kindes muss … Es kann einen Menschen bis ins Mark erschüttern. Herr Beiersdorf hat sich nach dem Tod seines Sohnes von seinem Laboratorium getrennt, weil er nicht mehr die Kraft gefunden hat, es weiterzuführen.«

Dierksen starrte sie an. »Der Beiersdorf-Spross hat seinem Leben freiwillig ein Ende gesetzt«, zischte er. »Meine Tochter wurde das Opfer eines schrecklichen Unglücks. Nur weil so ein Idiot nicht …« Er verschränkte die Finger ineinander, die Knöchel traten gelblich hervor. »Jedenfalls gratuliere ich Ihnen, dass Sie den Zuschlag bekommen haben«, sagte er, an Oscar gewandt. Seine Miene ließ Gerda vermuten, dass er einem anderen das Beiersdorf-Geschäft mehr gegönnt hätte. Oder sah sie Gespenster? »Gleichzeitig wünsche ich Ihnen viel Glück. Sie wissen natürlich, dass ganz Hamburg auf Sie schaut.« Er machte eine Pause, wartete, dass Oscar nachfragte.

Der tat ihm den Gefallen: »Nein, das weiß ich nicht. Ich wüsste auch nicht, warum. Es gibt sehr viel bedeutendere Unternehmen. Beiersdorf genießt einen ausgezeichneten Ruf, gewiss, aber der Nabel der Welt ist es nun auch nicht gerade.« Er lachte leise. »Nicht einmal der von Hamburg. Warum also denken Sie, …?«

»Wenn ein Auswärtiger ein Geschäft übernimmt, für das es auch aus der Region Bewerber gegeben hat, wird sehr genau hingesehen, wie sich der Fremde … Verzeihung.« Er verzog die Lippen, nach einem Lächeln sah es aber nicht aus. »Wie sich der Zugezogene schlägt«, beendete er den Satz.

»Nun, dann hoffe ich, dass ich mich gut schlage«, erklärte Oscar unbekümmert. »Sie wissen sicher, dass Dr. Unna, der Herrn Beiersdorf gute Dienste geleistet hat, mir ebenfalls mit seinem wertvollen Rat zur Seite steht. Es sollte daher möglich sein, die Qualität zu bewahren. In Kombination mit meinem Einfallsreichtum sehe ich der Zukunft positiv entgegen.«

»Sonst würden Sie wohl kaum das Wagnis eingehen, eine Fabrik zu errichten«, stellte Dierksen fest. »Ein großes Gelände haben Sie sich da ausgesucht.« Er ließ seinen Blick schweifen. »Zuversicht ist etwas Gutes, Größenwahn dagegen ein gefährlicher Gegner«, sagte er. Seine linke Augenbraue hob sich und sah plötzlich aus wie ein Spitzdach aus feinen Härchen.

»Wir werden hier auch wohnen, die Fabrik wird nicht die gesamte Fläche einnehmen.« Warum band Oscar ihm das auf die Nase? Gerda fand, dieser Herr Dierksen benahm sich reichlich unverschämt, und es ging ihn nichts an. Sie schätzte es, dass Oscar meist ruhig und immer höflich blieb. Aber manchmal, fand sie, könnte er ruhig deutlicher sagen, was er von solchen Frechheiten hielt.

»Soso«, sagte Dierksen gedehnt. Sein Blick hatte etwas Verschlagenes. »Ich will Sie auch nicht länger aufhalten. Der Herr im Wagen ist sicher schon ungeduldig.« Dierksen trat kurz auf der Stelle, als wolle er sich auf den Weg machen. »Ist das Ihr Architekt oder ein Mediziner, mit dem Sie ein Salben-Mull gegen das Sterben entwickeln?«

Sollte das witzig sein? Gerda hatte genug von diesem Kerl, sie würde auf der Stelle einsteigen. Dann hätte diese unerfreuliche Unterhaltung endlich ein Ende.

»Ich könnte mir nichts Schöneres vorstellen, nur sind wir kleinen Menschen für ein solches Produkt nicht weise genug«, antwortete Oscar. »Aber Sie meinen gar nicht das Sterben im Allgemeinen. Sie sind selbst Apotheker, also was wollen Sie mit Ihrer Andeutung wirklich sagen?«

»Wir scheinen einen ungewöhnlich heißen Sommer zu bekommen. Schon jetzt ist der Wasserstand der Elbe niedrig. Haben Sie denn keine Ahnung, was das bedeutet? Es wäre nicht das erste Mal, dass die Menschen Durchfälle bekommen und daran krepieren. Vor allem in den Armenvierteln, den Gängen.« Gerda erschrak. »Erst Juni und schon so hohe Temperaturen. Wenn einer anfängt, wird sich die Krankheit rasend schnell verbreiten. Dann gibt es kein Halten mehr«, murmelte er düster. Sein Blick zeigte jetzt echte Besorgnis.

»Es wäre gut, wenn jemand etwas erfinden würde, das hilft. Allerdings kann das kein Mull und keine Salbe dieser Welt bewirken, fürchte ich. Mit einer brillanten Idee könnten Sie sich der Beiersdorf-Übernahme als würdig erweisen.« Ein letzter hochmütiger Blick, dann ging er davon.

Am Tag drauf kam Oscar aus dem Rathaus zurück. Er sah sehr mitgenommen aus, so kannte Gerda ihn gar nicht.

»Was ist los, mein Lieber? Du guckst ja aus der Wäsche, als sei dir schon wieder dieses Dierksen-Gespenst erschienen.« Sie zwinkerte und hätte ihn gern zum Lachen gebracht. Nur gelang das leider nicht.

»Er ist kein Gespenst, er hat seine Tochter verloren. Der eine kommt nach einem solchen Schlag mit seinem Geschäft nicht mehr zurecht, der andere lässt seinen Zorn an jedem aus, der ihm über den Weg läuft. Er ist ein bedauernswerter Mann.«

»Das ist er«, stimmte Gerda zu und schämte sich ein wenig. Sie hatte gut reden, sie hatte glücklicherweise noch keinen so schweren Verlust erlitten. »Was ist es dann, das dir die gute Laune verdirbt?«

»Ich hatte wegen der geplanten Maschinen beim Senat vorgesprochen. Man hatte Angst, dass die Fabrik schrecklich viel Lärm nach Eimsbüttel bringen würde. Das ist bei einer handbetriebenen Produktion, wie man sie von Herrn Beiersdorf kannte, selbstverständlich nicht zu befürchten.«

»Was hat denn der Hamburger Senat damit zu schaffen? Eimsbüttel ist schließlich ein unabhängiger Vorort.« Gerda bedeutete ihm, die Füße auf ihren Schoß zu legen, und begann sie zu massieren. Er schloss kurz die Augen.

»Das tut gut«, raunte er. Sie musste schmunzeln. Nichts konnte ihn schneller entspannen. »Das ist eine sehr kluge Frage«, fuhr er fort. »Die Landherren, unter deren Regierung Eimsbüttel steht, sind gleichzeitig Senatoren. So ist das manchmal mit der Unabhängigkeit.« Er lächelte.

»Und was hat dich nun so verstimmt? Darfst du deine Maschinen nicht aufstellen?«

Er winkte ab. »Doch, doch, alles in Ordnung.« Eine tiefe Falte erschien auf seiner Stirn. »Ich dachte mir, wenn ich schon mal im Rathaus bin, frage ich gleich mal nach den Durchfallerkrankungen, von denen der Dierksen gesprochen hat. Bisher lägen keine Fälle vor, sagte man mir.«

»Das ist doch gut.«

»Ja, das ist es.« Er sah noch immer nicht gerade glücklich aus. »Es hat in Hamburg schon mehr als eine Gallenbrechdurchfall-Epidemie gegeben, aber niemand scheint alarmiert zu sein. Es ist nicht einmal jemand richtig zuständig.« Er schüttelte den Kopf. »Weißt du, was man mir gesagt hat, Mutzl? Es seien keinerlei Hilfs- oder Vorsorgemaßnahmen notwendig. Wenn es zu einem Ausbruch kommen sollte, würde man schon geeignete Aktivitäten einleiten. Wenn es zu einem Ausbruch kommt, ist es zu spät«, sagte er und schnaubte böse. »Cholera! Dierksen hat leider recht, wenn die wütet, können wir nichts gegen das Sterben tun.«

»Aber was kann man denn überhaupt machen?« Gerda hatte Dierksens Worte im Ohr. Wenn sie ihn richtig verstanden hatte, waren besonders die Armenviertel betroffen. Man konnte doch nicht zusehen, wie ausgerechnet diejenigen lebensgefährlich krank wurden, die sich keine Medizin, geschweige denn einen Arzt leisten konnten.

»In Berlin gibt es ein neues Institut, das sich ausschließlich mit Ansteckungskrankheiten befasst. Ich denke, ich werde Kontakt zu den Wissenschaftlern dort aufnehmen. Mir ist keine Arznei bekannt, die die Weitergabe des Durchfalls verhindern kann. Umso wichtiger sind andere Maßnahmen. Vielleicht kann man durch sein Verhalten beeinflussen, ob man infiziert wird oder nicht. Möglicherweise sollte man etwas Bestimmtes zu sich nehmen, um den Körper zu stärken. Oder man meidet etwas.« Er spitzte die Lippen, für Gerda das Signal, ihn nicht in seinen Gedankengängen zu stören. »Gegen die Pest haben die Ärzte sich mit speziell präparierten Mänteln und diesen Masken zu schützen versucht«, rief er plötzlich. »Pestmasken. Sie haben Myrrhe hineingegeben, Kampfer und Nelke.«

»Das war im Mittelalter, Liebster«, erinnerte Gerda ihn.

»Und es hat nicht funktioniert.«

Er sah sie energisch an. »Aber irgendetwas muss man doch tun. Man kann die Menschen doch nicht einfach sterben lassen.«

12
Irma

Die Tage waren an ihr vorübergezogen wie Segelschiffe auf der Elbe. Seit der langen Unterhaltung mit Gerda fühlte sich Irma innerlich zerrissen. Der Entwurf für ein Markenzeichen, was sollte schlecht daran sein? Es war eine Möglichkeit, sich künstlerisch zu betätigen. Man würde sie ernst nehmen. Es würde niemanden aufregen. Mynona konnte weiter das auf die Leinwand schleudern, was tief in ihr lauerte.

Mit Irmas Leben war es das Gleiche. Zerrissen. Sie hasste den goldenen Käfig, in dem sie von früh bis spät hockte. Allein. Nur Hella war da und wollte von ihr Anweisungen für die Köchin haben.

»Was wünschen Sie morgen zu speisen? Und übermorgen? Möchten Sie Spargel, er ist frisch auf dem Markt zu kriegen. Oder doch lieber Fisch?« Gott, wie sehr sie das langweilte! Und doch liebte sie das Gold ihres Gefängnisses auch, seinen warmen Glanz, sein Schimmern. Ein eigenes Atelier hatte Eckart ihr einrichten lassen. Keiner ihrer Wünsche war unerfüllt geblieben. Große Fenster ließen Licht herein. Schien die Sonne zu hell, konnte Irma die hölzernen Lamellen ihrer Jalousien so drehen, dass sie nicht geblendet wurde. Eckart hatte diese Wunderwerke eigens aus Frankreich für sie besorgt. Es gab Arbeitstische, Paletten, Farben in einer schier unermesslichen Auswahl, mehrere Staffeleien, damit Irma parallel an verschiedenen Werken arbeiten konnte, wenn ihr der Sinn danach stand. Auf sämtlichen Staffeleien lehnten Leinwände in unterschiedlichen Größen. Alle nackt, unberührt. Nur auf den ersten

Blick sah es so aus, als wäre hier eine Künstlerin tätig. Die Wirklichkeit war eine andere. Seit ihrer Hochzeit vor gut einem Monat hatte Irma keinen Strich mehr zustande gebracht. Genauer gesagt, seit sie Mynona zum ersten Mal einem Menschen gegenüber erwähnt hatte. Seitdem war sie wie gelähmt. Für wen also dieses Theater, für wen hatte sie die bespannten Keilrahmen aufgestellt? Etwa für Eckart? Lächerlich. Er betrat ihr Atelier nicht, es interessierte ihn nicht, was sie dort trieb. Wahrscheinlich hielt er es für den dummen Zeitvertreib einer überspannten Frau. Trotzdem hatte sie die Staffeleien so aufgestellt, dass die leeren Leinwände von der Tür aus nicht einsehbar waren. Die Vorstellung, Eckart könne ihr auf die Finger schauen, sobald er doch einmal eintrat, versetzte sie in Panik. Überflüssige Maßnahme. Er kam ohnehin nicht zu ihr, so wenig wie sie ihm von der Unterhaltung mit Gerda erzählt hatte. Warum eigentlich nicht? Irmas Hals wurde eng, sie schnappte nach Luft, öffnete das Fenster und atmete tief durch. Gott, diese Hitze. Sofort schloss sie die Fenster wieder und ließ ihre geliebten Jalousien herunter.

Eckart. Seit der Hochzeitsnacht ließ er sie in Ruhe. Einmal hatte sie ihn gefragt, ob er ihre ehelichen Pflichten nicht öfter einfordern wolle. Seinen Blick sah sie noch ganz deutlich vor sich, obwohl sie angetrunken war an dem Abend. Wie so oft.

»Hast du denn ein Verlangen danach?«, hatte er sie gefragt. Voller Hoffnung. Er wollte es also, trotzdem bestand er nicht einfach darauf. Das war verwirrend.

»Als ob mein Verlangen eine Rolle spielen würde«, hatte sie gesagt.

Seine Antwort würde sie nie vergessen: »Würdest du mit mir schlafen wollen, wenn ich es nur als lästige Pflicht empfände?« Damit hatte er kehrtgemacht und sie einfach stehen gelassen.

»Ich dachte, du willst möglichst schnell einen Stammhalter zeugen«, sagte sie rasch, um ihn aufzuhalten.

»Das spielt tatsächlich keine Rolle«, entgegnete er leise, ohne sich ihr auch nur zuzuwenden, und ging.

Irma starrte auf die Karaffe mit frischem Wasser, auf die Pinsel, die der Größe nach sortiert vor ihr auf einer Ledermappe lagen. Die Farbtuben zeigten nicht die kleinste Delle, alles war so furchtbar sauber, wie Malzeug nicht sein sollte. Wie oft hatte sie hier gestanden und beschlossen, sich an einem Entwurf für Troplowitz zu versuchen?

Was war dabei herausgekommen? Nichts! Blütenweiße Spitze vor Schneelandschaft. Sie verzog die Lippen zu einem spöttischen Lächeln. Was hatte sie schon zu verlieren? Den Verstand? Wohl kaum. Den würde sie früher oder später an etwas anderes verlieren. Ihre Selbstachtung? Sie biss die Zähne zusammen, bis es schmerzte. Die hässliche Wahrheit war, dass sie sich nicht achtete. Wofür auch? Ihr ganzes Leben bröckelte wie der Steilhang an der Elbchaussee, wo sie bis zu ihrem zwölften Lebensjahr mit ihren Eltern gewohnt hatte, ehe sie an den Jungfernstieg gezogen waren. Für einen Neuanfang. Um zu vergessen, dass es mit einem zweiten Kind nicht geklappt hatte. Der Absinth in der Speisekammer auf ihrer Hochzeit kam ihr plötzlich in den Sinn. Mit ihm wäre es leichter, einen Anfang zu finden. So viel strahlendes Weiß schüchterte sie ein. Wie beginnen? Ihr Herz schlug immer schneller. Und diese stickige Luft … Sie machte zwei Schritte auf die Tür zu. Raus hier! Sie musste nicht malen, niemand konnte sie zwingen. Oh doch, sie musste malen. Es war keine Stimme in ihr, eher ein Messer, das ihr ins Fleisch schnitt, wenn sie wieder einmal eine Ausrede fand. Ein feiner Ritz nur, ehe die Klinge sich tiefer und tiefer bohrte. Irma schloss die Augen. Das hoffnungsvolle Gesicht ihres Vaters erschien ihr ohne Vorwarnung.

»Ein Mann hat um deine Hand angehalten, Irmgard. Der Himmel mag verstehen, warum. Es ist ein ehrenwerter Mann, eine bessere Chance wirst du nicht bekommen.« Sie hatte es für einen bösen Witz gehalten. Kein Mann konnte so dumm sein, eine Frau heiraten zu wollen, die er nie zuvor getroffen hatte. Es sei denn, ihr Vater hätte ihm etwas dafür versprochen. Nicht sehr wahrscheinlich. Und dann hatte sie geglaubt, zu begreifen: Ihr Vater war sicher, sie würde ihn beschimpfen, sich weigern. Er legte es auf einen Streit an, der dermaßen eskalierte, dass er gar nicht anders konnte, als sie vor die Tür zu setzen. Wie niederträchtig! Doch diesen Gefallen wollte sie ihm nicht tun, deshalb hatte sie geantwortet, sie sei einverstanden.

»Wenn er mir ein hübsches Atelier einrichtet, soll es mir recht sein«, hatte sie seelenruhig geantwortet. Nie hätte sie geglaubt, dass Vater das für bare Münze nahm.

»Ich habe ihm deine Bedingung genannt, er ist einverstanden«, teilte er ihr wenige Tage später mit. Ihr Schicksal war besiegelt. Irma war wie betäubt gewesen. Es hatte eine Weile gedauert, bis sie das gesamte Ausmaß ihrer Situation begriff. Sollte dieser verrückte Fremde sehen, was er von seinem Antrag hatte. Schlimmer als bei ihren Eltern würde es bei ihm schon nicht werden.

Sie öffnete die Augen wieder. Ein Atelier hatte sie nun. Höchste Zeit, es zum Leben zu erwecken. Ein Markenzeichen für Verbände, Salben und Hühneraugenringe. Nicht gerade charmant. Ein Glas Wein könnte helfen, ihren Widerstand zu brechen. Kein kluger Gedanke bei diesem schwülen Wetter. Sie stand vor einem der kleineren bespannten Rahmen, den Blick auf die rechteckige Leere gerichtet, die Fingerspitzen glitten über die dünnen Stiele der Pinsel.

Ach was, ein Gläschen würde sie nicht umbringen. Sie kam sich vor wie Eva vor dem verbotenen Apfelbaum. Ihr Wunsch wurde immer größer, doch sie wusste, sie durfte nicht nachgeben. Eckart konnte es nicht leiden. Adam und Eva und die Schlange. Ein Blitzen in ihrem Hirn, ein Bild auf der nackten Fläche vor ihr. Eine Schlange, die sich um einen Stab wand, vollständig eingerahmt von Strahlen. Irma blinzelte. Fort. Alles wieder schlicht, ohne Inhalt. Aber nicht ohne Idee.

Sie drückte Farbe aus der ersten Tube auf die Palette. Nicht eine Schlange, zwei sollten es sein. Eine weitere Farbe, das feine Haar des Pinsels ins Wasser getaucht, dann in die Kleckse. Ein Laut drang aus Irmas Kehle, so sehr überfiel sie die Freude über den Anblick. Zwei Tupfer, die durch ihre Hand einen ganz neuen Ton schufen. Der Äskulapstab zuerst, nur als Umriss. Dann die Tiere. Ihre Haut stellte sie sich kalt und glitschig vor. Wie konnte sie das malen? Sie mischte, probierte aus, gab einen helleren Ton hinzu, bis endlich Schlangenhaut entstand. Zwei davon umeinandergeschlungen wie im Tanz. Irma konnte die wilden Takte hören. Die Köpfe einander zugewandt. Eine Einheit wie Gerda und Oscar. Die Gesichter vollkommen verschieden, eine züngelnd raffiniert, die andere hart wie in Stein gemeißelt. Zwei Gegensätze wie sie und Eckart.

»Was tust du da?« Sie fuhr zusammen, hätte beinahe den Pinsel fallen lassen. Irmas Herz raste. Sie entdeckte einen winzigen Farbspritzer neben einer der Schlangen. Eckarts Schuld.

»Wonach sieht es denn aus?« Sie funkelte ihn an. Er schüttelte erschöpft den Kopf, ging und zog die Tür hinter sich ins Schloss. Sehr geräuschvoll dieses Mal. Irma wusste ganz genau, wie sehr es ihn störte, wenn sie so war. So ruppig, wie er es nannte. Ihr Zusammenleben wäre einfacher, wenn sie darauf verzichten könnte, wenn sie brav die Antworten geben würde, die er hören wollte. Bitte, an ihr sollte es nicht liegen. Nur sollte er dann keine Fragen stellen, die ihren Verstand beleidigten.

Wie lange stand sie jetzt schon da und starrte die Tür an? Sie hätte zu ihm gehen sollen, es ihm erklären. Er konnte ja nicht wissen, wie sehr er sie erschreckt hatte und dass ihr Bild um ein Haar verunstaltet worden wäre.

Er hatte ihr Atelier betreten. Das konnte doch nur heißen, dass er sich dafür interessierte, was sie dort trieb. Womöglich hielt er es doch nicht nur für den dummen Zeitvertreib seiner überspannten Frau. Wie gerne würde sie zu ihm gehen. Doch zuerst das Bild. Sie war schon so weit gekommen. Nur noch die Strahlen, in leuchtendem Gelb oder Gold. Die Schlangen um den Stab als Symbol der Medizin, der Strahlenkranz wie ein göttliches Leuchten. Sie musste lachen. Mehr konnte sich Oscar Troplowitz nicht wünschen. Sie würde es Eckart zeigen, sobald es fertig war.

Während sie aus der Gold-Tube einen kleinen Klecks auf eine saubere Ecke der Platte drückte, musste sie wieder daran denken, wie es zu ihrer Hochzeit gekommen war. Tief in Gedanken tauchte sie den Pinsel ein und ließ ihn über die Leinwand gleiten. Als ihr Vater ihr damals freudestrahlend mitgeteilt hatte, Herr Behn sei mit ihrer Bedingung einverstanden, war es zu spät gewesen, sich noch zu entziehen. Ein Rückzieher hätte ihren Eltern das Leben in der Stadt unmöglich gemacht, das hatte nicht einmal Irma übers Herz gebracht. Blieb nur noch eine letzte Chance. Sie sollte ihren zukünftigen Mann bei einem Treffen kennenlernen. Sie musste ihm den Gedanken, sie zur Frau zu nehmen, madig machen oder etwas finden, das es ihr unmöglich machte, mit ihm vor den Altar zu treten. Hätte er beispielsweise eine kriminelle Vergangenheit, würden auch ihre Eltern nicht länger darauf bestehen. Der Tag der Verabredung kam, und er stand vor ihr. Ausgerechnet der Mann mit den braunen Augen von Gerdas Hochzeit. Er beobachtete sie, bemühte sich nicht einmal, sein Vergnügen zu verbergen, das ihr überraschtes Gesicht bei ihm auslöste. Wie bei ihrer ersten Begegnung strahlte er so erschreckend viel Selbstbewusstsein aus. Was stimmte mit ihm nicht, dass er nicht längst eine Frau an seiner Seite hatte, die ihn liebte? Das fragte sie ihn nicht.

Stattdessen sagte sie: »Ich werde Sie nicht anhimmeln, das sage ich Ihnen gleich.«

»Wäre ich darauf aus, hätte ich eine andere gefragt.«

»Was wollen Sie von mir?«

Er sah sie an. »Dass Sie meine Frau werden. Ich dachte, ich hätte mich Ihrem Vater gegenüber klar ausgedrückt.«

Er roch gut, hatte eine tiefe angenehme Stimme und eine Ausstrahlung, die etwas in ihr reizte. Es war Irrsinn, aber sie hatte ihn geheiratet.

13
Gerda

Nicht mehr lange bis zum Richtfest, und Gerda hatte sich noch immer nicht um ein neues Kleid gekümmert. Das Modehaus Baumann am Jungfernstieg war ihr empfohlen worden. Sie hätte längst dort gewesen sein sollen, nur war es so schrecklich warm. Der Gedanke, stundenlang in einem Geschäft zu stehen, sich für Modell und Stoff entscheiden und dann auch noch aushalten zu müssen, bis alles abgesteckt war, hatte dazu geführt, dass sie es vor sich hergeschoben hatte, einen Termin zu vereinbaren. Nun war die Zeit knapp, und sie konnte es nicht einen Tag länger hinauszögern. Ein junger Mann sprang nun schon bestimmt eine halbe Stunde um sie herum. Inhaber Baumann hatte ihn als Johann vorgestellt und als einen hoffnungsvollen und äußerst talentierten Mitarbeiter mit höchstem modischem Gespür angepriesen. Er selbst musste sich um Stammkundinnen kümmern.

»Ich kann mich schließlich nicht zerreißen«, hatte er sie wissen lassen. Diese offene Andeutung, dass ihr die Beratung durch ihn persönlich erst zuteilwurde, wenn sie häufiger käme, hatte ihr nicht gefallen, aber sie wollte dem Nachwuchstalent gern seine Chance geben. Womöglich war es sogar netter, von ihm beraten zu werden. Ein Jüngerer hatte gewiss auch einen jüngeren Geschmack. Sie wolle etwas in eher dunklen gedeckten Tönen, nicht allzu auffällig, sondern schlicht, dem Anlass angemessen, hatte sie Johann erklärt. Dennoch brachte er eine bestickte und mit Rüschen besetzte Robe nach der anderen. Mal in zartem Gelb, dann in einem Creme-Ton.

»Es ist Sommer, Verehrteste«, sagte er. »Man trägt jetzt helle Farben.«

»Was man tut, spielt für mich keine Rolle, junger Mann. Ich muss das Kleid tragen, und ich werde es auf einer Baustelle tragen. Denken Sie wirklich, ein heller Stoff wird dort länger als fünf Minuten hübsch aussehen?«

»Was haben Sie denn auch auf einem Richtfest zu schaffen, Gnädigste? Sie sollten in einem netten Kaffeehaus sitzen.«

Gerda stöhnte verhalten. »Würden Sie mir jetzt bitte etwas zeigen, das meiner Beschreibung entspricht?« Allmählich verlor sie wirklich die Geduld. Draußen an der Alster, wo eine angenehme Brise wehte, war die Luft noch erträglich gewesen, aber hier drinnen? Johann verzog das Gesicht, als hätte er einen Schluck Essig genommen.

»Selbstverständlich, gnädige Frau, Ihr Wunsch ist mir Befehl.«

Hoffentlich. Tatsächlich brachte er endlich ein Kleid, das infrage kam. Wenn es nur einigermaßen passte, würde sie es kaufen. Sie schlüpfte hinter den Vorhang des Ankleidebereichs. Zwei der vier Kabinen waren besetzt. Gerda probierte und betrachtete sich im Spiegel, den er ihr brachte.

»Ja, das passt sehr gut zu dem Anlass.«

»Es steht Ihnen ausgezeichnet. Wie für Sie gemacht! Wenn wir es nur um eine Winzigkeit kürzen, ist es perfekt. Liese!« Ein junges Mädchen erschien und verschwand sofort wieder, wie Johann ihr aufgetragen hatte, in ein Hinterzimmer. Als die Tür offen war, konnte Gerda dort einige Frauen an Nähmaschinen arbeiten sehen.

»Ein Jude meint unseren Männern zeigen zu müssen, wie das Geschäft funktioniert!«, hörte Gerda aus einer der Ankleidekabinen. Bisher war von dort nur Rascheln und mal ein Flüstern zu vernehmen gewesen. »Unerhört! Drängt sich überall dazwischen, blamiert die Hamburger Kaufleute mit seinen Reklame-Ideen und setzt den Arbeitern Flöhe ins Ohr.« Gerda wurde flau. Diese Anschuldigungen kannte sie nur zu gut.

»Hören Sie mir bloß mit dem auf! Ausgerechnet dieser schlesische Emporkömmling hat meinem Mann das Labor von Beiersdorf weggeschnappt. Als ob wir nicht schon genug zu verkraften hätten.«

Gerda hatte sich also nicht getäuscht. Sie atmete tief durch.

»Wenn Sie bitte noch eine Sekunde stillstehen könnten, Frau Dierksen«, wandte eine leise Stimme ein. Gerda fühlte sich, als hätte ihr jemand in den Magen geschlagen. Dierksen. Das war ja ein Ding, er hatte offenbar selbst Interesse an Beiersdorfs Unternehmen gehabt. Kein Wunder, dass er Oscar gegenüber so unhöflich gewesen war, um nicht zu sagen: feindselig.

»Möchte wissen, mit welchen falschen Versprechungen er meinen Mann ausstechen konnte.«

»Womit schon? Mit Geld!«

Dieser Person in der einen Kabine und Frau Dierksen in der anderen mussten doch klar sein, dass jeder sie hören konnte. Es schien sie keineswegs zu kümmern. Gerdas Ärger wuchs.

»Woher sollte er denn so viel haben? Mein Mann hat ein sehr großzügiges Angebot unterbreitet.«

»Hochmut kommt vor dem Fall. Wenn der Jude sich mit dem Neubau mal nicht übernommen hat. Gut möglich, dass ihm bald die Puste ausgeht und er das Labor wieder verkaufen muss. Zu einem günstigen Preis. Sagt mein Mann.«

Das war genug! Gerda verließ ihre Kabine und zog die Vorhänge der beiden anderen mit einem Schwung zur Seite. Zwei Damen und eine Näherin starrten sie an.

»Es ist sehr nett von Ihnen, sich Sorgen um meinen Mann zu

machen.« Die Gesichtszüge der Kundinnen entgleisten vollständig. »Aber dazu besteht überhaupt kein Anlass. Der Vertrag mit dem Pharmazie- & Chemikaliengroßhandel Lehn & Fink in New York über den alleinigen Vertrieb in Amerika, den er soeben abgeschlossen hat, gibt ihm Puste genug.«

»Frau Troplowitz …«, stammelte eine der beiden. Vermutlich Frau Dierksen, da sie trotz der Jahreszeit ein schwarzes Modell probierte. »Ich wusste gar nicht, dass Sie hier auch Kundin sind. Ich habe Sie noch nie hier gesehen.« Gerda bereute bereits, dass sie Details über Oscars Geschäft verraten hatte, und hoffte sehr, dass diese dämlichen Puten alles gleich wieder vergaßen. Sie hätte gern noch etwas gesagt, doch ihr fiel nichts ein. Glücklicherweise war Johann zur Stelle.

»Aber, aber, meine Damen, plauschen können Sie später noch. Lassen Sie uns erst unsere Arbeit tun.« Er klatschte ein wenig albern in die Hände. Ein junges Mädchen mit aschblondem Haar und Sommersprossen nickte Gerda kurz zu und schickte sich an, den Saum des Kleides auf die richtige Länge abzustecken.

»Die hat mir gerade noch gefehlt«, fauchte Frau Dierksen. Die Näherin blickte erschrocken auf. »Willst du dummes Ding noch mehr anrichten, oder warum belauschst du uns heimlich?«

»Das Fräulein arbeitet hier, nehme ich an«, entgegnete Gerda ein wenig irritiert. Warum nahm Johann die Mitarbeiterin nicht in Schutz?

»Ach was, Sie wartet nur auf die nächste Gelegenheit, noch mehr Unheil über uns zu bringen.« Frau Dierksens Stimme bekam einen schrecklich schrillen Klang. »Sie ist schuld an unserem Unglück!«

»Ich?« Die Näherin war kreidebleich.

»Du und dein nichtsnutziger Gatte.«

»Mein Mann konnte nichts für das Unglück. Im Gegenteil, er hat als Einziger versucht, es zu verhindern!« Sie schnappte nach Luft.

»Das ist ja wohl die Höhe!« Die Dierksen verschränkte die Arme vor der Brust. »Erst den Tod eines Menschen verschulden und dann die Tatsachen verdrehen.« Sie sah sich hilfesuchend um, Johann reichte ihr augenblicklich ein Taschentuch.

»Wenn hier jemand die Tatsachen verdreht, dann sind Sie das«, sagte die Näherin eisig. »Dass Sie in Ihrem Schmerz nicht gleich nach Richard gefragt haben, verstehe ich. Dass aber nie auch nur ein einziges Wort von Ihnen kam, eine Frage, wie es mir geht, das zeigt, dass Sie keine guten Menschen sind. Ich habe genauso viel verloren wie Sie.«

»Das reicht, Antonia!« Herr Baumann trat hinzu.

»Aber es ist doch wahr. Sie …« Weiter kam das Mädchen nicht, dessen Augen verräterisch schimmerten.

»Frau Dierksen ist unsere Kundin. Sie hat selbstverständlich recht.« Er holte tief Luft und wandte sich an Frau Dierksen: »Bitte, verzeihen Sie, gnädige Frau. Ich bin untröstlich.« Dann drehte er sich zu der Näherin, seine Miene fror ein. »Machen Sie, dass Sie wegkommen. Und lassen Sie sich hier nicht mehr blicken. Im Modehaus Baumann ist kein Platz für Lüge und Unredlichkeit.«

Frau Dierksen lächelte zufrieden. Die junge Mitarbeiterin öffnete den Mund, blickte von einem zum anderen. Ein Schluchzen kam aus ihrer Kehle, sie warf das Kissen mit den Stecknadeln auf den Boden und rannte davon.

»Ich kann Sie nur noch einmal um Verzeihung bitten«, wandte sich Baumann an die Dierksen. Gerda erwartete jeden Moment, Schmalztropfen aus seinen Mundwinkeln laufen zu sehen.

»Eine unerhörte Frechheit«, gab Frau Dierksen schnaufend von sich und kämpfte mit den Tränen.

»Entschuldigung, aber ich kann das Mädchen verstehen«, sagte Gerda. »Sie haben ungeheure Anschuldigungen geäußert, noch dazu auf sehr unhöfliche Weise und an unpassendem Ort. Sie hat sich nur verteidigt. Das hätte jeder getan.«

»Die Dame ist Kundin, und unsere Kunden sind Könige.« Baumann machte ein sehr vornehmes Gesicht.

»Sollten sie sich dann nicht auch königlich benehmen?« Gerda blickte von einem zum anderen, aber niemand schien etwas dazu sagen zu wollen. »Es ist nicht richtig, sie gleich zu entlassen. Sie hätten ihr die Möglichkeit geben sollen, sich zu entschuldigen.«

»Was wir tun sollten, entscheiden wir gern selbst«, entgegnete Baumann hart.

Die andere Kundin hatte das Spektakel bis zu diesem Moment schweigend verfolgt. Mit einem gewissen Behagen, wie Gerda in ihrem Gesicht zu erkennen glaubte.

Jetzt fauchte sie: »Überall meinen sich diese Juden einmischen zu müssen.«

Auch Frau Dierksen hatte ihre Sprache wiedergefunden. »Nicht jeder schätzt es, wenn Arbeiter die gleichen Rechte bekommen und uns auf der Nase herumtanzen, Frau Troplowitz. Würden Sie es etwa gern sehen, wenn neben Ihrem hübschen neuen Wohnhaus irgendwann ein einfacher Arbeiter einziehen würde? Sie wollen die doch auch nicht in der Nachbarschaft haben und so viel von dem Gewinn Ihres Mannes an die Belegschaft abgeben, dass alle gleich viel besitzen.«

»Völlig richtig«, hakte Baumann ein. »Nicht alle leisten das Gleiche, wir müssen den Näherinnen, den Schutenführern, die die Stoffballen bringen, einfach allen sagen, was sie zu tun haben. Dafür gebührt uns ein höheres Einkommen. Das ist nur gerecht.«

Gerda konnte es nicht fassen. Wie konnte man derartig borniert daherreden? Vor allem, was hatte das mit der ungerechten Behandlung zu tun, die dem armen Mädchen widerfahren war?

»Ich denke, ich sehe mich woanders nach einem passenden Kleid um«, erklärte sie. »Hier riecht doch alles ein wenig muffig. Ich möchte am Ende nicht aussehen wie meine eigene Großmutter.« Damit trat sie in ihre Kabine und zog den Vorhang schwungvoll hinter sich zu. Baumann und seine beiden Kundinnen konnten sich gar nicht wieder beruhigen, so unverschämt fanden sie Gerdas Verhalten. Ihr sollte es recht sein.

Als sie ohne ein weiteres Wort die Kabine verließ und auf den Ausgang zusteuerte, hörte sie Frau Dierksen zischen: »Mein Mann zahlt es Ihnen irgendwann heim. Sie werden noch bereuen, uns Beiersdorf weggeschnappt zu haben. Das schwöre ich!«

Zum Richtfest hatten sich erfreulich viele Gäste eingefunden. Apotheker waren ebenso darunter wie Ärzte und Kaufmänner mit ihren Gattinnen. Gerda hatte Irmgard und Eckart Behn eingeladen. Ein Senator konnte nie schaden, und sie wollte zu gern ein paar Worte mit Irma wechseln. Natürlich hatte Oscar auch die Belegschaft gebeten teilzunehmen. Ganz gleich, ob einfacher Arbeiter oder Apothekergattin, jeder bestaunte den dreistöckigen Rohbau, der von einem hölzernen Gerüst umgeben war wie von einem Skelett. Die Maurer und Zimmerleute hatten überall Fahnen gehisst und ganz oben einen Richtkranz aufgehängt. Jetzt turnten sie auf den Leitern und Streben des Gerüsts herum, dass einem schwindelig werden konnte. Wie schnell alles gegangen war. Waren sie nicht eben erst über eine weite leere Sandfläche gelaufen? Und nun konnte man sich schon vorstellen, wie das fertige Fabrikgebäude einmal aussehen würde. Sogar der Haupteingang war schon deutlich zu erkennen.

»Pass auf, mein Lieber, sonst platzt du noch vor Stolz«, flüsterte Gerda ihrem Oscar zu.

»So schlimm?« Er sah doch wahrhaftig ein wenig erschrocken aus.

»Überhaupt nicht«, widersprach sie lächelnd. »Du hast allen Grund dazu.« Sie wollte sich gerade bei ihm einhaken, als das Ehepaar Behn auf sie zu kam.

»Gnädige Frau, Herr Troplowitz!« Eckart Behn begrüßte die beiden formvollendet. »Wir gratulieren Ihnen ganz herzlich zu diesem Prachtbau.«

»Tun wir das?«, fiel Irma ihm ins Wort. Ihre Züge wurden sanfter. »Ich kann zwar gut für mich allein sprechen, aber ich schließe mich meinem Mann natürlich an. Herzlichen Glückwunsch und alles Gute für Sie und Ihr Unternehmen.«

Behns Körperhaltung entspannte sich. Gerda musste sich ein Schmunzeln verkneifen. Einen solchen höflichen Satz, frei von jeder Ironie, hatte sie von Irma noch nicht gehört.

»Gestatten Sie mir, dass ich Ihre Frau entführe?« Sie lächelte dem Senator unbekümmert zu. »Ich bin sicher, sie hat genug Phantasie, um unseren Salon schon vor sich zu sehen, in dem hoffentlich mal Hamburgs Kunstwelt ein und aus geht. Und nicht nur die.« Sie hakte Irma fröhlich unter und führte sie zum Rohbau des Wohnhauses, der ebenfalls bereits beeindruckende Formen angenommen hatte. »Leider dauert es noch, ehe wir einziehen können. Aber dann möchte ich endlich meine Idee aufgreifen. Wir sprachen schon darüber, Sie erinnern sich?«

»Natürlich.«

»Kann ich auf Sie zählen?«

»Auf mich? Ich weiß gar nicht …«

»Renoir verdankt seinen Erfolg zu einem nicht unerheblichen Teil der Veranstalterin von Kunstsalons. Stellen Sie sich das nur vor! Hätte es diese engagierte Dame nicht gegeben, wären der Welt unter Umständen einige ganz wunderbare Gemälde entgangen. Wäre das nicht ein Jammer?«

»Das wäre es ganz sicher. Wenn ich mit seinen Stillleben auch nicht viel anfangen kann, mag ich andere seiner Bilder dafür umso mehr. Er ist ohne Frage ein großes Talent. Ich verstehe noch immer nicht, wozu Sie mich brauchen.«

»Sie hatten Unterricht. Kennen Sie denn nicht einige Schüler, denen man einen hübschen Erfolg zutrauen kann? Ich brauche Kontakte und auch Beratung. Wer ist es wert, eingeladen zu werden? Was denken Sie, sollten wir Mynona einen eigenen Salon widmen?« Irma entzog ihren Arm und starrte sie an. Gerda zwinkerte. »Natürlich möchte ich mir erst selbst einen Eindruck von ihren Bildern verschaffen. Wenn sie so gut ist, wie Sie sagten, sollten wir sie den Hamburgern präsentieren.« Gerda machte eine Pause. Leiser sagte sie dann: »Ich habe darüber nachgedacht, nur ihre Werke zu zeigen, ihre Identität aber nicht preiszugeben. Was meinen Sie dazu?« Irmas Miene entspannte sich, dann trat ein breites Lächeln auf ihre schmalen Lippen und ein Glanz in ihre Augen.

»Das klingt verlockend.«

»Die ganze Stadt wird davon sprechen. Wir schlagen zwei Fliegen mit einer Klappe: Oscars guter Ruf wächst, weil man erkennt, dass er viel mehr ist als nur ein kluger Kaufmann, und Sie bekommen … Verzeihung, Mynona bekommt jede Menge Aufmerksamkeit.«

»Das muss man Ihnen lassen, Gerda, Sie verstehen von Reklame mindestens ebenso viel wie Ihr Mann.«

Gerda musste lachen.

»Das nehme ich als Kompliment.«

»So war es auch gemeint.« Irma warf ihr Haar zurück, das das Licht der prallen Sonne reflektierte. Sie streckte Gerda die Hand hin. »Sie können mit mir rechnen. Danke, Gerda.«

Man konnte die Glückwunschkarten und Blumengebinde kaum noch zählen, als sich das Fest dem Ende neigte. Ein Fotograf, den Oscar bestellt hatte, machte mehrere Aufnahmen. Dafür sprangen die Handwerker, die den zukünftigen Sitz des Unternehmens Beiersdorf & Co. schufen, erneut auf dem Gerüst herum und verteilten sich auf den verschiedenen Etagen. Vor dem Rohbau hatten Oscar und Gerda in der Mitte längst Aufstellung genommen. Schwiegervater Louis war extra angereist und stand stolz an ihrer Seite. Immer wieder gab der Fotograf Anweisungen, arrangierte um, richtete ein. Es schien ewig zu dauern.

»Lange machen meine Füße das nicht mehr mit«, flüsterte Gerda und stöhnte.

»Drückt dich schon wieder der Schuh?« Oscar zwinkerte.

»Es fühlt sich an, als würde ich in Spanischen Stiefeln stecken.« Sie seufzte und brachte ein Lächeln zustande. »Hauptsache, wir haben perfekte Bilder von diesem einmaligen Ereignis.«

»Das war es! Vielen Dank, die Herrschaften«, rief der Fotograf irgendwann. Gerda atmete auf.

»Auch von mir und meiner lieben Frau herzlichen Dank, dass Sie alle so lange ausgehalten und stillgestanden haben.« Oscar war noch immer blendender Laune. Wenn es nach ihm ginge, könnte diese

Veranstaltung wahrscheinlich noch Stunden dauern. »Das Beste soll man sich immer für den Schluss aufheben. Ein guter Ratschlag! Nun also noch eine kleine Überraschung für alle meine geschätzten Mitarbeiter, die sich heute die Zeit genommen haben, uns die Ehre zu geben: Ab dem nächsten Monat reduziere ich die Wochenarbeitszeit von sechzig auf sechsundfünfzig Stunden.«

»Junge, Junge«, sagte Louis und schüttelte leicht den Kopf. Überall wurde gemurmelt und gestaunt. Damit hatte niemand gerechnet. Wie auch? Nicht einmal Gerda hatte davon gewusst. Oscar hatte seine helle Freude daran, eine so spektakuläre Bombe erfolgreich gezündet zu haben. »Bei vollem Lohn, das versteht sich von selbst.« Die Aufregung wuchs. Und eine seltsame Stimmung breitete sich aus. Keiner wusste anscheinend so recht, wie er reagieren sollte. Außer Hermann Krause.

»Hoch lebe Oscar Troplowitz«, rief er plötzlich und riss beide Arme in die Höhe. »Hoch, hoch, hoch!« Immer mehr schlossen sich ihm an, jubelten und klatschten schließlich. Dieser Hermann Krause war wirklich ein sehr netter Kerl!

Die Gäste verabschiedeten sich, ein stattlicher Herr mit Bauch und grauem Vollbart kam auf sie zu.

»Lieber Dr. Unna«, begrüßte Oscar ihn freudestrahlend, »ich dachte schon, Sie sind doch nicht gekommen.«

»Tut mir schrecklich leid, ich wurde aufgehalten.« Er zuckte mit den Achseln, seine Augen wirkten freundlich und drückten echtes Bedauern aus, so schien es Gerda.

»Besser spät als gar nicht. Darf ich Ihnen meine wunderbare Frau vorstellen? Gerda, das ist der berühmte und sehr geschätzte Dr. Unna, von dem ich dir ständig erzähle.«

Hatte sie sich's doch fast gedacht, Oscars Beschreibung des Mannes traf perfekt zu.

»Das ist wahr, er liegt mir täglich in den Ohren, weil Sie schon wieder eine bedeutende Entdeckung gemacht oder ein Buch veröffentlicht haben, das in der Fachwelt als Bibel gilt.«

»Er übertreibt fürchterlich«, wiegelte Dr. Unna ab und lachte ein gemütliches Lachen. Dann wandte er sich an Oscar. »Und Sie hören bitte endlich mit dem Doktor auf. Nennen Sie mich Paul, sonst fühle ich den gewaltigen Altersunterschied zwischen uns beiden allzu sehr.« Er neigte den Kopf leicht zur Seite und blickte Gerda an. »Ihr Oscar ist ein ungewöhnlicher Geschäftsmann, liebe Frau Troplowitz, das kann man nicht anders sagen. Ich kam noch rechtzeitig, um von der hübschen kleinen Überraschung zu hören, die er sich für die Belegschaft ausgedacht hatte.« Jetzt sah er wieder Oscar an. »Vier Wochenstunden weniger ohne Lohneinbußen.« Er nickte bedächtig. »Sie brocken uns anderen Arbeitgebern ein ordentliches Päckchen ein. Ich bin sehr gespannt auf die Erfahrungen, die Sie damit machen werden.« Es klang, als meinte er es genauso, wie er es gesagt hatte, stellte Gerda erleichtert fest.

»Er ist nicht nur ein ungewöhnlicher Geschäftsmann, sondern vor allem ein besonderer Mensch. Deshalb habe ich ihn geheiratet«, erklärte sie und versuchte, irgendwie das Gewicht von ihren Füßen zu nehmen.

»Wir müssen uns dringend um Hühneraugenpflaster kümmern, lieber Paul«, sagte Oscar. »Mein letzter Versuch war nicht zufriedenstellend. Gelinde gesagt. Aber meine arme Frau hat nun einmal sehr zarte Haut, sie mag kein kleinstes Scheuern und keinerlei Druck.«

»Kommen Sie doch gelegentlich in mein Dermatologicum, gnädige Frau, es ist ja nicht weit. Gleich hier um die Ecke.« Er deutete vage in eine Richtung.

Da kamen Irma und Senator Behn, um sich zu verabschieden.

»Wollen Sie mich nicht besuchen? Wir trinken Tee und unterhalten uns über mögliche Teilnehmer eines ersten Kunstsalons«, schlug Gerda vor. Oscar und Eckart Behn hatten noch etwas zu besprechen, so nutzte sie die Zeit.

»Wie wäre es kommenden Freitag?«

»Ja, das passt mir gut. Ich könnte Ihnen dann auch einen Entwurf zeigen«, sagte Irma scheu. »Für Ihren Mann.«

»Sehr schön!« Hatte sie sich also wahrhaftig darauf eingelassen, ein Markenzeichen für Oscar, oder besser für Beiersdorf, zu zeichnen.

»Die Dame ist Malerin?«, wollte Dr. Unna wissen. »Verzeihen Sie, ich wollte nicht lauschen, aber ich spitze immer die Ohren, wenn von Kunst die Rede ist.«

»Ach ja?«, sagten die beiden wie aus einem Mund.

»Meine Schwester Julie ist Porträtmalerin, recht erfolgreich sogar. Sie hat schon einige Persönlichkeiten der Stadt in Öl festgehalten.« Gerda sah kurz zu Irma hinüber. Wie erwartet, zuckte deren Augenbraue verräterisch. »Jedenfalls hatte sie mit ihrem Mann ein Atelier in der Rothenbaumchaussee. Ihr Mann war auch Maler, leider starb er nur ein Jahr nach der Hochzeit.«

»Wie bedauerlich«, sagte Gerda.

»Allerdings. Mit privatem Lebensglück ist meine arme Schwester nicht gesegnet.« Er räusperte sich. »Jedenfalls gehen in ihrem Haus Musiker und Maler ein und aus. Wenn sie möchten, mache ich Sie gern bekannt.«

14
Toni

Mensch, so ein Glück aber auch, dass Toni von einer Kundin ein Pfund Mehl und ’n büschen Zucker bekommen hatte. Noch mehr Dusel war es, dass der Baumann nichts davon mitgekriegt hatte.

Sonst hätte es wieder geheißen: »Geteilte Freude ist doppelte Freude, Fräulein Peters!«

War ja nicht so, dass sie den anderen Näherinnen nichts abgegeben hätte. Normalerweise. Aber in diesem Fall … Toni hatte sich die Finger ordentlich zerstochen, um das dicke Leder zu reparieren. Ganz fein hatte sie ein Stückchen eingearbeitet, so dass man kaum den Übergang sehen konnte. Weißes Leder! Nicht genug, dass es schrecklich mühsam gewesen war, die Nadel durch das störrische Material zu treiben, sie hatte sich obendrein noch ständig vorsehen müssen, dass am Ende nicht Schmutz daran geraten wäre, Blut womöglich. Und flott hatte es gehen müssen, weil die feine Dame zu einem Empfang eingeladen war. Da sollte ihr Cape wieder wie neu sein. Leder bei der Hitze! Na, Hauptsache schick! Toni sollte es recht sein. Sie hatte sich Mehl und Zucker redlich verdient und früh am Morgen einen Butterkuchen gebacken, der nie Butter zu Gesicht bekommen hatte.

Nun war Feierabend. Sie würde fix nach Hause laufen, den Kuchen schneiden, ein paar Stullen schmieren und ab damit zum Hafen. Manch ein Schauermann arbeitete jeden Tag bei einem anderen Stauer und hatte dadurch immer zu unterschiedlichen Zeiten Pause. Brachte ihm seine Frau das Abendbrot zu spät, stand er dumm da.

Pech für den Schauermann, Glück für Toni. Wollte er nicht in eine der Kaffeeklappen gehen, wo die teure Wurst innen schon mal grünlich schimmerte und der Kaffee so dünn war, dass man auf 'm Tassenboden Kahla lesen konnte, nahm er ihr bestimmt gern etwas Süßes oder ein belegtes Brot ab. Hoffentlich verkaufte sie gut und schnell, damit sie zu Hause endlich die Füße hochlegen konnte. Seit zwölf Stunden war sie jetzt auf den Beinen.

Sie lief eilig über den Gänsemarkt und betrachtete, wie immer, wenn sie hier entlangkam, das kleine Haus zwischen dem Teelager und dem Gebäude, in dem die Export-Buchhandlung von Polack ihren stolzen Sitz hatte. So fühlte Toni sich zwischen den feinen Kundinnen von Kleiderkönig Baumann. Die Fassaden der Bauten waren prächtig und machten Eindruck, wie es drinnen aussah, ließ sich nicht sagen. Dazwischen stand, 'n büschen windschief, unbeeindruckt von der Pracht rundum das eher unscheinbare Häuschen. Trotzig behauptete es seinen Platz direkt gegenüber vom Lessingdenkmal. So wie Toni ihren Platz in der Nähstube behauptet hatte. Vorerst. Natürlich durfte sie der ollen Dierksen nicht mehr unter die Augen treten. Aber wenigstens hatte Baumann seine Kündigung zurückgenommen und sie also noch ihr Auskommen.

Auf dem Gänsemarkt war immer etwas los. Hufe klapperten auf dem Kopfsteinpflaster, Frauen riefen aus den Fenstern der oberen Stockwerke, Burschen unten auf der Straße brüllten etwas zurück und liefen in einen der umliegenden Läden, um die soeben erhaltenen Aufträge auszuführen. Dazu Stimmengewirr, das zu Hamburg gehörte wie das Heulen des Windes oder das Plätschern der Elbe. Mal lauter, mal leiser. Erst wenn es fehlte, weil man die Tür hinter sich zumachte, merkte man, dass es da gewesen war. Manchmal schnappte Toni interessante Gesprächsfetzen auf und stellte sich vor, worüber wohl gerade geredet wurde.

»Können Sie sicher sein, dass die Krankheit nicht mit Ihren Passagieren in die Welt getragen wird?«, hörte sie in dem Augenblick einen Mann fragen. Das klang nun wirklich bannig spannend. Sie sah sich um. Gerade noch rechtzeitig, um einen Stock zu sehen, der ihr plötzlich den Weg versperrte, aber zu spät, um ihm noch auszuweichen. Ein Schmerz schoss durch ihr linkes Knie. Ihr Bein knickte einfach weg, Toni stolperte, konnte sich nicht abfangen, weil sie mit links nicht mehr auftreten konnte, und fand sich im Staub der Straße wieder.

»Was ist das denn für eine verquere Theorie?«, rief ein anderer Mann.

»Was ist das für ein schlechtes Benehmen?« Das war wieder der erste. »Sie haben die Dame zu Fall gebracht. Ist es nicht das Mindeste, sich um sie zu kümmern?«

»Dame? Dass ich nicht lache. Ein einfaches Weib, ein ungeschicktes noch dazu, das über seine eigenen Beine stolpert.«

Wie bitte? Toni hörte wohl nicht recht. Na, der konnte sich auf etwas gefasst machen! Sie versuchte, sich auf das rechte Bein zu drehen, als eine Hand in ihrem Blickfeld erschien.

»Darf ich Ihnen helfen?«

»Danke«, sagte sie knapp, hielt sich fest und rappelte sich auf. Es tat schrecklich weh. Und ihren Verkauf zur Abendbrotzeit konnte sie auch vergessen.

»Haben Sie sich verletzt?« Zum ersten Mal sah Toni den Mann an, der ihr geholfen hatte.

»Nein, er hat mich verletzt mit seinem dämlichen Stock«, fauchte sie.

»Eine Dame, oh ja«, rief der, der sie zu Fall gebracht hatte. »Das hört man gleich.« Er trug Gehrock und einen hellgrauen Zylinder.

Außen hui, innen pfui, dachte sie wütend und wandte sich ihrem Helfer zu. Er war nicht größer als sie, ebenso elegant gekleidet wie der andere, hatte ein rundliches Gesicht und sehr freundliche Augen.

»Ich danke Ihnen«, sagte sie.

»Das war das Mindeste. Können Sie denn gehen, oder sollte jemand Sie nach Hause bringen?«

Der andere Kerl stieß ein seltsames Schnauben aus. »Das wird ja immer besser. Ich dachte, wir hätten noch etwas zu besprechen. Oder ist es dort, wo Sie herkommen, üblich, einen anständigen Reeder stehen zu lassen und dem Gesindel den Vorzug zu geben?«

»Ich gebe Ihnen gleich Gesindel«, schimpfte Toni. Am liebsten hätte sie diesem aufgeblasenen Fatzke seinen Stock abgenommen und ihm mal eins damit verpasst, damit er wusste, wie weh das tat.

»Mein lieber Herr Schuster, dieser bedauerliche Vorfall zeigt, dass wir beide offenbar grundsätzlich anderer Meinung sind, was die Prioritäten angeht. Mit dieser Dame und unserer Unterhaltung ist es wie mit Ihren Reisen und der Seuche. Der Unfall hat Vorrang, wir müssen unsere Unterredung unterbrechen, denke ich.«

»Wollen Sie etwa sagen, wir sollten wegen der Seuche, wie Sie es nennen, unsere Schiffe im Hafen festhalten, unser Geschäft ruhen lassen?«

»Wenn es der Verbreitung vorbeugt und damit dem Schutz der Menschen dient, ja.«

»Völlig unmöglich!«

Toni drehte sich zur Seite und hob vorsichtig ihren Rock. So ein Glück, dass sie keine Strümpfe trug, die wären hin gewesen. Weniger glücklich sah ihr Knie aus. Es war jetzt schon geschwollen. Und der Schmerz war nur auszuhalten, wenn sie kein Gewicht auf die linke Seite legte. Wie sollte sie bloß nach Hause kommen?

»Es ist ja wohl das Letzte, dass ich mir etwas sagen lassen soll von einem, der unseriös und marktschreierisch seine Produkte an den Mann bringen will«, ereiferte sich der Ungehobelte gerade. »Ich dachte, Ihnen sei an einer Geschäftsbeziehung gelegen. Stattdessen halten Sie mir Vorträge. Fehlt noch, dass Sie überall herausposaunen, man müsse Abstand zueinander halten, wie dieser Arzt. Wie heißt er gleich? Man dürfe sich nicht zu nahe kommen, weil man ja nie wisse, wer erkrankt sei.« Der Kerl war inzwischen dunkelrot im Gesicht vor Zorn. Wenn er weiter so mit seinem Stock herumfuchtelte, verletzte er womöglich noch jemanden.

»Man sieht sehr schnell, wenn es einen erwischt hat«, antwortete der andere. Wie konnte er bloß so ruhig bleiben? »Es genügt wohl, aufeinander aufzupassen und den Umgang mit Kranken zu meiden.«

Allmählich bekam Toni es mit der Angst zu tun. Wovon sprachen die beiden?

»Was meinen Sie mit Seuche? Was ist das für eine Krankheit, von der Sie reden?«

Der mit dem Stock behandelte sie wie Luft, er sprach mit dem anderen, als sei sie nicht da: »Ist Ihnen klar, welche Auswirkungen es auf unsere Wirtschaft hat, wenn wir sämtliche Sicherheitsvorkehrungen treffen, die Sie und andere Verrückte fordern?«

»Ich fordere nichts.« Nun wurde es anscheinend auch dem freundlichen Mann mit dem Schnurrbart zu bunt. »Aber jedem mit Verstand muss klar sein, dass etwas zu unternehmen ist. Gestern drei Tote. Heute schon einige mehr, wie ich hörte.«

»Wie bitte?« Toni schnappte nach Luft. Ihr fiel ein, dass sie am Morgen den Wagen des Kuhlengräbers gesehen hatte. Aus der Speckstraße war er gekommen und hatte zwei Kisten geladen. Im Sommer starben doch immer welche, vor allem, wenn's so höllisch heiß war wie in diesem Jahr. Kein Grund zu besonderer Sorge, oder doch?

»Davon ist mir nichts bekannt«, zischte der mit dem Stock.

»Das kann ich mir gar nicht vorstellen. Erst gestern hörte ich …« Weiter kam der Freundliche nicht.

»Es gibt gute Gründe, den Bewohnern dieser Stadt nicht alles auf die Nasen zu binden.«

»Jetzt habe ich aber genug!« Toni drückte das Kreuz durch und stemmte die Fäuste in die Hüften. Durch die Bewegung schoss ein stechender Schmerz durch ihr verletztes Bein, der Stoff ihres Kleids fühlte sich feucht an der Taille an. Kein Wunder, der Schweiß lief ihr nur so den Rücken und den Bauch herunter. Sie gab ihre Haltung wieder auf, mit der sie sich etwas Respekt verschaffen wollte. Musste sie das eben mit Worten schaffen. »Was soll den Bewohnern dieser Stadt verheimlicht werden?« Sie blickte von einem zum anderen, bemühte sich, nicht zu blinzeln. »Wenn es etwas gibt, eine Krankheit, die gefährlich ist, dann müssen Sie den Leuten das doch sagen! Sie müssen …«

»Sehen Sie, das kommt dabei heraus, wenn man einfältigen Weibsbildern Flausen in den Kopf setzt«, schimpfte der mit dem Stock. Er ging einen Schritt auf Toni zu, seine Augen funkelten böse. »Machen Sie, dass Sie weiterkommen, statt anständige Männer zu belauschen.«

»Ich habe nicht …«

Er hob drohend den Stock. »Na los, verschwinden Sie, ehe ich Ihnen Beine mache!«

Er würde zuschlagen, noch eine Sekunde, und er würde ihr eins mit seinem Gehstock überziehen.

»Das nenne ich mal eine famose Idee«, sagte der Freundliche und lächelte breit. Der andere erstarrte in der Bewegung. Er schien ebenso wenig wie Toni zu kapieren, was er meinte. Da trat der nette Herr auf den anderen zu, nahm ihm den Stock aus der Hand und kam damit zu Toni.

»Was erlauben Sie sich?«, empörte sich der Grobian.

»Denken Sie, damit schaffen Sie es nach Hause?« Ein fröhliches Zwinkern, dann reichte er ihr den Holzstab mit dem silbernen Knauf. Toni griff zu, humpelte ein paar Schritte.

»Ja, das könnte gehen.«

»Das wäre ja noch schöner. Wissen Sie, was der gekostet hat?« Der Besitzer machte Anstalten, ihr das offenbar teure Stück wieder abzunehmen, doch der Mann mit dem Schnurrbart stellte sich ihm in den Weg.

»Mit Ihrer Unachtsamkeit haben Sie die Dame verletzt. Es ist das Mindeste«, erklärte er in einem Ton, der keinen Widerspruch duldete. »Sie können sich jede Woche einen neuen Gehstock kaufen. Also stellen Sie sich gefälligst nicht so an!«

Toni konnte nicht verstehen, was der Griesgram murmelte.

»Danke«, sagte sie und lief, so schnell es mit dem geschwollenen Knie eben möglich war, davon.

15 Gerda

Gerda wollte längst am Gänsemarkt sein. Bestimmt wartete Oscar bereits auf sie. Schon das Betrachten der unzähligen Stoffe in endlos vielen Mustern und Farben hatte länger gedauert als gedacht. Sollten die Vorhänge eher schlicht werden oder lebendig, hell oder dunkel, schwer oder luftig? Wie sollte sie eine richtige Entscheidung treffen, wenn es so heiß war, dass sie immer nur an klares kühles Wasser denken konnte? Nachdem sie das Geschäft verlassen hatte, hatte sie auch noch der Duft von frisch gebackenem Kuchen angelockt. Als Gerda einmal die Bäckerei betreten hatte, konnte sie nicht widerstehen und kaufte auch noch ein kleines Brot, das einfach zu knusprig aussah. Pünktlichkeit ist die Höflichkeit der Könige, hieß es. Nur konnte sie keinesfalls laufen, um eine Minute oder zwei gutzumachen. Es war eine Qual, sich unter der brennenden Sonne zu bewegen. Auf der Terrasse des Dammtor-Cafés waren nur wenige Plätze besetzt. Wer keinen Stuhl im Schatten der kugelig geschnittenen Bäume bekam, verzichtete lieber ganz. Gerda war froh, dass ihr Strohhut wenigstens ihr Gesicht vor den beißenden Strahlen schützte. Nur noch ein Stück, dann hatte sie es geschafft. Sie konnte den Gänsemarkt schon sehen, als ihr ein alter Mann auffiel, der auf dem staubigen Gehsteig hockte. Trotz der unerträglichen Hitze hatte er sich einen dicken Wollschal um Mund und Nase gewickelt. Dreckig war der und löchrig. Der Mann hielt den Kopf gesenkt und die Hände, als wolle er Wasser schöpfen, nach vorn gestreckt. Er bettelte. Je näher sie ihm kam, desto schlimmer wurde sein beißender Geruch. Gerda versuchte, nur wenig Luft zu holen. Als sie bei ihm war, blieb sie stehen und zog ihre Geldbörse hervor. Der Mann blickte zu ihr auf. Sein Gesicht war von Falten zerfurcht, er musste uralt sein. Die Augen sahen so traurig aus, dass es Gerda ins Herz traf.

»Sie sollten hier verschwinden«, sagte sie leise. »Wenn die Polizei kommt, bekommen Sie gehörig Ärger, nehme ich an.«

»Ich will niemandem etwas tun«, kam es heiser zurück. »Ich bin ein kaputter Mann, ein armer Mann.« Das war offensichtlich. Sie reichte ihm eine Münze. Er schloss sofort die Finger darum. »Danke, Sie sind ein guter Mensch, danke!«

Gerda fiel etwas ein. »Können Sie aufstehen?« Seine Augen weiteten sich, als fürchtete er sich vor ihr. »Sie dürfen hier nicht betteln. Wenn Sie erwischt werden, kommen Sie womöglich ins Zuchthaus.« Sie war nicht sicher, aber zu befürchten war es. Der Alte richtete sich mühsam auf. Herrgott, dieser Gestank! Sie drehte den Kopf zur Seite und versuchte, den Würgereiz zu unterdrücken, der ihr die Kehle eng machte. Manchmal war es wahrlich nicht einfach, dem jüdischen Gebot der Wohltätigkeit nachzukommen. Doch je schwieriger es war, desto kostbarer war es auch. Also riss Gerda sich zusammen und lächelte ihn an. »Ich habe gerade frisches Brot gekauft.« Seine Wangen waren eingefallen, alles an ihm wirkte knochig. Unter der viel zu dicken Kleidung steckte vermutlich ein ausgemergelter Körper. Sie streckte ihm den Laib hin. »Möchten Sie?«

Der Alte schob den Schal zur Seite, seine Lippen zitterten, eine Träne glitt aus einem Augenwinkel und lief zwischen den tiefen Falten entlang.

»Danke«, flüsterte er, griff zu und drückte das Brot an sich. »Meine Frau kann nichts mehr bei sich behalten, ständiges Erbrechen und Durchfall«, sagte er leise mit bebender Stimme. »Wenn sie nur bei mir bleibt.« Noch eine Träne kullerte über die eingesunkene Wange und zeichnete eine schmutzig staubige Spur.

»Vielleicht verträgt sie das hier ja«, sagte er und sah hinab auf den frisch gebackenen Laib. Dann blickte er Gerda an. »Ich wünsche Ihnen Gesundheit. Sie sind ein Engel. Sie werden ein gutes Leben haben, das kann ich sehen.« Eine Sekunde befürchtete sie, er würde ihre Hand nehmen und küssen. Doch er drehte sich erstaunlich behände um und ging fort.

Auch Gerda machte sich wieder auf den Weg. Irgendetwas an diesem Mann hatte sie tief gerührt. Sie drehte sich noch einmal um und sah, dass seine Hose hinten einen dunklen Fleck hatte. Es hatte ihn also auch erwischt. Er gehörte in ein Bett und benötigte ärztliche Betreuung. Wenn Oscar recht hatte mit seiner Befürchtung …

»Können Sie nicht nach vorne gucken?« Die Stimme einer jungen Frau riss Gerda aus ihren Gedanken. Woher war die so plötzlich gekommen?

»Entschuldigen Sie bitte …«

»Meine Zeit, was ist denn heute los? Alle rennen mich übern Haufen!«

»Tut mir wirklich leid. Ich habe nicht aufgepasst.« Gerda lächelte und betrachtete das Gesicht der jungen Frau vor sich, das pure Verärgerung zeigte.

»Nee, hab ich gemerkt.«

»Man sollte nicht weiterlaufen, wenn man sich nach jemandem umschaut, was?« Irgendwie kamen ihr diese Sommersprossen auf der schmalen Nase und das aschblonde Haar seltsam bekannt vor.

»Man sollte sich überhaupt nicht nach einem umgucken«, konterte die Frau. »Das gehört sich nicht.« Die gebräunte Haut verriet, dass sie viel an der frischen Luft war. Die hohen Wangenknochen ließen sie streng wirken. Irgendwo hatte Gerda dieses Mädchen doch schon gesehen. Nur wo?

»Was starren Sie mich denn so an? Haben Sie noch nie 'ne Frau mit Stock gesehen?«

Es war nichts weiter geschehen, sie waren nur um ein Haar zusammengeprallt. Dafür regte sich das Fräulein ziemlich auf.

»Ein kostbares Stück«, meinte Gerda anerkennend. Der Gehstock war ihr zuerst gar nicht aufgefallen. »Der Knauf ist fein gearbeitet. So etwas sieht man nicht oft.«

»Ich habe ihn nicht gestohlen, falls Sie das meinen. Ich arbeite für mein Auskommen. Wenn man mich lässt, anstatt mir das Knie zu zertrümmern«, sagte sie mürrisch.

»Nun übertreiben Sie aber, ich habe Sie nicht einmal berührt.« Gerda schwitzte und war spät dran. Damit war das Maß dessen, was sie auszuhalten bereit war, erfüllt. Sie würde sich nicht auch noch beschuldigen lassen.

»Nee, Sie doch nicht. Der Kerl aufm Gänsemarkt.« Plötzlich hellten sich ihre Gesichtszüge auf, und sie wirkte viel jünger. »Gott sei Dank war da noch ein anständiger Mann dabei. Der hat dafür gesorgt, dass mir der Mistkerl seinen Stock geben musste.«

»Wie gut, dass es noch ritterliche Herren gibt.« Gerda lächelte sie an. Es war nicht lange her, dass sie das Gesicht der Frau gesehen hatte. Sie hatte das Gefühl, als wäre sie ganz dicht dran. Nur noch ein kleiner Hinweis, eine Erinnerung, und sie wüsste, wo ihr diese Frau schon begegnet war. Doch das Bild verschwamm wie in einer Pfütze, in die man einen Stein geworfen hatte, ehe es klar erkennbar wurde.

»Wär mir trotzdem lieber gewesen, ich wär den beiden nicht übern Weg gelaufen. Nun ist mein schöner Zuverdienst futsch«, sagte das Mädchen mehr zu sich selbst. Gerda zückte erneut ihre Geldbörse.

»Hier!« Sie reichte ihr eine Münze, die Frau zögerte. »Damit Sie den Glauben an die Menschen nicht verlieren und der Tag für Sie noch eine gute Wendung nimmt.« Die Fremde nahm das Geldstück. Sie schien zwischen Freude und Misstrauen zu schwanken. »Jetzt muss ich aber wirklich.«

»Danke schön, haben Sie vielen Dank!«, hörte Gerda hinter sich und hob die Hand.

Nur wenige Tage, nachdem Gerda dem alten Mann auf der Straße ihr Brot gegeben hatte, erlebte sie Oscar endlich mal wieder zufrieden. Mehr als das, er war geradezu aufgedreht vor Freude.

»Ich bringe ein neues Produkt auf den Markt, das uns die Menschen aus den Händen reißen werden.« Da er nicht weitersprach, sah sie ihn fragend an. »Zahnpasta!«

Gerda stutzte. »Das ist doch nichts Neues. Du hast mir schon vor geraumer Zeit eine dieser praktischen Zinntuben gegeben.«

»Sehr richtig. Allerdings war darin nichts enthalten, außer einer Paste, die das Zahnpulver für den Nutzer angenehmer macht. Gerade tüftelte ich mit Dr. Unna an neuen Rezepturen. Dabei sprachen wir auch über eben diese Paste, und er sagte mir, ich solle ihr doch mal Kaliumchlorat beimischen. Das empfiehlt er seinen Patienten, wenn sie über Entzündungen im Mundraum klagen.«

»Wie praktisch! Du weißt, wie häufig ich darunter leide. Es wäre herrlich, wenn ich beim Zähneputzen gleichzeitig die Beschwerden lindern könnte.«

»Du bekommst die erste Tube, meine Liebe. Wenn selbst deine

empfindlichen Schleimhäute heilen, wird die Zahnpasta ein Renner.« Sein Strahlen verlor sich. »Was ist eigentlich mit dieser Künstlerin, wollte sie nicht ein Markenzeichen für mich entwickeln? Es wird Zeit, dass wir damit unsere Produkte und die Kataloge bedrucken. Unsere Kunden sollen auf einen Blick sehen: Hier bekomme ich ein Original-Produkt von Beiersdorf für mein Geld, keine billige und vermutlich schlechte Kopie.«

»Irma kommt morgen zu mir. Letztes Mal hat sie den Entwurf vergessen.« Gerda musste lächeln. »Hat sie behauptet. Ich glaube aber, sie hatte den Mut verloren. Aber morgen bringt sie eine Skizze mit.« Sie dachte an die Begegnung mit Irma. »Denk dir, sie war bei ihrem Besuch stocknüchtern. Und sie hat mir etwas anderes gezeigt. Eine Miniatur von Mynona.« Sie zwinkerte. Natürlich hatte sie Oscar längst darüber aufgeklärt, dass hinter der geheimnisvollen Malerin Irma Behn selbst steckte.

»Und ist ihr Stil so unerhört, wie sie behauptet hat?«

»Das ist er durchaus. Wie soll ich es nur beschreiben? Das Bild, das sie mitbrachte, war nicht schön. Für meinen Geschmack. Ich möchte es nicht in der guten Stube hängen haben.« Sie lächelte. »Aber es hat eine große Faszination auf mich ausgeübt. Und stell dir vor, ich habe es betrachtet und sofort gewusst, was es darstellen soll.«

Oscar lachte. »Kann man das von einem guten Bild denn nicht erwarten?«

»Du hast natürlich recht, ein Baum soll als Baum, ein Mensch als Mensch zu erkennen sein. Aber sie hat Zweifel gemalt.« Er sah sie überrascht an. »Eben. Es waren zwei Personen zu sehen, eine Frau und ein Mann. Auf den ersten Blick war klar, dass es zwischen den beiden eine tiefe Verbindung gab.« Sie hatte das Gemälde wieder vor Augen und war aufs Neue erschüttert und beeindruckt. »Doch der

Mann hatte das Vertrauen zu der Frau verloren. Seine Zweifel und Ängste waren ebenso klar zu erkennen wie ihre Enttäuschung und Traurigkeit. Ich kann es dir nicht erklären, aber ich wusste sofort, welches Motiv Irma auf die Leinwand hatte bringen wollen.«

»Mynona«, korrigierte er schelmisch.

»Natürlich.«

Einen kurzen Moment erfüllte nur das Ticken der Pendeluhr den Raum.

»Du hast morgen keine Zeit«, sagte Oscar dann unvermittelt. »Wir gehen aus. Robert Koch kommt nach Hamburg.«

»Der Berliner Arzt, der …?«

»… den Cholera-Erreger entdeckt hat. Ganz recht. Allerdings stammt er nicht aus Berlin, sondern ist dort nur an der Universität beschäftigt.«

»War er nicht einmal Physikus in einem Kreis in Posen? Ich meine, daher kennen meine Eltern ihn.«

»So ist es, Mutzl. Und er war mal als Arzt im Allgemeinen Krankenhaus hier in der Hansestadt tätig. Darum ist es für ihn natürlich eine Ehrensache, herzukommen und zu helfen.« Er rieb sich die Schläfen. »Nun ja, vor allem ist er Mitglied des Kaiserlichen Gesundheitsamtes und Direktor des Instituts für Infektionskrankheiten. Er muss sich wahrscheinlich selbst vor Ort einen Eindruck verschaffen. Hoffentlich hat er Hinweise für uns, wie wir das Sterben beenden können. Bald hundert Tote jeden Tag!« Er schüttelte den Kopf. »Von wegen, es sind keinerlei Hilfs- oder Vorsorgemaßnahmen notwendig«, zischte er. »Wenn es zu einem Ausbruch kommen sollte, werde man geeignete Aktivitäten einleiten, hat man mir damals im Rathaus erzählt. Was sollen das für Aktivitäten sein? Nicht einmal Herr Koch wäre hier, um uns zu helfen, wenn ich nicht dafür gesorgt hätte, dass er informiert wird.« Er wirkte ebenso erschöpft wie wütend. Schweißperlen standen auf seiner Stirn. Gerda machte sich große Sorgen. Wenn er sich nur nicht angesteckt hatte. Doch bisher waren sie in Altona verschont geblieben.

Der nächste Tag war ein Wechselbad der Gefühle. Zunächst traf Gerda sich mit Irma und war entzückt. Sie hatte einen Äskulapstab gezeichnet, um den sich zwei Schlangen wanden, das Ganze eingerahmt von einem Strahlenkranz.

»Das haben Sie ganz wundervoll gemacht!«

»Meinen Sie das wirklich?«

»Aber ja! Dieses Strahlen! Es stimmt zuversichtlich. Es ist das perfekte Erkennungszeichen für Oscars Produkte.«

Irma versuchte, eine möglichst unbeteiligte Miene zur Schau zu stellen, doch sie konnte ihre Freude nicht verbergen.

»Das ist zumindest meine Meinung. Entscheiden muss Oscar natürlich selbst.«

Sie hatten noch ein wenig über Kunstsalons im Allgemeinen gesprochen und über die Idee, sich mit Dr. Unnas Schwester in Verbindung zu setzen, um ihre glänzenden Kontakte zu nutzen. Dann musste sich Gerda für das Abendessen mit Robert Koch zurechtmachen, und Irma hatte sich verabschiedet, den Entwurf aber zurückgelassen, damit Gerda ihn Oscar zeigen konnte.

»Das ist es!«, hatte er sofort gerufen. »Ich hätte ihr nicht sagen können, was sie malen soll, aber sie hat genau meine Vorstellung getroffen. Sie muss unbedingt mehr für mich machen: Tuben, Schachteln, Plakate!« Gerda hatte gelacht. Sie liebte ihren Oscar noch ein bisschen mehr, wenn er so aufgekratzt war und für eine Idee brannte.

Und nun saßen sie also mit Dr. Koch im Restaurant des Holsten-Hotels. Die Fenster waren geöffnet, um die Hitze des Tages aus dem Holz der Möbel und Vertäfelungen zu vertreiben. Dafür musste man den würzigen, leicht brenzligen Geruch von der Brauerei gegenüber in Kauf nehmen. Dr. Koch trug das wenige Haar sehr kurz und einen Vollbart, den er allerdings deutlich stärker im Zaum hielt als Dr. Unna. Hinter kleinen ovalen Gläsern blickten müde Augen hervor.

»Wenn ich doch nur ein Mittel gegen die Cholera hätte«, sagte Oscar, nachdem man sich nicht lange mit höflicher Konversation aufgehalten hatte. »Ich würde es kostenfrei in den Gängen verteilen.«

»Es ist eine Schande«, ereiferte sich Koch augenblicklich, wobei er noch erschöpfter wirkte. »Man hat mich durch die sogenannten Gängeviertel geführt. Es ist schon eine Weile her, dass ich in Hamburg zu tun hatte. Warum es noch immer solche Zustände in einer so reichen Stadt gibt, ist mir ein Rätsel. Eine Schande«, wiederholte er. »Diese dunklen engen Behausungen, in denen die Menschen in viel zu großer Zahl eingepfercht leben, sind die reinsten Bruthöhlen für alle Arten von ansteckenden Keimen.« Er redete sich in Rage. »Solange die Herren Senatoren noch immer einem Max von Pettenkofer Glauben schenken, der unbeirrt weiter behauptet, der Erreger allein könne einem gesunden Menschen nichts anhaben und er würde sich nicht von Mensch zu Mensch übertragen, sondern durch Ausdünstungen aus dem Boden dringen, ist es nicht verwunderlich, dass zu wenig Maßnahmen ergriffen werden.« Plötzlich schien jede Energie aus ihm zu weichen und eine große Müdigkeit zurückzukehren. »Pettenkofer verdient andererseits auch größten Respekt, sein Einsatz für eine bessere Trink- und Abwasserversorgung in München ist uneingeschränkt zu begrüßen.« Er seufzte. »So ist es leider mit der Wissenschaft, aus Indizien werden mehrere Schlüsse gezogen. Daraus entwickeln sich einander widersprechende Thesen, die alle in sich schlüssig sind. Die große Herausforderung ist, die Irrtümer in den falschen Thesen ausfindig zu machen und eine richtige Theorie zu beweisen. Für mich ist Pettenkofers Selbstversuch kein Beweis«, sagte er leise.

»Selbstversuch?« Oscar zog die Augenbrauen zusammen.

»Er hat sich mit Vibrionen infiziert und ist doch nicht an Cholera erkrankt.« Koch zuckte mit den Achseln. Eine schauderhafte Vorstellung. Gerda mochte nicht länger darüber nachdenken. Etwas anderes ließ sich dagegen nicht aus ihrem Kopf vertreiben.

»Die meisten Bewohner der Gängeviertel leben doch schon eine geraume Zeit unter diesen schlechten Bedingungen«, gab sie zaghaft zu bedenken. »Warum bricht ganz plötzlich eine so schlimme Krankheit aus?«

»Es hätte schon längst geschehen können«, antwortete er düster. »Mein Verdacht ist, dass die Cholera mit einem Schiff in die Stadt gekommen ist. Kranke Seeleute, die den Erreger weitergegeben haben. Wir müssen das noch überprüfen. Die prächtigen Villen draußen vor den Mauern der Stadt bleiben natürlich verschont, aber im Herzen der Armenviertel ist die Krankheit kaum aufzuhalten.« Er sah Gerda direkt an. »Aus dem gleichen Fleet, in das die Menschen ihren Nachteimer kippen, schöpfen sie ihr Trinkwasser und brauen ihr Bier daraus.«

Eine Weile sagte niemand etwas, dann fragte Gerda: »Warum nimmt noch immer jemand Wasser aus dem Fleet, um es zu trinken? Ist nicht seit Kurzem jeder an die zentrale Wasserversorgung angeschlossen? Ich meine, der Senat sei so stolz darauf.«

Koch nahm die Gläser ab und rieb sich die Augen. »Fast jeder ist angeschlossen, das ist wahr.« Er gab ein abfälliges Lachen von sich. »Das bringt nur nichts, wenn auf eine Filtrationsanlage verzichtet wird.« Gerda sah, dass Oscar überrascht die Augenbrauen in die Höhe zog. »Sie haben richtig gehört, verehrter Herr Troplowitz, eine solche Anlage hat der Senat aus Kostengründen nicht bauen lassen.«

»So ein Unfug!« Oscar schüttelte den Kopf.

»Allerdings. Mit den Juden und vergifteten Brunnen hat das jedenfalls nichts zu tun, wenn einige Unverbesserliche es auch noch so oft behaupten.«

»Wenn man einen Feind benennen kann, wird die ganze Sache greifbar. Dann spürt man seine Hilflosigkeit nicht so sehr. Darum werden mal wieder die Juden verantwortlich gemacht.« Oscar lächelte, als habe er auch noch Verständnis dafür. Doch im nächsten Moment wurde er ernst. »Dass sich politische Kräfte diese Gedanken und die Unsicherheit der Menschen zunutze machen, ist allerdings gefährlich.«

»In vielerlei Hinsicht, gewiss.« Koch nickte nachdenklich. »Die Marine nimmt das Ruder in die Hand. Es wird Kontrollstationen entlang der Elbe geben, jedes Schiff, das hereinkommt oder hinausfährt, muss gründlich geprüft werden, dass sich bloß kein Infizierter an Bord befindet.« Leise sagte er: »Wenn ich die Lage richtig einschätze, werden ohnehin bald nur noch sehr wenige Schiffe den Hafen erreichen oder verlassen.« Er räusperte sich. »Mein geschätzter Kollege, der Marinestabsarzt Bernhard Nocht, wird für Hamburg zuständig sein. Bei ihm ist die Stadt in den besten Händen.«

Mehr als zwei Monate tobte die Epidemie. Als es auf Ende August zuging, stieg die Zahl der Toten auf unvorstellbare fünfhundert täglich. Robert Koch sollte recht behalten: Der Hafen fiel in einen Dornröschenschlaf. Kapitäne weigerten sich, Hamburg anzulaufen. Hamburger Kähne wurden in fremden Häfen festgesetzt, die Mannschaften unter Quarantäne gestellt. Die Tagelöhner, die üblicherweise beim Be- oder Entladen der Frachter ihr Auskommen fanden, hatten von einer Minute zur anderen keine Arbeit mehr. Sie bekamen leicht eine neue, denn es wurden helfende Hände gebraucht. Sowohl bei den Kolonnen, die jeden Winkel zu desinfizieren hatten, als auch beim Schaufeln unzähliger Gräber. Die Herren Kauf- und Quartiersleute hatten mehr Schwierigkeiten, die Verluste auszugleichen. Für reservierte und vorab bezahlte Passagen wurden Tausende Mark zurückverlangt, es gab keine Waren zu packen und zu stauen. Schwarze Tage für Reedereien und Händler. Nicht nur der Verkehr zu Wasser kam nahezu zum Erliegen. Auch auf der Schiene erreichte man die Hansestadt kaum noch. Wer sie verlassen wollte, hatte seine liebe Not. Wollte etwa jemand nach Berlin reisen, musste er sich am Lehrter Bahnhof einer Untersuchung unterziehen, sonst hätte man ihm den Zutritt zur Hauptstadt verweigert. Schulen wurden geschlossen, Veranstaltungen abgesagt. Endlich setzte sich die Erkenntnis durch, dass die Cholera sich doch über Ansteckung ausbreitete, weshalb die Zusammenkunft mehrerer Menschen verboten war.

Einige Auswirkungen trafen auch Oscar. Er hatte soeben seine neuen Preislisten verschicken lassen, auf denen alle Produkte aufgeführt waren. Einer seiner Kunden sandte ihm eine erboste Nachricht. Er habe den Umschlag erst gar nicht geöffnet, sondern auf der Stelle in den Ofen geworfen. Es sei eine Gedankenlosigkeit erster Güte, aus dem Zentrum der Seuche den Erreger per Post zu verbreiten. Dabei hatte Oscar sich bei Robert Koch versichert, dass der Versand keinerlei Risiko für die Empfänger berge. Während die einen sämtliche Warnungen in den Wind schlugen, stieg die Angst der anderen ins Unermessliche.

»Hast du von den Pöhnsens gehört?«, hatte Gerda Oscar eines Tages gefragt. »Obwohl sie aus Altona kommen, und hier ist ja nun wirklich kein Ausbruch, konnten sie ihren Urlaub nicht in Travemünde verbringen, wie sie es geplant hatten. Sie sind losgefahren, aber man hat sie zurückgeschickt. Kannst du dir das vorstellen? Dabei wäre bei dieser Hitze eine Abkühlung an der See ein wahrer Segen.«

Immer wieder hatte Gerda den alten Mann vor Augen, der auf dem Bürgersteig gehockt und gebettelt hatte. »Sie müssen in Turnhallen behandelt werden, weil die Krankenhäuser keinen Platz mehr für sie haben. Besuche ihrer Liebsten sind verboten, damit die sich nicht auch anstecken. Einige dieser armen Teufel sterben allein. Das ist wirklich eine Tragödie!«

»Warum halten sich die Menschen nur nicht an die Verhaltensregeln? Das verstehe ich einfach nicht.«

»Viele kennen sie noch nicht einmal. Gerade in den Gängen, wo die Krankheit am stärksten wütet, fehlen Anschlagsäulen.«

»Dann muss man den Menschen auf anderem Weg sagen, was zu tun ist, oder dass es Garküchen mit einwandfreiem Essen gibt. Sie müssen erfahren, woher sie sauberes Wasser bekommen, sonst sind bald ganze Viertel ausgerottet.«

Gerda kämpfte die Übelkeit nieder, die bei dem Gedanken in ihr aufstieg.

Oscar war nach diesem Gespräch aufgesprungen.

»Dass ich nicht längst selbst darauf gekommen bin«, hatte er im Hinausgehen gemurmelt. Bald darauf waren Flugblätter gedruckt, auf denen stand, man möge Menschenansammlungen meiden, alles desinfizieren, das in Kontakt mit einem Verstorbenen gekommen sein könnte, sowie vor allem Wasser, Milch und sämtliche Speisen vor dem Verzehr abkochen. Oscar sorgte dafür, dass diese Zettel überall verteilt wurden. Nach rund zehn Wochen war der Spuk vorbei. Dennoch blickte Hamburg im Herbst auf mehr als achttausend Tote und bald zwanzigtausend Schwerkranke zurück, die wirtschaftlichen Folgen würden der Stadt noch lange erhalten bleiben.

16
Toni

1893

Mensch, das hatte sie aber auch wirklich pfiffig angestellt. Toni konnte sich jeden Tag wieder über ihren Geschäftssinn freuen. Mit dem Geld, das sie von Herrn Troplowitz bekam, kaufte sie immer gleich neues Material. Für Kautschuk hatte sie inzwischen einen ziemlich guten Preis ausgehandelt, und von diesem Kampfer nahm sie auch immer etwas ab. Quartiersmann Rehse war zuerst wenig begeistert gewesen, einer Frau überhaupt etwas zu verkaufen, noch dazu handelsunübliche Mengen, wie er sagte. Aber er hatte ein großes Herz.

»Kommen Sie her, wenn Sie etwas brauchen, wir kriegen das schon hin«, hatte er ihr erklärt. Seitdem hielt er Wort. Und ein Säckchen Reis schenkte er ihr auch jedes Mal.

Fast ein Jahr war es her, dass Toni Hermann die ersten selbstgemachten Pflaster übergeben hatte. Zuerst wollte Herr Troplowitz unbedingt den Hersteller für sein Unternehmen gewinnen, dann hatte er aber so viel mit dem Neubau zu tun gehabt, in den sein Unternehmen inzwischen gezogen war, dass er einfach nur ihre Pflaster gekauft und sie ansonsten in Ruhe gelassen hatte. So konnte es weitergehen. Die Arbeit war nicht leicht, und es roch fürchterlich in ihrer Wohnung, wenn sie produzierte. Dafür sparte sie sich nun endgültig den Weg zum Jungfernstieg und vor allem das dämliche Getue von Mode-Baumann. Wenn sie an ihren Beinahe-Rausschmiss dort zurückdachte, wurde sie noch immer ordentlich wütend. Richard hatte als Einziger versucht, die Tochter der Dierksens aus dem Wasser zu fischen. Er hatte seinen Mut und seine Selbstlosigkeit mit dem Leben bezahlt. Anstatt nur einmal zu fragen, wie es seiner Witwe ging, ob die ein Auskommen hatte oder nun von Almosen leben musste, hatte die olle Dierksen sie auch noch beschimpft. Wäre es nur um Toni gegangen, hätte sie ihren Ärger noch heruntergeschluckt, aber es ging um Richard. Und der war schließlich tot und konnte sich nicht mehr selbst verteidigen. Dass Baumann sie zurückgeholt hatte, war erst mal eine Erleichterung gewesen. Aber lange hatte sie es nicht mehr ausgehalten und war endgültig gegangen.

Gute Entscheidung. Von dem Geld, das sie mit dem Verkauf ihrer Pflaster einnahm, konnte sie inzwischen ihr bescheidenes Leben bestreiten. Mehr hatte sie durch das Nähen meist auch nicht verdient. Die Übergabe der Ware und des Geldes wickelte immer Hermann Krause ab. Toni freute sich jedes Mal, ihn zu sehen. Sie konnte ihn wirklich gut leiden. Vor allem, seit er aufgehört hatte, ihr damit in den Ohren zu liegen, sie solle doch endlich Herrn Troplowitz reinen Wein einschenken und in seinem Unternehmen anfangen.

Es klopfte an ihrer Wohnungstür. Toni fuhr zusammen. Sie hatte Schritte auf der Treppe gehört, fiel ihr jetzt auf, schwere Schritte. Bestimmt ein Mann. Hoffentlich nicht wieder der Vermieter. Es habe Beschwerden über den Gestank gegeben. Wenn das noch mal vorkomme, könne sie sich eine neue Bleibe suchen. Lächerlich! Der Abort, den sich alle teilen mussten, stank viel schlimmer. Dagegen waren ihr Guttapercha oder der Kautschuk das reinste *Eau de Rose*. Außerdem würde sie früher oder später sowieso ausziehen. Die Miete war schon wieder gestiegen. So schick war die Wohnung nun wirklich nicht. Es klopfte erneut. Da war aber jemand ungeduldig.

»Ich komm ja schon!« Toni öffnete die Tür einen Spalt, den Fuß am Türblatt, bereit, einen ungebetenen Gast auszusperren.

»Fräulein Antonia Peters?« Der Mann mittleren Alters trug einen teuren Wollmantel über dem Anzug. Seine Wangen waren rot, bestimmt von der Kälte. Sie nickte.

»Ich komme von Beiersdorf.«

Toni versuchte, ruhig zu atmen. Außer Hermann wusste niemand von ihr. Er hatte sie doch wohl nicht verraten oder sich verplappert? »Ist es korrekt, dass Sie uns mit Pflastern beliefern?« Wieder nickte sie nur. »Sehr schön, dann bin ich hier richtig.« Sein Lächeln sah recht freundlich aus. Toni nahm den Fuß zur Seite und öffnete die Tür weiter. »Dürfte ich wohl kurz hereinkommen?« Sie zögerte. »Es geht um eine Sonderbestellung.« Das klang nach zusätzlichem Verdienst, die reinste Arie in Tonis Ohren.

»Entschuldigung, ich hatte nicht mit Besuch gerechnet«, brachte sie endlich hervor und trat zur Seite. »Bitte, kommen Sie herein!« Sie ging durch den schmalen dunklen Flur und führte ihn in die Küche. »Darf ich Ihnen etwas anbieten?«

»Nein, danke sehr, ich bleibe nicht lange.« Das sympathische Lächeln war verschwunden. Er wirkte auf einmal unsicher und verkniffen.

»Sie sagten, Sie kommen von Beiersdorf«, begann sie zaghaft. Da er sich nicht setzte, blieb sie lieber auch stehen.

»Richtig. Sie beliefern Herrn Troplowitz mit Pflastern. Wie ist das möglich? Ihr Mann war derjenige, der sich mit Arznei auskannte. Aber er ist tot, oder nicht?«

Toni griff nach der Tischplatte und hielt sich fest. »Ja, er hatte einen Unfall«, sagte sie leise.

»Woher haben Sie die Ware dann?« Auf einmal wirkte der Mann, der nicht einmal seinen Namen genannt hatte, hart. Was wollte er von ihr?

»Ich kenne mich auch aus. Ein wenig.« Er starrte sie an, sagte aber nichts. »Ich habe ihm geholfen, daher weiß ich, wie man Pflaster macht. Ich stelle sie her und verkaufe sie. Das ist nicht verboten. Ist etwas mit der Ware nicht in Ordnung? Warum kommt nicht Herr …?« War es klug, Hermanns Namen ins Spiel zu bringen? Lieber nicht, sie wollte ihm keinen Ärger machen.

»Doch, doch, sie sind ganz ordentlich.« Schweißperlen traten auf seine Stirn, obwohl es in der Küche alles andere als warm war. In der Nacht glitzerten noch immer Eisblumen auf der Innenseite der Fenster. »Zu ordentlich. Das muss sich ändern.«

»Wie bitte? Ich glaub, ich habe etwas falsch …«

»Nein, haben Sie nicht«, unterbrach er sie schroff. Er blickte sich um, als sei jemand hinter ihm her, als dürfte niemand hören, was er von ihr verlangte. »Sie haben wieder eine Bestellung zu erledigen?«

»Ja.« Ein Gewicht drückte auf ihre Brust, das Atmen fiel ihr schwer. Wer war der Kerl, und was zum Teufel wollte er?

»Gut. Liefern Sie pünktlich, aber sorgen sie dafür, dass die Kunden unzufrieden sind.«

»Das ist nicht Ihr Ernst! Selbst wenn ich das wollte, wüsste ich gar nicht, wie …«

»Ich denke, Sie kennen sich mit der Herstellung aus. Nehmen Sie zu wenig Guttapercha oder Kautschuk. Was weiß ich? Ich bin Kontorbeamter.« Er erschrak. Das war ihm wohl rausgerutscht.

»Bei Beiersdorf?«, wollte Toni wissen.

»Geht Sie nichts an.« Er wischte sich hektisch über die Stirn. »Wir haben uns verstanden?«

»Sie verstehen mich nicht«, begann sie. »Wenn ich schlechte Ware abliefere, war das der letzte Auftrag. Wovon soll ich dann leben?«

Er schlug die Augen nieder. »Nicht mein Problem«, sagte er heiser, ohne sie anzusehen.

»Natürlich nicht, sondern meins. Und wenn Sie keine Lösung dafür haben, kann ich Ihrer Bitte leider nicht nachkommen«, schimpfte sie.

Jetzt sah er sie doch an. »Das ist keine Bitte, sondern eine Forderung. Sie werden sie erfüllen. Und zwar so, dass den Pflastern nicht gleich anzusehen ist, dass sie einen Fehler haben. Mir egal, wie Sie das anstellen, Hauptsache, das Zeug wird noch lange verkauft, und es spricht sich herum, dass Pflaster von Beiersdorf ihren Preis nicht wert sind.«

»Das kann ich nicht. Tut mir leid, dass ich Ihnen da nicht helfen kann, aber das wäre nicht anständig.«

»Jetzt hören Sie mir mal zu!« Zwei Schritte, dann stand er so dicht vor ihr, dass sie seine Körperwärme spürte. »Wie ich schon sagte, ich habe Sie nicht gebeten. Ich muss darauf bestehen. Ein kleiner Wink an Rehse & Consorten, und Sie bekommen kein Gramm Kautschuk mehr. Dann ist es vorbei mit Ihrer hübschen Beschäftigung. Sie machen also lieber, was ich Ihnen gesagt habe, und verdienen noch so lange Ihr Geld, bis der Schwindel auffliegt.« In seinem Blick lag kurzfristig etwas wie Mitgefühl, dann zuckten seine Lippen, als wolle er noch etwas sagen. Das tat er aber nicht, sondern ließ sie einfach stehen.

Was war das denn? Toni lief in ihrer Küche auf und ab, aber das nützte nichts. In ihrem Kopf ging es drunter und drüber. Kontorbeamter. Das war nicht viel, was sie von dem Kerl wusste. Dafür wusste er einiges über sie. Ob er für den Herrn Troplowitz arbeitete? Wohl kaum. Wenn er seinem Arbeitgeber schadete, wäre das für ihn selbst auch nicht gut. So blöd konnte kein Beamter sein. Bestimmt war er bei der Konkurrenz. Das war die einzige logische Erklärung, die ihr einfiel. Jemand war sauer auf den Troplowitz, weil er erfolgreich war, und wollte ihm schaden, damit seine eigenen Produkte mehr gekauft wurden. Plötzlich kam Toni in den Sinn, was Hermann ihr vom Richtfest erzählt hatte.

»Stell dir das vor, er senkt die Arbeitszeit für alle Angestellten, zieht ihnen aber keinen Pfennig vom Lohn ab. Das ist mehr als großzügig.« Er hatte ganz verschmitzt gelächelt. Toni erinnerte sich genau daran, weil es ihr sehr gut gefallen hatte, wenn er so ein drolliges Gesicht machte. »Es wird nicht lange dauern, bis die Angestellten in anderen Unternehmen das Gleiche verlangen. Ich kann dir sagen, das gefällt einigen Herrschaften im schönen Hamburg gar nicht.«

Na klar, so wurde ein Schuh draus: Ein Konkurrent wollte zwei Fliegen mit einer Klappe schlagen. Er wollte Troplowitz ruinieren und dann seinen Arbeitern erzählen, dass es die Großzügigkeit gewesen war, die in den Ruin geführt hatte. Und bei diesem Konkurrenten arbeitete der Kerl, der ihr den Besuch abgestattet hatte. Schöner Schiet, warum hatte sie ihn nicht nach seinem Namen gefragt? Mit etwas Glück hätte er sich wieder verplappert. Dann hätte sie Hermann den Namen sagen und er hätte den Mann in die Pfanne hauen können. Aber so?

Der Rehse war ein anständiger Mensch. Wenn sie zu ihm ginge, am besten jetzt sofort, und ihm sagen würde, was los war, dann würde er dem Kerl gehörig die Ohren langziehen und ihr weiter Kautschuk verkaufen. Und wenn nicht?

»Kannst dich drehen, wie du willst, der Mors bleibt immer hinten«, murmelte sie. Toni brauchte die Einnahmen, ihr blieb gar nichts anderes übrig, als zu tun, was der dösige Beamte verlangte. Andererseits … Das ging doch nicht, dass womöglich so 'n armer Butscher, der sich das Knie aufschlug, sein Pflaster verlor. Es könnte Dreck in die Wunde kommen. Und wenn die sich dann entzündet? Dann wär sie schuld dran. O Mensch, nee! Oder eine alleinstehende Frau wie sie, die ihre letzten Pfennige zusammenkratzt, um sich was Gutes zu tun. Ein schönes Kampferpflaster gegen den Schmerz in der Schulter. Und dann taugt das nix? Plötzlich kam ihr Hermann in den Sinn. Sie ließ sich auf den Stuhl sinken, der noch immer hielt, seit er ihn damals repariert hatte. Beiersdorf hatte 'ne Menge Produkte. Wenn nur ein einziges für lange Gesichter sorgte, würde das schon nicht so schlimm sein.

Rede dir man bloß nix ein, Antonia Peters! Warum sollte der Kerl hier aufkreuzen und das von ihr verlangen, wenn die Folgen für Beiersdorf nicht schlimm wären? Der ganze liederliche Plan ergab doch überhaupt nur Sinn, wenn er dem Unternehmen ordentlich schaden würde. Und das wär dann eben auch Hermanns Schaden. Toni schlug die Hände vors Gesicht. Sie saß schön in der Patsche. Was sollte sie denn nur tun? Es gab ja überhaupt nur eine einzige Möglichkeit.

17
Gerda

Das Geschäft blühte. Mehr als hundert Artikel waren auf Oscars Preislisten zu finden, die ein Äskulapstab mit zwei Schlangen zierte. Alles entwickelte sich prächtig. Das traf erfreulicherweise auch auf das Wohnhaus in Eimsbüttel zu, wenn es Gerda auch manchmal vorkam, als ginge es nicht recht voran. Zuerst sollte das Betriebsgebäude fertiggestellt werden, so war es ausgemacht. Schon im November des vergangenen Jahres zog dort das Leben und geschäftige Treiben ein. Gerda hatte sich vorgestellt, kurz danach die Wohnung in Altona gegen ihr Eigenheim in Eimsbüttel tauschen zu können.

»Du bist zu ungeduldig, meine Liebste«, hatte Oscar sie lachend getadelt. »Am liebsten wärst du schon zu Weihnachten in unserem neuen Zuhause, stimmt's?«

»Du übertreibst«, hatte sie geantwortet und gewusst, dass er diese Schwindelei durchschaute. Er hatte den berühmten Nagel auf den Kopf getroffen, sie hatte sich sogar gewünscht, bereits Chanukka in der eigenen Wohnstube zu feiern. Beide mochten das jüdische Lichterfest, bei dem täglich eine Kerze mehr brannte. Darum hatten sie sich angewöhnt, beides zu feiern, Chanukka und Weihnachten. Daraus war nichts geworden. Um nur ja keinen Baufortschritt zu verpassen, hatte Gerda ihren Mann mindestens einmal in der Woche in seinem Kontor besucht. Jedes Mal freute sie sich über alles, was sich seit der Woche zuvor verändert hatte. So war die Zeit schnell vergangen, nun standen Pessach, Ostern und der Umzug vor der Tür. Und plötzlich schienen die Tage nur so zu verfliegen.

So vieles war noch nicht erledigt. Die Möbelpacker waren beauftragt und neue Möbel bestellt, doch in zwei Zimmern fehlten noch immer die Gardinen, in anderen waren sogar noch die Maler beschäftigt. Auch ein schöner Teppich für die Diele musste noch ausgesucht werden. Dummerweise hatte Oscar nur wenig Zeit, denn er entwickelte und verbesserte nicht nur unablässig Produkte, sondern brauchte außerdem neue Mitarbeiter. So hatte er also kräftig damit zu tun, Bewerbungsschreiben zu lesen und sich mögliche Angestellte anzusehen.

»Heute ist etwas Eigenartiges geschehen, Mutzl«, sagte er eines Abends. Es war Mitte März, seit Wochen hing der Himmel voller dicker grauer Wolken, aus denen es an guten Tagen nur nieselte. Durch den nicht enden wollenden Niederschlag fühlte es sich kälter an, als es in Wirklichkeit war. Schrecklich ungemütlich! Obendrein spannte Gerdas Haut bei niedrigen Temperaturen noch stärker als üblich.

»Ich hatte ein Schreiben in der Post, in dem sich ein junger Mann um eine Stelle bewirbt. Dabei habe ich keine ausgeschrieben. Keine, wie er sie sich vorstellt.« Er spitzte nachdenklich die Lippen.

»Ist das so ungewöhnlich? Ich dachte, es wenden sich immer wieder Chemiker oder Buchhalter an dich, weil sie zu gerne bei Beiersdorf unterkommen möchten. Und dass du dauernd Leute brauchst, ist bekannt.«

»Das ist auch so. Aber dieser Herr Toni …«

»Herr Toni? Ein eigenartiger Name.« Gerda musste lachen.

»Nein, nein, er heißt Petersen oder so ähnlich. Ich habe mir nur seinen Vornamen gemerkt. Jedenfalls schreibt er nur wenig über seine Ausbildung und Qualifikation. Im Grunde genommen nichts.«

»Er schickt keinen Lebenslauf?«

Oscar verneinte. »›Eine Laufbahn, mit der ich Sie beeindrucken könnte, habe ich nicht vorzuweisen, fürchte ich‹, hat er geschrieben. ›Dafür bin ich in der Lage, ein äußerst hochwertiges Pflaster herzustellen. Die Anleitungen dafür befinden sich in meinem Besitz.‹« Er sah Gerda an. »So etwas in der Art hat er behauptet. Und er meinte, die Rezeptur sollte doch wohl mehr wert sein als ein Lebenslauf.«

Gerda dachte nach. »Das ist allerdings mehr als seltsam. Diesen Brief bekommst du gerade jetzt? Hast du mir nicht kürzlich erzählt, dir sei ein Lieferant für einige Pflaster von heute auf morgen ausgefallen?«

Er nickte. »Komischer Zufall, was? Wenn sich eine Tür schließt, öffnet sich eine andere, davon bin ich schon lange überzeugt. Hier hätten wir mal wieder den Beweis.« Oscar strahlte sie an. »Diesen Herrn Toni werde ich mir mal ansehen.«

18
Toni

Du liebe Güte. Toni war mit voller Wucht gegen den Stuhl gelaufen, der mit lautem Krachen zu Boden ging. Schon den ganzen Morgen war sie so tollpatschig. Als sie in aller Frühe einen Tee trinken wollte, war ihr der Becher aus der Hand gerutscht und zu Bruch gegangen. Mehr als ärgerlich. Dann war ihr der Kanten Brot auf den Schoß gefallen. Natürlich mit der Seite nach unten, die dünn mit Fett bestrichen war. Es hatte manchmal sogar Vorteile, arm zu sein, sonst hätte sie nämlich ’n richtig dicken Fettfleck auf dem Rock gehabt. Aber das büschen war nicht mal richtig auf dem Stoff zu sehen. Trotzdem gut, dass sie noch nicht den violetten karierten Rock und die weiße Bluse angezogen hatte. War beides für Ende März eigentlich zu dünn, aber es waren die besten Stücke, die sie besaß. Genau richtig also für das Vorstellungsgespräch. O nee, allein bei dem Gedanken daran wurde ihr schon wieder ganz flau. Vielleicht hätte sie doch Hermann ins Vertrauen ziehen und um Rat fragen sollen. Er hatte ihr ’ne ganze Weile zugeredet, sich bei Herrn Troplowitz vorzustellen. Bestimmt hätte er einen Termin für sie ausgemacht und seinen Chef schonend darauf vorbereitet, dass es eine Frau war, die bei ihm arbeiten wollte. Aber nee, sie musste das im Alleingang versuchen. So eine Schnapsidee, sich mit ihrem Spitznamen Toni zu bewerben. Ihr würde keine Minute bleiben, ehe der Apotheker, Philosoph und was er nicht noch alles war, sie vom Hof jagen würde, weil sie gelogen hatte. Obwohl … hatte sie eigentlich nicht. Sie hatte nie behauptet, dass Toni nicht von Anton kam, sondern von Antonia. Wenn er so modern und offen war, wie Hermann immer behauptete, würde er ihr wenigstens eine Chance geben. Sie pustete sich eine Strähne aus der Stirn. Zwei Stunden hatte sie für den Brief an Oscar Troplowitz gebraucht. Sie wusste nicht mehr, wie oft sie ihre Worte vom Schmierzettel radiert hatte. Der war schon ganz grau gewesen und voller Schlieren wie der Hamburger Winterhimmel. Als sie endlich den Text fertig hatte, musste sie ihn noch in Schönschrift auf einen sauberen Bogen übertragen. Herrje, hatte sie Bammel gehabt, sich zu verschreiben. Zwei so teure Bögen hatte sie sich nicht leisten können. Ihr durfte einfach kein Fehler passieren. Bestimmt noch mal zwei Stunden war sie um die Post herumgeschlichen, ehe sie das Kuvert tatsächlich auf die Reise schickte. Sie hätte es ebenso gut direkt bei Beiersdorf abgeben und sich so die Gebühr sparen können, doch sie fand, es wirkte so seriöser. Zumindest hoffte sie das. Seit sie den Umschlag am Schalter zurückgelassen hatte, konnte sie an nichts anderes mehr denken. So 'n dösiger Einfall. Oder doch die beste Idee, die sie je gehabt hatte?

Es wurde Zeit, sich umzuziehen. Toni spürte ein ganz komisches Flattern im Magen. Sie musste Geld verdienen, sie konnte Pflaster machen. Eins konnte sie ganz sicher nicht: betrügen. Aber ohne Betrug kein Kautschuk mehr, ohne Kautschuk keine Ware. Sie hatte einen Ausweg aus der Klemme finden müssen, und sie hatte einen gefunden. Toni schlüpfte erst in den Rock, dann in die Bluse. Warum sollte sie denn nicht für Herrn Troplowitz arbeiten dürfen? Sie hatte ganz kurz daran gedacht, sich als Mann zu verkleiden. Aber das war natürlich Blödsinn. Dass der Herr Troplowitz ihr so fix eine Antwort geschickt hatte, war 'ne echte Überraschung gewesen. Nun würde sie ihm auch eine bereiten.

Sie hätte bei dem Wetter gern die Bahn genommen, wenigstens zwei Stationen. Nur fehlte ihr für derartigen Luxus das Geld. Also machte sie sich früh auf den Weg nach Eimsbüttel. War ein ordentliches Stück zu laufen, aber schön war's auch, vor allem die Strecke am Zoologischen Garten vorbei mochte sie leiden. Toni wich den Pfützen aus, so gut es eben ging. Später dann, entlang der großen Straßen, achtete sie darauf, dass sie bloß keine Spritzer abbekam, wenn ein Fuhrwerk ungebremst durch den Matsch rumpelte oder ein Herr mit schwerem Schritt allzu dicht an ihr vorbeistapfte. Der lange Fußmarsch hatte sein Gutes: Als Toni endlich im Eidelstedter Weg ankam, war ihr nicht mehr kalt. Sie sah auf ihre Taschenuhr, das einzig Kostbare, was ihr von Richard geblieben war. Von den Anleitungen zur Herstellung von Pflaster einmal abgesehen. Und von Erinnerungen. Es war noch eine Viertelstunde vor der verabredeten Zeit. Toni atmete tief durch und sah sich um. Das Fabrikgebäude aus rotem Backstein war nicht gerade riesig. Da hatte man schon anderes gesehen. Aber das Gelände war weitläufig mit ausreichend Platz für mindestens einen weiteren Bau. Ihr Blick blieb an einer weißen Villa hängen. Da wohnte bestimmt der Herr Troplowitz mit seiner Frau. Zwei Menschen und eine Handvoll Bedienstete in so einem großen Haus! Typisch Pfeffersäcke. Schön war es, das Wohnhaus. Nicht so protzig wie einige der Villen oben an der Elbchaussee oder an der Alster. Unten, in der Beletage, wie die feinen Herrschaften gern sagten, gab es einen Erker, darüber im zweiten Stock einen Balkon. An einer Wand entdeckte Toni ein Fenster, das gar keins war. War nur aufgemalt, auf den ersten Blick fiel man doch wirklich drauf rein. Sie hatte so was schon auf Bildern gesehen. Musste schwer sein, das so überzeugend hinzukriegen. Einen richtigen Garten gab es noch nicht, nur Lorbeersträucher hatte schon jemand entlang der weißen niedrigen Mauer gepflanzt, die rund um den privaten Bereich von Herrn Troplowitz lief. Noch waren die kaum höher als die Buschbohnen, die Toni ein Jahr in einem Blumenkasten am Fenster gehätschelt und dann doch nur eine mickrige Mahlzeit geerntet hatte. In ein paar Jahren würden sie zu einer dichten Hecke zusammengewachsen sein.

»He, Fräulein, das ist Privatgelände. Machen Sie man lieber, dass Sie wegkommen!«

Toni fuhr herum.

Da stand ein kräftiger Mann, dessen Hose und Kittel über und über mit altrosa Farbe gesprenkelt war.

»Ich habe eine Verabredung mit Herrn Troplowitz«, sagte sie trotzig. Plötzlich merkte sie wieder, wie kalt es war. Der Kerl bekam große Augen.

»So? Dann sind Sie hier trotzdem falsch. Das da ist Beiersdorf.« Er deutete auf das dreistöckige Gebäude. »Der Haupteingang ist auf der anderen Seite.«

»Vielen Dank«, sagte sie, lächelte und setzte sich in Bewegung. Wie es aussah, waren die Maler noch in der Villa zugange, dann wohnte Herr Troplowitz bestimmt noch gar nicht hier. War ja auch alles noch ganz neu.

Ehe sie eintrat, wischte sie sich noch schnell ihre Absätze sauber. Ihre besten Schuhe! Hoffentlich lohnte sich das alles. Wenn bloß ihre Beine nicht so zittern würden. Ihre Sohlen kamen ihr furchtbar laut vor, als sie den langen Gang entlangging. Sie las die Schilder an den Türen.

Dr. Oscar Troplowitz. Toni legte eine Hand auf die Klinke, schloss die Augen, holte Luft. Wird schon schiefgehen. Mit der anderen Hand klopfte sie beherzt an, zählte bis drei und trat ein. Keiner da.

Das sah auch nicht nach dem Kontor des Direktors aus. Jedenfalls hatte sie sich das irgendwie größer vorgestellt, mit einem riesigen Schreibtisch darin. Der hier war schlicht und unauffällig. Toni entdeckte eine weitere Tür. Hätte sie sich gleich denken können, dass es ein Vorzimmer gab. Aber wie sollte sie denn hier klopfen? Die Tür war mit dickem Leder gepolstert. So was kannte sie nur von Sofas oder Sesseln. Sie probierte es auf dem schmalen unbespannten Rand, dann öffnete sie einfach und hüstelte vernehmlich. Das Kontor war auch nicht viel größer als das andere, aber der Schreibtisch war so, wie sie ihn sich vorgestellt hatte. Der Mann, der dahinter auf einem Stuhl mit hoher geschwungener Lehne saß, wirkte auf den ersten Blick nicht sonderlich stattlich. Sein kurzes Haar erinnerte sie irgendwie an den Pelz eines Bären. Er studierte irgendwelche Unterlagen, die offenbar seine ganze Aufmerksamkeit erforderten. Sie hüstelte noch einmal. Er blickte auf.

»Huch? Guten Tag, mein Fräulein. Da hat sich wohl jemand verlaufen, wie?«

Gott sei Dank, er sah nicht so schmierig aus wie Mode-Baumann, und er schnackte auch nicht so hochgestochen daher.

»Guten Tag, Herr Troplowitz«, sagte sie und deutete aus reiner Verlegenheit einen Knicks an. Dann trat sie einen Schritt näher. Der sah sogar richtig nett aus. Vor allem kam er ihr ziemlich bekannt vor. Diese freundlichen Augen … Den hatte sie schon irgendwo gesehen. Nur wo?

Er blickte sie noch immer erwartungsvoll an. Also los, raus mit der Sprache.

»Ich glaube, ich bin genau da, wo ich hinwollte. Wir sind verabredet.«

Seine Augenbrauen zogen sich zusammen, er erhob sich. »Das

kann ich mir kaum vorstellen. Ich bin mit Herrn …« Er schob ein paar Papiere hin und her.

»Peters. Sie sind mit Toni Peters verabredet.«

Er lächelte. »Richtig!« Dann stutzte er.

»Das bin ich. Antonia Peters.« Jetzt war es raus. Sie hielt die Luft an. Für zwei Sekunden war es, als stünde die Zeit still. Sie bewegte sich nicht, er bewegte sich nicht, niemand gab einen Laut von sich, nichts geschah. Dann allerdings passierte alles gleichzeitig. Er neigte sich vor und ließ die Hand krachend auf die Tischplatte sausen. Die Tür, die Toni vor lauter Aufregung nicht hinter sich geschlossen hatte, wurde weit aufgerissen.

Der Herr lachte, dass er richtig zu wackeln begann, und eine Dame im grauen Kostüm zeterte: »Ich bin untröstlich, Herr Direktor. Ich war nur einen winzigen Moment … Ich hätte doch nicht gedacht, dass jemand die Frechheit besitzt, einfach hier hereinzumarschieren, ohne dass ich …« Sie schnappte nach Luft. »Nun kommen Sie aber mal, Fräulein. Das wird ein Nachspiel für Sie haben!« Sie schickte sich an, Tonis Arm zu greifen. »Der Herr Direktor hat einen Termin. Herr Peters kann jeden Augenblick eintreffen.« Sie versuchte, einen Blick ins Vorzimmer zu werfen und gleichzeitig Toni hinauszubugsieren.

»Das ist Herr Peters«, sagte Herr Troplowitz japsend.

»Das soll ein Mann sein?« Die graue Dame blickte an Toni herunter. Ihr Gesicht verzog sich immer mehr.

»Ein dickes Ding, was?« Herr Troplowitz musste schon wieder lachen.

»Ich bin Toni Peters«, erklärte Toni leise. »Eine Frau. Aber ich verstehe etwas von der Pflasterherstellung«, sagte sie trotzig.

»Das will ich wohl hoffen. Fräulein Köhler, bringen Sie uns doch bitte Kaffee und etwas Gebäck.« Er nahm wieder hinter seinem Schreibtisch Platz. Offenbar hatte er die Überraschung verkraftet. Er warf sie zumindest nicht hinaus, so ein Glück!

»Bitte, setzen Sie sich, Toni Peters.« Die graue Dame stand noch immer am gleichen Fleck. »Fräulein Köhler?«

»Selbstverständlich, Herr Direktor.« Sie machte auf dem Absatz kehrt und stolzierte in kerzengerader Haltung davon.

»Nun bin ich aber wirklich gespannt. Sie haben mir einiges zu erklären, nehme ich an.« Er lehnte sich zurück und faltete die Hände über dem Bauch.

Nicht lange drum herum reden, beschloss Toni. Sie fing einfach ganz vorne an.

»Die Sache ist so: Mein Mann, Richard Peters, hat früher einmal für Herrn Beiersdorf gearbeitet. Er wollte einen neuen Typ von Pflastern entwickeln.« Mit jedem Satz, den sie sagen konnte, ohne unterbrochen zu werden, entspannte sie sich mehr. Von ganz allein purzelten die Worte aus ihrem Mund, von Richard, der bei Beiersdorf keine Zukunft für sich gesehen und allein weiter sein Produkt entwickelt hatte, das irgendetwas zwischen Klebeband und Pflaster werden konnte. Sie erzählte von seinem Unfall, bei dem er das Leben verloren hatte, sparte sich jedoch die Einzelheiten. Wichtig war für ihn nur, dass Toni Richard bei der Entwicklung und Herstellung unterstützt und immer alles notiert hatte. Der feine Bohnenkaffee und dazu köstliches Gebäck versüßten ihr diesen Termin ungemein. Selbst wenn Troplowitz sie doch noch davonjagte, hatte es sich schon gelohnt herzukommen. Diese Kekse zergingen im wahrsten Sinn des Wortes auf der Zunge. Shortbread, hatte die graue Dame dazu gesagt.

»Hermann … ich meine, der Herr Krause wollte Ihnen auf der

Stelle reinen Wein einschenken, als er erfahren hat, dass Richard tot ist«, sagte sie am Ende ihres Berichts. »Ich habe ihn gebeten, das nicht zu tun. Nein, angefleht habe ich ihn. Sie dürfen ihm also bitte nicht böse sein.«

Er sah sie sehr lange an, ehe er antwortete. »Ich habe mich nicht geirrt, Sie hatten wirklich einiges zu erzählen.« Ganz im Gegensatz zu ihm, wie es aussah. War das alles, mehr hatte er dazu nicht zu sagen? Toni wollte schon nachfragen, als er doch noch weitersprach: »Es ist sehr anständig, dass Sie Hermann Krause in Schutz nehmen. Allerdings bleibt ein Schwindel ein Schwindel, selbst wenn er aus noch so ehrenwerten Gründen bemüht wurde. Das schmälert das Vertrauen, und darüber werde ich mit ihm reden.« Das wollte Toni nun wirklich nicht.

»Warum haben Sie die Lieferung eingestellt?«, wollte er plötzlich wissen. Genau vor der Frage hatte sie Angst gehabt.

»Ich habe kein Kautschuk mehr bekommen.« Das war höchstens ein kleines bisschen geflunkert.

»Verstehe.«

Toni fiel ein Stein vom Herzen, er gab sich mit der Erklärung zufrieden.

»Ich sehe die Sache so«, erklärte er und legte die gefalteten Hände auf seinen Schreibtisch. »Die Rezeptur Ihres verstorbenen Mannes ist noch nicht ausgereift.« Sie schnappte nach Luft. »Das lässt sich mit etwas Entwicklungsarbeit allerdings sicher ändern, nur hatte ich in den vergangenen Monaten keine Zeit, mich darum zu kümmern. Die verdammte Cholera hat uns allen ganz schön zugesetzt. Dazu der Neubau …« Mit einem Blick und einer Geste fing er sein Kontor, das Fabrikgebäude und das gesamte Gelände ein. »Ich mache Ihnen also ein Angebot, mir das Rezept zu verkaufen. Und natürlich das Recht, es zu verändern. Sie bekommen eine angemessene Summe dafür.«

Wie bitte? Sie hörte wohl nicht richtig.

»Ein einmaliger Betrag nützt mir herzlich wenig. Ich brauche Arbeit, von der ich dauerhaft leben kann.«

Er lehnte sich zurück, lächelte, dachte nach. »Na schön, warum nicht?«, sagte er schließlich. »In der Verpackung kann ich immer jemanden brauchen. Ich bezahle Ihnen vierzehn Mark pro Woche.«

Das war mehr, als sie in den meisten Monaten mit ihrer Näharbeit verdient hatte.

»Ist das Ihr Ernst?« Er nickte. Toni hätte jubeln können. Statt einzuschlagen, wurde sie übermütig und setzte alles auf eine Karte: »Vielen Dank für das Angebot, es ist sehr freundlich. Aber warum soll ich in der Verpackung arbeiten und nicht in der Entwicklung?«

Er lachte. »Mal langsam mit den jungen Pferden, ja? Darüber können wir gern reden, wenn Sie sich bewährt haben.« Er legte den Kopf schief. »Wie ich Ihnen schon sagte, ein Schwindel schmälert das Vertrauen. Sie haben Ihr zukünftiges Arbeitsverhältnis mit einem Schwindel begonnen. Das ist kein besonders gutes Benehmen. Ist es nicht das Mindeste, dafür erst mal etwas kleinere Brötchen zu backen?«

»Jetzt weiß ich, woher ich Sie kenne!« Sie sprang auf. Er zog die Augenbrauen hoch. »Na klar, Sie haben diesem Miesepeter, der mir beinahe das Knie zertrümmert hat, den Stock weggenommen und mir gegeben.« Sie erinnerte sich ganz genau, weil er nämlich sehr ähnliche Worte benutzt hatte über Benehmen und das Mindeste, was man tun konnte.

»Das waren Sie?« Er sah sie aufmerksam an. »Ja«, sagte er dann langsam, »jetzt erinnere ich mich. Dem Knie geht es anscheinend wieder gut. So ein Zufall.« Er schüttelte amüsiert den Kopf, wurde aber gleich wieder ernst. »Sie kennen mein Angebot. Nehmen Sie es an?«

Toni streckte ihm die Hand hin. »Ich nehme Ihr Angebot an.«

Er musste lachen, stand auf und schlug ein.

Als sie das Kontor verließ, warf sie der grauen Vorzimmerdame Frau Köhler einen triumphierenden Blick zu.

»Auf Wiedersehen«, flötete sie zuckersüß.

»Kann ich mir nicht vorstellen«, kam es frostig zurück.

Anstelle einer Antwort begann Toni eine Melodie zu pfeifen. Sie hätte vor Freude schreien können. Ein sicherer Lohn, weniger Arbeitsstunden als üblich, und zu Weihnachten gab es noch etwas extra, hatte er ihr erklärt. Sie würde ihm bei erster Gelegenheit unter die Nase reiben, dass die Idee mit dem Kampfer von ihr war. Und sie würde sich neue Rezepturen ausdenken! Ich werde Sie schon dazu bringen, mich zur Entwicklerin zu befördern, dachte sie übermütig und blickte zurück zu der Tür, neben der das Schild mit seinem Namen hing.

»Hoppla!«

Toni fuhr herum und wäre um ein Haar mit einer Frau zusammengestoßen.

»Ich kenne Sie doch«, sagte die und hatte den Schreck anscheinend schon verdaut. Sie kam Toni auch bekannt vor.

»Es gehört sich nicht, sich beim Gehen umzusehen. Haben Sie mir das nicht erklärt?«

Jetzt erinnerte Toni sich. Das war ja ein Ding, erst der Herr Troplowitz, jetzt diese elegante Frau.

»Sich nach jemandem umzusehen, das gehört sich nicht«, stellte Toni richtig. »Ich habe mich nach etwas umgesehen. Und nicht auf offener Straße.«

»Ich fürchte, ich kann Ihnen nicht widersprechen.« Sie sah von Toni zur Tür des Vorzimmers und wieder zurück. »Waren Sie bei meinem Mann?« Ihre Stirn zeigte eine Falte.

»Nur wenn Sie Frau Troplowitz sind.« Toni lächelte fröhlich, sah der Dame in die Augen und verstand. Das Lächeln entglitt ihr. »Sie sind tatsächlich …«

»Gertrud Troplowitz, allerdings. Ist er noch drin?« Sie deutete in Richtung seines Kontors.

»Ja.«

»Allein?«

»Ja. Nur seine Vorzimmerdame ist da.«

»Sehr gut. Vielen Dank. Schönen Tag noch«, sagte sie, während sie an Toni vorbeiging.

Die ersten Tage bei Beiersdorf waren aufregend. Toni hatte ja keine Vorstellung davon gehabt, wie groß die Produktpalette des Unternehmens war. Wie viele Sorten verschiedener Pflastermulle es alleine gab! Einmal sollte sie einen Stapel Sendungen aus der Poststelle in die Produktion bringen. Fremde Briefmarken, die sie noch nie gesehen hatte. Bestellungen aus Rumänien, Großbritannien, erklärte man ihr. Und sogar eine aus Argentinien. Manchmal schnappte sie halbe Sätze auf.

»Wir sollten es mit Calendula probieren.« Oder: »Das Jodoformium Extractum Belladonnae geht gerade ausgezeichnet.«

Am Sonnabend war früh Feierabend, der Sonntag war immer komplett frei. Toni fühlte sich großartig. Nicht mehr wie eine einfache Arbeiterin, die man nach Belieben herumscheuchte und ausbeutete, sondern wie ein Mensch, dessen Leistung man schätzte. In gleichem Maße wurde ihr klar, wie viel sie noch zu lernen hatte, wenn sie jemals neue Rezepturen entwickeln wollte. Da hatte sie sich wohl doch zu viel vorgenommen. Ach was, sie würde immer die Ohren aufsperren und fragen und dazulernen.

Gleich an ihrem zweiten Tag hatte sie sich erkundigt, wo sie Hermann Krause finden könnte. Sein Gesicht würde sie nie vergessen, so platt war er, sie anzutreffen.

»Von meinem ersten Lohn lade ich dich ein. Bauernfrühstück in dem netten Lokal in der Niedernstraße?«, schlug sie vor und zwinkerte. Mensch, der hatte gestrahlt wie eine ganze Kirmes. Nicht wegen der Einladung, hatte er ihr erklärt, sondern weil sie nun eine Kollegin und das Versteckspiel vorbei war.

Der Sommer kam. Toni hatte es sich nicht nehmen lassen, ihrer Ankündigung auch Taten folgen zu lassen und Hermann einzuladen. Er fand, er müsste sich dringend revanchieren. Wann immer sie ihn sah, nutzte sie die Gelegenheit, ihm auf die Finger zu schielen. Kein Ring. Jedes Mal atmete sie auf. Er war nicht verheiratet. Nicht, dass er mal ihre Hand gehalten oder ihr zu verstehen gegeben hätte, dass er sie mehr als einfach nur so leiden mochte. Sie war ja auch gar nicht sicher, ob sie interessiert gewesen wäre. So furchtbar lange war Richard schließlich noch gar nicht unter der Erde, und Toni fühlte sich noch ziemlich gebunden. Aber irgendwie würde es ihr doch leid tun, wenn Hermann verlobt wäre oder mit einem Mädel auftauchen würde.

Als der Sommer ging, hatte sich Toni schon ein paar Mark zur Seite gelegt. Eine Mark pro Woche sparte sie, um bald aus der Caffamacherreihe ausziehen zu können. Nachdem die Seuche Hamburg letztes Jahr aus ihren Krallen gelassen hatte, wurde sofort mit dem Abriss der ersten Ganghäuser angefangen. Der erste Schwung war jedoch ziemlich schnell verpufft, nun tat sich nichts mehr. Aber Toni war gewarnt. Wenn irgendetwas umging, das die Leute abmurkste, dann traf es die armen Schweine, die dicht zusammengepfercht hausten, als Erstes. Sie wollte auf keinen Fall dazugehören. Wenn sie weiter so eisern sparte, musste sie das auch nicht. Sie hätte nicht glücklicher sein können.

Nur einmal rutschte ihr zwischendurch das Herz in die Hose, wie man so sagte. Sie wollte gerade neue Etiketten aus dem Lager holen, als ein Mann aus einer Tür auf den Flur trat, sich von ihr wegdrehte und durch eine andere Tür verschwand. Der Kontorbeamte! Ihr war erst heiß geworden, als hockte sie direkt neben einem bollernden Ofen, gleich darauf bekam sie eine Gänsehaut. War das tatsächlich der Kerl gewesen, der von ihr verlangt hatte, schlechte Ware an Troplowitz zu verkaufen? Der ihr gedroht hatte? Das konnte doch gar nicht möglich sein. Sie hatte sich gesagt, dass es nur eine Ähnlichkeit gewesen sein konnte. Sie hatte den Mann im Flur ja auch nur ganz kurz gesehen. Also hatte sie sich fix wieder beruhigt.

Doch sie bekam diesen seltsamen Besucher den ganzen Tag nicht mehr aus ihrem Kopf. Er hatte etwas von ihr verlangt, was sie nicht getan hatte. Das war's? So einfach? Was, wenn er wieder bei ihr aufkreuzte? Da durfte sie gar nicht drüber nachdenken. Wenn sie ehrlich war, wollte sie vor allem deshalb so schnell wie möglich ihre alte Wohnung hinter sich lassen.

Nachdem der Oktober schon kalte Tage gebracht hatte, kletterte das Quecksilber an diesem Montag noch mal auf zwanzig Grad und erinnerte eher an April, so rasant, wie sich Sonne und Wolken abwechselten. Bald würde Toni die Strickjacke endgültig gegen den abgewetzten Mantel tauschen müssen, aber an diesem Tag kostete sie das Spätsommergefühl noch einmal voll aus. Sie hüpfte die Stufen des Haupteingangs hinauf und betrat das Gebäude. Frau Köhler schien nur auf sie gewartet zu haben.

»Der Herr Direktor will sie sehen«, sagte sie mit verkniffener Miene und ging voraus. Toni wurde flau. Hatte sie einen Fehler gemacht? Herrje, hoffentlich hatte sie keinen Schaden angerichtet. Vor dieser Etikettiermaschine hatte sie von Anfang an Respekt gehabt.

»Fräulein Peters ist da«, kündigte die Vorzimmerdame an, die an diesem Tag, wie an jedem anderen Tag auch, grau gekleidet war. Als sie zur Seite trat, sah Toni, dass außer Herrn Troplowitz noch ein Mann anwesend war. In einem Ledersessel saß … der Kontorbeamte!

»Setzen Sie sich, Fräulein Peters«, forderte der Direktor sie auf. Er hatte ihr nicht einmal einen guten Morgen gewünscht, das war mehr als ungewöhnlich. Nachdem sie den Mann zunächst angestarrt hatte, durch den sie Anfang des Jahres in Not geraten war, traute sie sich nun nicht mehr, ihn auch nur anzusehen. Was hatte er hier zu suchen? War es also doch kein Irrtum gewesen, als sie ihn im Korridor zu sehen geglaubt hatte.

»Sie kennen Werner Hagen?«

Jetzt blickte sie den Mistkerl doch an. Was sollte sie sagen? Ehe ihr eine Antwort eingefallen war, sprach Herr Troplowitz weiter: »Er arbeitet schon sehr lange für Beiersdorf in der Buchhaltung. Sie sind sich bestimmt schon begegnet?«

»Ich weiß nicht, kann sein«, sagte sie leise.

»Kann sein?« Hagen wurde sofort laut. »Ständig tauchen Sie in meinem Kontor auf, weil Sie nur eine winzige Frage haben«, zischte er mit hoher Stimme, wohl um Toni zu imitieren. »Dann wollen Sie sich rasch etwas ausleihen. Meinen Füllfederhalter von Waterman zum Beispiel.« Er sprang auf, wie mit dem Katapult in die Luft geschossen. Ein Schritt, und er war bei ihr. Er riss ihr die Handtasche weg, die sie auf ihrem Schoß festgehalten hatte. Dabei sah er ihr in die Augen. Toni bekam es mit der Angst zu tun.

»Was …?«, stotterte sie.

Zielgerichtet griff er in ein kleines Seitenfach und hielt dem Direktor triumphierend ein Schreibgerät vor die Nase, das selbst aus der Entfernung sehr teuer aussah.

»Dafür habe ich ein Vermögen bezahlt«, ereiferte Hagen sich.

»Kann ich mir denken. Ein wirklich schönes Stück«, sagte Herr Troplowitz anerkennend und spitzte die Lippen. »Tja, was mache ich denn nun mit Ihnen, Fräulein Peters?«

»Bei allem Respekt, Herr Direktor, aber ein Dieb muss ja wohl angemessen bestraft werden.«

»Ich bin doch kein Dieb!« Toni sah von einem zum anderen. Was wurde hier gespielt?

»War eben nicht von Ausleihen die Rede?«, fragte Herr Troplowitz ruhig.

»Pure Ironie, werter Herr Direktor«, erklärte Hagen aufgebracht. »Sie kam ständig an, anstatt ihre Arbeit zu machen. Mal sollte ich ihr einen Bleistift leihen, dann ein Radiergummi. Sie hatte es aber sofort auf meinen Waterman abgesehen. Ganz versessen war sie darauf, das habe ich an Ihrem Blick gesehen.«

»Das ist nicht wahr. Kein Wort davon!« Toni hatte endlich ihre Stimme wiedergefunden. »Ich war kein einziges Mal in der Buchhaltung. Was hätte ich da wohl zu suchen gehabt?«

»Gute Frage«, entgegnete Herr Troplowitz ruhig. »Das ist keine schöne Situation. Sie wirken beide sehr glaubwürdig und haben mir beide bisher keinen Anlass zur Klage geliefert.«

»Ich bin ja wohl deutlich länger im Hause«, presste dieser Werner Hagen hervor. »Von ihr wissen Sie nichts.« Seine Augen blitzten. »Aber ich weiß, dass sie eine Schwindlerin ist. Gleich bei unserer ersten Begegnung hat sie mir Märchen erzählt, dass einem die Haare zu Berge stehen mussten. Außerdem habe ich meinen Füllhalter soeben aus ihrer Tasche gezogen.« Er deutete mit dem schwarzen Schreibwerkzeug auf Toni. »Das ist ja wohl ein eindeutiger Beweis.«

Troplowitz sah sie an. »Da hat er nicht unrecht. Wie ist das kostbare Stück in Ihre Tasche gekommen?«

»Ich weiß es nicht.« Ihr war sofort klar, wie das klingen musste. Dafür brauchte Hagen nicht so abfällig zu lachen. »Ich schwöre Ihnen, Herr Troplowitz, ich habe keine Ahnung, wie das Ding in meine Tasche kommt. Ich hab den Herrn Hagen noch nie gesehen. Hier bei Beiersdorf, meine ich.« Sie senkte den Blick. »Ich hab mir nix geliehen, und gestohlen habe ich schon gar nicht, das schwöre ich Ihnen.« Leise setzte sie hinzu: »Bei der Seele meines verstorbenen Mannes.«

Hagen schnappte nach Luft. Troplowitz sah sie sehr lange an.

Als sie es kaum noch aushalten konnte, fragte er: »Woher wussten Sie eigentlich, wo Ihr Waterman steckt?« Er wandte sich Hagen zu, der auf einen Schlag blass wurde.

»Sie hat die Tasche doch jeden Tag bei sich. Ich habe angenommen, dass sie ihn dort versteckt hat.«

»Kein besonders kluges Versteck. Wenn man am Sonnabend etwas entwendet, würde man es doch nicht am Montag wieder an den Tatort tragen. Es sei denn, man wollte es sich nur leihen, hat es aber versehentlich eingesteckt und wollte es nun zurückgeben. Kann es nicht so gewesen sein?«

»Ich habe diesen Füllhalter nie gesehen«, wiederholte sie. »Ich wusste nicht, dass er sich in meiner Tasche befindet, aber er wusste das genau«, brachte Toni hervor. Wenn er das Diebesgut nur bei ihr vermutet hätte, hätte er ihre Handtasche durchwühlen oder auskippen müssen. Ihm war klar gewesen, dass er in das kleine Seitenfach greifen musste.

»Das ist doch absurd.« Hagen verschränkte die Arme vor der Brust.

Troplowitz erhob sich. »Ich fürchte, mir fehlt das detektivische Geschick, um die Wahrheit ans Licht zu bringen. Ich verwarne Sie, Fräulein Peters. Einen weiteren Vorfall werde ich nicht ungestraft durchgehen lassen können.«

»Ich versichere Ihnen …«

»An die Arbeit!« Er setzte sich wieder.

»Selbstverständlich, Herr Direktor«, sagte Hagen heiser und rauschte an ihr vorbei hinaus.

Toni zögerte. »Vielen Dank, Herr Troplowitz. Es wird keinen Vorfall mehr geben.« Sie schlich hinaus. Die Blicke der grauen Frau Köhler spürte sie noch, als sie die Tür zum Vorzimmer hinter sich schloss.

Warum wollte Werner Hagen ihr unbedingt schaden? Sie kannte ihn nicht einmal. Das ergab doch alles keinen Sinn. Mit gesenktem Kopf ging sie durch den Flur. Plötzlich wurde neben ihr eine Tür aufgerissen. Ehe sie wusste, wie ihr geschah, zerrte sie jemand in einen kleinen Raum, in dem sie nie vorher gewesen war, und knallte die Tür sofort zu. Hagen. Er drückte sie gegen die Wand, bohrte die

Finger schmerzhaft in ihre Schultern. Ein scharfer Geruch lag in der Luft. Vermutlich wurden hier irgendwelche Chemikalien gelagert, Zutaten für Arzneien.

»Ich hatte Sie gewarnt. Es war keine Bitte, als ich damals bei Ihnen war, es war eine klare Anweisung«, zischte er böse. »Sie haben sich trotzdem entschieden, sich nicht darum zu kümmern. Wissen Sie eigentlich, in welche Lage Sie mich damit gebracht haben?« Er sprach schnell. Und genau wie bei seinem Besuch in ihrer Wohnung sah er sich immer wieder um, als habe er Angst, entdeckt zu werden.

»Ich bringe Sie in eine Lage? Jetzt verdrehen Sie aber gehörig die Tatsachen.« Toni hatte keine Ahnung, was das alles bedeutete, aber sie wurde allmählich wütend.

»Verschwinden Sie hier, oder es wird Ihnen sehr leid tun.«

»Ich arbeite hier. Herr Troplowitz hat mir eine Anstellung gegeben. Im Grunde müsste ich Ihnen dankbar sein.« Eine drollige Erkenntnis, aber so war's ja. Hätte er ihre Produktion am Küchentisch nicht beendet, würde sie noch immer in Richards Namen Pflaster herstellen und hoffen, nicht aufzufliegen. Hagens Auge zuckte. Toni bekam Oberwasser. So sicher, wie er tat, war er längst nicht. Also trumpfte sie auf: »Wenn er erst mal sieht, was ich kann, darf ich sogar in der Entwicklung arbeiten«, behauptete sie.

»Niemals. Das werde ich verhindern, verlass dich drauf!« Wie kam er dazu, sie einfach zu duzen? Toni setzte zu einer Erwiderung an, doch sein Blick wurde mit einem Mal so eisig, dass ihr Mut sich in Luft auflöste und jedes Wort im Hals steckenblieb.

»Ich mach dich fertig«, zischte er. »Wenn du nicht kündigst, mache ich dich fertig.« Seine Miene veränderte sich, als sei ihm soeben etwas eingefallen. »Dich und Hermann Krause.« Sie runzelte die Stirn. »Sieht doch jeder, dass ihr befreundet seid. Ich kann mir nicht vorstellen, dass es dir gefallen würde, wenn er in Schwierigkeiten geriete. Deinetwegen.« Sein Gesicht kam ihrem schrecklich nah. »Aber genau das passiert, wenn du nicht verschwindest. Hermann fährt zweigleisig, wenn du verstehst.« Sie kapierte kein Wort. »Alles, was bei Beiersdorf erforscht und entwickelt wird, erfährt auf wundersame Weise ein Konkurrent. Meinst du, Herr Troplowitz wird sich das bieten lassen, wenn er davon erfährt?« Er ließ sie los, ging hinaus und schlug die Tür hinter sich zu.

Im ersten Moment dachte sie schon, er hätte sie womöglich eingesperrt. Hatte er aber nicht. *Wenn du nicht kündigst, mache ich dich fertig*. Sie wollte nicht kündigen. Aber die Sache mit dem Füllfederhalter … Hagen hatte bestimmt noch mehr Ideen, die ihr am Ende das Genick brechen konnten. Nur ein weiterer Vorfall, den er ihr unterschob, und Troplowitz würde sie vor die Tür setzen. Mindestens genauso schlimm war die Sache mit Hermann. Toni konnte sich nicht vorstellen, dass er wirklich spionierte. Andererseits hatte er auch für sie geschummelt. Vielleicht hatte er einen guten Grund, das auch in diesem Fall zu tun. Wenn sie nicht ging, verlor er seine Stelle. Sie saß ordentlich in der Klemme. Warum machte Hagen das, wie konnte jemand so gemein sein? Was hatte er bloß gegen sie? Tausend Fragen, aber nicht eine Antwort.

Toni ging ins Freie. Sie müsste längst an der Arbeit sein, aber so aufgewühlt, wie sie war, konnte sie auf keinen Fall Etiketten in die Maschine legen oder Kartons auf Vollständigkeit und korrekten Inhalt überprüfen. Sie würde garantiert Fehler machen, und die würde Hagen brühwarm dem Direktor präsentieren. Eine dicke, bedrohlich dunkle Wolke schob sich vor die Sonne. Toni fröstelte. Sie wischte sich eine Träne von der Wange.

»Was machen Sie denn hier draußen?«

Sie fuhr herum. Die Frau vom Chef. Ausgerechnet.

»Sollten Sie nicht …«

»Ich brauchte nur frische Luft«, fiel Toni ihr ins Wort.

»Wenn es Ihnen nicht gutgeht …«

»Keine Sorge, ich gehe ja schon an die Arbeit«, sagte sie patzig. Sie wollte nicht unhöflich sein, aber wenn auch alle auf ihr herumhackten! Toni stapfte davon.

19
Irma

Immer wieder ließ Irma ihre linke Hand über ihren Körper gleiten. Mit rechts führte sie den Pinsel. Es war lange her, dass Eckart das letzte Mal mit ihr geschlafen hatte. Zu lange. Je mehr sie daran dachte, wie es war, wenn er sie anfasste, sie küsste, wenn seine Zunge sich den Weg zwischen ihre Lippen bahnte, und wenn er dann schließlich in sie eindrang und sie ganz erfüllt war von ihrem Mann, je genauer sie es sich vorstellte, desto mehr drohte die Sehnsucht sie in Stücke zu reißen. Es fiel ihr leicht, die Erregung zu spüren. Nur wollte sie nicht Erregung zeichnen, sondern den Moment der Ekstase, der Erfüllung. Eine Frau, halbnackt, auf dem Höhepunkt dessen, was ein Körper zu fühlen imstande war. Profilansicht. Sie strich mit den Fingerspitzen über die Bluse, wie zufällig streifte sie die kleinen harten Erhebungen, die gegen den Stoff drückten. Selbst durch die Korsage und den Batist löste die Berührung einen wundervollen Schauer aus. Sie schloss die Augen, tastete abwärts über ihren Bauch, zum Rock, schob den Stoff zwischen ihre Schenkel und sog ihren flatternden Atem ein. Es sollte Eckart sein, der sie so berührte. Sie blickte zur Tür. Er war schon einmal so leise aufgetaucht, dass sie ihn erst bemerkt hatte, als er bereits im Raum stand. Das durfte ihr jetzt nicht geschehen. Sie hielt kurz in der Bewegung inne. Keine Gefahr, sie war allein. Ihre Finger setzten ihr gefährliches Spiel fort, entzündeten einen Brand, der sich nur auf eine Art löschen ließ. Na und, was wäre denn so schlimm daran, wenn er sie überraschte? Sollte er ruhig sehen, was sie tat. Wenn er so selten mit ihr schlafen wollte, konnte er schon froh sein, dass sie sich keinen anderen suchte. Ihr Atem ging schneller, sie unterdrückte ein Stöhnen. Wie würde er wohl reagieren? Würde es ihn anregen oder abstoßen? Ihre Hand bewegte sich wie von einer geheimen Macht gelenkt. Irma hatte das noch nie getan, aber es war gut. Obwohl … Sie wünschte sich, Eckart käme jetzt zur Tür herein und würde vollenden, was sie begonnen hatte.

Schritte. In einer einzigen Bewegung legte sie den Pinsel zur Seite, hielt sich mit beiden Händen an der Staffelei fest, versuchte, ihren Atem unter Kontrolle zu bringen. Das Bild! Er durfte es auf keinen Fall sehen. Klopfen an der Tür, fast zaghaft.

»Ja?« Ihre Stimme ganz heiser. Sie stellte ein größeres Stillleben vor die halbnackte Frau, da trat Eckart auch schon ein.

»Störe ich?«

»Aber nein, überhaupt nicht.«

Ein feines Lächeln auf seinen Lippen. Er traute der friedlichen Stimmung wohl noch nicht.

»Du siehst schön aus, wenn du malst. Deine Wangen haben endlich mal Farbe, sonst sind sie immer so schrecklich blass.« Sie senkte den Blick. »Sie leuchten richtig.« Kein Wunder, ihr gesamter Körper stand in Flammen. Warum nur war sie so feige gewesen? Vielleicht hätte er sich schockiert von ihr abgewendet, aber vielleicht auch nicht. Eckart deutete auf die Staffelei.

»Darf ich?« Sie nickte.

Er kam näher, stellte sich neben sie. Sie sog seinen Geruch ein. Sieh mich an! Wenn du mich jetzt ansiehst, weißt du, was ich will. Er tat es nicht, stattdessen betrachtete er konzentriert die Leinwand vor sich. »Du bist wirklich begabt. Es ist gut, man erkennt sofort, dass du dein Handwerk verstehst.«

»Handwerk?« Sie zog eine Augenbraue hoch.

»Das falsche Wort?«

»Ich hoffte, es wäre Kunst«, sagte sie leise.

»Ich fürchte, ich verstehe einfach nicht genug davon. Bisher dachte ich, man muss das Handwerk beherrschen, um Kunst zu schaffen.«

Seine Augen klebten förmlich an der Vase, an den fast nackten Köpfen der Rosen und den Blättern, die auf dem Tischtuch welkten. Was er wohl zu der fast ebenso nackten Frau gesagt hätte, die sich hinter der Vase verbarg? Sie musste grinsen. Plötzlich sah er sie an.

»Habe ich etwas Dummes gesagt?«

»Nein.« Sie überlegte, ihm die Arme um den Hals zu legen und ihn zu küssen. Er war ihr Mann, sie konnte es tun. »Gefällt es dir?«, fragte sie.

»Wie ich sagte, man sieht sofort, dass du gut bist in dem, was du tust.«

»Aber?«

»Aber was?«

»Ich bin gut, aber du sagst nicht, dass es dir gefällt.«

»Doch, doch, es ist … Ich glaube, ich bevorzuge aufregendere Motive.« Er schien jedes einzelne Wort sorgfältig abzuwägen. Ihre Hand legte sich auf den Rahmen. Nimm deinen Mut zusammen, wirf die dumme Vase zur Seite! »Dass du keinen perfekten Strauß gemalt hast, sondern einen, der schon verblüht ist, macht es besonders.« Er sah sie an. »So empfinde ich es, aber ich bin natürlich kein Fachmann.«

»Deine Beurteilung freut mich. Sehr sogar.« Sie küsste ihn auf die Wange. Scheu. Kein Mann der Welt käme auf die Idee, dass sie sich ihm nur zu gern hingegeben hätte. Jetzt und hier.

Er strich ihr eine Strähne aus dem Gesicht, die sich aus ihrem Zopf gelöst hatte.

»Du bist wunderschön.« Seine Stimme war dunkel und sanft. Irma war vollkommen durcheinander.

»Ein aufregenderes Motiv also«, sagte sie etwas zu laut. »Wie wäre es, wenn ich dich male? Du könntest mir Modell sitzen.« Sie lächelte. Was, wenn sie ihn im Moment der Ekstase betrachten, sich jedes Detail einprägen und ihn so auf die Leinwand bringen würde?

Er lachte. »Du hältst mich für ein aufregendes Motiv?« Ja! Warum sagte sie es nicht laut? »Nein, ich bin dafür nicht geeignet, glaube ich.« War er enttäuscht, keine Antwort bekommen zu haben? »Außerdem fehlt mir dafür die Zeit.«

»Natürlich, der Senat braucht dich«, sagte sie ironisch.

»Nicht der Senat, die Stadt und ihre Bürger. Das letzte Jahr hat uns gezeigt, was in Hamburg verbesserungswürdig ist, um es nett auszudrücken.«

»Das wäre?«

Er sah sie ernst an. »Interessiert es dich, oder wartest du nur auf ein Stichwort, um mir und den anderen, die sich einer Regierungsverantwortung stellen, vorzuwerfen, wir würden die Menschen nur unterdrücken wollen?«

»Bin ich wirklich so unausstehlich?«, fragte sie leise.

Seine Augen bekamen einen warmen Glanz. »Manchmal.« Er zwinkerte. So kannte sie ihn gar nicht.

»Es interessiert mich. Womit beschäftigst du dich gerade?«

Zunächst sah es so aus, als stünde ihm nicht der Sinn nach einer solchen Unterhaltung, aber dann antwortete er ihr doch.

»Es gibt Kritik an der Vorgehensweise von Senat und Bürgerschaft. Wir hätten den Leuten zu spät die Wahrheit über die Seuche gesagt, heißt es.«

»Ich weiß, ich lese Zeitung.«

Er ging nicht darauf ein. »Die wenigsten können sich das Bürgerrecht leisten, für den Großteil der Hamburger ist es unerschwinglich. Besitzt man es aber nicht, darf man auch nicht an der Wahl der Bürgerschaft teilnehmen.« Irma hatte sich bisher nicht sonderlich um Politik geschert. Es schien ihr eine überaus trockene und zudem noch schmutzige Angelegenheit zu sein. Doch nun hörte sie aufmerksam zu. Wie ungerecht, wenn nur der eine Stimme hatte, der auch über Geld verfügte. Bedeutete Wohlstand nicht sowieso schon Einfluss?

»Die Bürgerschaft wiederum bestimmt zu nicht unerheblichem Teil die Senatoren. Kein Wunder, wenn nur Oberhäupter alteingesessener Kaufmanns- oder Bankiersfamilien den Senat stellen.« Er verzog das Gesicht. »Greise, die über Lebenserfahrung verfügen mögen, denen aber dummerweise jede Energie und Frische fehlt.«

Sie lächelte. »Soweit ich weiß, sind nicht alle Senatoren Greise.« Sie legte eine Hand auf seine Brust, ihre Fingerspitzen spielten mit dem Stoff. Sofort fiel ihr ein, welche Glut ihre Hände vor wenigen Minuten auf ihrem eigenen Körper entzündet hatten.

»Solange nur Männer der Wirtschaft das Sagen haben, wird sich für einige Hamburger, für die meisten, nichts ändern. Man wirft uns vor, dass wir das gesamte Ausmaß der Epidemie verschwiegen hätten, damit die Wirtschaft keinen Schaden nimmt.«

Sie zog die Hand zurück. »Und, war es so?«

»Ja, davon bin ich überzeugt. Wir müssen über kurz oder lang das Wahlrecht so umbauen, dass auch einfache Arbeiter daran teilhaben können.« Das klang gerecht und vernünftig. Er sah sie an. »Ich langweile dich auch wirklich nicht?«

»Überhaupt nicht.«

»Wir versuchen außerdem, das Wohnungsbauwesen zum Besseren zu verändern. Mehr Platz, mehr Licht auch für die, die auf deutlich kleinerem Fuß leben müssen als wir beide. Mir schwebt vor, dass Hamburg nicht nur günstige anständige Wohnungen bekommt, sondern außerdem eine ansprechende moderne Architektur. Das muss sich doch verbinden lassen.« Moderne Bauwerke, das klang großartig.

»Vielleicht könnte ich für dich Kontakt zu Fritz aufnehmen. Fritz Schumacher, der mit mir im Zeichenkurs war. Soweit ich weiß, hat er sich der Architektur zugewandt.«

Eckart trat noch einen Schritt auf sie zu, stand nun ganz dicht vor ihr.

»Fritz, soso. Habe ich einen Grund, eifersüchtig zu sein?«

»Wärst du das denn?«

In einer einzigen schnellen Bewegung packte er ihre Handgelenke, seine Augen glühten.

»Du solltest es nicht auf einen Versuch ankommen lassen«, flüsterte er.

»Du tust mir weh«, hauchte sie und bemerkte selbst, dass es nicht so klang, als sollte er damit aufhören. Im Gegenteil.

»Wenn du mich betrügst, werde ich dir noch viel mehr weh tun.« Sein Gesicht war ihrem jetzt so nah, dass sie seine Lippen mit der Zungenspitze erreichen könnte. Sie spürte seinen Körper, der vom Kopf bis zu den Zehen unter Spannung zu stehen schien.

Rasch führte er ihre Handgelenke auf ihren Rücken, fasste sie mit nur einer Hand, die andere wühlte er in ihr Haar. Irma keuchte auf.

Er ließ nicht locker, sondern presste seine Lippen hart auf ihre. Sie genoss es. Alles war wieder da, das Ziehen in ihrem Leib, das Flattern ihres immer schnelleren Atems, ein Perlen, als würden unzählige Champagnerbläschen durch ihre Adern schnellen. Sie drängte sich an ihn, öffnete ihren Mund, legte ihren Kopf gegen seine Hand und bot ihm die Kehle dar, das empfindliche Grübchen am Hals. Sie wollte mehr, sie wollte Ekstase, sie sehnte sich schrecklich danach. Plötzlich ließ er sie los.

»Verzeih mir Irma, ich weiß nicht ...« Seine Augen suchten nach etwas, woran sie sich festhalten konnten.

Er ging zum Fenster und sah hinaus. »Helle saubere Wohnungen in aufsehenerregenden Häusern«, sagte er heiser, räusperte sich. »Wusstest du übrigens, dass Oscar Troplowitz sich sehr für das Bauwesen engagiert?«

Sie brachte kein Wort heraus, schüttelte nur den Kopf.

»Er ist ein interessanter Mann, wirkt immer ein wenig harmlos wie die Unschuld vom Land, dabei weiß er sehr genau, was er will und wie er es erreicht. Willst du nicht seiner Frau helfen, Kunstsalons zu organisieren?«

»So etwas in der Art, ja.«

Er wandte sich wieder um und kam auf sie zu. Jetzt wahrte er jedoch Abstand. »Das freut mich. Ich finde es gut, wenn du dich um Veranstaltungen kümmerst. Die Leute haben ein Auge auf mich, weil ich keiner dieser Greise bin, die nur ihre eigenen Interessen durchbringen wollen.«

»Ich weiß.« Darum hatte er sie schließlich geheiratet, damit die Gerüchte aufhörten.

»Dann weißt du auch, dass ebenso auf dich geschaut wird.«

»Natürlich.« Ein dicker Klumpen bildete sich in ihrer Kehle.

Eine Weile schwiegen sie beide. »Du kannst ein so zauberhaftes Wesen sein«, sagte er sanft.

»Zauberhaftes Wesen!« Sie zog spöttisch eine Augenbraue nach oben und musterte ihn abschätzig. »Dummerweise liegt mir die Rolle der Kratzbürste so viel besser.«

Seine Wangenknochen traten kurz hervor. »Schade«, sagte er kühl, »du hast deine Rüstung wieder angelegt. Immerhin hast du es dieses Mal ziemlich lange ohne ausgehalten.« Wie enttäuscht er aussah. Und sie war schuld daran, wie immer.

Nachdem er die Tür hinter sich geschlossen hatte, lauschte sie noch seinen Schritten, bis die längst nicht mehr zu hören waren. Irgendwann löste sie sich aus ihrer Erstarrung, packte das Stillleben und ließ es achtlos auf den Boden fallen. Das Bild, das dahinter zum Vorschein kam, raubte ihr den Atem. Ein Frauenakt in schnellen fahrigen Strichen auf die Leinwand geworfen, in dem Irma ihre eigene Ekstase, die sie während des Malens ergriff, wiedererkennen konnte. Es war perfekt.

20
Toni

Seit der falschen Anschuldigung und der hässlichen Drohung hatte Hagen sie in Ruhe gelassen. Erst hatte Toni tagelang an nichts anderes denken können. Warum wollte er einer Frau schaden, die ihm nie etwas getan hatte? Dann beschäftigte sie vor allem ein Satz. Er hatte ihr vorgeworfen, ihn in eine schwierige Lage gebracht zu haben, weil sie Herrn Troplowitz nicht mit mangelhafter Ware beliefert hatte. Dass Hagen aus irgendwelchen Gründen wütend auf seinen Chef war und ihm eins auswischen wollte, konnte sie sich ja noch vorstellen. Aber das hörte sich doch an, als habe er nun ein Problem, weil sie die Schweinerei nicht mitgemacht hatte. Dafür hatte sie beim besten Willen keine Erklärung. So lange sie auch darüber nachgrübelte, und das tat sie wirklich, es wurde einfach kein Schuh draus. Nachdem sie anfangs schreckhaft wie ein Reh gewesen war, ständig auf dem Sprung, weil sie fürchtete, Hagen könnte ihr auflauern oder seine Drohung wahr machen, Hermann zu verpetzen, beruhigte sie sich mit jedem Tag, an dem nichts passierte.

Der Winter kam, dann die Weihnachtszeit. Zum ersten Mal in ihrem Leben bekam sie Weihnachtsgeld. So was Tolles! Sie konnte sich mal was leisten, ohne vorher zu knausern. Besser noch: Sie konnte trotzdem noch mehr auf die hohe Kante legen als sonst. Purer Luxus. Mit Hermann besuchte sie den Dom-Markt. Konnte man sich schließlich nicht entgehen lassen, wenn plötzlich Schausteller und Höker, die sich sonst über Gänsemarkt, Großneumarkt und viele andere Plätze der Stadt verteilten, auf dem Heiligengeistfeld einen riesigen Markt veranstalteten. Mann, was es da alles zu sehen gab. Und nicht nur gucken konnte sie, sondern auch mal was kaufen. War aber kaum nötig, weil Hermann sie meistens eingeladen hatte.

Hermann … So wie Toni fürchtete, Hagen könne ihr begegnen, so hoffte sie immer, dass Hermann ihr über den Weg stolperte. Er war ja manches Mal 'n büschen töffelig. Aber goldig war er eben auch. Sie verbrachte gern Zeit mit ihm. Es hatte schon Momente gegeben, da dachte sie, nun würde er ihr näherkommen wollen. Irgendwas war aber immer dazwischengekommen. War auch ganz gut so. Einen Freund konnte Toni brauchen. Einen Kerl, dem sie die Socken zu stopfen hatte, wollte sie erst mal nicht wieder haben.

Das Jahr war gegangen, ein neues begann. Die Stadt fror unter einer dicken Schneedecke. Hermann hatte sie ins Fährhaus gleich unterhalb des Stintfangs eingeladen.

»Die haben jetzt am Sonntag einen Pott Kaffee oder heiße Schokolade und ein Stück Torte im Angebot. Würde ich gerne mal wahrnehmen, aber nicht allein.« Dann hatte er seinen Hundeblick aufgesetzt. Als ob das nötig gewesen wäre. Nun saßen sie am Fenster und sahen einen Milchmann seinen Karren durch den Matsch ziehen. Der Kakao dampfte, und auf ihren Tellern türmten sich gewaltige Stücke Schwarzwälder Kirsch, die so schön waren, dass selbst Hermann nicht sofort die Gabel hineinschlug, sondern sich erst mal Zeit nahm, das Kunstwerk zu bestaunen. Nun ja, sonderlich lange konnte er sich nicht beherrschen. Wie immer, wenn sie Zeit miteinander verbrachten, sprachen sie über Beiersdorf und vor allem über die Entwicklung neuer Produkte oder die Weiterentwicklung alter Rezepturen.

»Wie weit ist Herr Troplowitz mit seinem perfekten Pflaster?«, wollte Toni wissen. Ihre Füße kribbelten, weil sie endlich auftauten. Sie hielt den Becher zwischen beiden Handflächen. Am liebsten hätte sie auch ihre Oberschenkel daran gewärmt.

»Es ist eine Krux.« Er sah mit einem Schlag aus, als befände er sich im Labor und würde im nächsten Moment zu den Zutaten greifen, mit denen er das Problem zu lösen gedachte. »Solange wir Guttapercha verwenden, haben die Pflaster eine hässliche Farbe. Das spielt bei einer Verletzung am Bein keine Rolle. Will man aber eine Entzündung oder einen Ausschlag im Gesicht behandeln, sieht die Sache anders aus.« Er seufzte. »Die Klebekraft ist der zweite Aspekt. Das Produkt soll zuverlässig haften, sich dennoch schmerz- und rückstandsfrei lösen lassen, und auf keinen Fall die Haut reizen. Wirkstoffe wie dein Kampfer möchte man außerdem einbringen und zwar in einer so hohen Dosierung, dass sie ihre ganze Kraft entfalten können.« Zwischen den Sätzen schob er sich Gabel für Gabel in den Mund, so dass er innerhalb kürzester Zeit die Torte verspeist hatte. »Als ob nicht alles schon anspruchsvoll genug wäre, kommt auch noch die Lagerungsfähigkeit hinzu.« Er sah sie kurz an, als hätte sie eben noch nicht dort gesessen. »Interessiert dich das alles überhaupt?«

»Du solltest mich inzwischen gut genug kennen, um dir diese Frage selbst zu beantworten.« Und sie kannte ihn gut genug, um zu wissen, dass er liebend gern einen Zipfel ihrer Schwarzwälder Kirsch hätte. Wortlos teilte sie ein Stück mit der Gabel ab, sah sich kurz um und schob es ihm blitzschnell auf den Teller.

»Aber nein, Toni, dann hast du nicht genug«, sagte er, während seine Augen schon vor Begeisterung strahlten.

»Keine Sorge, mir war das Stück sowieso zu groß«, schwindelte sie.

»Na dann muss ich dir wohl helfen.« Er zwinkerte. »Wo waren

wir? Ach ja, die Pflaster. Mit den Salben ist es nicht anders. Du kannst nicht verhindern, dass sie wechselnden Temperaturen ausgesetzt sind. Das hat dummerweise zur Folge, dass sie mal so fest werden, dass du sie nicht mehr streichen kannst, dann wieder trennen sich die fetten und die wässrigen Anteile.«

»Vielleicht können sie sich einfach nicht leiden.« Toni dachte an Hagen. »Das gibt es doch, dass etwas nicht zusammenpasst. Dann wird es nie zusammenbleiben.« Hatten Richard und sie eigentlich zusammengepasst? Manchmal fragte sie sich, ob sie nicht seine Vorstellung vom Leben einfach übernommen hatte. Wahrscheinlich hatte sie sich immer was vorgemacht und gedacht, er hätte die gleiche Vorstellung wie sie. Dass sie irgendwann gleichberechtigt mit ihm eine kleine Produktion betreiben würde, hatte sie sich eingeredet. Inzwischen wusste sie, wie dösig das gewesen war. Er wäre derjenige geblieben, der das Sagen gehabt hätte, sie hätte ihn unterstützen und ordentlich arbeiten dürfen, aber nichts entscheiden. Ob ihre Ehe das ausgehalten hätte?

»Toni?« Sie musste sich kurz orientieren und sah ihn an. »Du warst gerade weit weg mit deinen Gedanken, oder?«

»Stimmt, tut mir leid.«

»Nicht schlimm.« Er drückte mit der Kuchengabel winzige Mulden ins Tischtuch. »Du meinst aber nicht uns, oder?«

Sie hatte keine Ahnung, wovon er sprach. »Womit?«

»Na, mit dem nicht zusammenpassen. Also, ähm, ich meine, dass du mich nicht leiden kannst.«

»Meinst du denn, ich würde mit dir ausgehen, wenn ich dich nicht 'n büschen mögen würde?« Das hörte sich ja beinahe an wie ein Liebesgeständnis. Keine gute Idee. »Du bist eindeutig mein liebster Kollege«, sagte sie lachend.

»Ach so. Ja, das ist nett.« Plötzlich fiel ihm auf, dass er mit dem Besteck spielte. Er legte die Gabel mit lautem Klirren auf den Teller zurück.

»Wer perfekte Pflaster und perfekte Salben macht, ist von der Premiumposition auf der ganzen Welt nicht mehr zu verdrängen«, erklärte er weiter und setzte eine konzentrierte Miene auf. »Die richtige Rezeptur kann ein Vermögen wert sein.« Stimmte es, was Hagen gesagt hatte, spionierte Hermann seinen Chef aus, weil er Geld brauchte?

»Tja, dafür muss man aber auch ziemlich harte Nüsse knacken.«

»Wozu denn Nüsse?« Er guckte irritiert aus der Wäsche.

»Das sagt man doch so. Man muss …« Plötzlich kam ihr ein Gedanke. »Apropos Nüsse … Ich meine, mit Nüssen hat das gar nichts zu tun, was ich gerade denke, aber mit Essen.«

Sah nicht aus, als könnte er ihr folgen. Wie auch?

»In der Küche macht man auch Cremes, die ähnlich wie Salben sind. Mayonnaise zum Beispiel.«

»Und?«

»In Mayonnaise steckt Zitronensaft, also etwas Wässriges sozusagen, dann Öl und Ei. Wieso wird das so schön cremig und bleibt es auch?«

Er legte die Stirn in Falten.

»Vielleicht die Säure«, überlegte er laut. »Du kannst aber schlecht überall Zitrone oder Ei zugeben. Das schimmelt doch ganz fix.«

»Ja, ja, das schon, aber wenn …«

»Außerdem machst du Mayonnaise zurecht und verbrauchst sie auch gleich. Du weißt doch gar nicht, ob sie sich nach Wochen oder schon nach einem Tag in ihre Einzelteile trennen würde.«

»Da ist was dran.« Besser, sie hielt den Mund. Das war unausgegorenes Zeug, was sie da redete. Und sie verstand ja auch gar nichts davon. Sie konnte froh sein, wenn sie ihre Arbeit bei Beiersdorf behielt. Wozu unbedingt nach noch mehr streben?

Die Mayonnaise ging Toni nicht mehr aus dem Kopf. Eigentlich hatte sie beschlossen, mit ihrer Stelle zufrieden zu sein, schön zu sparen, um sich eine andere Wohnung leisten zu können, und ansonsten ihr Leben zu genießen. Nur hatte Hermann da so ein Wort gesagt. Premiumposition. Wenn nun Toni einen kleinen Beitrag dazu leisten könnte, dass Herr Troplowitz sich diesen Spitzenplatz unter den Arzneiherstellern der ganzen Welt sicherte, dann würde sie nicht nur 'n paar Mark mehr verdienen, sondern sie wäre wichtig, hätte Bedeutung. Dann könnte dieser Hagen ihr nichts mehr anhaben. Wer etwas gegen sie sagte, würde eher selbst rausfliegen. Und wenn ihr Wort dann gegen das von Hagen stand, konnte sie auch Hermann vor dem Rauswurf retten.

Die Vorstellung gefiel ihr so gut, dass Toni an einem lausig kalten Januartag zum Michel spazierte. Dort trieb sich meist eine Frau herum und verkaufte Zitronen. Sie bekam wohl die schon etwas angedrückten Früchte im Hafen, lief mit ihrem Korb durch die Gängeviertel und verkaufte sie dort für wenige Pfennige. Als Toni sie zum ersten Mal gesehen hatte, war sie sicher, ein Kind vor sich zu haben, so klein war die Zitronenfrau. Doch sie war wahrhaftig eine Erwachsene.

Der Himmel war blau, ein eisiger Wind trieb Toni Tränen in die Augen. Nach wenigen Schritten hatte sie kein Gefühl mehr in den Wangen. Auf der Stadthausbrücke überlegte sie, ob sie lieber umkehren sollte. War doch sowieso alles Unfug, sie würde sich mit ihrer Mayonnaise-Idee nur gehörig blamieren. Nee, umdrehen kam nicht in Frage. Versuch macht kluch. Wenn sie nicht selbst ausprobierte, wie lange Mayonnaise in Form blieb, würde sie nie wissen, ob ihr Gedanke genial oder doch eher aus Dummsdorf war, wie Herr Troplowitz gern sagte. Vom Rumsitzen kam niemand auf einen Premiumplatz.

Toni hatte Glück. Schon von Weitem hörte sie den Ruf: »Zitrooon, ganz frisch!«

»Ich hätte gern zwei Stück, bitte. Die sind noch nicht gammelig, oder?« Toni trat näher, ein Dunst von Hochprozentigem waberte ihr entgegen. Die kleine Händlerin hatte wohl schon einen steifen Grog zum Aufwärmen gehabt.

»Meine Zitronen gammelig?«, rief sie und lüpfte die dicke Schicht Tücher, die ihre Ware vor Frost schützen sollte.

»Schon gut. Ich nehme zwei.« Toni bezahlte und machte sich rasch auf den Heimweg.

Ihre Wohnung kam ihr angenehm warm vor nach ihrem Ausflug, leider hielt das nicht lange an. Sie zog zwei Strickjacken übereinander an. Dann presste sie eine halbe Frucht, goss den Saft in eine kleine Schale und gab ein Schnapsglas Speiseöl dazu. Es sah drollig aus, wie beide Flüssigkeiten übereinander hin und her schaukelten, als wollten sie nichts miteinander zu tun haben. Sie nahm einen Schneebesen, schlug und rührte, was das Zeug hielt. Für eine Weile waren Öl und Saft eins, nur dauerte es nicht lange, bis der entstandene Schaum verschwand und mit ihm die Verbindung von beidem. Die Säure war es also nicht, es musste etwas mit dem Ei zu tun haben. Na schön, sie würde dem Rätsel schon auf die Spur kommen. Toni rührte Mayonnaise an, kochte Kartoffeln, schnitt eine Gewürzgurke und eine Zwiebel in winzige Stücke. Kartoffelsalat mit

Würstchen – ein Festessen. Einen Klacks von der Soße bewahrte sie einfach auf und beobachtete, was damit passierte.

Sie brauchte nicht lange warten. Am Vormittag hatte sie Ei, Öl und Zitronensaft verrührt, nachmittags sah das, was sie im Schälchen vorfand, unappetitlich grisselig aus. Die Verbindung hielt länger als die von Zitrone und Öl, aber nicht annähernd lange genug, um das Salbenproblem zu lösen. Mach dir nichts vor, Toni, du bist eben keine Wissenschaftlerin.

In der Nacht träumte sie von Richard. Seit Langem das erste Mal. Sie sah ihn so klar am Küchentisch sitzen, dass sie am nächsten Morgen nicht glauben wollte, dass er tot sein sollte.

»Sülze«, sagte er und strahlte sie an. »Da hat mir mein Frauchen aber ein Festessen zubereitet.«

Sie hatte es nie leiden können, wenn er sie so genannt hatte. Aber nun grinste sie breit und hatte ein ganz warmes Gefühl im Bauch. Sülze! Das war Richards Lieblingsessen gewesen. Wieso war sie nicht gleich draufgekommen? Sie hatte die Zubereitung ein paarmal üben müssen, ehe der Glibber nicht so hart war, dass man ihn mit Hammer und Meißel zertrümmern musste, aber auch nicht gleich zerlief. Sie müsste noch ein Glas haben, eine eiserne Reserve. Toni riss den Küchenschrank auf, schob Mehl, Gries und Graupen zur Seite. Schweinefleisch in Aspik! Sie holte den Schatz vorsichtig heraus und schwenkte ihn probehalber hin und her. Sah so aus, als hätte das Gelee noch seine alte Form. Das musste sie unbedingt Herrn Troplowitz sagen.

Die graue Vorzimmerdame saß hinter ihrem Tisch, als hätte sie ein Lineal am Rücken, und blickte hoch, als Toni nach zaghaftem Klopfen eintrat.

»Guten Morgen, was möchten Sie?« Dieser Blick war so streng, dass Toni am liebsten behauptet hätte, sie habe sich in der Tür geirrt. Ein prima Trick, um unentschlossene Besucher vom Direktor fernzuhalten.

»Ich würde gern mit Herrn Troplowitz sprechen, wenn er vielleicht irgendwann mal Zeit für mich hat.« Toni knabberte auf ihrer Lippe.

»Was wollen Sie von ihm? Hoffentlich nicht jetzt schon eine Gehaltserhöhung. Davon kann ich nur abraten.«

»Nein.« Was ging es sie überhaupt an?

»Sondern?«

Toni bemühte sich um die gleiche gerade Haltung. Konnte doch sein, dass sie damit auch so einschüchternd wirkte.

»Das sage ich ihm dann schon«, entgegnete sie keck. War das ein Schmunzeln? Nee, eher nicht.

»Das werden Sie erst mir sagen müssen«, konterte die Graue. »Der Herr Direktor hat viel zu tun. Je besser Ihr Grund, desto größer die Chance, ein paar Minuten von ihm zu bekommen.«

»Ich habe eine Idee, wie man Salben oder Cremes dazu kriegt, sich nicht wieder in ihre Einzelteile aufzulösen«, sagte sie und versuchte, eine gescheite Miene aufzusetzen. Wie immer das gehen sollte.

Die sorgsam gezupften Augenbrauen schoben sich in die Höhe. »Sie?«

»Ja, ich. Ich habe meinem Mann assistiert, wenn er seine Pflaster gemacht hat. Ich kenne mich damit aus. Warum glauben Sie nicht, dass ich mich auch mit anderen Arzneien auskennen könnte? Nur weil ich eine Frau bin?«

Toni verschränkte die Arme vor der Brust und hob das Kinn.

Jetzt war es eindeutig ein Lächeln, das sich auf den Lippen der Grauen zeigte. Sie erhob sich und steuerte auf die gepolsterte Tür zu.

»Mal sehen, was sich machen lässt«, sagte sie im Vorbeigehen, ohne Toni eines Blickes zu würdigen. Ihr Herz schlug schneller. Sie hatte gar nicht damit gerechnet, schon scheitern zu können, ehe sie Herrn Troplowitz überhaupt von ihrem Einfall erzählen konnte. Jetzt triumphierte sie innerlich, dass sie die erste Hürde genommen hatte. Die Graue klopfte. Wie kriegte sie das so laut hin bei dieser eigenartigen Tür? Schon war sie im Kontor verschwunden. Eine Minute, zwei. Wieso dauerte das so lange? Bestimmt amüsierten die beiden sich da drinnen gerade königlich über die dumme Antonia Peters, die sich einbildete, ein Genie zu sein. Sie wollte schon davonschleichen, als die Tür sich öffnete.

»Wie ich bereits sagte, er hat nicht viel Zeit, er hat gleich eine wichtige Besprechung mit Herrn Hagen.« Wie sie das betonte, als sei dieser Dämlack Hagen selbstverständlich wichtig. Im Gegensatz zu Toni. »Sie haben fünf Minuten.«

»Jetzt sofort?« Toni schnappte nach Luft.

»Wollten Sie warten, bis die Krokusse blühen?«

»Fräulein Peters«, begrüßte Herr Troplowitz sie freundlich und deutete auf den Stuhl, der vor seinem mächtigen Schreibtisch ganz verloren aussah.

»Guten Morgen, Herr Direktor.« Sie setzte sich und hielt ihre Handtasche umklammert. Ihr fiel wieder ein, wie Hagen seinen Füllfederhalter herausgezaubert hatte, als sie das letzte Mal hier gesessen hatte.

»Ich habe den Waterman nicht gestohlen«, flüsterte sie.

Er sah sie verwundert an. »Das ist so lange her. Erledigt, dachte ich. Frau Köhler sagte, sie seien wegen einer bahnbrechenden Erfindung hier, die Sie gemacht haben.«

»Ja. Bitte entschuldigen Sie. Ich halte es nur nicht so gut aus, als Lügnerin beschimpft zu werden.« Sie räusperte sich. Davon hatte sie eigentlich gar nicht anfangen wollen, es war ihr einfach so herausgerutscht. Also los, zusammenreißen, konzentrieren und raus damit.

»Gelatine. Haben Sie mal versucht, Gelatine in eine Creme zu rühren? Was bei Sülze funktioniert, könnte doch ebenso gut bei Salbe klappen.« Er beobachtete sie, als wartete er noch immer auf die geniale Idee. »Dachte ich mir jedenfalls«, fuhr sie kleinlaut fort. »Weil das Schweinefleisch in Aspik, das ich für meinen Mann auf Vorrat gemacht hatte, noch immer in Form ist. Der Glibber ist kein bisschen zerlaufen.«

»Interessant«, sagte er nach einer gefühlten Ewigkeit. Es klang nicht gerade begeistert, aber auch nicht ablehnend. »Das habe ich tatsächlich noch nicht ausprobiert. Und ich wüsste auch von keinem derartigen Experiment.« Toni konnte ihr Glück nicht fassen.

»Ich hatte es erst mit Ei versucht. Wie in Mayonnaise, wissen Sie? Aber die trennt sich schon nach ein paar Stunden.«

»Wenn man sie nicht isst«, sagte er lächelnd. Da klopfte es, und die Graue steckte ihren Kopf herein.

»Herr Hagen ist jetzt hier.«

»Soll hereinkommen.« Was? Warum tat er das? Hätte er den Kerl nicht ein paar Sekunden warten lassen können? Toni sprang auf. Hagen trat ein, sah sie, verzog das Gesicht, hatte sich aber schnell wieder im Griff.

»Guten Morgen, Herr Direktor«, sagte er. »Fräulein Peters.«

Sie nickte ihm zu.

»Nun stellen Sie sich das vor, Herr Hagen, unser Fräulein Peters hier hat doch glatt eine Idee ausgetüftelt, wie sich die Zutaten einer Salbe oder Hautcreme dauerhaft verbinden lassen. Mit Gelatine. Das werden wir im Labor ausprobieren, ich bin sehr gespannt.«

»Das können Sie sich sparen«, erklärte Hagen. »Es tut mir schrecklich leid, aber es kann nicht funktionieren. Nicht auf Dauer.« War ja klar, dass er einen Vorschlag madig machen musste, wenn er von ihr kam.

»Und warum nicht?«, fragten Toni und Herr Troplowitz gleichzeitig.

»Gelatine verträgt keine hohen Temperaturen. Hautcreme, die bei Hitze unansehnlich wird, gibt es schon.«

Der Direktor stutzte, dann brach er in lautes Gelächter aus. »Natürlich, Sie haben recht«, prustete er. Was war daran lustig? »Legt man die Sülze auf frische heiße Bratkartoffeln, zerläuft Aspik sofort.«

Verdammt, sie hätte mehr ausprobieren müssen. Bei ihr hatte es Sülze immer mit Brot oder an guten Tagen mit Kartoffelsalat gegeben. Sie war zu sparsam gewesen, um ihr letztes Glas aus rein wissenschaftlichen Gründen zu öffnen, zumal sie doch noch Würstchen gehabt hatte.

»Da habe ich Botanik, Chemie, Physik und Pharmazie studiert und weiß nur wegen der Bratkartoffeln, dass Gelatine bei Hitze flüssig wird.« Der Direktor schüttelte lachend den Kopf. »Schade, Fräulein Peters, ich fürchte, wir haben keine gemeinsame Zukunft im Labor vor uns. Aber vielleicht komme ich irgendwann in den Genuss Ihrer selbstgemachten Sülze.«

Hagen senkte den Kopf, sein hämisches Grinsen konnte er so jedoch nicht verbergen. Wollte er sicher auch gar nicht.

»Ich gehe dann mal an die Arbeit«, flüsterte Toni und flüchtete geradezu aus dem Kontor.

Es war ihr Fehler, mit halbgaren Vorschlägen zum Direktor zu laufen. Wirklich dämlich. Aber darum musste er sie doch nicht auslachen. Bestimmt war er nur froh, sein Versprechen nicht wahrmachen zu müssen, dass sie in der Entwicklungsabteilung arbeiten dürfte, wenn sie sich erst bewährt hätte. Wie sollte sie sich denn beweisen, wenn sie Pflastermulle verpackte und beschriftete? Das ging doch nur, wenn sie zu Hause am Küchentisch experimentierte. Davon konnte man eben keine professionellen Ergebnisse erwarten. Was tat eigentlich mehr weh, dass sich Herr Troplowitz über sie amüsiert oder dass sie sich eben nicht bewährt hatte?

»Hoppla, du hast es aber eilig.«

Hermann stand urplötzlich vor ihr. »Was ziehst du denn für ein Gesicht?«

»Ich kann es nicht leiden, wenn man sich über mich lustig macht.«

»Habe ich doch gar nicht. Ich habe doch nur …« Er fing ihren Blick auf und verstand. »Ach so. Wer hat sich denn …?«

»Der feine Herr Direktor höchstpersönlich.« Sie sollte leiser sprechen. Die Wände hatten bei Beiersdorf manchmal Ohren. Aber sie konnte sich einfach nicht zusammenreißen.

»Kann ich mir gar nicht vorstellen. Der Herr Direktor ist nämlich wirklich ein feiner Mensch.«

»Nur weil ich vorgeschlagen habe, Cremes und Salben mit Gelatine in Form zu bringen«, erklärte sie traurig. Er zog die Augenbrauen zusammen. »Der Glibber in der Sülze hält doch auch prima.« Seine Mundwinkel zuckten. »Was? Etwa nicht? Hast du je Aspik selbst gemacht?«

»Nein.«

»Also! Woher willst du wissen, dass es nicht funktioniert?«

»Der Glibber, wie du sagst, zerläuft, sobald er mit frischen knusprigen …«

»Bratkartoffeln, ich weiß. Jetzt weiß ich das auch. Ist doch nicht meine Schuld, dass es bei uns meistens nur Brot dazu gab.«

»Stimmt.« Er tätschelte ihre Schulter. Sie sah ihm in die Augen, sofort zog er seine Hand zurück. »Nun lass den Kopf mal nicht hängen. Ich finde, so schlecht ist die Idee gar nicht. Die Temperatur muss ziemlich hoch sein, damit der Aspik dir wegläuft. Und wer erhitzt seine Hautcreme schon auf sechzig Grad oder mehr?« Toni wäre ihm am liebsten um den Hals gefallen. Hermann nahm sie ernst. Mehr noch, vielleicht rettete er ihre Idee sogar. Oder er lief damit geradewegs zu dem Konkurrenten, von dem Hagen gesprochen hatte.

»Man müsste eine Versuchsreihe mit Sülze starten«, schlug er vor. Seine Mundwinkel zuckten. »Dann wüsste man genau, ob sich auch Experimente mit Salben lohnen. Wenn nicht, hat es wenigstens geschmeckt.« Er lachte. Von wegen, er nahm sie ernst.

»Mach du dich man auch lustig!«

»Das wollte ich nicht, ich …« Sein breites Grinsen machte sie immer wütender.

»Mir doch egal, was du wolltest, du kannst doch sowieso nur an Essen denken.«

Hermann guckte mit einem Schlag so traurig, dass sie ihn am liebsten getröstet hätte. Andererseits: Wer sie auslachte, musste auch einstecken können.

»Ich muss an die Arbeit«, sagte sie und rauschte davon. Männer! Die waren doch alle gleich. Selbst Hermann. Immer dachten sie, dass sie alles besser konnten als Frauen, dass sie klüger waren. Dabei hatten sie nur viel mehr Möglichkeiten, konnten studieren und all so was. Wer mehr lernen durfte, wusste eben auch mehr. War doch ganz logisch. Kein Grund, sich was drauf einzubilden und andere kleinzumachen, die nicht so viel Glück hatten.

Kaum stand Toni wieder an der Etikettiermaschine, betrat Frau Köhler den Raum und steuerte direkt auf sie zu. Die hatte ihr gerade noch gefehlt. Allein ihr überhebliches Grienen, als Toni das Büro des Direktors verlassen hatte … Mit Sicherheit hatte die Graue mit dem Ohr an der Tür geklebt und sich diebisch über die Abfuhr gefreut, die Toni kassiert hatte. Was nun, wollte sie sich ordentlich an Tonis Niederlage weiden und auch die Kollegen daran teilhaben lassen? Konnten denn nicht einmal Frauen zusammenhalten?

»Das hier ist Gretel Hansen.« Sie deutete auf eine junge Frau mit blonden Zöpfen, die sie im Schlepptau hatte.

Toni sah das junge Mädchen an.

»Fräulein Hansen fängt bei uns an. In Ihrer Abteilung. Falls es für Sie als zukünftige Produktkreateurin nicht unter Ihrer Würde ist, wäre es nett, wenn Sie ihr alles zeigen und erklären könnten. Auftrag von Herrn Direktor«, setzte sie hinzu.

»Das mache ich gerne.«

»Also, Fräulein Hansen, dann mal viel Glück. Bei Frau Peters sind Sie in den besten Händen.«

Toni blickte auf. Die Graue hatte das ohne jeden Unterton gesagt.

»Frohes Schaffen, die Damen!« Sie wandte sich zum Gehen. Dabei flüsterte sie Toni ins Ohr: »Gelatine! Eine glänzende Idee. Ich verstehe nicht, dass der Herr Direktor es nicht wenigstens versucht.« Sie hatte also tatsächlich gelauscht.

Als Toni an diesem Abend nach Hause ging, schlugen ihre Gedanken Purzelbäume. Gretel Hansen war so, wie sie selbst sein sollte. Die junge Frau aus Barmbek musste ihren Lebensunterhalt verdienen und möglichst noch ihren sechs Geschwistern etwas abgeben. Ihr Traum war es, einen Mann zu finden, der sie heiraten und gut versorgen würde. Sie war sehr glücklich über die Anstellung bei Beiersdorf, dachte allerdings nicht einmal im Traum daran, dort etwas erreichen zu wollen.

»Ich hoffe, ich muss hier nicht so lange arbeiten«, hatte sie erzählt. »Nicht dass Sie mich falsch verstehen, ich bin nicht faul. Aber die Bestimmung einer Frau ist es doch, einen netten Ehemann abzukriegen, für ihn zu kochen, zu backen und das Heim in Ordnung zu halten.«

Toni war noch jung. Sie hatte ihren neunzehnten Geburtstag gefeiert, kurz bevor sie Witwe wurde. Sie hätte sich schnell nach einem neuen Ehemann umsehen können. Das wäre weder ungewöhnlich noch unanständig gewesen. Sie könnte es jetzt tun, nachdem über drei Jahre vergangen waren. Nur war es ganz sicher nicht ihre Bestimmung, sich versorgen zu lassen. Es wurmte sie, dass weder Herr Troplowitz noch Hermann ihren Einfall ernst nahmen. Die Graue hatte völlig recht, wenigstens Versuche hätten sie in ihrem schicken Labor machen können. Könnte doch sein, dass Hermann den Nagel auf den Kopf getroffen hatte und Creme nie so heiß wurde, dass sich die Gelatine verflüssigte. Das wär 'n Ding, wenn Toni den Beweis antrat und es allen zeigte. Sie würde zu gern dafür sorgen, dass den Männern das Lachen verging. Nur war das viel einfacher gedacht als getan. Es stimmte ja, sie verstand nichts von Salben und Cremes. Sie verstand etwas von Pflastern. Wenn überhaupt. Was hatte Hermann gesagt? Das Hauptproblem war noch immer der Kautschuk.

Er löste sich auf wie Sülzglibber auf Bratkartoffeln. Na ja, nicht ganz so fix. Trotzdem war die Haltbarkeit von Pflastern wegen des Kautschuks immer eingeschränkt. Das bedeutete, man konnte die Produktionsmenge nie so richtig ordentlich erhöhen, weil die Dinger sich nicht lange lagern ließen und die Apotheker entsprechend nur überschaubare Mengen bestellten. Wenn sie dafür nur eine Lösung finden würde …

Nee, Toni, wirklich, das ist mehr als eine Nummer zu groß für dich. Wenn Richard, Hermann, Herr Troplowitz selbst und jede Menge andere den Kautschuk nicht in den Griff bekamen, wie sollte ihr das wohl gelingen? Die würden sich nur wieder köstlich über sie amüsieren. Toni durfte nicht dran denken, dann ärgerte sie sich bloß wieder. Plötzlich fiel ihr die Graue ein. Aus der wurde sie nun gar nicht schlau. Tat immer so von oben herab, und dann sagte sie aus heiterem Himmel, dass sie Tonis Einfall mit der Gelatine glänzend fand. Sollte das ein Witz sein? Es hatte sich nicht so angehört, kein bisschen. Eigenartige Person. Nie hatte sie etwas Buntes an sich, aber immer gute Qualität am Leib. Das sah man auf den ersten Blick. Jedenfalls wenn man so viele Stunden mit den verschiedensten Stoffen zugange gewesen war wie Toni. Mit einem Mal hatte sie das Hinterzimmer bei Mode-Baumann vor Augen. Es hatte Stoffe gegeben, die wie von allein über den Tisch glitten, wenn man sie hin und her schob, andere dagegen blieben leicht hängen. Sie hatte immer darauf achten müssen, woraus der Unterrock und woraus der Rock darüber bestand. Das Obermaterial durfte nicht am Stoff darunter festkleben, wenn die Trägerin aufstand, es musste von selbst darüber fließen. Vielleicht war das die Lösung! Ein Trägermaterial, das aufgrund seiner Oberfläche auf menschlicher Haut haftete. Wenn es das gäbe, könnte man Kautschuk weglassen oder wenigstens kräftig einsparen. Toni beschloss, sich näher mit Stoffen zu beschäftigen. Dieses Mal würde sie erst zu Herrn Troplowitz gehen, wenn sie wirklich etwas vorzuweisen hatte. Wäre doch gelacht! So schnell ließ sie eine Stelle in der Entwicklungsabteilung nicht sausen.

21
Gerda

»Hast du inzwischen mit Fräulein Peters gesprochen?« Gerda sah Oscars Mundwinkel zucken. Er schätzte es nicht besonders, wenn sie ihn an Dinge erinnerte, die zu erledigen waren.

»Ich bin noch nicht dazu gekommen.«

»Wenn du es noch lange vor dir herschiebst, brauchst du es nicht mehr tun. Irgendwann ist es witzlos.«

Er lächelte frech. »Das ist mein Plan.«

»Also wirklich, Bärchen. Das arme Ding!«

»Ach was, ich glaube, die Peters ist längst nicht so ein zartes Wesen, wie du es bist. Sie ist robust, denke ich. Wahrscheinlich hat sie die Sache schon vergessen und tüftelt an einer neuen Idee herum.« Das konnte sich Gerda beim besten Willen nicht vorstellen. Hatte er ihr nicht erzählt, dass die Arme noch einmal den ihr unterstellten Diebstahl geleugnet hatte? Sie war gewiss sehr sensibel. Da machte sie ihrem Chef einen Vorschlag, und der amüsierte sich königlich über seine eigene Wissenslücke. Sie musste ja das Gefühl haben, ausgelacht worden zu sein. Manchmal fehlte Oscar aber auch wirklich jegliches Feingefühl. Dafür musste er sich unbedingt bei seiner Angestellten entschuldigen. Sei es drum, Gerda hatte keine Zeit, sich weiter darum zu kümmern. Draußen fuhr gerade die Kutsche vor.

»Ich muss los. Irma und ich besprechen mit Julie de Boor die letzten Details für den ersten Kunstsalon.«

Oscar bedachte sie mit einem verunsicherten Blick. Er hatte mal wieder keine Ahnung, von wem sie sprach.

»Die Schwester von Dr. Unna, die Porträtmalerin«, erklärte sie, während sie ihr Notizbüchlein und den goldenen Füllhalter in ihre Handtasche legte.

»Weiß ich doch, Mutzl. Ich weiß, wer Julie de Boor ist. Du hast ja ausgiebig von eurer ersten Begegnung erzählt.« Er erhob sich aus dem Sessel, kam zu ihr herüber und küsste sie. »Dann wünsche ich den Damen viel Erfolg und viel Vergnügen.«

»Danke, Liebster.«

In der Diele stand Rosa bereit, um ihr in Stiefel und Mantel zu helfen.

»Ihr Pelzmuff, gnädige Frau.« Sie reichte ihr den Polarfuchs.

»Danke, Rosa. Was wäre ich ohne dich?«

»Was wären Sie ohne den Pelz, gnädige Frau?« Sie zwinkerte fröhlich. Es war ein wahrhaft eisiger Winter. Nicht dass es Gerda etwas ausmachte, nur ihre Haut juckte so scheußlich.

Der Weg von der Behnschen Villa zum kleinen Atelierhaus, in dem Julie de Boor lebte, war nicht weit. Im Grunde lohnte es sich für Irma kaum, in den Wagen zu steigen.

»Gott, bin ich froh, dass du pünktlich bist«, sagte sie trotzdem. »Nur eine Sekunde länger, und ich wäre da draußen festgefroren.«

Die Schwester von Dr. Unna war eine intelligente Person mit besten Beziehungen zu Politik, Wirtschaft und natürlich Kultur. Sie lebte mit der und für die Kunst, nachdem ihr persönliches Glück einfach nicht beschieden gewesen war. Vor allem ihre große Erfahrung war etwas, wovon Gerda zu gern lernen würde. Und auch Irma sollte sich eine Scheibe von dem Wissen der Porträtmalerin abschneiden. Darum nahm Gerda sie mit. Hoffentlich würde sie es nicht bereuen.

Das tat sie nicht. Es waren anregende und äußerst angenehme Stunden im Haus der älteren Dame. Sie gingen zum Schluss noch einmal die Liste derer durch, die eine Einladung bekommen sollten, dann verabschiedeten sich Gerda und Irma.

»Wie kann jemand, der selbst so schrecklich verkniffen ist, so freundliche und offene Gesichter auf die Leinwand bringen?«, fragte Irma, kaum dass sie wieder in der Kutsche saßen.

Das Gefährt hüpfte über das Kopfsteinpflaster. Gerda hatte den Eindruck, jeden einzelnen Stein an Gesäß und Oberschenkeln zu spüren.

Hoffentlich waren diese Automobile einmal besser gepolstert. Oscar wollte so schnell wie möglich eines kaufen.

»Einerseits waren mir ihre Porträts zu makellos«, sagte sie, »andererseits waren sie so lebendig, dass man am liebsten die Haut und das Haar berührt hätte. Ging es dir ebenso?«

»Ja, man meint wahrhaftig, in ein Antlitz aus Fleisch und Blut zu blicken, nicht in eines aus Öl- oder Pastellfarbe.«

»›In das Gesicht eines Menschen ist sein Charakter gemeißelt‹«, zitierte Irma Julie de Boor. Ihr Ton verriet ihre gute alte Ironie, die sie im Atelierhaus glücklicherweise für sich behalten hatte. »›Körper interessieren mich nicht.‹ Ziemlich dumm. Sie hat wohl nie erlebt, wie interessant Körper sein können.« Der Wagen hielt in der Fontenay. »Ich möchte nur wissen, wie sie Mutter werden konnte. Sie hat doch eine Tochter?«

»Ja, so ist es. Vielleicht meinte sie, dass Körper sie aus rein künstlerischer Sicht nicht interessieren«, meinte Gerda. »Schließlich ging es darum, dass sie nur Brustbilder malt.«

»Ich finde, es gibt auch brustabwärts das eine oder andere lohnende Motiv.« Irma schmunzelte. Gerda ging nicht darauf ein.

»Ich nehme an, ihr Alter und ihre Lebenserfahrung haben sie gelehrt, sich auf das Wesentliche zu konzentrieren. In der Kunst und bei den Menschen.«

»Und das Gesicht ist das Wesentliche? Oder der Charakter? Da bin ich nicht so sicher.«

»Wenn du bereits zwei Ehemänner gehabt hättest, würdest du möglicherweise auch anders reden.«

Irma riss die Augen auf. »Zwei Gatten hat sie schon verschlissen? Sieh einer an, das hätte ich ihr nicht zugetraut.«

»Verloren«, sagte Gerda ruhig, »nicht verschlissen.« Das kesse Lächeln verschwand von Irmas Lippen. »Der erste hat sich das Leben genommen, als die beiden gerade ein paar Monate verheiratet waren. Er hatte finanzielle Probleme. Ihre Familie war nicht in der Lage oder willens, ihm Kredit zu gewähren, und so sah er keinen anderen Ausweg, als sich eine Kugel in den Kopf zu jagen.« Genau wie Beiersdorf Junior es getan hatte. Gerda seufzte. Es geschah anscheinend häufiger, als sie für möglich gehalten hätte, dass jemand zu Tode verzweifelt war. »Da war Julie gerade schwanger.«

»Wie grausam.«

»Allerdings.« Sie schwiegen kurz. »Ist dir aufgefallen, dass sie von ihrem Zeichenunterricht in Berlin und Paris sprach, dann erst wieder ihre Tätigkeit viele Jahre später in Hamburg erwähnte?«

»Ich erinnere mich nur, dass sie erst nach ihrem Erfolg in Paris hier einen Auftrag nach dem anderen bekam.« Irma runzelte die Stirn. »Worauf willst du hinaus?«

»Zwischen ihrer Rückkehr und ihren jetzigen Aktivitäten in ihrem Atelierhaus hat sie ihren zweiten Mann kennengelernt. Er war auch Maler. Mit ihm konnte sie immerhin den ersten Hochzeitstag begehen, ehe er starb«, erzählte Gerda. »Ich glaube, die Kunst hat

Julie das Leben gerettet, dafür hat das Leben sie eben – wie hast du es genannt? – verkniffen gemacht.«

»Das wusste ich nicht.«

»Woher auch? Sie spricht nicht darüber, wie du gemerkt hast. Ich weiß es von Oscar, dem wiederum ihr Bruder, Dr. Unna, es anvertraut hat. Ich erzähle es dir, damit du ein wenig behutsamer mit ihr umgehst, als du es gewöhnlich mit Menschen tust.« Gerda lächelte sie an. »Ich hoffe, wir werden sie bei unserem ersten Salon begrüßen können.«

»Ich weiß, ich kann ziemlich ruppig sein. Aber ich verspreche dir, mich ihr gegenüber zu benehmen.«

»Gute Idee. Könnte doch sein, dass sie sich zwar furchtbar über Mynonas Malerei aufregt, aber eben auch vielen interessanten Menschen davon erzählt.«

»Könnte sein.« Irma lächelte und wirkte auf einmal richtig schüchtern. Gerda fand es immer wieder erstaunlich, wie viele Facetten diese Frau hatte. »Danke, dass du es mir gesagt hast.

Julie de Boor erschien nicht zum ersten Kunstsalon in der Villa Troplowitz. Sie sei kurzfristig nach Venedig gereist, ließ sie sich entschuldigen. Aber sie hatte dem ehemaligen Ersten Bürgermeister Johann Georg Mönckeberg gut zugeredet. Der wiederum hatte einige Senatoren nebst Gattinnen mitgebracht. Auch Bildhauer, eine Opernsängerin, ein Balletttänzer, dem man eine große Zukunft prophezeite, und Literaten füllten den lichtdurchfluteten Raum im Eidelstedter Weg, den Oscar von vornherein für diese Art von Veranstaltungen vorgesehen hatte. Gerda war schon schrecklich nervös, aber das war nichts gegen Irma. Sie zitterte regelrecht, als sie am Arm ihres Mannes auftauchte.

»Tut mir leid, dass ich so spät bin«, hauchte sie.

»Beinahe wären wir gar nicht gekommen«, sagte Behn. Gerda konnte nicht deuten, ob er amüsiert oder doch eher ärgerlich war. »Sie wollte im letzten Augenblick absagen. Fragen Sie mich nicht, warum, liebe Frau Troplowitz. Immerhin hat sie die Vorbereitungen begleitet, nicht wahr?«

»Mehr als das.« Gerda meinte Erleichterung in seiner Miene zu erkennen. Hatte er womöglich geglaubt, Irma hätte gelogen, wenn sie von Treffen mit Gerda und Julie erzählte, und sich in Wahrheit mit einem Mann getroffen? »Leider will sie trotz ihres nicht unerheblichen Anteils an der Planung nicht neben mir stehen, wenn ich gleich offiziell unsere Gäste begrüße.«

»Warum nicht?« Behn sah seine Frau an.

»Auf keinen Fall«, brachte sie hastig hervor. »Gerda übertreibt, was meinen bescheidenen Anteil angeht.«

»Nächstes Mal lasse ich dich nicht so davonkommen.« Gerda zwinkerte ihr zu, warf einen Blick auf die Uhr. »Dann will ich mal.« Sie atmete einmal durch. Dann schlug sie einen chinesischen Gong an, den irgendein Reeder ihnen zur Hochzeit geschenkt hatte.

»Sehr verehrte Damen und Herren, mein Mann und ich heißen Sie herzlich in der Villa Troplowitz willkommen«, begann sie. Es beruhigte sie ungemein, Oscar neben sich zu wissen. »Wir freuen uns außerordentlich, dass Sie so zahlreich unserer Einladung zum ersten Kunstsalon gefolgt sind. Es soll nicht bei diesem einen bleiben, und wir hoffen sehr, dass Sie uns auch in Zukunft die Freude machen und interessierte Herrschaften mitbringen werden.«

»Das klingt, als wolltest du unsere Gäste schon wieder herauswerfen. Das wäre ein ziemlich kurzer Salon gewesen, was?« Oscar schmunzelte. Einige lachten.

»Du hast vollkommen recht, mein Lieber. Ich wollte nur …« Zu dumm, jetzt war sie aus dem Konzept geraten. Obendrein spürte sie ein Kribbeln in der Nase, und schon im nächsten Augenblick musste sie niesen. Dreimal, viermal, fünfmal. Kein Wunder, nervös, wie sie war.

»Vielleicht trinken Sie alle noch etwas. Wenn meine Frau aufgeregt ist, bekommt sie diese Anfälle. In Familienkreisen sind sie gefürchtet, sie können nämlich leicht den gesamten Abend dauern.« Oscar amüsierte sich anscheinend, auch die Gäste lachten. Gerda hätte gern richtiggestellt, dass er schrecklich übertrieb, nur brachte sie noch immer kein Wort heraus. Als das Kribbeln endlich nachließ, reichte Oscar ihr ein Taschentuch.

»Am besten erklärst du zunächst, was du mit dieser Veranstaltung bezwecken willst«, half Irma ihr auf die Sprünge. Wie feinfühlig sie sein konnte. Sie schaffte es, der für Gerda etwas peinlichen Situation den Schrecken zu nehmen.

»Eine sehr gute Idee, danke. Aber noch davor möchte ich die Gelegenheit nutzen, Ihnen Irmgard Behn vorzustellen. Viele von Ihnen werden Sie sicher kennen. Irmgard hat mich bei der Vorbereitung des heutigen Tages sehr unterstützt. Zwar glaube ich, ein wenig von Kunst zu verstehen, allerdings bedauerlicherweise nur theoretisch. Sie dagegen ist selbst eine Künstlerin.« Sie sah, wie Irma leicht zusammenzuckte, ihre Augen wurden größer. Gerda versuchte, sie mit einem Blick zu beruhigen. »Sie hat Zeichenunterricht genossen und ist überaus begabt. Das war eine unschätzbare Hilfe für mich.« Sie nickte Irma zu und applaudierte ihr, die Gäste stimmten höflich ein.

»Worum geht es mir?«, fragte Gerda, als es wieder still war. »Nun, Sie kennen gewiss alle die Tradition der literarischen Salons. Belesene Menschen finden sich zusammen, sprechen über Bücher, kommen mit Schriftstellern und Dichtern ins Gespräch. Zweierlei finde ich daran reizvoll, zum einen den Austausch über Klassiker, zum anderen die Neuentdeckungen. Ganz bestimmt lässt sich das auf alle Sparten der Kunst übertragen. Vielleicht ist heute ein Komponist unter uns, der uns ganz neue Klangerlebnisse beschert. Es gibt schließlich nicht nur Johannes Brahms.« Wieder lachten einige. »Dazu möchte ich Sie nun einladen. Lassen Sie uns über die Werke von Bildhauern, Dichtern, von Malern und Ballettmeistern philosophieren und gern auch mal streiten. Wäre es nicht schön, wenn die Disziplinen voneinander lernen und miteinander Ideen entwickeln könnten?« Sie blickte in gespannte Gesichter. So hatte sie es sich vorgestellt. »Meine Rolle soll die der Gastgeberin sein. Mein Mann und ich werden dafür sorgen, dass Sie sich wohlfühlen, dass Ihre Gläser nicht leer werden und Ihre Köpfe auch nicht.« Sie lachte verlegen. »Ich will damit sagen, dass ich, mit Unterstützung von Irmgard Behn und meinem Mann, der übrigens einmal Kunstgeschichte studieren wollte, immer wieder junge Talente ausfindig machen und Ihnen präsentieren möchte. Ich wünsche mir, dass Sie das als Bereicherung empfinden werden. Selbstverständlich sind wir für Hinweise auf hoffnungsvolle Künstler stets offen und dankbar.« Gerda hatte das Gefühl, die Hälfte von dem vergessen zu haben, was sie eigentlich hatte sagen wollen. Weil ihre Rede ihr dennoch schon jetzt schrecklich lang vorkam, hob sie einfach das Glas. Die Anwesenden taten es ihr gleich. »Wenn ich auch alle Sparten der Kunst berücksichtigt wissen will, wird die Malerei doch ein Schwerpunkt sein. Es ist so viel einfacher, Bilder zu zeigen, als hier ein Ballett aufführen zu lassen.« Sie zwinkerte. »Ich bin sehr stolz darauf, Ihnen gleich bei unserem ersten Salon eine kleine Attraktion bieten zu können. Ich darf Ihnen Werke zeigen, die noch nie in der Öffentlichkeit zu sehen waren.« Erwartungsvolles Tuscheln setzte ein. »Der Künstler nennt sich Mynona und will seine Identität nicht preisgeben. Möglich, dass Sie dafür Verständnis haben, wenn Sie die Bilder betrachten.«

Sie nickte den beiden Mädchen zu, die an zwei Ecken des Raums bereitstanden. Auf Gerdas Zeichen zogen sie nacheinander die Seidentücher herunter, die Mynonas Gemälde verhüllt hatten. Ein Motiv nach dem anderen wurde auf das Publikum losgelassen. Ekstase, Eifersucht, Hass. Leuchtende Farben erfüllten den Raum. Einige der Bilder waren drastische Darstellungen heikler Details, andere nur hingeworfene Striche, die dem Betrachter jedoch recht genau sagten, was er sich vorzustellen hatte. Womöglich war die zweite Sorte die skandalösere, denn erst in den Köpfen der Herren und Damen entstand die Frivolität. Gerda wusste gar nicht, wohin sie zuerst schauen sollte. Irmas Gesicht sprach Bände, auch aus den Mienen des Publikums ließ sich einiges ablesen. Sehr durchschaubar, wie die Hanseaten versuchten, sich schockiert zu zeigen, wo ihnen doch die Faszination aus den Augen sprang. Es war genau der Knalleffekt, den Gerda sich gewünscht hatte, um den Namen Troplowitz zu schmücken.

»Gratuliere, Mutzl, ein grandioser Auftakt!« Oscar hatte ihr ins Ohr geflüstert und lachte verschmitzt. »Sie können sich kaum beruhigen. Vor allem: Jeder wüsste zu gern, wer hinter dem Pseudonym steckt. Du wirst Mühe haben, nichts zu verraten. Und Irma erst …«

Damit behielt er recht. Hieß es erst nur: »Empörend!« oder: »Welch ein Ausdruck!«, so überschlugen sich innerhalb kürzester Zeit die Mutmaßungen.

»Mynona, das klingt nach einer Frau.«

»Niemals! Eine Frau würde sich so etwas nie trauen.«

Einer fand, es sei eine klar männliche Handschrift zu erkennen, jemand anders hielt es für vollkommen unerheblich, ob Maler oder Malerin, so oder so wäre das keine Kunst, sondern die pure Obszönität. Gerda beobachtete Eckart Behn, der sich dem Bann der Ölbilder offenbar gar nicht mehr entziehen konnte.

»Unglaublich«, hörte sie ihn sagen. »Was muss im Kopf eines Künstlers vorgehen, der solche Werke erschafft? Das ist wie ein Schlag ins Gesicht, von dem man jedoch nicht genug kriegen kann.« Ob Irma es lange aushalten würde, ihm nichts zu verraten? Schon für Gerda war es schwer genug.

»Tut mir leid, Herr Bürgermeister«, sagte sie zuckersüß, als er sie vertraulich bat, wenigstens für ihn das Geheimnis zu lüften. »Ich darf es Ihnen nicht sagen, das musste ich dem Künstler oder der Künstlerin hoch und heilig versprechen. Vielmehr: dem Mittelsmann.« Je besser sie sich darin eingerichtet hatte, desto mehr Freude machte ihr der kleine Schwindel. »Dem Genie, das all das hier gezaubert hat, bin ich selbst nie begegnet.«

»Tatsächlich?« Enttäuschung und Neugier hielten sich die Waage. Gerda war sicher, ganz Hamburg würde noch lange von diesem ersten Kunstsalon sprechen.

22
Gerda

»Sehr bedauerlich, dass Julie de Boor nicht zu deinem ersten Salon gekommen ist.« Oscar hatte das schon mehrfach erwähnt. Gerade legte er den *Hamburger Anzeiger* aus der Hand, aus dem er ihr den Bericht eines Feuilletonisten vorgelesen hatte, dessen Anwesenheit beim Salon Gerda nicht einmal bekannt gewesen war. »Ich wette, sie hätte sich prächtig über das zur Schau gestellte Entsetzen amüsiert. Paul behauptet jedenfalls, dass sie immer einen leicht zynischen Blick auf die Dinge hat.«

»Er ist ihr Bruder, er kennt sie weit besser als ich. Mag sein, dass sie zynisch ist. Aber ich glaube kaum, dass sie sich darüber amüsiert hätte. Trotzdem hätte sie ihre Freude gehabt, sich mit diesem Herrn Grell zu unterhalten. Ein Brauereibesitzer, der zaubert und nun auch noch ein Varieté-Theater eröffnet. Das ist mal etwas.« Sie lächelte.

»Die Herrschaften vom Theater hast du gleich reihenweise angezogen. Wie hieß noch der Herr, der kürzlich das Harburger Stadttheater eröffnet hat?«

»Reihenweise … Du übertreibst. Ach, es war wirklich wunderbar. Du hast dich lange mit dem Herrn Bürgermeister unterhalten, und Senator Hertz, der dich vorher … Wie würden die Hamburger sagen? Der dich mit dem Mors nicht angeguckt hat …«

Oscar lachte auf. »Also wirklich, Gerda, woher hast du nur solche Ausdrücke? Von den Hamburgern, die zu Gast waren, sicher nicht. Du treibst dich doch nicht heimlich zwischen Hafenarbeitern herum?«

»Manche von ihnen dürften anständiger sein als die feinen Reeder und Bankiers. Es kann doch nicht mit rechten Dingen zugehen, wenn Herr Hertz nicht nur im Senat sitzt, sondern gleichzeitig die verschiedensten Ämter und Posten bekleidet. Wie soll er ihnen gerecht werden? Und doch kassiert er für all seine Tätigkeiten hübsche Summen.«

»Das kann man wohl sagen. Allein als Senator dürfte er seine zwanzigtausend Mark im Jahr haben.«

Gerda verschluckte sich und musste husten.

»So viel?«

»Ungeheuerlich, was? Wenn man bedenkt, dass meine Leute gerade mal auf tausend Mark jährlich kommen.« Oscar seufzte und hing offenbar seinen Gedanken nach. Gut möglich, dass er schon wieder überlegte, wie man diese Ungerechtigkeit ausgleichen und Geld besser verteilen konnte.

»Jedenfalls war er nicht gerade zimperlich mit dir, als du dem Senat wegen der Seuche Beine gemacht hast.« Die Erinnerung ließ sie lächeln. »Und plötzlich ist er zahm wie ein junges Kätzchen und erzählt dir unentwegt von seiner Tochter Mary.«

»Sie soll eine ziemlich gute Ausbildung haben. Du solltest dir etwas von ihr ansehen. Wäre doch hübsch, wenn sie zu deinem zweiten Salon käme.«

»Ich habe mich längst darum gekümmert. Und durch sie dürfte ich einige weitere höchst interessante Künstler an der Angel haben«, erklärte sie ihm nicht ohne Stolz. Genau genommen hatte sie den dicksten Fisch an der Angel, den sie sich nur wünschen konnte: Alfred Lichtwark. Mary stand in regem Kontakt zu dem Direktor der Hamburger Kunsthalle. Welch ein Glück! Er war nicht nur ein Fachmann, wenn es um mittelalterliche Gemälde oder Deutsche

Romantik ging, sondern er hatte es sich zum Ziel gesetzt, Hamburger Künstler besonders zu fördern und ihnen eine Bühne zu geben. Nicht jeder passte schließlich in die ehrwürdige Kunsthalle. Wie gut, dass es Salons wie den von Gerda gab. Sie war mehr als zufrieden, vor allem, weil Oscar an Ansehen gewonnen hatte. So etwas nannte man wohl zwei Fliegen mit einer Klappe erwischen. Vielleicht sogar drei.

Auch Eckart Behn hatte auf Gerda nicht den Eindruck gemacht, als hätte er nichts für Kunst übrig. Sie konnte einfach nicht verstehen, dass Irma hinter seinem Rücken Entwürfe für Oscar zeichnete. Warum erzählte sie ihm nicht davon? Gerda würde sie noch einmal darauf ansprechen, aber einmischen durfte sie sich nicht, auch wenn es ihr noch so schwerfiel. Sie konnte Irma immer besser leiden und erkannte gleichzeitig immer klarer, wie sehr die Gute sich selbst im Weg stand. Manchmal war Gerda von Herzen dankbar, genau den Platz im Leben gefunden zu haben, der für sie der richtige war. Vielleicht hatte Irma den auch längst und konnte es nur nicht sehen.

»Julie de Boor macht es richtig«, sagte Oscar plötzlich, nachdem eine Weile nur das Rascheln seines Anzeigers zu hören gewesen war. »Sie sieht sich die Welt an.« Gerda blickte von ihrer Handarbeit auf. Manchmal las er etwas, folgte einem Gedanken, überflog das Nächste und war im Geist auch schon wieder ganz woanders.

»Venedig im Winter?« Sie schüttelte sich. »Die kalte Feuchtigkeit muss einem in den letzten Winkel der Glieder kriechen. Scheußlich.«

»Du hast einmal gesagt, Posen sei nicht das Ende der Fahnenstange. Erinnerst du dich, Mutzl?«

»Natürlich. Das sehe ich noch ganz genauso.«

»Nun, ich auch. Eimsbüttel ist aber auch nicht der Nabel der Welt, selbst wenn wir nun höchst offiziell zu Hamburg gehören.« Jeder sprach davon, dass Eimsbüttel ins Stadtgebiet eingemeindet wurde. Gerda fragte sich, was sich dadurch ändern sollte, ob überhaupt etwas. »Wenn du mich fragst, es ist eine Schande, für das Bürgerrecht zahlen zu müssen. Aber was bleibt einem denn übrig? Hätte ich es nicht getan, dürfte ich nicht wählen. Aber die noch viel größere Schande ist der Umstand, dass in der Bürgerschaft kein Vertreter der SPD sitzt. Kein einziger!« Er war bei seinem Lieblingsthema. Irgendwie schaffte er es doch immer, den Bogen dorthin zu schlagen. »Das ist eine himmelschreiende Ungerechtigkeit. Wie soll die Partei der Arbeiter in die Bürgerschaft gelangen, wenn diejenigen, für die sie streitet, sich das Bürgerrecht nicht leisten, sie also nicht wählen können?«

Gerda konzentrierte sich wieder auf ihre Stickerei.

»Wird denn nicht darüber debattiert, das Wahlrecht zu ändern?«, wollte sie wissen. »Wenn die Herren damit nicht vorankommen, solltest du das in die Hand nehmen.«

»Das werde ich tun, Gerda. Genau das werde ich tun.«

Sie blickte auf. »Was wolltest du eigentlich damit sagen, dass Eimsbüttel auch nicht der Nabel der Welt sei?«

Er stutzte, dann verzogen sich seine Lippen zu einem breiten Lächeln. »Richtig, reisen. Es muss ja nicht unbedingt Venedig im Winter sein. Was hältst du von Florenz oder Rom? Im Frühjahr soll es wunderbar sein.«

»Du willst verreisen?«

»Wir, Mutzl, wir sollten verreisen. Immer nur Altona, Eimsbüttel, Hamburg … Meine Pflastermulle bekommen ja mehr von der Welt zu sehen als wir beide.«

Sie musste lachen.

»Denk dir nur, Raffael, Botticelli ... das Königreich Italien ist die Heimat der Kunst!« Seine Augen blitzten. »Und des guten Weins. Wir sollten hinfahren.«

Von dem Moment an, in dem Gerda zugestimmt hatte, schien ein Wirbelsturm ihr Leben zu erfassen. Oscar musste noch mehr Besprechungen als sonst hinter sich bringen. Er traf Einkäufer und Hersteller, sah sich neue Maschinen an, notierte Verfahrensweisen, die in seiner Abwesenheit probiert werden sollten. Er versuchte, möglichst vieles vorzuziehen, um nach seiner Rückkehr nicht vor einem monströsen Berg von Liegengebliebenem zu stehen. Außerdem instruierte er seine Abteilungsleiter, was wie zu tun sei.

»Sie werden mehr eigene Entscheidungen treffen müssen als üblich«, sagte er zu ihr. »Ich bin gespannt, wie sie damit zurechtkommen.«

Wenn er schließlich aus dem Fabrikgebäude herüberkam, nahm er mit ihr die Abendmahlzeit ein, danach sah sie ihn nur noch mit dem Reichskursbuch auf den Knien. Mit der Vorfreude eines Kindes tüftelte er die in seinen Augen reizvollste Strecke aus. Und dann waren sie endlich unterwegs. Es zeigte sich schnell, wie sehr sich seine akribische Vorbereitung gelohnt hatte. Die von ihm ausgewählte Route erwies sich als sehr sehenswert. Sie bedeutete aber auch eine Anstrengung, wie Gerda sie sich nicht vorgestellt hätte.

Per Postkutsche und Bahn ging es über Nürnberg und München nach Innsbruck. Bald darauf überquerten sie die Grenze zum Königreich Italien, waren damit jedoch noch längst nicht am Ziel.

»Ist es nicht wunderschön?«, fragte Oscar immer wieder. »Das ist etwas anderes als der flache Norden oder Schlesien.« Auch Gerda konnte sich kaum sattsehen an Bergen und Wäldern. Manches Mal, wenn sich ein Tal neben ihnen öffnete und ihnen einen weiten Blick gewährte, konnten sie sogar schneebedeckte Gipfel bestaunen. Sie unternahmen einen Abstecher an den Gardasee, tranken auf einer Terrasse in Malcesine Kaffee, der hier Cappuccino hieß. Windböen waren nicht rau, sondern ganz weich, und die Luft duftete immer nach Kräutern, die Gerda nicht kannte. Ständig folgte Oscar seiner Nase, pflückte hier etwas ab, steckte dort eine Blüte in die Tasche. Sie wanderten zu einer Burg. Der Blick von dort oben auf das Örtchen nahm Gerda den Atem.

»Bei uns gibt es überall roten Backstein. Sieh nur, hier ist alles erdfarben, orange. Du hattest recht, Italien ist die Heimat der Kunst. Schon die Dächer gleichen einem Mosaik.« Sie umarmte ihn und gab ihm einen Kuss. »Es war ein herrlicher Einfall zu verreisen.« Dass ihre Haut in den stickigen Bahnabteilen und Kutschen mit jeder Stunde mehr gejuckt hatte und ihre Füße nun, nachdem sie jede Gasse von Malcesine erkundet hatten, brannten, als steckten glühende Kohlen in ihren Schuhen, erwähnte sie lieber nicht. Sie mochte ihm die Freude einfach nicht verderben.

Zwei Tage blieben sie am See, ehe sie zu ihrer ursprünglichen Route zurückkehrten. Ab Verona wurde die Landschaft flacher, die Temperaturen kletterten in die Höhe. Wie mochte es erst im Hochsommer sein? Sie passierten Bologna und erreichten endlich Florenz.

Als sie in ihrem Hotel ankamen, glaubte Gerda zu träumen. Die Halle mit dem Empfangstresen raubte ihr den Atem. Überall Marmor, Säulen, Kristallleuchter, und schon hier war Malerei zu bewundern. Putten, die unterhalb der Kassettendecke die Wände schmückten, als blickten sie aus dem Himmel geradewegs auf die eintreffenden Gäste herab. Ein Portier brachte sie zu ihrem Zimmer, die Koffer waren bereits hinaufgebracht worden.

Gerda trat in einen Erker. Drei Fenster vermittelten das Gefühl, als stünde sie auf einem Balkon und könnte in nahezu alle Richtungen schauen. Nur einen Steinwurf entfernt erhob sich die Kathedrale Santa Maria del Fiore mit ihrer rötlichen Kuppel. Türmchen und Zinnen, Ziegeldächer, hier und da verwinkelte Gassen. Der Abend brach herein. Jetzt schon, viel früher als daheim in Hamburg. Ein leuchtend blauer Himmel spannte sich über die Szenerie. Oscar trat zu ihr, legte seine Arme um sie.

»Gefällt es dir?« Sie schmiegte sich an ihn.

»Die ganze Stadt sieht aus wie ein Gemälde. Es ist unwirklich schön.«

Gerda lernte eine völlig neue Seite an ihrem Oscar kennen. Der sonst so disziplinierte Mann schlief morgens etwas länger, saß entspannt beim Frühstück und vermisste seine Zeitung kein bisschen. Doch gleichermaßen blieb er der neugierige Mensch, der ihr nur allzu vertraut war, stets aufmerksam für seine Umgebung. Er ließ sich inspirieren und hatte ständig neue Ideen im Kopf. Zum Beispiel, als sie den Giardino di Boboli erkundeten. Boboli-Garten klang nicht halb so schön, fand Gerda. Sie liebte es, einfach nur in einem Café zu sitzen und den Italienern zuzuhören. Welch eine lebendige Sprache! Oft hatte sie dazu jedoch keine Gelegenheit, denn Oscar fiel es schwer, lange auf einem Stuhl zu sitzen, wo doch um die nächste Ecke schon wieder eine Entdeckung auf ihn warten könnte. Wie eben der Giardino.

»Ich finde, Hamburg braucht auch einen solchen Park«, verkündete er, als sie aus einer Grotte ins Freie traten.

»Meinst du denn, dass Palmen und Zypressen sich bei uns wohlfühlen werden?«

»Das nicht, aber Skulpturen. Ein riesiger Park, in dem sich von Menschen geschaffene Kunst mit der Natur verbindet. Ein Ort, an dem die tüchtigen Kaufleute ebenso zur Ruhe kommen wie die schwer schuftenden Arbeiter und an dem Künstler Inspiration finden. Ein Ort für die Seele zwischen all dem Ziegel, Sand und Beton.« Gerda wurde warm ums Herz. Der Apotheker und Naturwissenschaftler in Oscar trat hier in Florenz ein wenig zurück und machte dem Philosophen Platz.

»Grünflächen in der Stadt sind sicher eine gute Idee«, stimmte sie ihm zu. »Was man so hört, wird in den nächsten Jahren viel gebaut werden. Allein Wohnungen für alle, die die Gängeviertel verlassen müssen, werden eine Menge Raum einnehmen. Es wäre gewiss klug, von vornherein einen Garten wie diesen in der Planung zu berücksichtigen.«

»Da bin ich ganz deiner Meinung.« Sie spazierten einen Weg hoch, den anderen wieder zurück. Gerdas Füße schmerzten mit jedem Schritt mehr.

»Allmählich könnte ich einen dieser Kaffees gebrauchen mit diesen netten Häubchen aus Milchschaum darauf. Oder einen Insalata.«

»Vortrefflich! Lass uns nur noch rasch in die Via della Scala gehen. Dort soll es die älteste Apotheke des Königreichs geben, wenn nicht die älteste der Welt. Gewiss gibt es gleich in der Nähe ein nettes Lokal.«

Nur noch rasch … Sie mussten schon ein gutes Stück gehen, ehe sie den Arno erreichten. Ihn über die Ponte Vecchio zu überqueren, war zugegebenermaßen ein immer wieder beeindruckendes Erlebnis, doch fehlte Gerda allmählich der Blick für all die Schönheit, so sehr quälten ihre Füße sie. Auf der anderen Seite des Flusses war es glücklicherweise nicht mehr weit. Trotzdem, Gerda mochte sich keinen Meter mehr fortbewegen.

»Dort in der zauberhaften Trattoria ist ein freier Tisch, Oscar.«

»Die haben immer etwas frei, Mutzl, keine Sorge.«

»Das mag schon sein, ich setze mich trotzdem jetzt sofort hin und nicht erst irgendwann.« Er sah sie überrascht an. »Du bringst mich unter keinen Umständen dazu, auch nur einen weiteren Schritt zu laufen.«

»Deine Füße?« Sie nickte. »Hast du sie denn nicht mit meinen Pflastern versorgt?«

»Sie nehmen in den Schuhen einfach zu viel Platz weg oder verrutschen.«

»Das hättest du mir längst sagen müssen.«

»Das habe ich dir gesagt.«

»Wirklich? Entschuldige, das muss ich vergessen haben.« Er blickte die Straße entlang. »Es kann nicht mehr weit sein. Aber wir können auch erst eine Pause machen«, schlug er wenig begeistert vor.

»Warum suchst du nicht die Apotheke, und ich bleibe hier im Schatten und höre ein wenig den Italienern zu.«

»Aber du verstehst sie doch gar nicht.«

»Das macht nichts, ihre Sprache klingt für mich wie Musik.«

Er war höflich genug, nicht sofort loszulaufen, wenn ihm auch genau danach der Sinn stand. Nachdem sie ihm versicherte, dass er sie ruhig allein lassen könne, machte er sich doch auf den Weg.

Als er über zwei Stunden später zurückkam, waren seine Wangen gerötet. Nicht nur von der Wärme und der ungewohnten körperlichen Anstrengung, vermutete sie.

»Ich hatte davon gelesen«, berichtete er atemlos und bestellte sich, ohne Luft zu holen, eine Karaffe Wasser. »Die Wirklichkeit ist noch viel beeindruckender. Stell dir das nur einmal vor, diese Apotheke wurde Anfang des dreizehnten Jahrhunderts in Betrieb genommen, und es gibt sie immer noch.«

»Über sechshundertfünfzig Jahre ist sie alt? Den Apotheker würde ich gern sehen.« Er stutzte, sah ihr Schmunzeln und lachte.

Sein Wasser wurde serviert, er stürzte das erste Glas herunter, dann erzählte er von Räumlichkeiten, die einer Kathedrale glichen, von Düften, die ihm nie untergekommen waren, golden beschrifteten Glasflaschen, Tinkturen, Salben.

»Sie haben ein eigenes Labor wie wir und einen eigenen Garten, in dem sie Heilpflanzen anbauen.« Für einen kurzen Moment wurde er still, blickte in die Ferne oder in die Zukunft, so schien es Gerda. Dann sagte er leise: »Irgendwann wird es Tempel des Wohlbefindens geben, in denen nur unsere Produkte angeboten werden. In Hamburg und vielleicht sogar an anderen Orten der Welt.«

Die Zeit in Florenz war aufregend, entspannend, voller Eindrücke, die Gerda noch lange beschäftigen würden. Dazu gehörten natürlich auch die berühmten Uffizien. Welch ein Erlebnis, nicht nur darüber zu lesen, sondern sie selbst zu besuchen! Sie gingen an drei Tagen hin, um alles zu schaffen und sich vor jedem Gemälde, vor jeder Skulptur ausreichend Zeit lassen zu können. Mehr als einmal erwähnte Oscar die Medici und ihr großzügiges Geschenk an die Stadt und an das Königreich Italien.

»Eine Kunstsammlung ist etwas, das bleibt«, sagte er. »Generationen später haben die Menschen noch immer etwas davon. Ein solches Vermächtnis nutzt sich niemals ab. Überleg nur, wir müssen einer Familie dankbar sein, die Hunderte Jahre vor uns gelebt hat.«

»Darüber habe ich noch gar nicht nachgedacht, aber du hast recht.« Vielleicht würde man den Namen Troplowitz auch mal irgendwann voller Dankbarkeit nennen, weil von Gerdas Kunstsalons etwas erhalten bliebe. Die Vorstellung fühlte sich warm und behaglich an.

»Selbst, wenn Francesco, auf den die Sammlung wohl zurückgeht, ein höchst machtbesessener gieriger Mann gewesen sein soll, der seine Ehefrau betrog, spricht man heute noch über sein Verdienst für die Nachwelt.« Oscar lächelte.

»Komm nur ja nicht auf dumme Ideen, sonst werde ich dafür sorgen, dass die Nachwelt nur schlecht über Oscar Troplowitz spricht.« Sie wandte sich in vorgetäuschter Empörung ab. Gleich darauf spürte sie seinen Arm um ihre Taille. Er zog sie an sich.

»Was sollen denn die Leute denken?«, fragte sie und musste sich das Lachen verkneifen.

»Dass dieser Mann diese Ehefrau niemals betrügen würde, so sehr wie sich die beiden lieben.«

Hand in Hand schlenderten sie weiter, bis sie schließlich vor Botticellis *Frühling* standen. Für einige Sekunden verschlug es beiden die Sprache.

Schließlich flüsterte Oscar: »Niemand kann sich dieser Schönheit entziehen, ist es nicht so?« Er blickte ehrfürchtig auf das Gemälde, das eine ganze Wand für sich beanspruchte.

»Du hast recht, mein Lieber, es braucht Zeit, um alle Details zu erfassen. Um die Bedeutung zu verstehen, braucht man wahrscheinlich sogar Stunden. Oder ein ganzes Leben. Das Bild erzählt eine Geschichte, findest du nicht?«

»Botticelli hat viel Spielraum für Deutungen gelassen.«

»Er war ein Maler und kein Geschichtenerzähler«, sagte sie leise. »Er war ein Genie. Ist es nicht gerade interessant, seine eigenen Gedanken zu entwerfen?«

»In diesem Fall schon«, gab Oscar zu. Gerda sah ihn an und hatte den Verdacht, dass er im Geist schon wieder ganz woanders war.

»In welchem Fall denn nicht?«

»Bitte?« Er wirkte kurz verwirrt, dann strahlte er. »Im Fall von Reklame ist es klug, die Botschaft nicht zu verschlüsseln.«

»Wir stehen vor Botticellis *Frühling,* und du denkst an Reklame? Wirklich, Oscar, manchmal bist du unmöglich!«

»Stell dir nur vor: ein so mächtiges Gemälde mitten in Hamburg, darauf unser Guttapercha-Pflaster.«

Gerda lachte auf. Ein Herr drehte sich um und warf ihr einen missbilligenden Blick zu.

»Du machst Spaß, hoffe ich.«

»Aber nein, Liebste, stell es dir vor! Schließ die Augen!«

»Oscar, bitte …«

»Doch, doch, probiere es einmal aus.« Sie schloss seufzend die Augen. »Ein Kunstwerk, vielleicht zwei mal drei Meter groß, so wie dieses hier. Jeder sieht es schon von Weitem, keiner kann es übersehen. Ein ansprechendes Motiv, gut gemalt natürlich. Darunter der Schriftzug ›Guttapercha-Pflaster, und die Wunde heilt im Nu‹. Oder so ähnlich. Gleich wenn wir zurück sind, solltest du Irma bitten, sich ein Sujet dafür zu überlegen«, beendete er seine Ausführungen höchst zufrieden. »Natürlich soll sie zuerst eine Skizze anfertigen. Gefällt sie mir, kann Irma die erste große Version auf eine Wand unseres neuen Fabrikgebäudes malen.«

Gerda war nicht sicher, ob sie ihm noch folgen konnte.

»Von welchem neuen Gebäude sprichst du?«

»Ich werde ein weiteres bauen lassen. Wir brauchen mehr Arbeiter, ich will mehr Menschen einstellen.«

Als sei nichts geschehen, setzte er seine Besichtigungstour fort.

23
Irma

Der Sommer brachte typisches Hamburger Schmuddelwetter. Irma wusste nicht, was an Regen schmutzig sein sollte. Der Himmel zeigte einfach nur sein wahres Gesicht. Von der schwindelnden Höhe, in der sie gleich nach dem ersten Kunstsalon geschwebt hatte, war sie in eine nicht enden wollende schwarze Tiefe gestürzt. Es wurde viel über Mynona geschrieben, gewiss. Aber eben mehr über den Künstler – oder doch eine Frau? – als über die Bilder. Mit Gerda hatte sie nur kurz gesprochen. Sie hatte schon recht, es gab auch Kritiker, die sich eingehend mit Maltechnik, Ausdruck und Stil befasst hatten. Und es hatten auch Formulierungen in den Zeitungen gestanden, die Irma durchaus gefielen.

Frisch und aufrüttelnd, hatte ein Redakteur die Motive genannt. Ein anderer schrieb, die Bilder strahlten eine so große Kraft aus, dass sie nur von einem Mann erschaffen worden sein konnten. Von einem mit beeindruckendem und gleichermaßen beängstigendem Charakter, so hieß es. Im ersten Impuls hatte sie jede Minute nutzen wollen, in der Eckart aus dem Haus war, um neue Mynona-Kunst zu machen. Nur welchen Sinn hatte das? Hamburg hatte einmal gestaunt und sich das Maul zerrissen. Schön. Und nun? Eine weitere Ausstellung würde die Spekulationen für eine Weile wieder anheizen. Doch darum ging es ihr nicht. Und dann diese Angst davor, man könnte sagen, die neuen Bilder seien nur ein schwacher Abklatsch der ersten …

Manchmal war Eckart schon fort, wenn sie aufstand, dann trank sie einen Kaffee und ging, noch im Morgenmantel, in ihr Atelier. An anderen Tagen verabschiedete sie ihn, ehe sie sich ihrer Staffelei zuwandte. Wie auch immer sie es anfing, es endete stets damit, dass sie, ohne nur einen einzigen Strich zustande gebracht zu haben, die Tür hinter sich zuschlug. Jeder Tag brachte eine grausame Wiederholung des vorherigen. Mit jedem Mal wurde sie verzweifelter. Wenn wenigstens Gerda da gewesen wäre. Sie hätte eine Lösung gewusst. Sie hätte im Handumdrehen einen Plan gehabt, wie es mit Mynona weitergehen konnte. Hatte sie nicht gesagt, dass sie Künstler fördern und bekannt machen wollte? Eine Präsentation in einer Privatvilla konnte doch nicht alles sein.

Und nun war Gerda nicht da, sondern reiste mit ihrem Oscar durch das Königreich Italien. Eine Postkarte vom Gardasee hatte Irma zornig zerrissen. Ja, amüsiere du dich nur im Süden, während mich die Bedeutungslosigkeit auffrisst. Wenn sie wenigstens mit Eckart hätte reden können. Nur hatte er mal wieder schrecklich viel zu tun. Die Stadt war gewachsen, das bedeutete zusätzliche Arbeit für den Senat, bis alles wieder seinen Gang gehen konnte. Der Appetit hatte Irma verlassen, sie verlor mehr und mehr an Gewicht. Dafür griff sie immer öfter zu Wein oder Cognac. Um sich zu beruhigen, um die Furcht abzuschütteln, die sie heimtückisch ansprang und ihr die Luft abquetschte. Um neue Kraft zu finden, sich zu inspirieren. Alles umsonst. Ihre Farben blieben unberührt. Sie stand stundenlang regungslos in ihrem Atelier und presste ihre Fingernägel in die Handflächen, bis sie keinen Pinsel mehr hätte halten können. Wenn Eckart nach Hause kam, lag sie meistens schon im Bett.

An einem Sonntag, als sie das Frühstück wieder einmal nahezu unberührt hatte stehen lassen, war es Eckart zu viel geworden.

»Was ist los mit dir, Irma? Willst du dich zugrunde richten? Ist es so schrecklich, mit mir verheiratet zu sein?«

»Es ist eine ziemlich einsame Angelegenheit«, hatte sie erwidert. »Aber sicher gibt es Schlechteres.«

Du fehlst mir, ich fühle mich elend, hätte sie sagen müssen, nur schaffte so viel Gefühl es einfach nie über ihre Lippen.

»Verdammt nochmal, Irma, du führst dich auf wie ein verwöhntes Kind«, hatte er gefaucht und war aufgesprungen. »Wenn du dich in dieser Welt nicht zurechtfindest, dann halte dich an mir fest, statt an der Flasche.«

»Aber gern. Jetzt sofort?« Er konnte diesen überheblichen Ton nicht ausstehen. Mal sehen, was passierte, wenn sie ihn aus der Reserve lockte. Er stürzte regelrecht auf sie zu, blieb ganz nah vor ihr stehen, beugte sich zu ihr herunter, eine Faust auf dem Tisch.

»Du hast mich von der ersten Sekunde an interessiert, in der ich dich gesehen habe. Du hast mich gereizt. Ich wollte dich aus dem Käfig deines Elternhauses befreien.« Sie musste schlucken. Ihr war nicht klar gewesen, dass er ein so guter Beobachter gewesen war. »Ich war mir sicher, dass eine ganz besondere Frau hinter der Fassade steckt.« Er richtete sich auf und blickte auf sie herab. »Kann sein, dass ich einen Edelstein gesehen habe, wo sich in Wahrheit nur das Licht in einer Flasche Wein gebrochen hat.«

Die nächsten Tage waren noch schlimmer. Eckart ging ihr aus dem Weg. War er zu Hause, zog er sich in seine Bibliothek zurück. Es kam sogar einmal vor, dass er nachts wegblieb. Irma verließ das Haus, lief zur Alster und dann nordwärts, bis die drei Türme des Uhlenhorster Fährhauses in Sicht kamen, die die Bäume am Ufer überragten. Das Kleid klebte ihr auf der Haut, aus ihrem offenen

Haar liefen die Tropfen und mischten sich mit den Tränen auf ihren Wangen. Einfach immer weiterlaufen, bis es kein Weiter mehr gab. Ein Absatz brach ihr ab, als sie nur einmal nicht aufpasste und den Fuß falsch setzte. Sie humpelte wenige Schritte, dann zog sie die Schuhe aus und ließ sie achtlos liegen. Als kleines Mädchen war sie gern barfuß gelaufen. Jetzt drückte sich jedes Steinchen schmerzhaft in ihre Fußsohlen. Sie blickte zur Alster. Ins Wasser gehen, die Grenze zwischen Leben und Tod an den Knöcheln, den Knien, an der Taille, der Brust spüren. Die Grenze überschreiten. Ewiger Frieden. Oder ewige Qual. Sie stolperte voran. Wie sie aussah … Regen und Sand ließen sie gewiss verwahrlost wirken. Ein Herr mit Anzug, Hut und Schirm kam ihr entgegen.

»Kann ich Ihnen helfen, Fräulein?«, rief er schon von Weitem. Sie drehte sich um und rannte los. Fort von dem Fremden.

»Sie brauchen doch keine Angst vor mir zu haben! Wo wollen Sie denn hin? In dem Zustand«, hörte sie noch. Er hatte sie nicht erkannt. Das war das Wichtigste, er hatte sie nicht erkannt. Was sie hinter verschlossenen Türen tat, konnte Eckart ihr vielleicht noch verzeihen. Blamierte sie ihn in der Öffentlichkeit, war es das Ende. Dann würde er sich eine andere Frau suchen, die seinen Vorstellungen entsprach. Eine, die sich nicht als billige Reflexion entpuppte. Der Gedanke stach ihr ins Herz.

Nach ihrem Ausflug verkroch sie sich in ihr Bett und kam nicht heraus, bis Hella Besuch ankündigte.

»Frau Troplowitz fragt nach Ihnen, gnädige Frau. Soll ich sie wegschicken?«

»Nein! Bitten Sie sie zu warten. Ich ziehe mir nur rasch etwas über.«

»Gewiss, gnädige Frau. Ich sage ihr Bescheid, und dann bin ich wie der Blitz zurück und helfe Ihnen.« Sie zwinkerte ihr zu. Was sollte diese Vertraulichkeit? Nicht gerade passend zwischen der Haushälterin und der Frau eines Senators. Aber wer sollte mehr Recht dazu haben als Hella, die mit ansehen musste, wenn der ganze Ekel gegen die Welt aus Irma hervorbrach?

»Gerda, so eine Freude! Du siehst gut aus.« Ihre Haut wirkte rosig, gesund und strahlend. In Gerdas Blick konnte Irma lesen, dass sie selbst erbärmlich aussah, trotz eilig gebürsteter und zur Seite gesteckter Haare, trotz fahrig hingetupftem Rouge. Gerda war rücksichtsvoll genug, es nicht zu erwähnen.

»Es geht mir auch gut«, sagte sie fröhlich und drückte Irma an sich. »Italien ist das Paradies. Diese Luft, das Essen, die Sprache. Ich könnte stundenlang nur diese Sprache hören. Sie ist in der freien Natur noch schöner als in all den wunderbaren Opern.« Sie lachte unbekümmert.

»Kann ich dir etwas anbieten?«

»Vielleicht einen Tee? Es sind ja Temperaturen wie im Herbst.« Verdrossen sah Gerda deshalb längst nicht aus.

»Natürlich, gern. Bestimmt haben wir auch noch etwas Gebäck im Haus.« Irma brachte endlich wieder ein Lächeln zustande, das ihr nicht falsch vorkam. Sie gab Hella Anweisungen, dann machten Gerda und sie es sich bequem.

»Wenn Florenz nur nicht so weit weg wäre, würde ich bestimmt dreimal im Jahr hinfahren«, begann Gerda ihren Reisebericht. Sie beschrieb ihr die italienischen Häuser und alten Brücken, die antiken Bauten und die Gärten so bildhaft, dass Irma sich fühlte, als sei sie selbst schon dort gewesen. »Im Grunde war Rom viel zu viel nach all den Eindrücken, die wir schon gesammelt hatten. Einmal haben

Oscar und ich aus einer Trattoria Wein geholt und uns damit auf den Rand des Trevi-Brunnens gesetzt.« Sie lachte. »Was würden die Leute sagen, wenn wir uns auf dem Rand des Vierländer-Brunnens auf dem Meßberg niederließen? In Italien macht das jeder.«

Irma konnte nicht genug von ihren Erzählungen bekommen. Wie viel leichter musste sich das Leben im Königreich anfühlen. Im Deutschen Reich war alles kühl, streng und so schrecklich geregelt. Als könne Gerda ihre Gedanken erraten, sagte sie: »In Italien habe ich eine Freiheit gespürt, die uns hier fehlt. Mir scheint, die Menschen dort nehmen das Leben nicht so ernst.« Sie knabberte an einem Butterkeks. »Ich weiß nicht, ob ich damit auf Dauer zurechtkommen könnte, aber für die Ferien war es wundervoll.«

Irma seufzte. Vielleicht wäre Italien ein Ort, wo auch sie frei sein könnte. Eckart musste irgendwann Urlaub machen. Ob sie ihm vorschlagen sollte, es den Troplowitz' gleichzutun und auf Goethes Spuren durch das Land zu reisen, in dem so viel mehr blühte als nur die Zitronen? Ihre Phantasie machte sich selbständig. Sie stellte sich vor, alles gemeinsam mit Eckart zu genießen, was Gerda so überschwänglich beschrieben hatte. Sie würden Wein trinken, gut essen, jede Nacht das Bett zerwühlen.

»Tja, die Ferien sind rum. Zeit, sich wieder den Pflichten zuzuwenden«, verkündete Gerda fröhlich. »Angenehmen Pflichten glücklicherweise. Oscar bittet dich, wieder einmal etwas für ihn zu malen, für die Firma natürlich.«

Gerade noch hatte Irma sich leicht und frei gefühlt, wie lange nicht mehr. Und jetzt? Je mehr sie Gerda zuhörte, desto enger wurde der Käfig, in dem sie saß. Die Gitterstäbe drohten sie bereits zu zerquetschen.

»Die Idee kam ihm in den Uffizien«, sagte sie und nippte an ihrem Tee. »Was das Motiv angeht, bist du völlig frei. Es muss nur irgendwie Pflastermull darin vorkommen.«

»Völlig frei?« Gerda nickte. »Dann könnte ich auch eine Horde Frauen malen, die an die Tür einer Universität klopfen, und die Augen der Professoren drinnen sind alle von Mullbinden verdeckt?«

»Ich bin nicht sicher, ob Oscar daran viel Vergnügen hätte, wenn er deine Aussage dahinter sicher auch nicht falsch findet.«

»Im Ernst, Gerda, so leid es mir tut, aber ich glaube nicht, dass es gut für mich ist, weiterhin Auftragsarbeiten zu erledigen. Noch dazu Reklame für ein Produkt.« Sie verzog das Gesicht. »Nun sieh mich doch nicht so an. Kannst du denn nicht verstehen, dass es mich als Künstlerin einengt? Ich muss das auf die Leinwand bringen, was in mir schlummert. Ein Äskulapstab oder ein Heilkraut sind Fingerübungen. Ich will das nicht mehr.«

Konnte Gerda nicht etwas sagen? Dieses Regenwettergesicht war ja nicht zu ertragen.

»Es reicht mir nicht mehr«, fuhr sie fort. »Du hast doch gesehen, wie beeindruckt die Leute von Mynona waren. Das ist es, was ich tun will. So will ich arbeiten.«

»Das kannst du doch auch. Aber geht denn nicht beides?«, fragte Gerda. »Ist nicht sogar beides notwendig, die Fingerübung und das beeindruckende Werk?«

Sie konnte aber auch wirklich ganz und gar nüchtern und pragmatisch sein. Selbst wenn es überhaupt nicht angebracht war.

»Du verstehst es offenbar nicht. Es ist ein Unterschied, nur Bildchen zu zeichnen, die viele einfache Leute ansprechen sollen, oder sein Inneres nach außen zu kehren. Das eine lenkt vom anderen ab.

Wie soll ich mich dem Kern der Sache nähern, wenn ich mich unentwegt mit lächerlich banalen Äußerlichkeiten abmühe?«

Eine geraume Weile schwieg Gerda erneut.

»Kannst du nicht verstehen, wie schmerzlich es für mich ist, dass du meinem Mann einen Korb geben willst, weil du unter meinen Fittichen auf eine Karriere ganz anderer Art hoffst? ›So will ich arbeiten. Das will ich nicht mehr‹«, imitierte Gerda sie. »Ich, ich, ich.« Sie seufzte, es klang so traurig, dass Irma das Herz weh tat. »Ich schätze dich, Irma, nicht nur als Künstlerin, sondern auch als Mensch. Aber du solltest lernen, dass man nicht nur den eigenen Vorteil sehen und nehmen kann, sondern auch etwas zurückgeben muss.« Sie stellte die Tasse ab, stand auf und strich ihren Rock glatt. Irma erhob sich ebenfalls. Sie sollten so nicht auseinandergehen.

»Aber das will ich doch. Und das tue ich bereits. Dein erster Salon wäre ohne meine Bilder um die Hauptattraktion ärmer gewesen.« Das war nun wirklich nicht von der Hand zu weisen, dennoch spürte sie selbst, wie schwach das Argument war. Gerda sah ihr in die Augen.

»Wie viele neue Werke hat Mynona denn in meiner Abwesenheit zustande gebracht? Reicht es für eine komplette Ausstellung?« Sie wartete kurz ab, dann versetzte sie Irma den nächsten Schlag: »Reicht es, um auf einem so hohen Ross Platz zu nehmen?«

Welch eine aufgeblasene Ziege! Hätte sie etwa auch gewagt, Botticelli darum zu bitten, Werbung für Pflastermulle zu malen? Das war so interessant wie ein Angelausflug an einen ausgetrockneten See. *Geht denn nicht beides?* Sie hatte aber auch gar keine Ahnung, was es bedeutete, eine Künstlerin zu sein. Was würden die Leute sagen, wenn sie erführen, dass die geheimnisvolle Mynona Reklamebildchen malte? Undenkbar! Und ebenso unwahrscheinlich. Nicht einmal Eckart wusste, dass seine eigene Frau sich hinter dem Künstlernamen verbarg, der eine Zeit in aller Munde gewesen war. Natürlich wäre beides möglich, wenn sie nur wollte, Reklame und Kunst. Es war sogar klug, die Arbeiten für Beiersdorf als Verfeinerung ihrer Technik zu nutzen, um routiniert mit Kreide oder Ölfarbe umzugehen. Dummerweise hatte Gerda auch damit recht, dass Irma nicht eine Sekunde an sie und Oscar gedacht hatte. Nur an sich selbst. Wie abscheulich. Nach allem, was die beiden für sie getan hatten. Was hatte auch Eckart ihr kürzlich vorgehalten? Sie würde sich aufführen wie ein verwöhntes Kind. Höchste Zeit, erwachsen zu werden.

Sie ging geradewegs in ihr Atelier, baute sich vor einer Staffelei auf und schloss die Augen. Pflaster. Verwöhntes Kind. Sie sah einen Jungen vor sich, der weinend am Boden hockte, das Knie blutig. Daneben ein Mädchen mit einer Miene, die den egoistischen Charakter der Kleinen entlarvte. Eine Fee mit sanften Zügen reichte dem Jungen ein Pflaster, mit der anderen Hand stibitzte sie dem Mädchen ein Spielzeug und würde es im nächsten Augenblick dem kleinen Patienten schenken. Irma fing mit den Gesichtern an. Das Mädchen sollte so gemein grinsen, dass man ihm alles Schlechte an den Hals wünschte. Der Junge bekam den Ausdruck von großen Schmerzen, aber es musste auch ein wenig Trost darin zu finden sein, den er schon beim Anblick des Pflasters spürte. Die Fee ein ätherisch-schönes Wesen, doch mit einer kessen Note im Blick.

Irma war vollkommen vertieft, wählte mit Lust die Farben für die Kleidung, ließ sich immer mehr Details einfallen, Spielsachen, eine Löwenzahnblüte, die im Sand des Weges leuchtete. Zwei mal drei Meter. Wie viel mehr war möglich, wenn sie so viel Platz zur

Verfügung hätte? Sie wusste weder, wie lange es her war, dass Gerda grußlos gegangen war, noch, wann Hella sie gefragt hatte, ob sie denn nicht zu Abend essen wolle. Ihre Finger konnten den Pinsel kaum noch halten, einmal hatte sie einen Krampf bekommen, so fest packte sie zu. Ihr Nacken fühlte sich steif an, als hätte sie die Schulterstange von Hans Hummel bis nach Harburg geschleppt. Mit zwei vollen Wassereimern daran! Jedes Mal, wenn sie beschloss, es für den Anfang gut sein zu lassen, fiel ihr noch etwas ein, hatte sie eine Idee für eine Kleinigkeit und machte doch weiter. Als es an ihrer Tür klopfte, fuhr sie zusammen.

»Ja?« Sie sah zum Fenster, es war tiefe Nacht. Eckart trat ein.

»Hier bist du. Ich dachte schon …« Er ließ die Befürchtung in der Luft hängen, Irma verstand auch so.

»Ich habe völlig die Zeit vergessen«, sagte sie und lachte.

»Ein neues Bild?«, fragte er, ohne näher zu kommen. Sie nahm ihren Mut zusammen.

»Eine Auftragsarbeit. Sozusagen.« Seine Augenbrauen zogen sich zusammen. »Gerda war hier. Gertrud Troplowitz. Ich habe schon mal Reklamezeichnungen für ihren Mann gemacht.«

»Ah ja?« Es klang weder begeistert noch ablehnend.

»Ja. Der Äskulapstab, der auf all seinen Verpackungen zu sehen ist, ist von mir.«

»Tatsächlich?« Nun war er doch überrascht. »Warum hast du mir nichts davon gesagt?« Als sie nicht antwortete, deutete er mit dem Kopf auf das Bild.

»Darf ich es sehen?«

»Wenn du willst.« Sie trat ein Stück zur Seite. Er kam zu ihr, sah sich die Fee an, die Kinder.

»Schön.«

Irma wartete ab, doch mehr sagte er nicht.

»Wusste ich's doch.«

»Was wusstest du?«

»Dass du etwas dagegen hast. Darum habe ich nichts gesagt, weil ich wusste, dass du nicht damit einverstanden bist, dass ich mein eigenes Geld verdiene. Ist es nicht so? Die Leute werden ja denken, der Senator kann seine Frau nicht ernähren«, fauchte sie.

»Das ist doch Unsinn.«

»Ach wirklich? Was passt dir denn dann nicht? ›Schön‹«, ahmte sie ihn nach. »Mehr hast du nicht zu sagen?«

»Es ist nicht von Belang, ob es mir passt oder nicht, denn es ist deine Sache, Irma. Du solltest wissen, dass ich nur in mancherlei Hinsicht konservativ bin.« Er wandte sich ab, drehte sich aber gleich wieder zu ihr. »Du willst wissen, warum ich so verhalten reagiere? Weil ich mehr von dir erwartet hatte.« Was sollte das denn bedeuten? »Nicht technisch. Was das angeht, bin ich beeindruckt. Du bist sehr gut.« Er betrachtete das Bild noch einmal. »Es ist noch nicht einmal fertig, trotzdem steckt schon so viel Leben darin. Diese Gesichter. Man möchte den Jungen am liebsten in den Arm nehmen.« Seine Stimme wurde sanft. Er verlor sich in den Augen des Kleinen.

»Ich verstehe nicht. Wenn es dich so berührt, wie kannst du dann noch mehr von mir erwarten?«

Er sah sie an. »Du hast recht, das steht mir nicht zu. Ich dachte nur, du hättest andere Ambitionen. Ich weiß gar nicht, wie ich es sagen soll. Die Werke von Mynona gehen mir nicht aus dem Kopf.« Irma hatte das Gefühl, ihr Körper würde von innen erfrieren. Sie konnte ihn nur anstarren.

»Das ist Kunst, echte, freie, mutige Kunst! So habe ich es jedenfalls empfunden. Aber ich verstehe natürlich nichts davon.« Da war keine Ironie in seinen Worten. Er sah zu Boden und sagte leise: »Irgendwie dachte ich, so etwas würde zu dir passen, nicht Reklame. Aber es ist nicht gerecht, das von dir zu erwarten. Mynona ist ein Ausnahmekünstler. Bitte entschuldige. Das Bild ist sehr gut. Und warum nicht Reklame? Ich bin sicher, den Äskulapstab von Beiersdorf haben schon mehr Menschen zu sehen bekommen als so manches Meisterwerk, das in einem Museum verstaubt.« Er lächelte. Irma dachte schon, er würde noch etwas sagen, aber er ging.

Einmal mehr war alles gründlich schiefgelaufen. Einmal mehr hätte sie nur ein Wort sagen müssen, einen Satz: Ich bin Mynona. Wozu? Es würde nichts ändern. Sie hatten einander nicht gekannt, als sie geheiratet hatten, und sie waren einander noch immer fremd, verstanden sich falsch oder gar nicht.

Irma stand in ihrem Atelier und ließ die Tür nicht aus den Augen. Als könne er zurückkommen. Er kam nicht zurück, und sie ging ihm nicht nach, um sich für ihren unpassenden Ton zu entschuldigen. Sie wusste ja, dass das zu nichts führte. Schon als kleines Mädchen hatte sie ihre Lektion gelernt. Sie musste vier oder fünf Jahre alt gewesen sein. Beim Herumtollen im Garten war sie gestolpert und in die Rosen gefallen. Irma erinnerte sich an ihre Tränen, als sei es erst gestern geschehen. Sie hatte nicht geweint, weil die Stacheln ihr die Haut verletzt hatten, sondern weil sie genau wusste, wie sehr Mutter ihre Rosen liebte. Schluchzend hatte sie um Entschuldigung gebeten. Nie würde sie den kalten Blick vergessen.

»Eine Rose ist ein Lebewesen. Du hast es getötet, das ist nicht zu entschuldigen.« Das Schlagen der Haustür riss sie aus ihren Gedanken. Eckart war gegangen.

Es war weit nach Mitternacht. Die Betäubung, die sie empfunden hatte, löste sich auf. In aller Klarheit stand ihr Leben ihr vor Augen. Es bröckelte wie das Ufer unterhalb der Elbchaussee. Es war eine reine Frage der Zeit, wann es endgültig zerbrechen und in die Tiefe stürzen würde. Sie hatte noch nie etwas richtig gemacht, ihre Eltern waren enttäuscht, Gerda war enttäuscht, und auch Eckart hatte mehr von ihr erwartet.

Sie konnte diese Klarheit nicht ertragen, rannte in die Küche, inspizierte die Speisekammer. Sie brauchte etwas zu trinken. Sie war so schrecklich durstig. Durstig nach dem Rausch, der sie vor der Klarheit beschützte. Durstig nach einem Leben, das sich so leicht anfühlte wie das der Italiener. Mit einer Flasche Wein ging sie zurück ins Atelier und stellte sich vor das Bild mit den beiden Kindern. Der Junge weinte! Wahrhaftig, es liefen Tränen über seine Wangen. Irma schluchzte auf.

»Reklame!«, schrie sie im nächsten Moment und schüttete der Fee einen Schwall Burgunder ins Gesicht. »Damit hast du nicht gerechnet.« Sie lachte. Wie verblüfft so eine gute Fee aussehen konnte.

Plötzlich begriff Irma. »Du hast so recht, Gerda, es geht auch beides, aber zuerst ist eine neue Mynona an der Reihe, eine, die alles in den Schatten stellt.«

Schmerz. Warum hatte sie nicht schon längst den Schmerz gemalt? Er bestimmte doch schon immer ihr Leben. Sie musste ihn fühlen, um ihn auf die Leinwand zu bringen. Noch besser: Sie musste ihren Schmerz selbst in das Bild bringen. Ihr Blut. Sie lief wieder in die Küche, sah den Portwein, mit dem Hella hin und wieder Soßen abschmeckte. Nein, Mynona brauchte einen klaren Kopf. Sie riss eine Schublade auf. Löffel in allen Größen. Wer brauchte derartig viele Löffel? Sie riss das zweite Schubfach auf. Gabeln, Speisemesser. Nicht das Richtige. Dann endlich entdeckte sie ein Fleischmesser. Sie fuhr mit den Fingerspitzen behutsam über die Klinge. Angst kroch ihr den Nacken hinauf.

Sie ging zurück und stellte eine Leinwand auf die zweite Staffelei. Nichts als unschuldiges Weiß. Nicht mehr lange. Sie betrachtete das geschärfte Metall, drückte es gegen ihr Handgelenk. Ihr Herz pochte wie wild. Angst. Sie würde die Angst überwinden und mutige Kunst machen, wie Eckart es genannt hatte. Du wirst selbst erkennen, dass ich Mynona bin. Aus den Tiefen ihres Unterbewusstseins tauchte ein Ereignis ihrer Kindheit auf. Als kleines Mädchen hatte sie beim Spielen gegen den Tisch gestoßen, und ein Weinglas war ins Schwanken geraten und dann gefallen. Sie hatte zwar reagiert und es gefangen, war aber noch ungelenk und hatte viel zu kräftig zugefasst. Das Glas war zersplittert, Scherben hatten sich in Handfläche und Finger gebohrt. Die Narben verschwammen vor ihren Augen, die Erinnerung blieb klar. Das Blut war nur so gesprudelt. Mutter hatte sich furchtbar aufgeregt, weil das Damast-Tischtuch etwas abbekommen hatte, Vater reichte ihr sofort Taschentücher, mit denen sie zu verhindern hatte, dass auch das Parkett in Mitleidenschaft gezogen wurde. Ganz hoch hatte sie ihre Hand halten müssen, damit es aufhörte. Stundenlang, so war es ihr vorgekommen. Sprudelndes Blut. Verschiedene Pinsel lagen bereit. Sie musste es nur noch tun. Irma schloss ihre Finger um die Klinge, mutige Kunst. Aber sie war nicht mutig.

»Ich war doch noch ein Kind«, schrie sie. Ihre Knie gaben plötzlich nach, sie sank zu Boden. Ein Schmerz flammte in ihrer Hand auf. Das Messer. Nur kein Blut auf dem Parkett. Sie kam mühsam auf die Beine, musste sich abstützen. Die verletzte Haut hinterließ rote Spuren auf der Leinwand. Irma starrte den Fleck an. Und dann ergriff etwas von ihr Besitz, das besser war als jeder Cognac. Wie im Rausch quetschte sie Farbe auf die Palette, tauchte einen Pinsel ein, dann einen Zipfel ihres Rockes. Sie trug Rot und Gelb und Schwarz dick mit den Fingern auf, ritzte mit dem Messer Linien in die noch nasse Schicht. Schmerz. Der einer Rose. Der eines Kindes. Das flaue Gefühl in ihrem Magen ignorierte sie ebenso wie ihren trockenen Mund. Nur nicht aufhören. Bis sie es geschafft hatte. Sie taumelte rückwärts, betrachtete ihr Werk. Alles löste sich auf. Der Schwindel kam ohne Vorwarnung. Das Atelier drehte sich immer schneller. Nichts zum Festhalten.

»Wenn du dich in dieser Welt nicht zurechtfindest, dann halte dich an mir fest.« Leere Worte.

»Wo bist du denn?«, schrie sie. Dann war alles grabesstill.

Knistern, leise Stimmen. Schritte entfernten sich, eine Tür klappte. Irma versuchte, sich zu erinnern, da kam der Schmerz. Zuerst im Kopf. Gleich darauf in der Hand. Ihre Lider waren so schrecklich schwer. Sie nahm ihre Kraft zusammen, schaffte es, die Augen ein Stückchen zu öffnen. Eckart.

»Irma?« Sie blinzelte, sah ihn an. Er sah gar nicht wütend aus. Eher ängstlich. »Was machst du nur für Sachen?«

Staffeleien, verstreute Farben. Sie war also noch immer im Atelier. Sie lag auf dem Boden, den Kopf auf seinen Knien.

»Ich habe mir weh getan.« War das ihre Stimme? Ganz fremd. Dünn und zart wie das Blatt einer Rose.

»Kannst du aufstehen?« Er half ihr. Sie konnte mit links nicht greifen. Dicker Verband. Da hat Pflastermull wohl nicht gereicht. Sie hätte beinahe gelacht, doch ihr wurde wieder schwindelig, sobald sie sich aufrichtete. Langsam. Stück für Stück. Endlich stand sie. Sein Arm fest um ihre Taille, ihr Arm schlaff in seinem Nacken. Er brachte sie ins Schlafzimmer, half ihr, bis sie endlich unter der Decke lag. Sie mussten reden. Jetzt.

»Du warst weg. Die ganze Nacht.«

»Aber nein, ich war nur eine Stunde draußen«, widersprach er. »Vielleicht etwas länger.«

»Neulich.« Es war so schwer, Gedanken zu fassen, zu ordnen. »Vor ein paar Tagen warst du weg. Nachts. Bei einer anderen Frau.«

»Nein, Irma, ich habe mir ein Zimmer in einem Hotel genommen. Ich konnte es nicht ertragen, dich wieder in diesem Zustand neben mir liegen zu sehen.« Er zog einen Stuhl neben das Bett. Sie blickten sich lange an, Irma konnte seinen Kehlkopf hüpfen sehen. Warum nahm er sie nicht einfach in den Arm? Sie war so furchtbar schwach, und etwas stimmte mit ihren Augenlidern nicht. Ausruhen. Nur eine Sekunde.

Als sie einmal wach wurde, lag er noch immer nicht neben ihr. Etwas in ihr zog sich krampfartig zusammen. Ihr Blick glitt durch das noch halb dunkle Zimmer. Sie entdeckte ihn auf dem Sessel. Er war darin eingenickt. Alles in ihr entspannte sich, ihre Mundwinkel hoben sich ein wenig, ehe sie sich wieder dem Schlaf überließ.

Die Sonne blendete unbarmherzig. Irma öffnete die Augen, stöhnte. Eckarts Bett war unbenutzt. Sie stand auf, kämpfte gegen Übelkeit und Kopfschmerz. Wie mochte es in ihrem Atelier aussehen? Sie hielt sich am Treppengeländer fest, als sie die Stufen hinablief. Noch etwas wackelig, aber ihre Kraft kehrte zurück. Als sie durch die Diele huschen wollte, hörte sie Eckarts Stimme im Speisezimmer. Seine und Hellas. Verkriechen kam nicht in Frage, sie würde sich blicken lassen.

»Guten Morgen, gnädige Frau. Möchten Sie auch frühstücken?« Das klang mehr als skeptisch.

»Guten Morgen. Nein, danke, Hella, ich nehme nur einen Tee.«

»Sofort, gnädige Frau.« Sie zog sich zurück.

»Guten Morgen. Du bist noch gar nicht im Rathaus?«

»Ich habe auf dich gewartet.«

»Das ist lieb von dir.« Sie ging zu ihm, beugte sich herab, um ihm einen Kuss zu geben. Er drehte den Kopf weg. »Danke, dass du dich letzte Nacht …« Weiter kam sie nicht. Er sprang auf. Sie musste sich am Stuhl festhalten, sonst hätte er sie beiseitegestoßen.

»Wenn du Schluss machen willst, dann geh von mir aus in die Alster oder besser in die Elbe.« Seine braunen Augen glühten, sein Atem bebte. »Ich lasse mich von dir nicht erpressen.«

»Aber das wollte ich doch gar nicht. Ich weiß nicht, wie das …« Sie stockte.

»Wie auch? Du hast dich ja besinnungslos getrunken. Eine Flasche Burgunder! Musstest dir Mut antrinken, um dir die Verletzungen zuzufügen, ja?« Wenn er nur nicht so schreien würde. »Um dich umzubringen, musst du die Pulsadern aufschneiden. Und zwar so!« Er zog die rechte Handkante über das linke Handgelenk, als wolle er die ganze Hand abtrennen. »Sei wenigstens so rücksichtsvoll, Hella und mir den Anblick und die Sauerei zu ersparen.« Eiseskälte breitete sich von einem Punkt in ihren Eingeweiden aus. Immer weiter, bis in die Fingerspitzen. Selbst ihre Stirn war ausgefüllt davon. Er war mit wenigen Schritten bei ihr, so nah, dass sie sich berührten. »Ich werde so etwas kein zweites Mal mitmachen. Wenn du denkst, du hast ein Druckmittel, ich fresse dir aus der Hand, nur weil du einen theatralischen Auftritt dieser Art hinlegst, dann hast du dich geschnitten.« Er bemerkte, was er gesagt hatte, und lachte auf. »Ich wusste, worauf ich mich einlasse, als ich dich geheiratet habe. Dachte ich wenigstens. Aber du übertreibst es.« Sie sah zu ihm auf, seine Augen glänzten feucht. Sehr leise sagte er: »Ich schwöre dir, Irma, wenn du die Trinkerei nicht in den Griff kriegst und noch einmal eine solche Szene machst, dann, bei Gott, lasse ich dich einweisen.«

24
Gerda

Frühjahr 1897

Die Zeit schmolz dahin wie Butter auf einer Scholle. Manches Mal erschreckte es Gerda, wenn sie darüber nachdachte, wie schnell die Jahre seit ihrer Heirat vergangen waren. Vier, fünf, sechs Jahre, einfach so vorüber. Auch die nächsten würden im Handumdrehen vorbei sein. Sie ging jetzt schon auf die dreißig zu. Noch könnte sie Mutter werden, nur wäre eine Schwangerschaft in ihrem Alter schon mit einem erhöhten Risiko verbunden. Sie würde sich trotzdem freuen. Oft erlaubte sie sich nicht, darüber nachzudenken. Wozu auch? Oscar und sie schliefen regelmäßig miteinander. Es war jedes Mal schön, denn er war ein zärtlicher und liebevoller Mann. Doch nie war sie anschließend guter Hoffnung. Sie konnte es nicht erzwingen. Das wollte sie auch gar nicht. Gott hatte für sie andere Pläne. Trotzdem fühlte sie hin und wieder die Lücke in ihrem Leben, die nur Kinder hätten füllen können. Wenn sie jetzt so die Jahre Revue passieren ließ, fiel ihr manche Gelegenheit ein. Zum Beispiel im Herbst 1894, als Oscars Wunsch Realität wurde. Ein Reklamegemälde im Format von zwei mal drei Metern erregte in Hamburg Aufsehen. Es zierte nicht, wie er es eigentlich gedacht hatte, ein neues Fabrikgebäude. So flott war dann doch nicht einmal Oscar mit dem Neubau gewesen, sondern es war auf eine zuvor frisch geweißelte Wand an der Ecke Neuer Wall und Jungfernstieg gemalt worden. Schon der Umstand, dass Irmgard Behn, Gattin des Senators, täglich auf einer Leiter stand und mit Pinsel und Palette hantierte, war Stadtgespräch.

»Ist sie das?«

»Aber nein, völlig unmöglich. Das würde der Behn doch wohl nicht zulassen.«

Gerda fand Irmas Werk rundum schön. Zwei Kinder waren zu sehen, der Junge mit aufgeschlagenem Knie. Das Gesicht des Mädchens so voller Mitgefühl und Sorge. Und dazu eine gute Fee mit einer Schachtel Pflaster von Beiersdorf in der Hand. Gerda wäre zu gern diese gute Fee gewesen.

Eines Tages hatte Irma einfach vor ihrer Tür gestanden, vielleicht eine Woche nach Gerdas Besuch bei ihr.

»Natürlich geht beides, du hast mal wieder recht«, hatte sie gesagt. Keine Entschuldigung, keine Erklärung, warum sie es sich noch einmal überlegt hatte. So war sie eben. Niemand konnte aus seiner Haut heraus, das hatte Gerda in ihrem Leben gelernt. Wichtig war am Ende nur, dass man im richtigen Moment über seinen Schatten sprang. Es lag auf der Hand, dass Irma das getan hatte. Sie hatte über Gerdas Worte nachgedacht und ihre Konsequenzen daraus gezogen.

Zur feierlichen Enthüllung des Gemäldes erschienen einige Neugierige, darunter sogar der Zweite Bürgermeister Lehmann. Und Dirk Dierksen. Gerda hatte ihn lange nicht zu Gesicht bekommen. Doch an diesem Herbsttag, als Hamburg und mit ihm Irmas Kunstwerk von einem blauen Himmel perfekt in Szene gesetzt wurden, stand er da. Die Spinnenwebhaare klebten ihm am Kopf und glänzten wie ein frisch polierter Apfel. Man hörte schon seit geraumer Zeit, Dierksen tüftele an einer Weltneuheit, die er Frisurencreme nannte. Sie sollte den Sitz der Frisur garantieren und obendrein nicht nur Haarausfall entgegenwirken, sondern sogar den Wuchs anregen. Gerda hatte nicht den Eindruck, dass er mit der Entwicklung bereits weit fortgeschritten war.

»Um neue Einfälle nie verlegen, Herr Troplowitz«, sagte Lehmann. »Verstehen Sie mich nicht falsch, ich bewundere den Mut, die ausgetretenen Pfade zu verlassen.« Der Zweite Bürgermeister schien sich seine Formulierungen gründlich zu überlegen. Man stieß einen erfolgreichen Geschäftsmann nicht einfach so vor den Kopf, das gedachte er offenkundig zu berücksichtigen. Doch die eigene Meinung für sich zu behalten, kam eben auch nicht in Betracht. »Aber man erkennt doch, dass Sie nicht von hier sind.« Gerda sah, dass Oscar fragend die Augenbrauen hob. Gleichzeitig bemerkte sie, wie sich Dierksen näherte. Er wollte um keinen Preis verpassen, was Oscar und der Zweite Bürgermeister zu besprechen hatten.

»Ich bin hier geboren worden, bin hier aufgewachsen, und ich werde hier einmal begraben sein.« Er zupfte an seinem Bart. »Wir Hanseaten sind eher zurückhaltend. Wir empfinden es als ein wenig peinlich, sich in den Vordergrund zu drängen.« Dierksen hatte offenbar gute Ohren, denn seine Lippen verzogen sich zu einem hämischen Lächeln. »Haben Sie keine Befürchtung, als selbstgefällig zu gelten?«

»Sehen Sie, verehrter Herr Lehmann, aus genau dieser Sorge heraus habe ich davon Abstand genommen, mich selbst malen zu lassen.«

Lehmann riss die Augen auf, Dierksen schüttelte den Kopf.

»Ein kleiner Scherz«, stellte Oscar richtig. »Das wäre meiner Meinung nach selbstgefällig. Was Sie hier sehen, ist Kunst. Ein Gemälde, an dem sich die Menschen erfreuen sollen.« Ehe Dierksen, der noch näher gekommen war und sich nun geradezu neben Lehmann drängte, einen Einwand anbringen konnte, fuhr Oscar fort: »Ich will keinesfalls verhehlen, dass es mir darum geht, Reklame für meine Pflaster zu machen. Sagen Sie mir bitte, wie Reklame zurückhaltend sein kann.«

»Indem sie sich in das einfügt, was üblich ist«, antwortete Dierksen an Lehmanns Stelle. »Hanseatische Kaufleute nutzen Lagerplakate an Litfaßsäulen. Das ist seit zig Jahren ein bewährtes Mittel.«

»Wie ich hörte, experimentieren Sie mit Fetten, um Haare zu bändigen. Hat man früher nicht Puder verwendet?«, fragte Gerda so harmlos, wie sie nur konnte. »Warum etwas Neues probieren?«

»Die gnädige Frau hat zweifellos recht«, sagte Lehmann, »das Alte mag gut sein, Neues ist jedoch manchmal besser.«

»Sie sagen es: manchmal.« Dierksens blasses Gesicht bekam allmählich Farbe. »Doch längst nicht immer ist das Neue dem Alten überlegen.«

»Auch das ist richtig.« Lehmann war schon lange im Senat und verstand sich prächtig darauf, niemandem auf die Füße zu treten.

»Litfaßsäulen sind wie Zeitungen«, dozierte Dierksen. »Dort werden Veranstaltungen angekündigt und zwischendurch Reklamebotschaften verbreitet.«

»Wie soll ein Produkt in den Köpfen haften bleiben, wenn mal eine Zahnpasta, kurz darauf ein Abführmittel im gleichen Rahmen zu sehen ist?«

Oscar sah ihn freundlich an.

»Durch seine Qualität, lieber Herr Kollege.«

»Die ist das Wichtigste, da stimme ich mit Ihnen überein. Nur braucht sie Unterstützung, sobald ein hochwertiges Produkt nicht mehr allein auf dem Markt ist, sondern es mit Konkurrenz von bemerkenswerter Güte zu tun bekommt.« Oscar blickte sich um. Längst hatte sich eine Traube von Menschen gebildet, die staunend zu den drei Gesichtern hinaufschauten. Einzelne Damen und Herren nahmen sich Zeit, alle Details zu betrachten. Familien im Sonntagsstaat unterbrachen ihren Spaziergang zur Alster, die Kinder zeigten mit den Fingern. Ihnen allen lag ein Lächeln auf den Lippen. Es ging ihnen offenbar so wie Gerda und Oscar beim ersten Anblick von Irmas Entwurf: Ihnen ging das Herz auf.

»Sehen Sie, Herr Dierksen«, sagte Oscar leise, »das ist der Unterschied. Die Hamburger sollen nicht nur ein Produkt schätzen. Ich will, dass sie eine Bindung dazu aufbauen, ein Gefühl damit verbinden.«

Dierksen lachte lauf auf.

»Aber muss es gleich eine ganze Wand sein?« Er blickte Beifall heischend zu Lehmann. »Mit hanseatischer Bescheidenheit hat das wenig zu tun.«

»Mag sein«, entgegnete Oscar ruhig. »Ich kann mir jedenfalls nichts Langweiligeres vorstellen, als auf einem Lagerplakat zu werben. Es ist in meinen Augen der Gipfel der Einfallslosigkeit.«

Oscar sollte recht behalten. Die Hamburgerinnen und Hamburger liebten ihr Gemälde. Bald war überall nur von Fiete, Fine und der Fee die Rede.

Kurz vor dem Weihnachtsfest desselben Jahres lud Oscar Hermann Krause ein. Gerda freute sich. Obwohl Fabrik, Kontore und Wohnhaus auf einem Grundstück lagen, bekam sie den liebenswerten Lockenkopf nicht häufig zu sehen. Er wurde nächstes Jahr schon dreißig und hatte, soweit sie wusste, noch immer keine Frau an seiner Seite. Wie war das nur möglich? Sie konnte ihn natürlich nicht fragen, schließlich ging es sie nichts an, aber sie hoffte im Stillen, dass er von allein ein wenig erzählen würde. Was Oscar ihm vorschlagen würde, war Anlass genug, um aus seinem Leben zu plaudern, fand sie. Genau wie Oscar wäre er bestimmt ein zauberhafter Vater. Genau wie Oscar blieb ihm dieses Glück versagt. Ein Jammer! Sie wies Rosa an, Früchtebrot, Bratäpfel und Punsch vorzubereiten.

Pünktlich auf die Minute tauchte Hermann auf und begrüßte Gerda und Oscar formvollendet. Er könnte ein beeindruckender Mann sein, ging ihr durch den Kopf. Schon im nächsten Moment verhedderte er sich im Ärmel seines Mantels, aus dem Agnes ihm helfen wollte. Agnes war noch nicht lange im Hause Troplowitz angestellt. Sie wischte Staub, kümmerte sich um die Garderobe und ging Rosa bei Bedarf zur Hand. Es war ein Spektakel, bis sie endlich mit Hermanns Mantel über dem Arm in die Diele verschwinden konnte.

»Ich will gar nicht erst drum herum reden«, begann Oscar, nachdem ihr Gast sich gesetzt hatte. »Ich habe vor, gemeinsam mit meiner Frau noch möglichst viel von der großen schönen Welt zu erkunden.«

»Das kann ich nachvollziehen.« Hermann nickte. Dann fiel ihm offenbar ein, dass es einen Grund geben musste, ihm von den Reiseplänen zu erzählen. Seine Stirn legte sich in Falten. »Ich soll sie doch nicht … Ich kann ja auch gar nicht so lange aus Hamburg weg.«

»Wir brauchen weder Chauffeur noch Gepäckträger«, beruhigte Oscar ihn lachend. »Wäre das der Fall, würde ich jemanden wählen, der weniger Appetit hat als Sie. Das wäre schonender für die Reisekasse.« Wie auf ein geheimes Stichwort erschien Rosa mit einer Platte dampfender Äpfel. Es duftete nach Mandeln, Rosinen und besonders nach Zimt. Rosa servierte jedem ein Exemplar und goss reichlich Vanillesoße darüber.

»Dann lassen Sie es sich mal schmecken«, sagte sie und zog sich wieder zurück. Die Sauciere ließ sie neben Hermanns Teller stehen.

»Vor allem würde ich nicht ausgerechnet den Mann wählen, den ich im Unternehmen benötige«, fuhr Oscar fort.

»Ja, eben. Das meine ich ja, ich kann nicht einfach Ferien machen.« Der Bratapfel beschäftigte Hermann zwar nicht lange, aber so gründlich, dass er erst einmal von Oscars Anliegen abgelenkt war.

»Wenn ich weg bin, brauche ich jemanden hier, auf den ich mich verlassen kann.«

»Das können Sie, Herr Troplowitz, das können Sie jederzeit.«

»Ich weiß. Dummerweise gibt es verschiedene Dinge, die Sie nicht erledigen dürfen. Bisher. Was ist etwa, wenn uns der Kautschuk ausgeht, während ich gerade in Afrika bin?«

»Afrika?« Gerda hoffte, sich verhört zu haben.

»Das war nur ein Beispiel, Liebste.«

Sie legte sich eine Hand auf die Brust. »Ich dachte schon, du hast bereits konkrete Pläne.«

»Konkret schwebt mir erst einmal Belgien, Frankreich und auch Großbritannien vor.« Gerda atmete auf, das klang deutlich weniger aufregend und anstrengend. »Die Produktion kann unmöglich ruhen, bis ich zurück bin«, setzte Oscar seine Argumentation fort.

»Nein, völlig undenkbar!« Hermann legte die Kuchengabel ab und sah ihn erwartungsvoll an.

»Noch einen Apfel?«, schlug Gerda vor.

»Wenn noch ein kleiner da ist …«

»Ganz bestimmt.« Sie rief nach Rosa.

»Ebenso wenig möchte ich mir vorstellen, dass eine Großbestellung hereinkommt, aber niemand ist befugt, die Produktion entsprechend umzustellen. Darum, lieber Krause, habe ich mich entschieden, Ihnen Prokura zu erteilen.«

Hermann rutschte auf dem Sessel einmal nach vorn, dann gleich wieder zurück. »Das ist sehr nett, ich fühle mich auch … Nur haben andere doch viel mehr fachliche Kenntnisse … Denken Sie nicht? Also, ich weiß nicht.«

»Mensch, Krause, nun hören Sie mal auf zu stammeln! Fachliche Kenntnisse habe ich selbst und werde aufs Beste von meinem lieben Freund Dr. Unna unterstützt. Was ich brauche, ist ein Mann, der die Abläufe kennt und Entscheidungen zum Wohl der Firma trifft. Einer, dem ich vertrauen kann, der fleißig ist und zuverlässig. Und leiden können will ich den Mann auch.«

Rosa brachte den nächsten Bratapfel.

»Dann kann ich wohl nicht nein sagen«, meinte Hermann gerade.

»Das können Sie wirklich nicht. Ich bin doch extra deswegen gekommen.« Sie legte ihm die Süßspeise auf.

»Wie?« Er sah sie irritiert an.

»Danke, Rosa, es ist alles bestens«, sagte Gerda und lachte leise.

»Ich werde Ihr Vertrauen nicht enttäuschen, Herr Troplowitz«, versicherte Hermann, als Rosa die Tür hinter sich geschlossen hatte. »Ich weiß gar nicht, wie ich … Danke!«

Schnell waren die Einzelheiten geklärt, darunter selbstverständlich eine anständige Erhöhung seines Salärs. Es dauerte, bis Hermann sich an den Gedanken gewöhnt hatte. Doch dann entspannte er sich sichtlich und plauderte ungehemmt drauflos. Gerda spitzte die Ohren. Herr Krause schwärmte ja geradezu von dieser Antonia Peters, die sich als Toni bei Oscar beworben hatte und jetzt in der Verpackungsabteilung arbeitete. Hatte sie nicht zunächst Pflaster verkauft, die angeblich ihr Mann hergestellt hatte? Dabei lag der schon unter der Erde.

»Fräulein Peters ist ein Gewinn«, sagte Hermann und fügte hastig hinzu: »Für Beiersdorf, meine ich natürlich.«

»Natürlich«, erwiderte Oscar und warf Gerda rasch einen amüsierten Blick zu.

»Sie kann weit mehr als nur Pakete packen, denke ich.«

»Sie wollte auch mehr, von dem Tag an, als sie bei mir angefangen hat. Nun, ich fürchte, für die Entwicklung neuer Produkte fehlt ihr das nötige Wissen. Sie hat weder Grundlagen der Chemie noch der Pharmazie.«

»Das ist wahr, das ist bestimmt nicht das Richtige für sie. Zwar experimentiert sie, soweit ich weiß, noch immer mit Pflastern, sie hat sich richtig festgebissen, doch vor allem kümmert sie sich immer um andere. Gretel zum Beispiel. Die hat sie von Anfang an unter ihre Fittiche genommen.«

Gerda konnte nicht mehr an sich halten. »Sie scheinen ja regelrecht hingerissen zu sein von Fräulein Peters.«

»Wie? Nein. Ich meine … Sie ist angenehm.«

»Angenehm?« Gerda musste lachen. »So eine Beschreibung habe ich für eine Frau auch noch nicht gehört.«

»Sie würden gut zusammenpassen«, sagte Oscar. »Auf die Idee sind Sie noch nie gekommen?«

»Wir sind nur befreundet.« Er blickte auf seine schmalen Hände. »Ich weiß nicht.« Hermann dachte lange nach. »Das mit Richard war wohl die ganz große Liebe«, meinte er dann.

»So etwas soll es geben.« Oscar warf Gerda einen Blick zu, der ihr die Seele wärmte. Die ganz große Liebe gab es wirklich. Das größte Geschenk, das sie sich vorstellen konnte. Hermann ließ den Kopf hängen.

»Man hört allerdings selten davon«, sagte sie sanft. »Außerdem ist es doch schon eine ganze Weile her, dass ihr Mann gestorben ist. Sie ist noch jung.«

»Vielleicht war die erste Ehe auch alles andere als glücklich, und nun hat sie für immer die Nase voll«, mutmaßte Hermann.

»Gibt es denn ganz sicher keinen anderen?« Fräulein Peters war ein hübsches Ding. Gerda konnte sich nicht vorstellen, dass sich niemand für eine attraktive junge Witwe mit eigenem Einkommen interessierte. Sie sah Hermann an, der jetzt regelrecht betroffen wirkte. Von wegen nur Freunde. Jede Wette, wenn es nach ihm ginge, wäre da sehr viel mehr.

Oscar räusperte sich. »Wie auch immer, wenn Sie nun bald Prokurist von Beiersdorf & Co. sind, sollten Sie über kurz oder lang auch eine Ehefrau an Ihrer Seite haben.« Er deutete mit dem Kopf auf Hermanns Brust und schmunzelte. »Irgendjemand muss Ihnen schließlich sagen, wenn Ihr Hemd mal wieder falsch geknöpft ist.«

Ein Jahr nach ihrer Italienreise fuhren Gerda und Oscar nach Belgien. Von dort setzten sie über nach Großbritannien. Wie schon bei ihrer ersten großen Reise verwandelte sich Oscar für ganze Tage vom Geschäftsmann in den Kunsthistoriker, der er gern geworden wäre. Manchmal auch in ein Kind, das jeden neuen Ort als ein großes Abenteuer betrachtete. Weder seine Neugier noch seine Begeisterungsfähigkeit schienen Grenzen zu kennen. Hatte er eben noch die Erkundung einer Burg genossen, konnte er es im nächsten Moment nicht abwarten, ein Schiff zu besteigen. Doch es gab auch Augenblicke, in denen er von einer Sekunde auf die andere wieder zum Unternehmer wurde.

»Sieh dir das an!«, forderte er sie in Großbritannien etwa auf. »Reklameplakate. Groß, bunt, überall. Hier sind sie längst üblich, nicht die kleinen Zettel an albernen Säulen. Wir zu Hause hinken schrecklich hinterher.«

Sie schrieben eifrig Postkarten, woran sie beide viel Freude hatten. Darüber hinaus telegrafierte Oscar in regelmäßigen Abständen, um durchzugeben, wo sie als Nächstes Station machten und erreichbar waren. Zum einen wollte er immer über aktuelle Entwicklungen informiert sein, zum anderen war er selbstverständlich für alles, was bei Beiersdorf geschah, verantwortlich.

»Ich bin und bleibe der Kapitän«, erklärte er ihr. »Auch wenn ich mit Hermann jetzt einen ordentlichen Steuermann habe, entbindet es mich nicht davon, für sämtliche Fehler geradezustehen. Ob ich nun persönlich anwesend bin oder mit dir durch die Welt reise.«

Und tatsächlich ging etwas schief. Als sie im Begriff waren, von Liverpool, wo Oscar unbedingt den Hafen sehen wollte, wieder in Richtung London zu reisen, erreichte ihn ein Telegramm von Hermann:

SALBENREIBMASCHINE DEFEKT. WERNER HAGEN SAGT, ANTONIA PETERS SCHULD. UNRECHTMÄSSIG UND UNSACHGEMÄSS IN BETRIEB GENOMMEN. WAS SOLL ICH TUN? MUSS ICH SIE BESTRAFEN?

»Ach du liebe Güte!« Es gab nur eine solche Maschine, die auch noch sehr teuer gewesen war. »Und nun? Kann man das reparieren?«

»Woher soll ich das wissen, Mutzl? Hermann soll einen Fachmann rufen, der das beurteilen kann.«

»Und bis dahin steht die Produktion still? Ist das nicht ein schlimmer Verlust?«

»Wir hatten die Maschine noch nicht lange. Ich will meinen, die Arbeiter wissen noch, wie sie die Salbe in Handarbeit herstellen.« Ihm fiel etwas ein. »Besser, ich schreibe Hermann das ausdrücklich. Nicht, dass er die Leute nach Hause schickt.«

»Dann ist das Malheur nicht so dramatisch?«

»Kein Grund zur Freude, aber ebenso wenig einer zum Verzweifeln.« Er klang ausgesprochen gefasst, also regte sich Gerda auch nicht weiter auf. Sie ließ sich die Zeilen, die er ihr vorgelesen hatte, durch den Kopf gehen.

»Meinst du, Fräulein Peters wollte auf eigene Faust eine Salbe herstellen?« Schon als sie es aussprach, erschien es Gerda absurd.

»Ich habe keinen Schimmer, was in ihrem Kopf vor sich geht.« Plötzlich lachte er laut. »Wäre doch zu nett, wenn sie Hermann heiraten würde. Dann hieße sie nicht mehr Peters, sondern Krause. Sehr passend für ihre krausen Gedanken.« Er wurde ernst. »Hermann glaubt zwar, dass sie daheim am Küchentisch noch immer an neuen Pflastern probiert, aber seit ihrer Bauchlandung mit der Gelatine hat sie mich nicht mehr angesprochen. Sie erledigt ihre Arbeit, das war's. Ich kann mir schwer vorstellen, dass sie einfach so in die Fabrik marschiert und eine Maschine … Nein, unmöglich. Allein hätte sie das nicht bewerkstelligt. Jemand hätte ihr zeigen müssen, wie der Apparat überhaupt funktioniert.«

»Du musstest schon einmal herausfinden, wer die Wahrheit sagt, Fräulein Peters oder Herr Hagen.«

»Beim letzten Mal ist es mir nicht gelungen. Dieses Mal bin ich geneigt, noch skeptischer zu sein. Kann doch sein, dass Hagen einfach etwas gegen Antonia hat.« Sie hingen ihren Gedanken nach.

»Ich glaube, Herr Krause wüsste genau, was zu tun ist, wenn es sich nicht ausgerechnet um Fräulein Peters handeln würde. Es ist sicher schrecklich für ihn, ihr eine Strafe aufzubrummen«, sagte Gerda.

»Das muss er nicht. Ich kümmere mich um die Angelegenheit, wenn wir zurück sind. Er muss bis dahin nur für Frieden sorgen.« Oscar lächelte ein bisschen schief. »Das dürfte Herausforderung genug sein.«

Während sie an diese Zeit zurückdachte, musste Gerda sich eingestehen, dass sie auf ihren Reisen immer mindestens einmal in einer Synagoge darum gebetet hatte, doch noch Kinder zu bekommen. Der regelmäßige Besuch eines Waisenhauses gehörte ebenfalls zu ihrem Programm, für Gerda war es jedes Mal ein ganz besonderes Erlebnis, das sie lange beschäftigte. Besonders eine kleine Einrichtung unweit von Brighton ging ihr nicht mehr aus dem Kopf. Sie waren am Waschtag dort. Die größeren Mädchen und Jungen hängten sorgsam Hosen, Blusen und Handtücher auf die Wäscheleinen, die von Baum zu Baum gespannt waren. Ein Steppke war zu klein, wollte aber unbedingt helfen. Kurzerhand schnappte er sich einige der winzigen Strümpfe und drückte sie an den rauen Putz des Hauses. Nie würde Gerda seinen überraschten Blick vergessen, als die Socken hängen blieben. Erst staunte er, dann brach er in Freudengeheul aus. In dem Moment hätte sie den Jungen am liebsten mitgenommen.

Nach ihrer Rückkehr nach Hamburg hatte Oscar alle Hände voll zu tun. Und Gerda stürzte sich auch deshalb mit so viel Energie in ihre Pflichten, weil sie den Gedanken zum Schweigen bringen musste, sie könnten eins der armen Kinder tatsächlich aus dem Heim holen. Es war höchste Zeit gewesen, den dritten Kunstsalon vorzubereiten. Darauf hatte sie sich mit aller Macht konzentriert. Der zweite hatte im Winter des Jahres 1894 mit Valentin Ruths einen großen Namen zu bieten gehabt. Gerda hatte sich für ihn entschieden, weil sie seine italienischen Landschaften so liebte. Die Wandgemälde im Treppenhaus der Kunsthalle waren jedem in der Stadt ein Begriff. Dieses Mal präsentierte Gerda ihren Gästen also keinen Skandal, sondern einen angesehenen Künstler, der bereits mehrere Auszeichnungen erhalten hatte. Es war nicht einfach, einen Schwerpunkt für den nächsten Salon zu finden, der sich mit dem letzten messen konnte. Am besten, sie lud dieses Mal einen Bildhauer ein, das wäre nach zwei Malern eine Abwechslung.

Sie sprach in der Kunsthalle mit Direktor Alfred Lichtwark, besuchte mit Irma Ausstellungen und zerbrach sich mit ihr den Kopf über ein Motto, unter das man den Salon stellen konnte. Wenn sie und Oscar am Abend endlich beide zu Hause waren, erzählten sie einander von dem, was sie am Tag beschäftigt hatte.

In Oscars Fall war das in erster Linie der Neubau. Die Salbenreibmaschine war längst repariert, darum hatte sich Hermann noch in ihrer Abwesenheit gekümmert. Für Oscar blieb die Aufgabe, den Streit zwischen Herrn Hagen und Fräulein Peters zu klären. Nur wie? Dieses Mal befragte er die beiden getrennt voneinander.

»Ist irgendetwas zwischen Ihnen vorgefallen, das eine Feindschaft ausgelöst hat?«, wollte er sowohl von Herrn Hagen als auch von Fräulein Peters wissen. Hagen wies das von sich und betonte, er habe rein zufällig beobachtet, wie Fräulein Peters in der Mittagsstunde, als alle anderen ihre wohlverdiente Pause genossen, in den Produktionsraum geschlichen sei.

»Das kam mir natürlich komisch vor, denn ich war der Meinung, sie hätte dort nichts zu suchen«, behauptete er Oscar gegenüber. »Ich wollte meine Nase nicht in fremde Angelegenheiten stecken, mir kam es eben nur seltsam vor. Als es kurz darauf hieß, mit der Salbenreibmaschine sei etwas nicht in Ordnung, habe ich eins und eins zusammengezählt. Ich empfand es als meine Pflicht, meine Beobachtung dann zu melden.«

Gerda musste Oscar zustimmen, als er von dem Treffen berichtete, es klang alles sehr plausibel. Die Aussage von Fräulein Peters allerdings auch. Sie beteuerte, sie habe den Raum nicht einmal betreten.

»Ich hatte mir 'n Klappbrot mitgebracht, weil das Wetter doch so schön war. Da bin ich rüber in den Park an den kleinen Weiher. Da steht eine Bank unter einer Trauerweide, da habe ich gesessen. Allein.« Auf die Frage, was Herr Hagen wohl gegen sie haben könnte, sei sie ganz außer sich gewesen, weil sie sich das auch schon mehr als einmal gefragt habe, erzählte Oscar.

»›Ich glaub, das ist einfach ein Stinkbüdel, Herr Troplowitz‹, hat sie gesagt und sich gleich darauf entschuldigt«, gab er amüsiert wieder. »Das sage man nicht, meinte sie, aber es sei nun mal die Wahrheit. ›Wir kennen uns nicht, warum hängt er mir erst einen Diebstahl an und jetzt die Sache mit der teuren Maschine?‹«, zitierte er seine Mitarbeiterin. Und nachdenklich fügte er hinzu: »Das frage ich mich auch.«

Gerda beneidete ihren Mann im Sommer und Herbst des Jahres 1895 wahrlich nicht. Personalangelegenheiten erforderten Fingerspitzengefühl, das Bauprojekt verlangte Aufmerksamkeit, ein scharfes Auge und Durchsetzungsvermögen. Eine zweite Fabrik! Ihr kam es vor, als sei die erste eben erst eingeweiht worden. Als ob er nicht schon genug im Kopf hätte, blieb Oscar obendrein seiner Strategie treu, gleichzeitig an verschiedenen neuen Produkten zu tüfteln und ebenso viel Energie in die Verbesserung bestehender zu stecken. Warum nicht ein Pflaster ohne medizinischen Wirkstoff herstellen? Ein Heftpflaster, das einfach nur einen Verband auf der Haut fixieren konnte, ohne dass es selbst Wirkstoffe in sich hatte, war seine neueste Idee. Sie stieß nicht überall auf Begeisterung. Einige Dermatologen äußerten sich sogar unangemessen verächtlich, wie Gerda fand. So las Oscar ihr eines Tages einen Kommentar vor, der in *Berichte der deutschen chemischen Gesellschaft* abgedruckt war.

»›Ein gänzlich überflüssiges Angebot‹«, wiederholte er wütend, nachdem er den gesamten Artikel laut vorgelesen hatte. »Wie kann er so urteilen? Dieser Schmierfink hat den Unterschied zu herkömmlichen Pflastern doch gar nicht näher geprüft.«

Glücklicherweise erkannten andere den Wert von Oscars neuer Entwicklung. Es gab beispielsweise die Anfrage einer Universitäts-Augenklinik aus Budapest.

»Sie benötigen Augenbinden, die nur an den Enden kleben und keine Feuchtigkeit durchlassen«, erzählte er Gerda an einem verregneten Sonntag im späten Herbst. »An diese Form der Anwendung habe ich noch gar nicht gedacht. Aber natürlich, dafür bietet sich unser Pflaster ebenfalls an. Die Herrschaften in Ungarn werden zufrieden sein, und ich werde meine Reklame gezielt Augenärzten und -kliniken zukommen lassen.«

Sein Pflaster ohne Arzneistoff beschäftigte ihn auch im neuen Jahr. Die ersten Hyazinthen steckten vorwitzig die Köpfe aus der Erde, die ihre Schneedecke fast vollständig abgelegt hatte.

»Wir verwenden jetzt extra viele Harze, wodurch sich die Klebkraft bedeutend erhöht hat«, erklärte Oscar ihr eines Morgens.

»Das hört sich doch sehr gut an«, entgegnete Gerda. »So wie du es sagst, klingt es allerdings auch nach einem Aber.«

Oscar trat ans Fenster. »Da hast du leider recht. Meine Cito-Sport-Heftpflaster kleben so stark, dass man sie kaum von der Haut ablösen kann. Zudem verursachen sie bei empfindlicher Haut, wie du sie hast, Reizungen.«

»Also doch weniger Harze?«

»Das mindert wieder die Klebkraft«, antwortete er sofort. »Die allerdings ist einzigartig.«

»Was dann?« Gerda blickte von ihrem Block auf. Sie versuchte sich an einer Bleistiftskizze. Das Zeichnen machte ihr Freude, das Ergebnis dagegen nicht. »Es hilft ja nichts, wenn ein Pflaster tagelang zuverlässig eine Schnittwunde schützt, dem Nutzer aber Ausschlag beschert. Und wenn man es dann nur mit Gewalt abreißen kann …« Sie mochte es sich nicht vorstellen.

»Du bist genial, meine Liebe!« Er strahlte sie an.

»Ich verstehe nicht. Du weißt doch selbst, welche Defizite dein Cito noch hat.«

»Gar keine«, rief er. »Das Produkt ist überhaupt nicht das Problem, die Anwendung ist es. Bisher existiert kein Band, das derartig zuverlässig klebt.« Wieder wandte er sich dem Fenster zu. »Für Verletzungen haften unsere bisherigen Varianten gut genug. Im technischen Bereich spielen Empfindlichkeit und Reizung keine Rolle.« Er dachte mehr laut, als dass er mit ihr sprach. »Wofür könnte man es also gebrauchen?« Gerda stand auf und trat zu ihm. Pharmazeutische Artikel im weitesten Sinn waren sein Geschäft. Er würde doch nicht mit einer ganz neuen Linie beginnen wollen? Technische Produkte von Beiersdorf? Wie ging das zusammen? Draußen schob gerade ein kleiner Junge ein Fahrrad, das viel zu groß für ihn war. Einen Platten hatte es außerdem noch. Der arme Knirps. Wohin wollte er nur? Gerda hatte ihn noch nie gesehen, er wohnte gewiss nicht in der Gegend.

»Ja, natürlich, zum Flicken von Reifen!« Oscar hatte so geschrien, dass Gerda zusammenzuckte und unwillkürlich einen Schritt zur Seite machte.

»Wir werden mein Cito speziell Radfahrern schmackhaft machen. Damit haben sie jederzeit etwas zum Abdichten defekter Reifen zur Hand und müssen nicht schieben, wenn sie fern von daheim durch einen Nagel oder eine Scherbe gerollt sind.«

Der Einfall kam Gerda ein wenig absurd vor, besonders weil diese Form der Nutzung so gar nichts mit den pharmazeutischen Produkten zu tun hatte, mit denen sich Beiersdorf einen Namen gemacht hatte.

Irma dagegen war gleich Feuer und Flamme.

»Dein Mann ist der einzige Geschäftsmann, den ich kenne, der nicht in engen Schranken denkt.« Sie lachte und warf ihr Haar zurück. Ein Zeichen für Unsicherheit, wie Gerda inzwischen wusste. »Zugegeben, besonders viele kenne ich auch nicht. Du kannst sehr stolz auf ihn sein.« Schlich sich da eine Spur Traurigkeit in ihre Stimme? Etwa vier Jahre waren sie und Eckart nun verheiratet. Es sah nicht so aus, als seien sich die beiden in dieser Zeit näher gekommen.

Zwei Tage nach ihrem Gespräch stand Irma unangemeldet vor der Tür. Es war ein grauer, stürmischer Sonntag.

»Ich hoffe, ich störe nicht«, sagte sie, nachdem Agnes sie ins Wohnzimmer geführt hatte.

»Keineswegs«, antwortete Gerda.

»Wie könnte die Künstlerin stören, die für mich die herrlichsten Reklame-Gemälde zaubert?« Oscar deutete auf einen freien Sessel. »Wir freuen uns, wenn Sie uns ein wenig Gesellschaft leisten.«

»Ich bleibe nicht lange«, wehrte sie sofort ab. »Es ist nur so, dass mir Gerda neulich von Ihrem neuen Produkt erzählt hat, von diesem Cito-Klebeband. Sie sprach von technischer Anwendung. Wenn ich es richtig verstanden habe, wäre das ein völlig neuer Artikel in Ihrer Palette.«

Gerda fing Oscars Blick auf. Neugierig, erwartungsvoll, wenn auch ein wenig irritiert. Auch sie konnte Irmas Besuch noch nicht recht einordnen. Normalerweise musste man sie dazu drängen, für Salbe oder Mull eine Zeichnung zu entwickeln, jetzt aber redete sie angeregt von geschäftlichen Dingen, mit denen sie nichts zu schaffen hatte.

»Um genau zu sein«, fuhr sie fort, »sprach Gerda von der Anwendung für Fahrradfahrer. Wie viele mögen das sein im gesamten Deutschen Reich?«

Oscar spitzte die Lippen. »Darüber habe ich mir noch keine Gedanken gemacht.«

»Aber ich habe mir welche gemacht«, sagte sie. Ihre Wangen leuchteten rosig. »Und mir sind eine Menge Ideen in den Sinn gekommen, wozu das Klebeband noch genutzt werden könnte. Also, wenn es so stark ist, dass es das Entweichen der Luft aus einem Reifen verhindert.«

»Sehr interessant«, sagte Oscar und ließ sie nicht aus den Augen. »Und weiter?«

»Mit Ihrer Reklame wollen Sie gewiss möglichst viele Menschen ansprechen, für die Ihr technisches Band von Nutzen sein kann.« Sie strich sich ihr Haar hinter das Ohr und lüftete endlich das Geheimnis einer großen ledernen Mappe, die sie mitgebracht und an den Sessel gelehnt hatte. »Es ist noch nicht fertig, sondern nur ein Entwurf«, erklärte sie, während sie einen Bogen Karton hervorzog.

Gerda schossen vor Rührung Tränen in die Augen. Irma hatte aus freien Stücken, ohne darum gebeten worden zu sein, ein Reklamebild gezeichnet. Die leuchtenden Farben mussten jedem sofort auffallen. Es war umwerfend. Auch Oscar hatte es die Sprache verschlagen, was nicht häufig zu erleben war.

»Ich hatte mir das so vorgestellt«, sagte Irma leise in die Stille, »die Frau repariert gerade ihre Reitstiefel mit Cito.« Die Frau, von der sie sprach, war eine Erscheinung. Das Wort rassig kam Gerda in den Sinn. »Wie Sie sehen, habe ich das Klebeband gelb gemacht, es kann aber jede Farbe haben, die Sie wünschen.« Was war nur mit Irma geschehen? Sie war wie verwandelt. »Wichtig ist nur, dass es an allen Stellen die gleiche möglichst auffällige Farbe hat.« Sie deutete auf ein Fahrrad, von dem nur der geflickte Vorderreifen aus der Scheune guckte. Am linken äußeren Rand des Bildes war ein altes Haus angedeutet, ein Fenster weit geöffnet, ein Vorhang flatterte im Wind. Auch er war mit Cito repariert worden. Es klebte an einer Gießkanne, sogar an einer Sonnenblume, deren Stiel vermutlich geknickt worden war. Das gefiel Gerda besonders gut.

»Irma, Sie sind nicht nur eine große Künstlerin, wie wir längst wissen, Sie haben auch noch Ideen! Die Leute werden das Plakat lange ansehen, weil jeder noch eine Stelle finden will, an der Cito benutzt worden ist. Wie ein Wettstreit. Wer entdeckt zuerst alle Pflaster?«

»So hatte ich mir das gedacht«, entgegnete sie bescheiden und lächelte.

»Könnte man nicht sogar einen Wettbewerb daraus machen?«, schlug Gerda vor. »Das Gemälde könnte an zwei oder drei Orten der Stadt aufgehängt werden. Und man druckt es außerdem in der Zeitung ab. Alle sind aufgerufen, die richtige Anzahl verwendeter Cito-Streifen an Beiersdorf zu senden.«

»Und unter den richtigen Antworten verlosen Sie …« Irma stockte. »Etwas Schönes«, beendete sie den Satz.

Oscar spitzte die Lippen und blickte von einer zur anderen.

»Brillant! Ihr beiden seid brillant. Ich bin schon lange der Auffassung, dass mehr Frauen in meinem Unternehmen arbeiten sollten. Sie haben so ganz andere Ansichten, Erfahrungen und, wie ich gerade wieder erleben durfte, Einfälle als Männer. Ich muss mir unbedingt etwas für euch überlegen.«

Welch eine Freude, Irma so glücklich strahlen zu sehen.

Was Oscar damit meinte, er müsse sich etwas für sie überlegen, hatte Gerda zunächst nicht erfahren, denn er hatte gut damit zu tun gehabt, die neue Fabrik in Betrieb zu nehmen. Es wurden mehr Arbeiter gebraucht. Der Kundenkreis, für den das technische Band in Frage kam, war schier unendlich groß. Das bedeutete, ihr Mann musste neue Kontakte knüpfen, Messen besuchen, in Fachblättern werben, von deren Existenz er bis dahin nicht einmal einen Schimmer gehabt hatte. Gerda bekam ihn nicht oft zu sehen. Manchmal lag sie schon im Bett, wenn er von der Fabrik zum Wohnhaus herüberkam. Dann war er für ein paar Tage auf einer Messe in Frankfurt, um sein Band zu präsentieren. War er bei ihr, nickte er hin und wieder in seinem Sessel ein. Er war erschöpft und hätte ein wenig Erholung gebraucht. Er war allerdings gleichermaßen erfüllt von einer Leidenschaft und Freude, weil sich alles so entwickelte, wie er es sich ausgemalt hatte. Auch der Wettbewerb, den sich Irma und Gerda ausgedacht hatten, war ein Erfolg. Wobei Gerda fand, dass es ihn gar nicht gebraucht hätte. Irmas Plakat hätte gereicht, um Cito in alle Munde zu bringen. Die Reiterin hatte Irma noch ein wenig aufreizender gemalt als auf der Skizze. Ihr Ausschnitt war gewagt, das Pferd neben ihr mit schwarz glänzendem Fell eindeutig als Hengst erkennbar. Welch ein Skandal!

Und dann hatte Oscar ja noch einen Vertrag mit Dr. Unna geschlossen, dessen dermatologische Klinik sich vor Zulauf kaum retten konnte. Kein Wunder, erst kürzlich hatte der kluge Arzt mit einer vollkommen neuen Untersuchungsmethode von sich reden gemacht. Gerda verstand nicht genau, wie das funktionieren sollte, hatte sich aber erklären lassen, er sei in der Lage, die Hautschichten einzeln zu betrachten. Schichtprojektion nannte er das Verfahren. Unvorstellbar.

Jedenfalls rieb sich Oscar nach Unterzeichnung des Vertrags die Hände und öffnete eine Flasche Sekt.

»Paul und ich haben heute eine schriftliche Vereinbarung getroffen. Damit habe ich Rechtssicherheit, auch weiterhin seinen Namen auf unsere Verpackungen schreiben zu dürfen. Nach Dr. Unna«, sagte er feierlich. »Das steht noch immer und wahrscheinlich mehr denn je für Qualität und Kompetenz.«

»Aber die Leute wissen doch auch so, dass alles gut ist, was aus dem Hause Beiersdorf & Co. kommt.« Auch dass Oscar und Dr. Unna eng zusammenarbeiteten, war allgemein bekannt.

»Es geht mir nicht um die Leute. Nicht nur. Ich möchte, dass die Fachwelt überzeugt ist.« Er hob einen Zeigefinger. »Und bleibt. Ärzte sollen ihren Patienten mit gutem Gefühl unsere Salben und Pflaster verabreichen und empfehlen.« Da war wieder dieser Blick, der ihr sagte, dass ihr Mann noch viel mehr im Sinn hatte.

»Na los, raus damit, was heckst du mit dieser schriftlichen Vereinbarung wirklich aus?«

»Das, was ich sagte.« Er zupfte an seinem Bart. »Im Gegenzug für die Erlaubnis, seinen Namen zu nutzen, gewähre ich ihm jederzeit Zugang zu unserem Laboratorium. Er muss schließlich die Möglichkeit haben, Rezepturen und Herstellung selbst zu überprüfen, wenn er seinen Namen auf den Produkten lesen muss.« Oscar zwinkerte vergnügt. »Sollte ihm dabei etwas auffallen, was verbessert werden könnte, habe ich natürlich immer ein offenes Ohr.«

Es waren glückliche Jahre, eine reiche Zeit. Auch ohne Kinder. Je älter sie wurde, desto mehr fand sie sich damit ab, jedoch ohne den letzten Hoffnungsschimmer zu begraben. Glückliche Jahre, aber nicht immer einfache. Im Dezember 1896 streikten die Hamburger Hafenarbeiter, hatten schon Ende November damit begonnen. Gerda empfand die Forderungen auch als richtig, trotzdem hatte sie plötzlich das Gefühl, dass alles schnell außer Kontrolle geraten konnte. Und man war dagegen so schrecklich machtlos. So massiv und hartnäckig, wie die Männer im Hafen sich weigerten, ihre Arbeit zu tun, hatte man es noch nicht erlebt. Was, wenn sich die Streiks ausweiteten und auch Oscars Unternehmen beträfen?

»Meine Leute wissen, dass ich gut für sie sorge. Du brauchst dir keine Gedanken machen, Mutzl. Sie melden sich nur im Notfall krank. Ich muss sie eher nach Hause schicken, wenn sie mit ihrem

Kopf unter dem Arm hier aufkreuzen. Niemand hat je gekündigt. Nein, meine Liebe, sie werden nicht streiken.«

Er behielt recht. Gleichzeitig war abzusehen, dass es zu weiteren Unruhen kommen würde, die Hamburgs sonderbare politische Struktur – so nannte Oscar es gern – mit sich brachte.

»Dieses eigenwillige Konstrukt der Bürgerschaft muss überdacht werden.« Damit war er mal wieder bei einem seiner Lieblingsthemen. »Wird der Reichstag gewählt, darf jeder seine Stimme abgeben, der die Staatsangehörigkeit besitzt.«

»Und der männlich ist«, warf Gerda ein.

»Selbstverständlich.« Er holte Luft, dachte kurz nach und sagte: »Auch das wird sich ändern, da bin ich ganz sicher. Aber ob wir das noch erleben?« Dann nahm er den Faden wieder auf. »Um eine Stimme bei der Bürgerschaftswahl zu haben, muss man fünf Jahre lang ein Einkommen von mindestens tausendzweihundert Mark nachweisen können. So viel Geld!« Arbeiter konnten froh sein, wenn sie auf achthundert Mark kamen. »Wenn ich nur mehr Zeit hätte, mich um diese Dinge zu kümmern. Es gibt so viele Missstände, die ich liebend gern beseitigen würde. Nicht nur in meinem Unternehmen, sondern in Hamburg oder besser noch im ganzen Reich.«

Mehr Zeit. Doch er hatte nie mehr Zeit, im Gegenteil. Ein weiteres Gebäude entstand eigens für die Produktion von Pflastern verschiedenster Art. Oscar erhöhte den Lohn seiner Arbeiter, deren Zahl unaufhörlich stieg. Außerdem führte er neue Sozialleistungen ein.

»So eine Unterstützungskasse für Arbeitsausfälle sollte selbstverständlich sein«, meinte er, wenn jemand ihn auf seine Großzügigkeit ansprach. »Niemand kann etwas dafür, wenn er krank wird. Verliert er in der ohnehin schon schwierigen Zeit auch noch sein Einkommen, ist niemandem geholfen.«

So gingen die Jahre ins Land, in denen Oscar viel erreichte und doch immer behauptete, er schaffe nur einen Bruchteil dessen, was er vorhabe. Dachte sie an diese Zeit zurück, erinnerte Gerda sich gern, wie sehr es sie freute, dass er mit allem, was er tat, sein Ansehen steigerte und festigte. Kaufleute, Bankiers und Senatoren hatten noch immer genug zu kritisieren. Mit seinen sonderbaren Ideen, den Arbeitern nicht nur regelmäßig Urlaub zu geben, sondern sie in dieser Zeit der Untätigkeit auch noch zu bezahlen, machte er ihnen das Leben schwer. Aber hörte man nicht immer öfter, dieses Vorgehen sei unter Umständen gar nicht abwegig?

Beiersdorf war ein erfolgreiches Unternehmen, genoss einen ausgezeichneten Ruf. Man konnte beinahe sagen, in der ganzen Welt. Folglich konnte es nicht so falsch sein, was Oscar Troplowitz tat. Wäre es nicht gar denkbar, dass es vorteilhaft war, zufriedene Angestellte zu haben? Dass so gut wie nie jemand kündigte, hatte etwas für sich, hieß es unter den Kaufleuten.

Und mit Gerdas Kunstsalons gewann er auch noch die Bohème für sich, die Intellektuellen. Seine Frau hätte nichts ausrichten können, hätte Oscar sie nicht wohlwollend und vor allem finanziell unterstützt, munkelte man. Gerda war es recht. Zum einen war schließlich etwas dran. Woher hätte sie das Geld nehmen sollen, Werke zu erwerben und Künstlern ein Honorar anzubieten? Zum anderen wünschte sie sich nichts mehr, als dass Oscar die Anerkennung dauerhaft zuteilwurde, die ihm längst zustand. Kam er mit neuen Ideen, wurden die noch immer zuerst vehement abgelehnt. Die feinen Hanseaten zerrissen sich, meist gar nicht so fein, die Mäuler darüber. Es dauerte jedoch von Mal zu Mal weniger lang, bis der Erste den Einfall für sein eigenes Unternehmen ausprobierte oder wenigstens zu hören war, der Herr Troplowitz habe da wieder eine interessante Neuerung eingeführt. Die Gruppe derer, die für ihn noch immer nichts als Spott übrig hatten, schrumpfte im gleichen Maß, in dem die der Bewunderer wuchs. Immer mehr, gerade junge Kaufleute, nahmen sich Oscar zum Vorbild und suchten seine Nähe und seinen Rat.

Diese Entwicklung bekam im späten Dezember des Jahres 1896 einen schweren Dämpfer: Paul Beiersdorf hatte sich das Leben genommen. Gift. Eine schreckliche Tragödie. Als die Nachricht wie ein Lauffeuer durch Hamburgs Alleen und Gassen raste, meldeten sich sofort die Ersten zu Wort, die Oscar die Schuld in die Schuhe schoben.

»Als der Jude ihm das Laboratorium abgeluchst hat, begann Beiersdorfs Untergang«, wisperte einer.

»Das liegt doch auf der Hand«, tuschelte der Nächste. »Der Schlesier hat ihn erst übers Ohr gehauen und dann aus dem eigenen Unternehmen gedrängt. Beiersdorf wollte sich nie zurückziehen. Er wollte das Geschäft mit einem Kompagnon führen. Da hat er eine schlechte Wahl getroffen.«

Und immer öfter bekam Gerda zu hören, Beiersdorf hätte eben doch lieber an einen Hamburger verkaufen sollen. An Dirk Dierksen.

Es war unerträglich. Selbst Oscars sonst unerschütterliche Ruhe war dahin.

»Wie können Menschen solche Behauptungen in die Welt setzen?«, fragte er verzweifelt. Irma war zu Besuch, sie hatte auf den letzten Drücker einen Entwurf für eine Weihnachtskarte gezeichnet, die Oscar seinen Kunden schicken lassen konnte. »Paul und ich hatten bis vor wenigen Tagen guten, beinahe freundschaftlichen Kontakt, wenn der in letzter Zeit auch ein wenig kurz gekommen ist. Wir hatten eben beide viel zu tun. Dennoch, gerade neulich sprachen wir noch miteinander, als er auf dem Sprung nach Berlin war.«

»Sie wissen doch, wie die Menschen sind, Herr Troplowitz«, versuchte Irma zu trösten. »Die meisten sind selbst durch und durch schlecht. Darum denken sie das auch von allen anderen.«

»Hast du ihm denn nichts angemerkt, Oscar? Man bringt sich doch nicht aus einer Laune heraus um. Du sagst, ihr habt kürzlich miteinander gesprochen.«

»Wenn ich etwas bemerkt hätte, hätte ich alles getan, um ihn von dem Wahnsinn abzubringen.« Er ging auf und ab, die Hände ineinander verschränkt. »Das ist doch wohl klar. Aber ich habe nichts bemerkt. Gar nichts!« Sein Atem ging so schnell, dass Gerda Angst hatte, er könnte im nächsten Moment einfach umfallen.

»Vielleicht war er pleite«, vermutete Irma. »Geld spielt doch oft eine Rolle, wenn einer nicht weiterweiß.«

Oscar blieb stehen und nickte. »Ja, Geld«, sagte er leise. »Er erzählte mir von einer Angelegenheit mit einem Berliner Apotheker. Der war wohl bankrott, und Paul gehörte zu dessen Gläubigern.« Er schüttelte den Kopf und ließ Gerda mit Irma grußlos allein.

»Ach, Irma, es ist ein Trauerspiel.« Gerda seufzte tief. »Vor allem tut es mir um Paul Beiersdorf leid. Er war ein anständiger Mensch. Ich glaube, er hat sich vom Freitod seines Sohnes nie so recht erholt.« Der Gedanke machte ihr das Herz eng. »Mein Oscar tut mir auch leid. Gestern war ich auf dem Jungfernstieg, um noch Kleinigkeiten für das Fest zu besorgen. Ich habe ihm gar nichts davon erzählt, er regt sich schon genug auf. Eine Dame sagte: ›Erst von Zusammenarbeit schwafeln und dann hinterrücks den Dolch ins Herz stechen. So sind die Juden.‹«

»Wie sollte das wohl gehen, hinterrücks ins Herz?« Irma verzog das Gesicht. »Muss eine sehr kluge Frau gewesen sein, die das von sich gegeben hat.« Sie schnaubte abfällig.

»Ich dachte, Oscar hat es endlich geschafft, doch jetzt zerreißen sich alle wieder das Maul. Die Übernahme des Laboratoriums war der Anfang vom Ende für Paul Beiersdorf, sagen sie.« Sie schlug die Hände vor das Gesicht, schloss die Augen.

»Das ist doch dummes Zeug, Gerda.«

»Es wird viel dummes Zeug getratscht in Hamburg. Leider geben selbst kluge Köpfe etwas auf das Gerede. Vor allem, wenn es von einem alteingesessenen Hanseaten noch befeuert wird.«

»Klingt, als würdest du an eine ganz bestimmte Person denken.« Irma sah sie fragend an.

»Dirk Dierksen!«, gab Gerda ohne Umschweife zu. »Er wird nicht müde, Oscars Schuld an Beiersdorfs Selbstmord herauszuposaunen. Dabei hat Oscar ihm nie etwas getan. Schön, er hat den Zuschlag für das Laboratorium bekommen, auf das auch Dierksen ein Auge geworfen hatte. Aber so ist es im Geschäftsleben, wer das bessere Angebot macht, kommt zum Abschluss. Richtig? Daran ist doch nichts Unanständiges.«

»Natürlich nicht. Vermutlich ist dieser Herr Dierksen einfach unanständig. Oder ein schlechter Verlierer. Man sollte ihn zur Rede stellen, Beweise für seine ungeheuerlichen Behauptungen verlangen. Dann wäre er sicher schnell kleinlaut, weil er die natürlich nicht hat.«

Gerda nickte. »Zum Verrücktwerden. Es ist wie mit Herrn Hagen und Fräulein Peters. Hagen macht ihr das Leben schwer, als hätte er noch eine Rechnung mit ihr offen.«

»Jemand, den ich kenne?«

»Wie?« Gerda merkte, dass sie sich kaum noch auf ihren Besuch konzentrieren konnte. »Nein, nur zwei Angestellte meines Mannes.«

25 Toni

Mensch, das war aber auch immer eine halbe Weltreise bis rauf zum Ohlsdorfer Friedhof. Löwenzahn, Melde und sogar ein paar Disteln mahnten Toni, dass sie viel zu lange nicht mehr am Grab gewesen war.

Nach einer Stunde Arbeit war alles wieder ordentlich. Der kleine Grabstein war von Moos befreit, Efeu und Elfenblume waren zurückgeschnitten. Es gab nix mehr, womit sie sich ablenken konnte.

»Moin, Richard«, begann sie leise. Kam ihr erst 'n büschen komisch vor, mit einem Stein zu reden. Das war immer so. Doch mit der Zeit sprudelten die Gedanken und kamen ihr von ganz allein über die Lippen. Auch dieses Mal.

»Ach, Richard, das haben wir uns anders vorgestellt, was? Warst viel zu jung. Bald sind schon sieben Jahre um. Ist das zu glauben?« Sie horchte in sich hinein. Richtig traurig war sie nicht, eher enttäuscht vom Leben. Gerade weil sie nicht so niedergeschlagen war wie manche andere Witwe, schämte sie sich immer erst mal, wenn sie herkam. »Na, die große Liebe war es eben von Anfang an nicht«, sagte sie trotzig. »Wussten wir beide. Aber wir haben uns doch ganz ordentlich ergänzt. Und nu? Im Stich lassen wollten wir uns jedenfalls nicht. Zusammen fürs ganze Leben. Das wollten wir.« Schimpfen nutzte jetzt auch nichts mehr. Hatte schon nichts genutzt, als er noch gelebt hatte. »Kannst ja nix dafür«, sagte sie versöhnlich, »hast es dir ja nicht ausgesucht.«

Eine Weile hörte sie den Vögeln zu, die laut und fröhlich zwitscherten. Machte denen gar nichts aus, auf einem Friedhof zu wohnen. Irgendwie dachte Toni immer, wenn sie hier so stand, dann würde Richard ihr ein Zeichen geben. Irgendeins. So 'n Tüünkram, was sollte das denn wohl sein? Trotzdem, das Gefühl kam so zuverlässig wie jedes Jahr der Winter.

»Deine Schwester meint, ich solle zu ihr nach Berlin ziehen«, erzählte sie ihm. »Da gibt es jetzt ein Unternehmen, das Postkarten herstellt und Fotografien kopieren kann oder so. Neue Photographische Gesellschaft. Was es jetzt alles so gibt, was? In der Fabrik werden Arbeiterinnen gebraucht, schreibt deine Schwester.« Ganz neu anfangen, das hätte etwas für sich. War ja nicht so gut gelaufen in den letzten Jahren. Jedenfalls in einer Hinsicht. Toni ließ die Schultern hängen.

»Aber ich will hier doch gar nicht weg«, flüsterte sie. »Hamburg ist für mich doch wie der Baum für die Meisen da oben. Da kennst jeden Ast und weißt, wo die dicksten Läuse sich verstecken und wo du bei Regen 'n paar Blätter überm Kopp hast. Apropos, ich hab eine neue Wohnung. Ja, hast richtig gehört, nicht mehr die Caffamacherreihe, ich lebe jetzt in der Arnkielstraße. Die kennst du bestimmt gar nicht, so klein ist die. Aber nett und nicht weit weg von Beiersdorf. Ich hab's nicht mehr weit, zu Fuß 'ne Viertelstunde, wenn ich mich beeile.« Sie seufzte. »Was soll ich denn in Berlin? Mit deiner Schwester bin ich doch nie so richtig warm geworden. Ja, ich weiß, ich hätte mir mehr Mühe geben müssen. Wir sind eben so verschieden. Ich verspreche dir, ich besuche sie mal.« Fühlte sich nicht gut an, dieses Versprechen, denn nun musste sie es auch halten. »Mir geht's hier gut, Richard, ehrlich. Nur kompliziert ist das manchmal 'n büschen. Mit diesem Stinkbüdel Hagen zum Beispiel. Gott sei Dank hat er in letzter Zeit Ruhe gegeben. Bis auf das eine Mal, als Herr und Frau Troplowitz verreist waren. Da hat der glatt behauptet, ich hätte heimlich eine Maschine benutzt und prompt kaputtgemacht. Größeren Unfug hab ich mein Lebtag noch nicht gehört. Der Herr Direktor hat mir geglaubt, dass ich's nicht war. Mein ich jedenfalls.«

Dass Herr Troplowitz sie nicht an die Luft gesetzt hatte, war natürlich das Wichtigste gewesen. Leider war auch Hagen im Unternehmen geblieben. Sie hatte noch immer keinen Schimmer, warum der ihr ab und zu Knüppel zwischen die Beine werfen wollte und dann wieder eine geraume Weile friedlich blieb. Musste sie eigentlich auch nicht interessieren, nur war sie immer bange, wann ihm das nächste Mal eine Gemeinheit einfiel.

»Und mit Hermann ist das auch nicht so einfach. Weiß gar nicht, ob ich dir von ihm erzählen soll. Das gefällt dir vielleicht nicht. Aber du bist ja weg, liegst nu da unten. Bis der Tod euch scheidet«, murmelte sie. »Dann bin ich ja wohl frei.«

War doch so. Sie konnte sich ruhig einen anderen suchen. Bloß gab es gar nicht so viele, die sie leiden mochte. Außer eben den Hermann. Aber er hatte sich verändert. Oder kam es ihr nur so vor? Am Anfang war er wirklich nett gewesen, und sie waren oft zusammen ausgegangen. Nix Schickes und bestimmt auch kein Grund, sich was drauf einzubilden. Irgendwann hatte er sich zurückgezogen. Nicht irgendwann, sondern nachdem sie ihn im Flur so patzig abgefertigt hatte. Was machte er sich auch über sie lustig? »Man müsste eine Versuchsreihe mit Sülze machen«, hatte er gemeint und sich kaum halten können vor Feixen. Nach der Begegnung war zwischen ihnen Funkstille gewesen. Keine Frage mehr, ob sie am Sonntag einen Spaziergang machen oder das Angebot einer günstigen Kaffeetafel nutzen wollten. Klar, sie hätte ihn auch ansprechen können. Aber als Frau lief man einem Mann doch nicht hinterher. Einmal war sie ganz kurz davor gewesen. Sie wollte ihm sagen, wie sehr es sie verletzt hatte und dass er ihr einfach im falschen Moment über den Weg gelaufen war. Da hatte sie ihn dann allerdings mit Gretel gesehen. Wie die ihn angehimmelt hatte! Na, wie es schien, hatte er auch ein Auge auf sie geworfen. Dabei war die doch viel zu jung für ihn. Nur eben auch hübsch. Und nett. Nicht so 'ne Kratzbürste wie sie manchmal. Gretel war eben 'n büschen einfältig. Da konnten die Mannsbilder wohl besser mit umgehen als mit einer Frau, die ihren eigenen Kopf hatte.

Toni blickte zu Boden, die dunkelbraune Erde verschwamm. Ihre Gedanken wussten nicht so recht, wohin. Mal ging es in Richtung Berlin, dann wieder waren da Pflaster auf ihrem Küchentisch. Plötzlich sah sie Richard vor sich. Ganz klar und deutlich. Lieber Gott, träumte sie das? Oder kamen die Toten zurück? Sie wollte sich kneifen. Oder ihn. Bloß raus aus diesem Traum. Doch sie steckte irgendwie darin fest und konnte nichts anderes, als Richard anstarren. Er holte ein Büchlein aus einer Holzkiste, schloss den Deckel, blickte ihr in die Augen.

»Wenn die Geschäfte mit meinen Pflastern erst laufen, werde ich aus all diesen Rezepten neue Produkte machen. Sobald ich genug Geld und Zeit dafür habe. Du wirst sehen, Antonia, damit machen wir ein Vermögen.« Er klopfte auf den zerschlissenen ledernen Einband.

»Ist Ihnen nicht gut?«

Toni schrie auf. Die Alte, die sie angesprochen hatte, schrie auch auf. »Was brüllen Sie mich denn an? Ich dachte doch nur, Sie fühlen sich vielleicht nicht wohl und brauchen Hilfe, so wie Sie geschwankt haben. Und blass sind Sie wie der Tod in Latschen.«

»Entschuldigung«, stotterte Toni. »Ich wollte nicht schreien, ich hatte Sie nur gar nicht kommen sehen. Der Schreck, ich … Tut mir leid.«

»Schon gut.« Die Frau war so runzelig wie eine Dörrpflaume. »Geht's denn jetzt besser?«

»Ja!«

»Meine Güte, Sie brüllen ja schon wieder.« Die Alte schüttelte missmutig den Kopf.

»Ja, es geht bestens, danke.«

Das Holzkästchen! Richards Notizbuch. Tonis Herz klopfte wie verrückt. Sie musste lachen.

»Sind Sie sicher?« Die Frau sah nicht überzeugt aus und ging ein paar Schritte rückwärts.

»Glauben Sie mir, es könnte gar nicht besser gehen. Danke, dass Sie sich um mich gesorgt haben. Tausend Dank!«, rief sie und lief auch schon los.

Runter vom Friedhof und erst mal in Richtung Alster. Hier draußen war nicht die feine Alster zwischen Jungfernstieg und Fernsicht, das hier war die Alster der einfachen Leute. Ein paar Häuschen, ganz viel Grün, Schwäne und Möwen hatten das Sagen. Wieso hatte sie nicht mehr an Richards Buch gedacht? Sie folgte der Flussbiegung, überquerte das Gewässer in der Nähe des Eppendorfer Mühlenteichs. Der Stoff ihres Kleides klebte ihr längst am Körper, Schweiß stand ihr im Gesicht. Trotzdem wäre sie am liebsten noch schneller gelaufen. Die Holzkiste hatte seit Richards Tod im Keller gelegen. Beim Umzug war Toni darüber gestolpert und hatte sich vorgenommen, sie sich genauer anzusehen, sobald sie sich fertig eingerichtet hatte. Wie hatte sie das bloß vergessen können?

Die Unterlagen über die praktischen Versuche am Küchentisch, die sie aufgezeichnet hatte, waren die Grundlage von allem, hatte Richard immer gesagt. Aber die Notizen in seiner Kladde waren der wahre Schatz. Darin hatte er Ergebnisse von Versuchen notiert, die er bei Beiersdorf beobachtet hatte und die er auf ganz neue Weise nutzen wollte. Ja, so hatte er sich ausgedrückt. Sie erinnerte sich ganz genau. Manches waren wohl auch nur Theorien, die er nach tagelanger Lektüre neuester Bücher oder Artikel über die Pharmazie entwickelt hatte. War womöglich dösig, aber irgendetwas sagte ihr, dass sie etwas Wichtiges in Richards Notizen entdecken würde. Etwas, das die Welt dieser schlauen Wissenschaftler so richtig auf den Kopf stellen konnte. Na ja, zumindest wünschte sie sich von ganzem Herzen, dass sie etwas fand, womit sie wenigstens den Herrn Troplowitz beeindrucken konnte. Dann musste er ihr doch noch eine Chance geben.

Rund zwei Stunden später war sie zu Hause. Eigentlich wollte sie sofort in den Keller gehen und nachsehen. Auch in dem Haus in der Arnkielstraße hatte sie einen eigenen Verschlag für das, was in der Wohnung keinen Platz fand. Sie hatte Angst, dass sie es nicht mehr zurückschaffte, so erschöpft fühlte sie sich mit einem Mal. Diese Hitze! Toni hatte viel zu lange nichts mehr getrunken. Ihr Körper hatte sogar schon das Schwitzen eingestellt. Keuchend schleppte sie sich die Treppen hoch. Gottlob, hier musste sie sich nicht bis in den vierten Stock quälen. Sie wohnte jetzt in der ersten Etage. Ihre Zunge klebte an ihrem Gaumen, ihr Mund war so trocken, dass Toni schon dachte, sie könne nie wieder schlucken. Sie goss sich ein Glas abgekochtes Wasser ein und trank es in einem Zug aus. Beim zweiten Glas wurden ihre Lebensgeister wach, Schweiß trat wieder aus allen Poren. Dann endlich lief sie die Treppen wieder herunter und weiter in den Keller. Mit dem Kästchen rannte sie eine Minute später nach oben.

Sie setzte sich an das weit geöffnete Küchenfenster. So, Richard, die Karten auf den Tisch! Wenn du mir schon auf dem Friedhof erscheinst, dann hattest du hoffentlich einen guten Grund dafür, mich dermaßen zu erschrecken. Komisches Gefühl, seine Handschrift zu sehen, seine Notizen zu lesen, nachdem sie ihn gerade ganz klar vor sich gesehen hatte. Sie blätterte, las Wörter, die sie nicht kannte. Meine Herren, waren das Zauberformeln? Abkürzungen gab es und Gedanken, die er anscheinend nicht zu Ende notiert hatte. Sah nicht nach einer umwerfenden Entdeckung aus. Mit jeder Seite, die sie umschlug, sank ihre Hoffnung. War aber auch 'ne Schnapsidee, dass sie Jahre nach Richards Tod etwas in seinem Büchlein finden könnte, das sich irgendwie nutzen ließ. Ihre Augen glitten über die blassblaue Tinte. Selbst wenn unter diesen lateinischen Begriffen, Zahlen und Skizzen etwas Interessantes wäre, würde sie es nicht erkennen. Plötzlich blieb ihr Blick an einer einzelnen Zeile hängen, die schräg unter eine Anleitung zur Herstellung von Pflastern gekritzelt war.

Zinkoxyd zufügen!, las sie. *Macht jedes Produkt hautverträglicher.*

In Tonis Hirn arbeitete es gewaltig. Hatte sie nicht immer wieder Herren in weißen Kitteln durch die Flure laufen sehen und darüber debattieren hören, dass Harze für eine hohe Klebkraft sorgten, nur gleichermaßen die Verträglichkeit erheblich beeinträchtigten? Dieses Zinkzeug könnte die Lösung sein. Ihr wurde warm. Woher bekam man dieses Zinkoxyd, und was war das überhaupt? Nein, sie würde gar nicht erst anfangen, wieder selbst herumzuprobieren. Das würde sie lieber gleich dem Direktor überlassen. Und wenn Herr Troplowitz sich Richards Wissen zunutze machte und für sie nichts anderes übrighatte als einen feuchten Händedruck? Konnte auch sein, dass sie ihm gar nichts Neues erzählte und er dieses Zeug und seine Wirkung längst kannte. War immerhin einige Jahre her, dass Richard den Satz notiert hatte. Also einfach nix sagen? Nee, es gab einen Grund dafür, dass Richard auf sein Notizbuch geklopft und ihr dabei in die Augen gesehen hatte. Mann, das war so gruselig gewesen, das musste für etwas gut sein. Sie würde dem Direktor davon erzählen.

Gleich am Montagmorgen bat sie die Graue um einen Termin beim Direktor.

»Haben Sie wieder etwas ausgetüftelt?« Sie beugte sich über ihren Schreibtisch.

»Entdeckt«, antwortete Toni knapp. Sollte die sich ruhig lustig machen. Wer zuletzt lacht …

»Na, Sie machen es ja spannend.«

Nun wurde Toni doch sauer. Sie hatte schon eine Antwort auf der Zunge, als die Graue aufstand. »Dann muss ich wohl mal sehen, was ich für Sie tun kann.« Im Vorbeigehen wieder dieses Zwinkern, als hätten sie ein gemeinsames Geheimnis. Es dauerte nur einen Wimpernschlag, schon war sie wieder da. »Na dann, viel Glück!«

»Guten Morgen, Herr Direktor«, begann Toni sofort, nachdem sie die Tür hinter sich geschlossen hatte. »Ich weiß, bisher habe ich mich nicht gerade mit Ideen hervorgetan, die Sie beeindrucken konnten.« Das hatte sie sehr schön gesagt, fand sie. »Leider muss ich Ihnen zustimmen, dass wohl doch ein Studium nötig ist, um sich in der Entwicklung neuer Produkte seine Sporen zu verdienen.«

»Es kann zumindest nicht schaden«, gab er freundlich zurück.

»Ja. Ich bin auch gar nicht mehr so scharf drauf, eine andere Arbeit zu kriegen.« Großartig, da hatte sie sich so um eine gute Ausdrucksweise bemüht, und jetzt das. »Also, ich hätte natürlich nichts dagegen, mich zu entwickeln.« Sie räusperte sich. »Was ich sagen wollte: Ich bin gern hier. Bei Ihnen. Bei Beiersdorf, meine ich. Ich bin zufrieden und sehr froh, dass ich die Stelle hier habe.«

»Das freut mich.«

»Es ist doch nichts Schlechtes daran, trotzdem Ziele zu haben, oder?«

»Ganz und gar nicht. Im Gegenteil, Fräulein Peters, ich finde, es ist beinahe das Wichtigste im Leben.« Er faltete die Hände. »Und Sie haben welches Ziel?«

»Ich?« Mit der Frage hatte sie nicht gerechnet. Mensch, sie hatte sofort zur Sache kommen wollen, stattdessen schwafelte sie um den heißen Brei herum.

»Ich möchte ernst genommen werden«, antwortete sie. »Ich hätte so gern die Chance, mehr zu tun, als immer nur Pakete zu packen und Etiketten in die Maschine einzulegen. Vor allem möchte ich dazu beitragen, dass Beiersdorf weiter an der Spitze aller Unternehmen steht.« Als ob das in ihrer Macht stünde. »Man darf nicht nur nehmen, man muss auch immer zurückgeben«, erklärte sie kleinlaut. »Ich habe in Richards Unterlagen etwas gefunden, das für Sie vielleicht interessant sein könnte. Wenn ich Ihnen das nun verrate, dann tue ich dem Unternehmen ja vielleicht etwas Gutes und …« Sie ließ den Satz in der Luft hängen, sollte der Herr Direktor doch damit anfangen, was er wollte.

»Was genau haben Sie denn gefunden? Keine Sorge«, sagte er hastig, »ich werde Sie nicht wieder auslachen. Genau genommen habe ich das auch beim letzten Mal nicht, aber meine Frau sagte, es muss auf Sie so gewirkt haben.«

»Ach das.« Sie winkte ab, als hätte sie es längst vergessen. Hatte sie aber nicht. Natürlich hatte er sie ausgelacht, sie war doch nicht dumm. Aber nett, dass er sich sozusagen entschuldigte.

»Also?«

»Zinkoxyd …«

»Ihr Mann hat schon mit Zinkoxyd experimentiert? Das muss doch Jahre her sein. Erstaunlich. Ich habe erst kürzlich darüber gelesen.«

»Tja, er war seiner Zeit voraus. Das hat ihm nur nichts genützt.« Und mir auch nicht. Wäre sie nur gleich nach ihrem Umzug auf die Idee gekommen, die Kladde durchzublättern, vielleicht hätte sie Herrn Troplowitz dann etwas Neues erzählt. Nun kannte er den Trick schon. Da guckte sie ja schön blöd aus der Wäsche.

»Bedauerlich, dass ich Ihren Mann nicht kennenlernen durfte.« Er stand auf und ging ans Fenster. »Zinkoxyd. Nix alba.«

»Nix was?«

»Weißer Schnee.«

»Ist Schnee nicht immer weiß? Jedenfalls zuerst.«

»Da ist etwas dran.« Er kam auf sie zu. »Die Alchimisten haben Zinkoxyd so genannt, weil es ein weißes Pulver ist. Es steckt in weißer Farbe. Maler verwenden es, vermutlich ohne überhaupt davon zu wissen, für ihre Kunst.«

»Das ist ja alles ganz interessant, aber ich dachte, es geht um die Wirkung. Sie haben doch mal gesagt, die Harze würden die Haut reizen, und Richard hat geschrieben …«

»Ja, ja, völlig richtig, Fräulein Peters …« Er lächelte sie so freundlich an, dass sie gar nicht anders konnte, als auch zu lächeln, obwohl sie kein Wort verstand. »Die gute Verträglichkeit steht durchaus im Vordergrund. Aber Sie ahnen ja nicht, wie oft ich zu hören bekomme, dass Pflaster gut wirken mögen, aber furchtbar hässlich aussähen. Sind auch nicht gerade ansehnlich mit der dunklen Farbe.« Er ging zurück zu seinem Schreibtisch und setzte sich.

»Durch dieses Zink…« Jetzt war ihr dieser dusselige Name schon wieder entfallen.

»…oxyd«, ergänzte er für sie. »Genau, dadurch könnten sie heller werden, möglicherweise sogar fast hautfarben. Darüber habe ich kürzlich gelesen.«

»Das ist es, was Sie gelesen haben?«

»Wenn Sie so laut sind, scheuchen Sie noch meine Frau Köhler auf, die mein Vorzimmer bewacht.« Er zwinkerte. »Ja, warum?«

»Entschuldigung. Es ist nur … Richard ging es nicht um die Farbe. Er schreibt, das Zinkzeugs macht jedes Produkt hautverträglicher. Jedes Produkt!«

»Was sagen Sie da?«

»So steht es in seinem Notizbuch.«

»Wenn das stimmt, dann wäre das vielleicht die Rettung«, sagte er leise und sah mit einem Mal ganz besorgt aus. »Käme zum rechten Zeitpunkt.« Er holte Luft und lächelte sie an. »Also schön, versuchen wir es. Viel Harze, viel Zinkoxyd. Danke, Fräulein Peters.«

›Danke, Fräulein Peters‹ – das war alles? Sie stand langsam auf, überlegte fieberhaft, was sie sagen konnte. Was bekomme ich, wenn es funktioniert? Nee, das war viel zu plump.

»Es dauert eine Weile, ehe man sagen kann, ob und wie stark die Wirkung eines Stoffes ist«, erklärte er ihr. »Aber sobald ich zuverlässige Ergebnisse habe, lasse ich es Sie wissen.«

Ihre Pause verbrachte Toni wieder im Park am Weiher. Sie hatte sich ein Rundstück mitgebracht, das sie günstig bekommen hatte. Übriggebliebenes vom Vortag verkaufte der Bäcker billiger, meist blieb nur nix oder andere waren schneller. Dieses Mal hatte sie Glück gehabt. Mit Butter war das noch immer lecker. Dass Herr Troplowitz mit seiner Frau über sie gesprochen hatte, fand Toni irgendwie nett. Die Gattin des Herrn Direktor hatte sie bisher meist nur aus der Ferne gesehen. Wenn sie ihn richtig verstanden hatte, hatte sie ihm erklärt, wie Toni sich nach der Unterhaltung über Gelatine gefühlt haben musste. Konnte schon sein, dass Herr Troplowitz ein guter Mensch war und seine Frau auch. War aber genauso gut möglich, dass die beiden sich nur in der Rolle der sozialen Herrschaften gefielen. Bei Beiersdorf kündigte niemand, das hatte sich inzwischen rumgesprochen. Und es wurde auch niemand entlassen. Was hieß das schon? Pfeffersäcke blieben Pfeffersäcke. Denen ging es nur um ihren Gewinn. Woher sollte der Direktor immer neue Arbeiter nehmen? Überall schossen Fabriken und Unternehmen aus dem Boden. Besser, man behielt die Angestellten, die man hatte. War doch auch viel einfacher, als immer neue einweisen zu müssen. Die schönen Reformen, weniger Stunden arbeiten und trotzdem das gleiche Geld bekommen, eine Versicherung, falls man mal so krank war, dass man nicht arbeiten konnte, das war ja alles gut und schön. Für beide Seiten. Der Direktor war schlau, ein Geschäftsmann durch und durch. Sein Vorteil stand immer im Vordergrund. Nicht nur bei Beiersdorf, überall wurde ständig von Reformen gefaselt. Nix als blumige Worte. Na ja, einiges war schon besser geworden. Aber im Grunde blieb alles fein beim Alten: Die kleinen Leute blieben die kleinen Leute, das Sagen hatte die Großen. Hoffentlich war es kein Fehler, Richards Idee einfach so zu verraten. Dass das Zinkzeugs die Pflaster nicht nur hübscher machte, sondern auch noch die Verträglichkeit verbesserte, wusste Herr Troplowitz noch nicht. War vielleicht dumm, ihm das zu sagen, ohne etwas zu verlangen. Wer würde ihr schon glauben, wenn er behauptete, er sei allein draufgekommen. Die Graue wüsste mit Sicherheit nix mehr davon, dass Toni wegen einer Entdeckung vorgesprochen hatte. Sie seufzte, schob sich das letzte Krümelchen von ihrem Mittagessen in den Mund und machte sich auf den Rückweg.

»Moin Toni!« Gretel steuerte auch auf das Tor des Betriebsgeländes zu, rief und winkte schon von Weitem.

»Moin Gretel. Na, ist alles in Ordnung bei dir? Und zu Hause, geht es allen gut?«

»Alle sechs sind wohlauf und leider mit großem Appetit gesegnet.« Sie verdrehte vielsagend die Augen. »Mutter und ich können gar nicht so viel ranschleppen, wie die im Moment futtern.«

Toni lachte über die Grimasse. »Kann ich mir vorstellen.«

»Ich bin heilfroh, wenn ich bei Beiersdorf bin. Daheim ist es anstrengender.« Sie gingen nebeneinander auf das Fabrikgebäude zu. »Wollen wir am Sonntag zusammen schwimmen gehen?« Gretels Augen leuchteten. »An der Alsterlust ist es so schön.«

»Lieber nicht«, entgegnete Toni leise.

»Wieso, kannst du nicht schwimmen?«

»Doch schon, aber seit das mit Richard passiert ist …«

»Oje, entschuldige, daran habe ich gar nicht gedacht.«

»Ich könnte dich abholen, und wir gehen ein bisschen spazieren. Am Abend, wenn es kühler wird, flanieren wie die feinen Damen, was meinst du?«

»Abends ist es schlecht.« Gretel wurde knallrot.

»Aha? Hast du etwa einen Kavalier?« Wie nett, Toni freute sich für sie. Schließlich war das ihr Lebensplan, einen Mann finden und heiraten. Hoffentlich hatte sie einen an der Angel, der sie ernähren konnte. Und ihre Geschwister am besten auch gleich.

»Ach, Toni, er ist wirklich ein Kavalier. Ich weiß gar nicht, ob ich es verraten darf.« Sie konnte nie etwas für sich behalten. »Er arbeitet auch hier«, sagte sie vertraulich.

Toni wurde mulmig. Ihr fiel ein, dass sie Gretel mal mit Hermann gesehen hatte.

»So? Dann kenne ich ihn sogar?«

Gretel nickte. »Ganz bestimmt. Er ist ziemlich einflussreich, weißt du.« Warum sagte sie nicht einfach den Namen? »Er sorgt dafür, dass ich nicht immer die gleichen Sachen machen muss. Er hat mich sogar schon die Salbenreibmaschine bedienen lassen.«

»Das ist ja interessant.« Toni musste zurück an die Arbeit, aber sie wollte auch wissen, ob ihr böser Verdacht sich bestätigte.

»Na ja, bedienen nicht gerade, aber mal befüllen.« Gretel verdrehte die Augen. »Er ist so süß«, schwärmte sie. »Ab und zu ’n büschen tollpatschig, aber lieb und aufmerksam.« Toni dachte an den kaputten Stuhl, den Hermann in ihrer alten Wohnung repariert hatte, ohne dass sie etwas hatte sagen müssen. Ja, aufmerksam war er. Und niedlich und lieb.

»Ich muss los«, sagte sie knapp. »Dann viel Spaß am Sonntag!«

Ob Hermann Gretel erlaubt hatte, die Maschine zu benutzen? Viel schlimmer: Hatte sie das Ding kaputtgemacht, und Hermann hatte lieber Toni beschuldigt? Unfug, er war es ja gar nicht gewesen, der sie angeschwärzt hatte, sondern Werner Hagen. Und wenn die nun geklönt hatten, so unter Kollegen?

»Dumme Sache, ich habe Gretel an die Salbenmaschine gelassen, nun ist die hin. Aber ich mag Gretel doch so leiden und will auf keinen Fall, dass sie rausfliegt.«

»Wenn du willst, sage ich einfach, ich hätte die Peters gesehen. Die steckt doch immer ihre Nase in Dinge, die sie nichts angehen. Vor allem will sie unbedingt ein ganz großes Tier in der Entwicklung werden. Dass ich nicht lache! Jedenfalls glaubt der Direktor mir sofort, wenn ich sie verpfeife.«

So könnte es gewesen sein. Toni stellte sich Hermann vor, wie er ganz kumpelhaft Hagen auf die Schulter schlug und sich bedankte. Nee, niemals, der würde nicht zulassen, dass Hagen sie in die Pfanne haute. Und dann noch für etwas, womit sie nun wirklich nichts zu tun hatte. Andererseits … Wenn er Gretel nun richtig doll gern hatte …

Als sie endlich Feierabend hatte, brummte Toni der Schädel. Die ganze Zeit hatte sie gegrübelt. Und wer stolperte ihr über den Weg, als sie gerade das Gelände verlassen wollte? Hermann! Ausgerechnet. Der hatte ihr noch gefehlt.

»Na, Toni, wir haben uns aber lange nicht gesehen.« Er schob die Hände so tief in die Hosentasche, dass sie schon glaubte, er stünde gleich unten ohne da. »Warst ganz schön biestig bei unserer letzten Unterhaltung.«

»Nachtragend bist du wohl gar nicht, was?«

»Ich meine ja nur. Jedenfalls hatte ich den Eindruck, du bist mir seitdem aus dem Weg gegangen.«

»Nö, warum sollte ich?« Sie stemmte die Hände in die Hüften.

»Ich dachte nur. Na, dann ist es ja gut.«

»Ja, ist es.« Sie wartete ab, drei Sekunden, vier. War das alles, hatte er sonst nichts zu sagen? Toni wollte noch Himbeeren pflücken und Marmelade kochen. Sie hatte eine Stelle entdeckt, wo viele dicke

Früchte wuchsen. »Übrigens hatte ich den Eindruck, dass es dir ganz recht war, nicht mehr mit mir ausgehen zu müssen.«

»Was soll das denn heißen? Ich musste das doch nicht machen, ich bin gern mit dir zusammen. Gewesen.«

»Und jetzt bist du eben lieber mit jemand anders zusammen, stimmt's?« Sie beobachtete ihn genau. Dieser Unschuldsblick! Eindeutig, sie hatte ins Schwarze getroffen.

»Wieso? Wer sollte das denn …?«

»Lass man gut sein, Hermann. Nun, wo du Prokurist bist, hast du sicher noch mehr Schlag bei den Frauen. Da bin ich nicht mehr gut genug«, setzte sie leise hinzu. »Ist nicht schlimm. Zwischen uns war ja sowieso nie was Richtiges.«

26
Irma

Sie hätte nicht gedacht, dass das Wasser so kalt war. Irma hatte sich mit dem Wagen ein Stück die Elbchaussee heraufbringen lassen. Vorbei an Fischmarkt und Landungsbrücken bis zu dem kleinen Neumühlener Kirchenweg, der die Grundstücke der Familien Donner und Heine trennte. Sie hatte dem Kutscher ein großzügiges Trinkgeld gegeben. Über Gerda waren einige von Mynonas Werken verkauft worden, für Summen, die Irma nie für möglich gehalten hätte. Eckart würde Augen machen. Den größten Teil ließ sie für ihn zurück. Was sollte sie sonst damit machen, alles verschenken? Der Kutscher hatte sich jedenfalls gefreut.

Sie genoss den Wind, der mit ihrem Haar spielte. Es gab einiges, das sie hätte genießen können. Wenn nur nicht das Wichtigste fehlen würde. Für einen schönen Moment hatte sie geglaubt, einen Weg heraus aus ihrem inneren Gefängnis gefunden zu haben, hin zu Eckart. Es hatte sich behaglich angefühlt wie ein warmes Schaumbad. Umso schlimmer hatte sie die Dusche am nächsten Morgen getroffen.

Strandweg. Ein kleines Stück noch, dann waren ihre Absätze im Sand versunken. Der Wind hatte ihr kräftig ins Gesicht geblasen. Links hatte sie das Gaswerk sehen können. Sie hatte sich nach rechts gewandt, war losgegangen. Keine Erinnerung daran, als Kind mehrmals hier gewesen zu sein. Dennoch wusste sie es genau. Mutter hatte es ihr bei jeder Gelegenheit vorgehalten.

»Schon als du noch klein warst, hattest du das in dir. Als ob du nur auf die Welt gekommen wärst, um Unruhe zu stiften. Braun war ich wie eine Bauersfrau, weil ich ständig hinter dir her sein musste, anstatt unter dem Sonnenschirm verweilen zu können.«

Als ob ihre Mutter je etwas anderes getan hätte als zu verweilen, die Hände im Schoß. Freute man sich nicht über ein Kind, das die Welt erkundete? Irma war weitergegangen. Der Wind hatte ihre glühenden Wangen gekühlt. Der weiche Sand war bei jedem ihrer Schritte unter den Sohlen weggerutscht. Es war anstrengend gewesen, hatte aber gutgetan. Mutter und Vater hatte sie seit ihrer Hochzeit nur dreimal gesehen. Ihre Lippen verzogen sich zu einem höhnischen Lächeln. Ein Höflichkeitsbesuch von ihnen, ein Gegenbesuch von Eckart und ihr. Dann waren sie noch einmal gekommen, als Vater ein Anliegen hatte, das er im Senat wohlwollend besprochen wissen wollte. Welch eine Last war von Irma genommen, seit sie ihr Elternhaus verlassen hatte! Und doch wog das, was auf ihren Schultern ruhte, seit sie fühlen konnte, so schwer, dass sie es nicht länger tragen mochte.

Sie hatte den Elbstrand hübscher in Erinnerung. Als junges Mädchen war sie noch mal hier gewesen, da hatten sie längst am Jungfernstieg gewohnt. Der Fluss ein graues Band. Düster und bedrohlich. Kälte umgab sie, selbst wenn ihr der Schweiß von der Stirn perlte. Zwei Möwen stritten sich um einen Fisch, zerrten an dem Kadaver, bis er in Stücke riss. Irma war immer langsamer geworden, hatte zum anderen Elbufer hinübergeblickt. Nebel. Milchiger Hintergrund, als wäre es dem Maler zu mühevoll gewesen, auch die Landschaft dort drüben exakt wiederzugeben. Vielleicht war sie es nicht wert. Beinahe hätte Irma an sich heruntergesehen. War auch sie eine milchige Geistergestalt, die es nicht lohnte, im Bild festgehalten zu werden? Sie hatte sich der Elbe zugewandt.

»Dir geht es nicht besser als mir. Kein großes Werk ist dir gewidmet, kein Gemälde, das dich in Szene setzt. Warum eigentlich nicht? Ich denke, du bist die Lebensader.« Sie lachte auf.

Um dich umzubringen, musst du die Pulsadern aufschneiden.

Irma hatte den dunklen Saum hinter sich gelassen, den die Wellen in den Sand gefärbt hatten. Nur vorwärts gehen, immer weiter, bis es kein Weiter mehr gab, bis es keinen Halt mehr gab. Das Wasser leckte an ihren Schuhen. Maßanfertigungen. Mutter würde sich schrecklich aufregen. Vater würde wohl sagen, die Schuhe seien ein geringer Preis für den Umstand, sie endgültig los zu sein. Einen Fuß nach dem anderen setzte sie vorsichtig, als könne sie sogar jetzt noch etwas kaputtmachen. Ihre Waden fühlten sich hart an, als würden sie sich gegen die Kälte verkrampfen. Noch ein paar Schritte. Jetzt schon die Knie. Irma spürte den Drang, sich umzudrehen und nach dem Ufer zu sehen. Auf keinen Fall, dann würde sie zurückgehen wollen. Und was, wenn dort jemand stand, der winkte, nach ihr rief? Sie begann zu zittern. Wasser war in ihre Schuhe gelaufen, hatte Sand mit hineingespült. Ein unangenehmes reibendes Gefühl bei jedem Schritt. Und sie hatte doch noch so viele vor sich. Sie bückte sich, hob einen Fuß an, um den ersten Schuh abzustreifen. Er saß fest, wie angegossen. Sie geriet ins Straucheln, wäre beinahe gestürzt. Dann gelang es. Sie setzte den nackten Fuß auf, gewann die Balance zurück. Warum hatte sie sich nicht einfach fallenlassen?

Senatorengattin Irmgard Behn kam beim Versuch, sich das Leben zu nehmen, ums Leben! Sie lachte laut auf. Auch der zweite Schuh flog im hohen Bogen davon. Jedes Steinchen unter den Fußsohlen schmerzte. Sie zögerte. War es richtig? Sie ging nicht leichten Herzens. Gerade jetzt, wo Mynona immer erfolgreicher wurde, musste sie gehen? Statt sich davonzumachen, sollte sie irgendwann die Bombe platzen lassen. Das wäre ein Spaß. Nur würde es sie nicht glücklich machen. Nicht solange sie in dieser Ehe gefangen war. Sie schluckte. Ausgerechnet jetzt kamen die Bilder der schönen Momente in ihr hoch. Ja, es hatte schöne Momente gegeben. Wenn Eckart sie in ihrem Atelier besuchte, ihr über die Schulter sah, ihr eine Strähne zurückstrich, damit sie sie nicht beim Arbeiten störte. Wenn sie auf ihm saß, ihre Haare über seinem Gesicht wie ein Zelt, unter dem er ganz geborgen war. Sie starrte in die Ferne, das andere Elbufer verschwamm immer mehr. Irma dachte daran, wie liebevoll er sie ins Bett gebracht hatte. An dem Tag, als sie den Schmerz gemalt hatte. Danach war alles anders geworden. Als hätte er in dieser Nacht all seine Besorgnis, sein Mitgefühl verbraucht. Seitdem nur noch Distanz und Kühle. Das Wasser stand jetzt an ihrer Scham, sie zog die Luft durch die Zähne ein.

Wenn du noch einmal eine solche Szene machst, dann, bei Gott, lasse ich dich einweisen! Nicht nötig, Eckart. Nicht nötig. Ein weiterer Schritt. Sie erschrak, hier ging es tief runter. Abgrund. Oder doch umkehren? Fortgehen und nur noch für die Kunst leben? Nur noch Mynona sein? Die Wellen leckten an ihrer Brust. Sie zitterte so, dass ihre Zähne aufeinanderschlugen. Nur noch Mynona sein.

Irma drehte sich um, blickte auf den Strand, der furchtbar weit weg war. Einmal etwas richtig machen! Sie ging los. Das Wasser eine zähe Masse, flüssiger eisiger Widerstand. Er würde sie nicht aufhalten. Sie nahm all ihre Kraft zusammen, schob sich Schritt um Schritt vor. Niemand würde ihr den Triumph des Augenblicks nehmen, wenn sie der geheimnisvollen Mynona die Maske wegriss. Mit jedem Meter wurde es einfacher voranzukommen, mit jedem Meter wurden aber ihr Kleid und ihr Mantel schwerer, wollten sie doch noch hinabziehen in ein nasses Grab. Sie ließ es nicht zu. Irmgard Behn, geborene von Hohenlamburg, würde sterben. An dem Tag, an dem Mynonas Leben begann.

»Möchtest du, dass ich dich begleite?« Eckart sah müde aus.

»Gern.«

»Bist du sicher …?«

»Sonst hätte ich es nicht gesagt«, fuhr sie ihn an. »Entschuldige, ich bin nervös.« Sie musste husten. »Ich bin sicher, dass ich dich gern dabeihätte«, sagte sie ruhig, als sie wieder zu Atem kam.

»Bist du sicher, dass du das schaffst, wollte ich fragen. Frau Troplowitz wird ihren Kunstsalon auch ohne dich bewältigen.«

»Nein, heute geht es einmal nicht ohne mich.« Sie keuchte, das Atmen fiel ihr noch schwer. »Ich habe eine Überraschung vorbereitet. Für Gerda.«

»Kann die nicht bis zum nächsten Mal warten? Du warst krank. Es war mehr als nur ein leichter Husten.«

»Nein, heute oder nie.« Sie hatte nicht damit gerechnet, dass er sie begleiten würde. Ihr erster Impuls war Freude gewesen, dann sofort Angst. Würde sie es wagen, wenn sie seinen Blick auf sich spürte? Gerade dann, entschied sie. So brauchte sie nicht mehr viel erklären, sondern konnte sich direkt nach dem Salon von ihm verabschieden. Die Vorstellung tat weh. Doch da war noch etwas anderes in ihr: Triumph. Sie hatte genug Geld, um ein eigenes Leben zu beginnen. Unabhängig. Zum ersten Mal! Und sie würde mit ihren Bildern weiter Geld verdienen.

Als Irma die Troplowitzsche Villa in Eimsbüttel betrat, war sie schweißgebadet. Eckart hatte recht gehabt, es war noch zu anstrengend. Nun war sie hier und musste es irgendwie durchstehen. Der Gedanke an ihr Vorhaben gab ihr die Kraft.

Gleich beim Betreten des Salons entdeckte sie ihren Beitrag, den sie als Mynona zu diesem Salon geleistet hatte. Motto: das Selbst. Während sie versuchte, ihr Bild unauffällig zu betrachten und die Reaktionen der Gäste aufzusaugen, machte Eckart keinen Hehl aus seiner Faszination. Für die anderen Werke, die dicht an dicht hingen, damit Gerda genug unterbringen konnte, hatte er kaum einen Blick übrig. Irmas Aufregung, die sie beim Verlassen des Hauses ergriffen hatte, legte sich mit einem Schlag. Ein warmes Gefühl der Vorfreude machte sich in ihr breit.

Sie hatte mit Gerda und Herrn Troplowitz erst wenige Worte gesprochen. Wie immer war Gerda überall und nirgends, um letzte Handgriffe zu erledigen und die Gäste zu begrüßen. Meist fand sich erst später Zeit für einen Plausch, wenn die Ersten sich bereits wieder verabschiedeten. Ob es heute auch so sein würde?

»Was belustigt dich so?« Eckart sah sie an. Sie hatte gar nicht bemerkt, dass er sich vom Anblick des Bildes gelöst und sie offenbar schon länger beobachtet hatte. »Du hörst gar nicht mehr auf zu lächeln.«

»Nichts. Ich bin nur glücklich, dass ich wieder auf den Beinen bin und heute dabei sein kann.«

»Das höre ich aus deinem Mund zum ersten Mal.«

Sie sah ihn fragend an.

»Ich bin glücklich«, erklärte er.

Der Gong ertönte. Gerda stand an ihrem üblichen Platz neben der Tür.

»Ich begrüße Sie alle ganz herzlich zu unserem zehnten Kunstsalon. Ein kleines Jubiläum. Wer hätte das gedacht?« Wie zufrieden sie aussah. Ihr Mann an ihrer Seite, wie immer. Auch er wirkte rundum beschwingt und sorglos. Irma erinnerte sich, wie abfällig sie über die beiden bei deren Hochzeit gedacht hatte. Jetzt waren sie beinahe etwas wie Vertraute für sie, vor allem Gerda. Zwei Menschen, die sie aufrichtig mochte und um ihre Liebe zueinander beneidete.

»Ohne tatkräftige Unterstützung wäre keine der Veranstaltungen möglich gewesen. Dafür danke ich meinem Mann und einer Künstlerin, über deren Erscheinen ich mich heute ganz besonders freue.« Gerda wandte sich Irma zu. »Meine liebe Irma, wir sind so froh, dass du deine Lungenentzündung überstanden hast. Wir haben uns große Sorgen um dich gemacht!« Ihr Lächeln war so warm und ehrlich, dass Irma ganz gerührt war. »Ich brauche sie Ihnen nicht näher vorstellen«, sprach Gerda weiter, nun wieder an ihre Gäste gewandt. »Ihre Werke kennen Sie inzwischen alle. Ich sage nur: Fine, Fiete und die Fee.« Die ersten zaghaften Klatscher, dann applaudierten alle. Auch Eckart spendete ihr höflich Beifall. Es war der perfekte Moment. Irma atmete einmal tief durch, dann trat sie einen Schritt vor. Das Klatschen verebbte. Gerda sah sie fragend an.

»Vielen Dank, liebe Gerda, Herr Troplowitz. Es ist immer ein Vergnügen, hier zu Gast zu sein. Wo bekommt man schon so viele talentierte und unbekannte Künstler zu sehen? Wo bekommen Werke eine Chance, die in Museen keinen Platz finden? Ich schätze das sehr.« Sie musste husten. »Verzeihung. Meine Stimme will noch nicht wieder so recht.« Sie lachte leise. »Aber ich bin wieder auf den Beinen und kann wieder malen. Und ich wollte es mir auf keinen Fall nehmen lassen, heute hier zu sein, denn auch eines meiner Bilder ist zu sehen.« Sie hätte beinahe laut gelacht, so irritiert guckte Gerda aus der Wäsche. Auch Eckart war überrascht, nicht sehr, es war schließlich an der Tagesordnung, dass sie einander nicht erzählten, womit sie beschäftigt waren. Im Gegensatz zu Gerda, die ahnen konnte, was folgen würde, war er nicht sonderlich beeindruckt. Noch nicht. »Es heißt *Mein zerrissenes Selbst* und hängt hier drüben.« Während sie betont langsam zur Leinwand schlenderte, tupfte sie sich verstohlen den Schweiß von der Stirn und ihrer Oberlippe. Und sie lauschte auf das Tuscheln und die geflüsterten Fragen. Gerdas Miene war mit hochgezogenen Augenbrauen und leicht geöffnetem Mund wie eingefroren, Herr Troplowitz dagegen genoss offensichtlich die allgemeine Verwirrung.

»Das da? Ist das nicht von diesem geheimnisvollen Mynona?«

»Ganz richtig, meine Damen und Herren«, sagte sie leise. Sie brauchte nicht laut zu reden, denn ausnahmslos alle spitzten die Ohren. »Dieses Bild ist von Mynona. Aber nicht von *dem* Mynona, wie die meisten von Ihnen denken.« Sie sah Eckart direkt in die Augen. »Sondern von *der* Mynona.« Sie lächelte in die Runde und fuhr sich mit den gespreizten Fingern durch das lange Haar. »Wie Sie sehen können.« Jetzt gab es kein Halten mehr.

»Eine Frau? Sie? Das ist ja unerhört!«

Eine Dame in grauem Kleid mit auffallend gerader Haltung sagte zu Herrn Troplowitz: »Sie hatten recht, Herr Direktor, ich werde sicher nicht bereuen, Ihrer Einladung gefolgt zu sein. Ganz Hamburg wird morgen darüber sprechen. Und ich war dabei.« Sie lächelte spitz.

»Tja, da staunen Sie, das Geheimnis ist gelüftet. Nicht nur Fine, Fiete und die Fee. Das hier ist mein zweites Selbst.« Sie zögerte, dann korrigierte sie sich: »Wenn nicht sogar mein erstes. Und wieder einmal ist es Gertrud Troplowitz mit ihrem Kunstsalon, die diese nette kleine Überraschung enthüllt.« Sie deutete elegant auf die Gastgeberin, die den Wink sofort verstand.

»Nette kleine Überraschung, das kann man wohl sagen. Das Motto unseres heutigen Salons wäre damit schon mal erfüllt.« Sie lachte. »Bitte, sehen Sie sich um, trinken Sie etwas.«

»Am besten Cognac«, schlug ein Herr vor, den Irma noch nie gesehen hatte. Gelächter.

»Ich bin sicher, wir haben eine Flasche anzubieten«, meldete sich Herr Troplowitz zu Wort.

»Wie schon bei unserem ersten Salon ist Mynona die Attraktion«, sagte Gerda. »Sie sollten sich aber auch Zeit für die anderen Künstler nehmen. Es sind ausgezeichnete Arbeiten zu bewundern.« Sie erhob ihr Glas. »Auf Irma Mynona Behn!«

Es war noch viel schöner, als sie es sich ausgemalt hatte. Dafür war sie nun allein. Eckart würde weder diese Bloßstellung noch ihr künstlerisches Doppelleben jemals hinnehmen.

»Warum hast du denn nichts gesagt?«, zischte Gerda ihr kurz zu. Mehr Zeit blieb nicht, denn auf der Stelle drängten zwei Herren von der Presse zu Irma, einer vom *Hamburger Anzeiger*, der andere von den *Hamburger Nachrichten*. Auch einige Maler suchten ihre Nähe, darunter Senatorentochter Mary Warburg, die soeben ihr Debüt als Künstlerin feierte. Irma hatte sich vorgestellt, dass die Leute einen Bogen um sie machen, ihr das Versteckspiel übel nehmen würden. Und dann diese Bilder, gemalt von einer Frau. Obszön! Das Gegenteil war der Fall. Die Fragen prasselten nur so auf sie ein. Schlecht reden würden sie wohl erst später hinter ihrem Rücken. Sie spürte die Erschöpfung, trotzdem fühlte sie sich lebendig wie nie. Ein Stuhl mit hoher Lehne bot ihr Halt. Von dort konnte sie den gesamten Raum übersehen. Sie suchte zwischen den Gesichtern hindurch Eckarts Blick. Da stand er, fixierte sie. Genau wie damals auf der

Troplowitz-Hochzeit. Auch heute wusste sie nicht, was in seinem Kopf vor sich ging. War er fasziniert oder angewidert? Lässig, selbstbewusst, ein Glas in der Hand, ließ er sie nicht aus den Augen.

»Frau Behn, Frau Behn, da haben Sie aber eine fette Katze aus dem Sack gelassen.« Vor Irma stand eine Frau, die sie nicht kannte.

»Fette Katze«, sagte sie und setzte ihr ironisches Lächeln auf. Der Ausdruck passte gut zu der Matrone, die für ihren Geschmack viel zu bunt gekleidet war.

»Ich bin auch Künstlerin«, sagte sie. Unangenehme Stimme. »Romi di Salvi«, stellte sie sich vor, als würde Irma sich für sie interessieren. »Das ist natürlich auch nur ein Künstlername.«

Unangenehme Person. Vor allem kam sie Irma viel zu nah. Ihr runder Kopf mit der aufgebauschten Frisur, in der zu allem Überfluss eine Seidenblüte steckte, verdeckte die Sicht. Irma konnte Eckart nicht mehr sehen. Dafür musste sie auf zwei Rouge-Kleckse starren, die sich vor ihr leicht auf und nieder bewegten, während das Plappermaul darunter nicht stillstand.

»Was halten Sie davon?«

Irma hatte nicht zugehört.

»Bitte?«

»Eine gemeinsame Ausstellung! Nur Sie und ich. Das würde sehr gut passen, da bin ich sicher.«

»Kann ich mir nicht vorstellen«, entgegnete Irma kühl. »Hängt etwas von Ihnen hier?«, fragte sie etwas freundlicher. Jede Wette, dass das nicht der Fall war.

»Nein. Wenn man keine Beziehungen hat, bekommt man auch hier keine Chance. Leider gehe ich weder bei Alfred Lichtwark ein und aus, noch habe ich einen Senator in der Familie, der mich protegieren könnte.«

»Was sagten Sie gerade?« Irma gab sich keine Mühe mehr, freundlich zu klingen.

»Na, wie diese Mary Warburg, meine ich. Sie ist doch die Tochter von Senator Hertz, oder nicht?«, flüsterte sie vertraulich.

»Ich wüsste nicht, was das mit ihrer Begabung zu tun hat«, erwiderte Irma hart. »Mary ist äußerst talentiert. Wenn Sie das auch von sich behaupten können, werden Sie auch jemanden finden, der sich für Ihre Malerei begeistert.« Natürlich war es nicht so. Selbstverständlich half es, wenn man Kontakte hatte. Aber Irma wollte nichts anderes als diese affektierte Romi di Salvi loswerden. Das gelang ihr.

»Arrogantes Weibsbild«, zischte sie und schob sich durch die Menge davon.

»Also wirklich, Frau Behn, Sie können ziemlich überheblich sein.« Eckarts Stimme ganz dicht bei ihr. Ein Schauer glitt über ihren Rücken. »Ich hab's gewusst. Ich wusste, dass du dahintersteckst.« Seine Lippen berührten sanft ihr Ohr.

»Lügner. Nichts wusstest du.« Sie drehte den Kopf. Sein Gesicht so nah. Sie könnte ihn küssen. Leidenschaftlich, lange. Auf einen Skandal mehr oder weniger kam es nicht an.

»Weißt du nicht mehr? Ich habe zu dir gesagt, dass solche Bilder zu dir passen würden.« Das musste sie zugeben. Alles würde sie in dieser Sekunde zugeben. Diese braunen Augen. Irma versank darin.

»Frau Behn, haben Sie eine Minute für mich? Herr Senator.« Der Mann nickte Eckart zu. »Da hat Ihre Gattin aber für Aufregung gesorgt, was? Waren Sie eingeweiht? Natürlich wussten Sie Bescheid. Ohne Zustimmung des Ehemanns hätte wohl selbst eine so … Wie soll ich mich ausdrücken? Selbst eine so mutige Frau hätte diesen Eklat nicht ohne Zustimmung riskiert.«

»Meine Frau ist ein freier Mensch. Sie braucht meine Einwilligung für gar nichts.«

»Dann muss ich auch mit ihr selbst verhandeln?«

»Worüber?«, wollte Irma wissen.

»Über eine Einzelausstellung«, sagte er zu Eckart. »Mein Name ist Ove Teske, ich bin Galerist.«

»Natürlich verhandelt sie das selbst. Und übrigens sollten Sie auch mit ihr direkt sprechen. Finden Sie es nicht unhöflich, die Künstlerin zu ignorieren und sich stattdessen mit mir zu unterhalten?«

Die Nacht hatte längst einen schwarzblauen Himmel über Hamburg gedeckt, als sich Irma und Eckart von Gerda und ihrem Mann verabschiedeten. Der Wagen fuhr vor.

»Du musst müde sein«, sagte Eckart sanft.

»Kein bisschen! Bloß nicht ins Bett gehen, sonst ist dieser Abend vorüber. Von mir aus könnte er ewig dauern. Wer weiß, was morgen ist«, setzte sie leise hinzu. Er hielt ihr die Tür auf und lächelte, dann nannte er dem Kutscher das Ziel. Irma hatte ihn nicht verstanden, aber nach Fontenay hatte es nicht geklungen. Statt in Richtung Alster fuhren sie geradewegs auf den Hafen zu. Irma konnte das Heiligengeistfeld erkennen, dann ging es vorbei am Spielbudenplatz hinauf zur Elbhöhe. Dort stiegen sie aus. Der Park schlummerte schon in der Dunkelheit, nur die wenigen Laternen malten gelbe Kreise auf die Wege. Eckart legte seinen Arm um sie und führte sie wortlos den Pfad hinauf bis zu einer Aussichtsterrasse. Der Blick von dort über die Gassen und den Hafen war atemberaubend, schöner als jedes Gemälde. Man konnte das silbermatte Licht der elektrischen Lampen von dem warmen gelblichen der Gasbeleuchtung unterscheiden, Schiffe hatten sich mit Positionslichtern geschmückt, die sich in der Elbe spiegelten. All das hätte man malen können, nur würde immer der Klang fehlen, der Geruch. Gott, war dieser Fluss schön, wenn man ihn nur mit den richtigen Augen sah.

Sie zitterte, weil sie so aufgewühlt war und glücklich und angenehm matt. Eckart zog seinen Mantel aus und legte ihn um ihre Schultern.

»Du wirst erfrieren«, ermahnte sie ihn halbherzig und hüllte sich in seine Wärme ein.

»Weißt du, dass genau hier einmal ein Teil von Hamburgs Festungsanlage gestanden hat?«

Sie schüttelte den Kopf.

»Hier, wo die Menschen am Tag und bei Sonnenschein an Teichen und Grünanlagen spazieren gehen und die Verrückten bei Nacht.« Er lachte leise. »Hier gab es Anfang des Jahrhunderts noch eine Bastion.«

»Die Seewarte war ursprünglich …?« Sie deutete auf den viertürmigen Bau, der sich schemenhaft vom Nachthimmel abhob.

»Nein, die steht noch keine zwanzig Jahre hier. Mynona.« Wieder dieses leise Lachen in seiner Stimme, das etwas in ihr zum Klingen brachte. »Fragst du dich nicht, warum ich dich gerade hierhergebracht habe?«

Sie zuckte mit den Achseln.

»Ich finde, der Ort passt zu dir.«

»Ach ja? Warum?«

»Eine Bastion ist ein vorspringendes Bauwerk, das sofort ins Auge fällt. Seine Feinde werden an ihm nichts Rundes oder Einladendes entdecken.«

»Wer will schon seine Feinde einladen?«

»Die Bastion stellt sich ihnen wehrhaft entgegen. Dass ihr Herz hinter dicken Mauern verborgen ist, versteht sich von selbst.« Der Wind pfiff ein leises Lied. Irma zog seinen Mantel enger um sich. Eigentlich hatte sie ihm noch in der Villa die Trennung anbieten wollen. Jetzt fürchtete sie, dass er darauf hinauswollte. Dabei könnte dies ein perfekter Moment sein. Plötzlich fasste er ihre Schultern und drehte sie zu sich.

»Gewährst du mit den Bildern von Mynona einen Blick auf dein Herz, Irma?«

Sie musste schlucken. Dieser Gedanke war ihr nie gekommen, aber genau so war es. Sie nickte.

»Nirgends ist man sicherer als in einer Festung. Seit bald sechs Jahren suche ich nach dem Schlüssel, der mir Zugang zu deiner gewährt. Wie hast du es nur hinter diesen Mauern ausgehalten? Du musst da drin furchtbar einsam sein, oder nicht?« Er jagte sie nicht fort. Er kannte sie offenbar besser als jeder andere. Warum hatten sie sich das Leben bisher so schwer gemacht? Sie hatte keine Worte. Sie brauchte auch keine. Irma ließ die Tränen über ihre Wangen rinnen und die Einrücke dieser Nacht tief in sich eindringen. Die Klänge, die Düfte, die Wärme, das Glück, alles wollte sie für immer bewahren. Eckart tupfte ihr Gesicht trocken. Sie sahen sich lange an, schwiegen.

»Nicht nur deine Kunst ist zum Niederknien«, sagte er nach einer gefühlten Ewigkeit und ging langsam vor ihr auf die Knie. Mitten in den Staub. »Ich habe dich vom ersten Moment an verehrt. Ich liebe dich, Irma. Willst du meine Frau werden?«

Sie erinnerte ihn nicht daran, dass sie das längst war, denn sie verstand genau, was er meinte. Vor Jahren hatte sie sich geschworen, sie würde nie heiraten. Niemals. Es wäre nur in Frage gekommen, wenn die Liebe wie ein Blitz eingeschlagen hätte. Wenn auf einmal ihre zweite Hälfte vor ihr gestanden und sie das sofort erkannt hätte. Es musste mehr prickeln als Champagner und sich wärmer anfühlen als Rotwein, aufregender sein als einfach nur braune Augen. Es musste innig sein und ihr den Atem rauben, ein größeres Gefühl als alle, die vorher je in ihr gewesen waren. Aber das war nur Poesie und im Leben nicht möglich. Hatte sie gedacht.

»Es ist doch möglich«, flüsterte sie. Ihre zweite Hälfte, jemand, der sie mit all ihren Ecken und schroffen Mauern nahm, der zu ihr hielt in guten wie in schlechten Tagen. Und mit ihm war sie seit sechs Jahren verheiratet. Sie nahm seine Hände, zog ihn an sich. Er schloss sie in seine Arme. »Ja, ich will!«

27
Toni

Im Frühsommer hatte Toni dem Herrn Direktor Richards Zinkoxyd-Idee verraten. Jetzt war schon September. Wie hatte er sich ausgedrückt? Es könnte eine Weile dauern, ehe man die Wirkung eines Stoffes kennen würde. Schön daherschnacken konnte er gut. Das war nun schon eine ziemlich lange Weile, fand sie. Aber das hatte sie sich ja gleich gedacht, dass er sich fein die Taschen vollstopfte und sie leer ausging. Schicke neue Pflaster, ganz hell und obendrein noch gut verträglich. Damit ließ sich bestimmt einiges verdienen. Und sie guckte mal wieder in die Röhre. So war das mit den großen und den kleinen Fischen. Für die Lütten blieb nie was übrig. Wobei … Gehört hatte sie noch nix. Müsste sich eigentlich rumsprechen, wenn es ein neues Produkt gab. Das war bei dieser Florisal Zahnpasta auch so gewesen. Das musste man einfach mitkriegen. Toni hatte sogar einen Blick in die höchst offizielle Preisliste der chemischen Fabrik P. Beiersdorf & Co. geworfen. Dass die Firma immer noch so hieß, obwohl der Beiersdorf sich doch schon letztes Jahr umgebracht hatte … Komisch, den Namen weiter zu benutzen. Und irgendwie unanständig. In der Liste hatte jedenfalls nix von Zink-Pflastern gestanden.

Seit ein paar Tagen kämpfte Toni nun schon mit sich, ob sie mal nachfragen sollte. Wenn er ihre Idee schon klaute, dann wollte sie ihn wenigstens zur Rede stellen. Klar, er saß am längeren Hebel und könnte sie einfach rauswerfen. Keine schöne Vorstellung, aber dann war es eben so. Sie ließ sich nix klauen, auch wenn sie ein noch so kleiner Fisch war. Wenn man's genau betrachtete, war das ja eigentlich Richards Idee und nicht ihre. Aber sie war die Witwe und hatte das Büchlein schließlich geerbt. Also doch ihr Eigentum. Mehr als einmal war sie schon kurz davor gewesen, zum Kontor des Direktors zu gehen, nur musste sie dann wieder an dem grauen Wachhund vorbei. Was sollte sie bloß machen? Vielleicht war's doch keine dumme Idee, nach Berlin zu ziehen. Wenn sie sich mit dem Troplowitz anlegte, musste sie sich sowieso 'ne neue Stelle suchen. Berlin war weit weg, dann brauchte sie auch nicht mehr ständig nach Hermann gucken. Das machte sie nämlich, so dösig sie das selbst auch fand. Immer hielt sie nach ihm Ausschau. In letzter Zeit meistens ohne Erfolg, er war jetzt viel im Ausland und besuchte Kunden, hörte sie. Ein Kollege, der im Labor eng mit ihm zusammenarbeitete, behauptete sogar, Herr Troplowitz wolle Niederlassungen in allen Winkeln der Erde einrichten. Hermann sollte dann wohl so eine Niederlassung übernehmen. Wenn das man stimmte. Geredet wurde ja immer viel.

Sie ging durch das Eingangstor, lief über den Hof, betrat das Gebäude. Die Verpackungsabteilung hatte jetzt einen eigenen kleinen Raum für die persönlichen Dinge der Mitarbeiter bekommen. In einem großen Regal hatte jeder ein Fach für seine Tasche und das Mittagessen, und für die Jacken gab es eine schicke Garderobe. Toni schlüpfte aus ihrem Mantel, als plötzlich Gretel vor ihr stand.

»Du liebe Zeit, wie siehst du denn aus?« Das war ihr glatt rausgerutscht. Hätte sie mal lieber die Schnute gehalten. Gretel schluchzte auf. »Na, na, was ist denn los? Etwa was mit deiner Mutter?«

»Nee«, kam es kläglich hinter den beiden Händen hervor, die Gretel fest vor ihr Gesicht presste. Sie holte einmal tief Luft, Toni dachte schon, sie würde nun richtig laut losheulen, aber stattdessen riss sie sich zusammen, wischte sich über die Wangen und flüsterte: »Ich kann das hier nicht sagen. Um fünf nach sechs am Werkstor?«

»Ja, ist gut.«

»Danke!« Weg war sie.

Toni machte pünktlich Feierabend. Trotzdem wartete Gretel schon am Tor auf sie. Sie hatte die Hände tief in ihren Manteltaschen vergraben, scharrte mit der Schuhspitze durch den Sand und blickte gebannt nach unten, als würde sie in der nächsten Sekunde einen Schatz ausgraben.

»Fünf nach sechs«, sagte Toni. Gretel fuhr zusammen. »Ich bin pünktlich. Mensch, Gretel, du siehst aus wie sieben Tage Regenwetter.« Kein Wort, nur dieser jämmerliche Blick. Allmählich wurde sie wirklich bange, dass was Schlimmes passiert war. »Gehen wir rüber in den Park«, schlug Toni vor.

Bannig stürmisch war das. Die Weiden bogen sich, dass man denken konnte, die würden jeden Moment brechen. Es heulte und rauschte in den Blättern, die ersten segelten schon durch die Luft. Nicht mehr lang, dann würden sich nackte Äste über einen rot-gelben Teppich strecken. Sie kamen an die Bank, aber es war viel zu kühl, um sich hinzusetzen. Gretel ging direkt an den Weiher. Da stand sie nun wie ein Häufchen Elend. Toni trat neben sie und streichelte ihr über den Arm.

»Na, denn erzähl mal!«

»Ich bin schwanger.«

Donnerwetter, damit hatte Toni nicht gerechnet. Sie brauchte eine Sekunde, dann dachte sie: Hermann! Oh nee, bitte nicht …

»Ich weiß, ich hätte ihm nicht nachgeben dürfen. Wollte ich eigentlich auch nicht. Aber er ist doch so charmant. Geküsst hat er mich ziemlich schnell, nachdem wir uns kennengelernt haben.« Toni hätte auf die Einzelheiten liebend gern verzichtet. »Ich hab ihm natürlich gesagt, dass sich das ja eigentlich nicht gehört.« Wenn sie das genau so gesagt hatte, war es kein Wunder, dass ihn das nicht sonderlich beeindruckt hatte.

»Wenn so 'n Mannsbild erst mal in Fahrt ist, kannst den mit ›eigentlich‹ nicht bremsen. Ist wie bei einer Dampflok. Wenn die mal rollt, rollt sie.«

»Es war ja auch schön.« Gretel lächelte. »Mutter hat immer gesagt, ich soll mich nicht auf das erste Mal freuen. Das würd nur wehtun und wär innerhalb von 'ner Minute sowieso erledigt. Wenn man Glück hat.« Sie seufzte. »Aber so war das nicht. Wir sind vorher schick essen gegangen. Du, in so einem feinen Restaurant war ich vorher noch nie.« Bestimmt nicht so eine Kaschemme wie die in der Niedernstraße. Und Bauernfrühstück gab's sicher auch nicht. »Und dann hat er mich in ein Hotel gebracht.«

»In ein Hotel?« Das war denn ja wohl Vorsatz gewesen. Toni wurde wütend.

»Romantisch, was? Und da hat er mich dann geküsst und gestreichelt. Ganz zärtlich.«

»Könntest du das bitte überspringen?«

»Ach so, ja, na ja, irgendwann hat er mich eben ausgezogen.«

War das mit dem Überspringen so schwer zu kapieren? »Und du hast dir das gefallen lassen?«

»Nein, nein, ich habe ihm gesagt, dass wir das nicht dürfen.«

»Eigentlich«, murmelte Toni.

»Genau. Aber er hat mir erklärt, dass nichts passieren kann. Und da war ich dann beruhigt. Und weil das ja auch so schön war …«

»Was genau hat er dir erklärt?«

»Er sagte, beim ersten Mal könnte noch nichts passieren. Ich müsste erst ein bisschen üben, ehe ich schwanger werden kann.«

Toni stöhnte. »Das war wohl nix.«

»Als ich ihm gebeichtet hab, dass ich nun doch guter Hoffnung bin, da meinte er, ich wäre wohl ein Naturtalent«, erzählte sie kleinlaut. Und nahm ihn gleich wieder in Schutz: »Das konnte er doch nicht wissen.«

Am liebsten hätte Toni sie geschüttelt. »Was ist denn nun so schlimm? Dann wird er dich eben heiraten. Am besten flott, ehe du schon ein Bäuchlein durch die Gegend schiebst.« War womöglich schon etwas zu erkennen? Gretel trug keinen Gürtel. Könnte sein …

»Das geht ja eben nicht.« Sie fing wieder an zu weinen. Toni war kalt, sie hatte Hunger, und sie war schrecklich enttäuscht von Hermann. Gretel tat ihr schon 'n büschen leid, aber sie war auch wirklich zu einfältig.

»Warum denn nicht?«

»Er ist doch schon verheiratet.«

»Hermann ist verheiratet?«

»Nun schrei doch nicht so! Wieso überhaupt Hermann?«

So 'n Schiet aber auch, der Name war ja gar nicht gefallen.

»Hast du doch eben gesagt«, behauptete Toni trotzdem.

»Hab ich? Da hab ich mich versprochen. Nee, Werner heißt er.«

Die Sache mit Gretel wollte Toni nicht aus dem Kopf. Ein bisschen schämte sie sich, weil sie so erleichtert war. Hermann war nicht der Vater des Kindes! Er war nicht einmal Gretels Kavalier. Sie hätte jubeln können. Natürlich bedauerte sie die arme Deern aber auch. Sie steckte richtig in der Patsche. Schwanger von einem verheirateten Mann. Das war aber auch zu dösig, dass sie sich mit dem eingelassen hat. Kam gar nicht so selten vor, dass eine zwar 'n Kind erwartete, aber keinen anständigen Vater dazu hatte. Dann musste sie sehen, wie sie das loswurde. Als unverheiratete Frau Nachwuchs auf die Welt bringen? Unvorstellbar! Damals im Nachbarhaus in der Caffamacherreihe hatte eine gewohnt, die solche Probleme löste. Die kam für Gretel nur nicht in Frage. Erstens war Gretel wohl schon zu weit. Man konnte wirklich schon was sehen, und sie hatte erzählt, dass die Nacht im Hotel ungefähr fünf Monate her war. Zweitens war das viel zu gefährlich. Es kam vor, dass Frauen starben, die ein Kind wegmachen ließen. Toni musste Gretel unbedingt fragen, wer ihr das denn nun angetan hatte. Vielleicht konnte sie sich den Kerl mal zur Brust nehmen. Hatte eine Ehefrau zu Hause und verführte ein junges unerfahrenes Ding im Hotel. Konnte doch nicht angehen, dass er erst seinen Spaß und dann nix mehr damit zu tun haben wollte. Je länger sie darüber nachdachte, desto wütender wurde sie. Es war immer das Gleiche. Die Großen betrogen die Kleinen. Die Männer hatten ihr Vergnügen, die Frauen mussten das ausbaden. Nicht mehr lange, dann würde jeder sehen, was los war, dann konnte sie nix mehr mit dem Mantel verstecken. Dann war Schluss mit ihrer Stellung bei Beiersdorf. Verdienst futsch und die Aussicht auf einen ehrlichen Mann mit anständigem Einkommen auch.

Die Graue riss Toni aus ihren Gedanken.

»Fräulein Peters, der Direktor wünscht Sie zu sehen.«

Das war mal eine Überraschung. Tonis Herz schlug einen Takt schneller. Schweigend folgte sie ihr und betrat das Kontor, mit dem sie bisher nicht gerade die besten Erinnerungen verband.

»Fräulein Antonia, wie geht es Ihnen?« Fräulein Antonia? Das klang aber plötzlich sehr vertraulich. »Bitte, setzen Sie sich doch.«

»Ich würde lieber stehen bleiben, wenn's recht ist.«

»Ganz wie Sie möchten.« Er lächelte sie an. »Ich habe Sie zu mir gerufen, weil ich gute Neuigkeiten habe.«

»So?« Wenn ihr Herz weiter so beschleunigte, setzte sie sich doch besser hin.

»Ich bin Ihrem Rat gefolgt und habe unseren Kautschukpflastern nicht nur eine ordentliche Portion verschiedener Harze zugefügt, sondern außerdem vierzig Prozent Zinkoxyd beigemischt.«

»Es stimmt also, dieses Zinkzeugs hebt die reizende Wirkung der Harze auf?« Sie hielt kurz die Luft an.

»Nein.« Was sollten das denn für gute Neuigkeiten sein? »Aber es hat trotzdem die erhoffte Wirkung.«

»Wie soll ich das verstehen?«

»Zinkoxyd, in so großer Menge eingesetzt, heilt die Entzündungen, die von den Harzsäuren ausgelöst werden können, gewissermaßen bereits im Entstehungsprozess. Ihr Mann hatte also recht, die Verträglichkeit wird deutlich verbessert. Nebenbei sehen die Pflaster noch viel ansehnlicher aus.«

»Tja, das sind dann wohl wirklich gute Neuigkeiten. Für Sie. Wird Ihre Verkäufe hübsch ankurbeln.«

»Das will ich hoffen.« Besonders fröhlich sah er nicht aus. Im Gegenteil, irgendwie zog er den Kopf ein, als erwartete er ein großes Unglück. War ihr in letzter Zeit schon öfter aufgefallen. »Um ehrlich zu sein, haben wir mit Umsatzeinbußen zu kämpfen, seit …« Er schüttelte den Kopf, als wollte er den Satz loswerden wie ’n dicken Brummer. »Das muss Sie gar nicht interessieren. Ich setze tatsächlich große Hoffnungen in das neue Produkt. Und zu Ihrem Nachteil soll das natürlich auch nicht sein.«

»Aha?« Sie hielt sich mal lieber am Stuhl fest.

»Sie wollten doch ursprünglich in unserer Entwicklungsabteilung arbeiten. Nun, ich bin zu dem Schluss gekommen, dass Sie dort nicht richtig aufgehoben wären.«

»Hätte ich mir ja denken können.«

»Da bin ich aber froh, dass wir einer Meinung sind. Nun hoffe ich, dass Sie auch von der Alternative begeistert sein werden, die ich Ihnen vorzuschlagen gedenke. Ich möchte, dass Sie in der Reklameabteilung tätig werden.«

»Aber davon verstehe ich doch gar nichts.«

»Soll ich ehrlich zu Ihnen sein?« Er beugte sich vor und sagte leise: »Ich glaube, davon muss man nichts verstehen, wenn man nur ein Gefühl dafür hat.« Er lehnte sich wieder zurück. »Und das haben Sie, denke ich. Jedenfalls beobachte ich bei Ihnen eine Leidenschaft für unsere Produkte, was die wichtigste Voraussetzung ist. Zu jedem neuen Etikett sagen Sie Ihre Meinung.«

»Na ja, ich …« Was sollte das werden? Erzählte er ihr etwas von einer neuen Aufgabe und wollte sie in Wirklichkeit nur kritisieren?

»Mir gefällt das. Den meisten Mitarbeitern ist egal, mit welchem optischen Erkennungsmerkmal für ein Produkt geworben wird. Ihnen nicht. Reklame ist mindestens ebenso wichtig wie die Ware selbst«, erklärte er ihr. »Gerade in schwierigen Zeiten wie diesen. Ich möchte Ihnen eine Chance geben. Wenn Sie sich bewähren, sehe ich sogar die Möglichkeit, Ihnen irgendwann die Leitung der Abteilung zu übergeben.«

Nun musste sie sich doch hinsetzen. »Sie verschaukeln mich.«

»Aber gewiss nicht, nein.«

O doch, das tat er. Etwas anderes war überhaupt nicht möglich. »Sie haben Ihren Spaß auf meine Kosten. Sie wollen, dass ich mich freue, um sich dann lustig über mich zu machen. Stimmt's?« Reklameabteilung übernehmen, das konnte ja gar nicht sein Ernst sein.

»Wahrscheinlich kommt dann noch Herr Hagen dazu, damit Sie sich gemeinsam über mich amüsieren können. Haha, so ein dummes Frauenzimmer. Sie hat es doch tatsächlich geglaubt.«

Er sah sie lange an. Könnte er nicht einen Ton sagen? Sie wollte schon fragen, ob sie gehen konnte, da brach er sein Schweigen.

»Was haben Sie gegen mich, Fräulein Antonia?«

Sie schnappte nach Luft. Was sollte sie darauf sagen? Kam nicht oft vor, dass sie richtig sprachlos war. Sie schluckte, drückte das Kreuz durch.

»Wenn Sie schon so fragen … Ich habe nichts gegen Sie, ich weiß nur nicht, was Sie im Schilde führen. Ich gehöre nämlich nicht zu denen, die sich von blumigen Worten hinters Licht führen lassen.«

Er runzelte die Stirn. Halt den Mund, Toni, jetzt kannst du noch die Kurve kriegen. Sonst ist es vorbei mit deiner Arbeit beim Troplowitz. Einen besseren Arbeitgeber findest in ganz Hamburg nicht. Kann dir doch egal sein, wie viel er in die eigene Tasche steckt, wenn er gleichzeitig mehr Lohn zahlt als andere. »Vielleicht sind Sie ja einfach ein Menschenfreund«, sagte sie leise und spürte im gleichen Moment den Zweifel an ihr nagen. Wie ein kleines Teufelchen saß er auf ihrer Schulter und flüsterte ihr zu: »Vielleicht macht es ihm auch Spaß, als großzügige Vaterfigur seiner Mitarbeiter dazustehen. Andere Kinder hat er ja nicht.«

Troplowitz' Augen wurden zu schmalen Schlitzen. Verdammt, hatte sie es etwa laut ausgesprochen? Sie hatte. Schöne Bescherung. »Verzeihung, das habe ich nicht so …«

»Sie haben leider recht, Fräulein Antonia, Kinder sind mir und meiner Frau nicht vergönnt. Bisher, aber das kann sich noch ändern.« Er lächelte traurig.

Toni schämte sich fürchterlich. So private Dinge gingen sie weiß

Gott nichts an. Es machte ihr ziemlich zu schaffen, dass seine Augen mit einem Schlag sanft waren wie die eines Mannes, der sich womöglich nichts mehr wünschte als einen ganzen Stall voller Kinder. Hätte sie doch nur ihre Schnute gehalten.

»Das Leben ist wohl nicht immer gerecht, was?«, begann sie zaghaft. »Sie und Ihre Frau könnten so einem kleinen Schieter das beste Zuhause bieten, das man sich nur vorstellen kann. Manche Arbeiterin dagegen haust in einem dreckigen Loch und hat nicht mal einen Mann, aber trotzdem einen Braten in der R… Oje, Verzeihung, ich bin aber auch manchmal sabbelig.« Klappe halten! Ist das denn so schwer?

»Nein, nein, sprechen Sie ruhig weiter. Mir scheint nämlich, Sie denken da an einen ganz bestimmten Fall, habe ich recht?«

»Ich muss jetzt wirklich wieder an die Arbeit, Herr Troplowitz.«

»Sie können mir vertrauen, Fräulein Antonia.« Wenn er einen so ansah, konnte man's fast glauben. »Erwarten Sie ein Kind?«

»Ich doch nicht, die Gretel!« O nee, nun war ihr das auch noch rausgerutscht. Besser, sie machte nie wieder den Mund auf. Aber das ging auch nicht. »Bitte, Herr Troplowitz, ich hätte nichts sagen dürfen. Ich musste ihr versprechen, es für mich zu behalten. Es wäre nicht gerecht, wenn sie jetzt gleich ihre Stelle verliert, nur weil ich mich verplappert habe.«

»Da haben Sie recht, das wäre nicht in Ordnung.« Er nickte nachdenklich. »Danke, Fräulein Antonia, Sie können an Ihre Arbeit gehen.«

Am nächsten Morgen war sie immer noch ganz durcheinander. Wenigstens hatte Gretel ihr noch nicht die Leviten gelesen. Das hieß dann wohl, dass der Direktor sie noch nicht zu sich bestellt hatte.

Gut so. Es war ein Versehen, das konnte Toni ihr erklären. Gretel würde trotzdem böse sein. Alles besser, als wenn sie es von jemand anders als von Toni zu hören bekäme. Vielleicht sollte sie auch noch mal mit dem Herrn Direktor sprechen. Sie bog schwungvoll um die Ecke und lief Hermann beinahe in die Arme.

»Das ist aber schön.« Sah nicht so aus, als freute er sich auch sonderlich. »Ich dachte, du bist wieder in London, Paris oder sonst wo auf der Welt.«

Er war nicht der Vater! Am liebsten hätte sie es laut ausgesprochen, wie gestern beim Direktor. Aber das durfte sie natürlich nicht.

»Nee, ich bin hier.«

»Das sehe ich.« Sie lachte. »Wollen wir nicht mal wieder ausgehen? Ist ziemlich lange her …«

»Ach, auf einmal wieder? Ich dachte, du hast einen anderen …«

»Wie kommst du denn darauf?«

Er ignorierte ihre Frage. »Einen, mit dem du jetzt ausgehst, meine ich. War ja sonst nichts zwischen uns.«

»Nein, nein, aber Freunde sind wir doch. Waren wir doch. Dachte ich.« Er ließ sie doch wahrhaftig am langen Arm verhungern.

»Dachte ich auch eine Weile. Aber Freunde gehen einem nicht monatelang aus dem Weg. Freunde sagen einem, wenn ihnen etwas nicht passt, wenn man sie verärgert hat. Damit man die Chance hat, das in Ordnung zu bringen.« Er blickte zu Boden, dann sah er ihr ins Gesicht. »Tut mir leid, Toni, aber ich bin tatsächlich viel unterwegs. Außerdem gibt es Schwierigkeiten, seit Herr Beiersdorf sich das Leben genommen hat. Es wird immer schlimmer«, sagte er zu sich. Dann sah er sie wieder an. »Im Moment bin ich ganz froh, wenn ich mal ein bisschen Zeit für mich habe.«

Gab es denn keinen Tag mehr, an dem Toni einfach in den Eidelstedter Weg spazieren, ihre Arbeit machen und wieder nach Hause gehen konnte? Erst verplapperte sie sich bei Herrn Troplowitz, dann ließ Hermann sie eiskalt abblitzen, und heute kam ihr direkt vor dem Fabrikgebäude der Direktor höchstpersönlich entgegen, erkannte sie und steuerte geradewegs auf sie zu.

»Guten Morgen, Fräulein Peters!«

Nun also wieder Fräulein Peters? »Sie warten noch auf meine Antwort. Wegen der Reklamesache, oder?« Hoffentlich war es nur das.

»Auch.« Wäre zu schön gewesen. Toni seufzte. »Aber erst will ich wissen, ob sie nicht eine zuverlässige Krankenschwester kennen.« Sie starrte ihn an. »Eine, die liebevoll mit Säuglingen umgeht. So viel Spaß ich dabei auch hätte, kann ich das wohl schlecht selbst übernehmen.«

Er lachte unbekümmert, obwohl sie ihn noch immer ansah, als hätte er urplötzlich zwei Nasen im Gesicht.

»Darum brauche ich eine qualifizierte Person, die die Stillstube leiten wird, die ich einzurichten gedenke. Ich habe mir überlegt, dass ledige Mütter weiter ihrer Arbeit nachgehen und damit auch ihr Geld verdienen könnten, wenn sich im Betrieb jemand um ihre … Wie sagten Sie neulich? Ihre Schieter kümmert. Ich habe mit meiner Frau darüber gesprochen, wir sind uns einig, dass es womöglich viel öfter vorkommt, als man annehmen möchte. Die Herren haben ihren Spaß, gehen weiter, als sie dürften, und dann sitzt so ein armes Ding mit einem Kind da. Als ob das nicht schon tragisch genug wäre, verliert sie auch noch ihre Arbeitsstelle und damit ihre Versorgung. Und um das Maß voll zu machen, wird obendrein schlecht über sie geredet, so dass sie nirgends mehr eine anständige Anstellung findet. Das Gerede der Leute kann einem Menschen das Genick brechen.«

»Genau so ist es.« Konnte er ihr etwa in den Kopf gucken? Das waren exakt ihre Gedanken!

»Und ein Unternehmer verliert eine zuverlässige Arbeiterin«, führte er weiter aus. »Darum habe ich mir überlegt, eine Krankenschwester einzustellen. Dann könnte die junge Mutter nach einer kurzen Erholung wieder in die Firma kommen, das Lütte, wie die Hamburger sagen, wäre in den besten Händen, und der Lebensunterhalt für die beiden wäre auch gesichert. Meine Frau war sehr angetan von der Idee. Was halten Sie davon?«

»Sie wollen meine Meinung wissen?«

Er runzelte die Stirn. »Hätte ich aus einem anderen Grund gefragt?« Toni suchte nach Worten. »Wissen Sie, Fräulein Peters, auch wenn Sie eine ziemliche Kratzbürste sein können, mag ich Sie leiden. Ich glaube, Sie haben das Herz am rechten Fleck. Der Igel ist trotz seiner Stacheln ein nettes Tierchen. Er hat sie aus gutem Grund.«

»Ich finde Ihre Idee ganz wunderbar, Herr Troplowitz.«

Am gleichen Abend fing Gretel sie ab. Hagen war bei ihr. Nun wurde ihr alles klar: Werner Hagen! So ein schöner Schiet.

»Hast du Zeit, Toni?« Gretel guckte ganz komisch.

»Wir wissen, dass Sie bei Herrn Troplowitz waren«, sagte Hagen.

»Tut mir schrecklich leid, ich wollte nichts sagen, ehrlich!«

»Nein, nein, es war ja gut«, wandte Gretel eifrig ein. Mitarbeiter liefen an ihnen vorüber. Hagen sah sich ständig um, als hätte er etwas ausgefressen. Hatte er auch, genau genommen.

»Können wir irgendwo in Ruhe reden?« Er sah Toni kein einziges Mal in die Augen. Aber er klang längst nicht mehr so überheblich wie sonst. Er hatte sich verändert.

»Bei mir um die Ecke, in der Langenfelder Straße, gibt es ein Lokal. Ich bin bisher noch nicht drin gewesen. Allein …« Sie brach ab.

»In einer Stunde dort?«, schlug Hagen vor.

Die Gretel und der Hagen. Dass sie da nicht gleich drüber gestolpert war. Werner war nicht gerade ein seltener Name, aber so viele Mitarbeiter gab es wohl auch nicht, die so hießen. Der sollte so charmant und aufmerksam sein? Na, sie würde sich überraschen lassen.

Zu Hause angekommen, merkte sie, wie sie schwitzte. Kein Wunder, sie hatte einen neuen Streckenrekord aufgestellt. Schnell Wasser in die Waschschüssel, frisch machen, umziehen und gleich wieder los.

»Sie sind unser Gast. Also, ich lade die Damen ein«, sagte Hagen beinahe schüchtern zur Begrüßung. Das allein hätte sie schon überrascht, aber dann noch das: »Ich bin Werner.« Er streckte ihr die Hand entgegen und lächelte nun richtig verlegen.

»Toni.« Sie zögerte, reichte ihm dann aber doch die Hand.

»Ich wollte mich bei Ihnen entschuldigen«, begann er, nachdem ein Kellner die Bestellung aufgenommen hatte. Es wurde immer verrückter. Bei Gretel sollte er sich entschuldigen, fand Toni.

»Vor allem wollen wir uns bei dir bedanken.« Gretel sah sehr erleichtert aus. »Der Herr Direktor hat mich heute zu sich gerufen, weil du ihm gesagt hast, dass ich was Lüttes erwarte.«

»Wirklich, das war keine Absicht«, beteuerte Toni sofort.

»Weiß ich doch. Das hat der Herr Direktor auch gesagt. Ist ja gut, dass er Bescheid weiß. Ich wollte schon kündigen oder einfach wegbleiben, wenn man's doller sieht.« Toni warf einen schnellen Blick auf Gretels Bauch. Würde nicht mehr lange dauern. »Aber das brauche ich gar nicht, weil der Herr Direktor nämlich 'ne Stube für kleine Schieter einrichten will, hat er gesagt.« Toni musste lächeln. »Kurz vor der Entbindung und 'n paar Tage danach melde ich mich krank und krieg trotzdem Geld. Wegen dieser Versicherung, die der Herr Direktor sich ausgedacht hat. Und danach bringe ich mein Kind einfach mit. Stell dir das mal vor! Mensch, wenn das so was schon gegeben hätte, als meine Mutter eins nach dem andern gekriegt hat.«

»Weiß Herr Troplowitz, von wem …?« Beide sahen sie so erschrocken an, als hätte sie ihnen gerade gedroht, ihnen die Ohren abzuschneiden. »Also nicht.«

»Ich bin verheiratet, Fräulein Pet… Toni.«

»Das fällt dir ziemlich spät ein.« Sie schüttelte den Kopf.

»Das war keine Liebesheirat. Wie das so ist. Ich habe mich nicht beschwert, hätte es schlechter treffen können. Meine Frau kocht gut, ist ordentlich und sparsam.« Er sah zu Gretel herüber. Herrje, der war wirklich verliebt. »Aber dann habe ich Gretel gesehen. Ich war mir sicher, dass sie die Richtige ist.« Für einen Moment wusste Toni nicht, ob sie den arroganten Fiesling schlimmer fand oder diesen schmalzigen Kavalier. Bist ja bloß neidisch, Toni.

»Und nun?« Mehr fiel ihr nicht ein.

»Ich kann mich nicht scheiden lassen. Darum bin ich dem Herrn Troplowitz so dankbar, dass er es Gretel ermöglicht, weiterhin selbst für sich zu sorgen. Natürlich gebe ich ihr Geld für das Kind, wenn ich etwas übrighabe.«

»Wenn Sie … wenn du etwas übrig hast?« Toni funkelte ihn böse an. »Für dein eigenes Kind wirst du wohl etwas übrighaben.«

»Psst!«, machten beide.

»Es darf niemand erfahren, dass es von mir ist.«

Na, großartig, ein Rückgrat wie ein Gummiband. Während des Essens erklärte er ihr, seine Eltern hätten ihm die Frau ausgesucht. Sie würden niemals akzeptieren, wenn er sie verließe. Gretel lief beinahe über vor Verständnis. Toni konnte das kaum noch mit ansehen. Sie beschloss, sich möglichst bald zu verabschieden. Allerdings hatte sie mit ihm vorher noch ein Hühnchen zu rupfen. Mal sehen, ob Gretel den verheirateten Kerl noch immer anhimmelte, wenn sie wusste, was er Toni alles angetan hatte.

»Ich bin froh, dass du dir keine Sorgen mehr machen musst, Gretel. Wenn ich auch nicht verstehen kann, dass du dir das gefallen lässt. Man überlegt sich doch vorher, wie man das hinkriegen kann, zusammen zu sein, wenn man jemanden lieb hat. Dann findet man doch einen Weg. Aber das geht mich nichts an. Etwas anderes schon.« Sie sah ihm in die Augen. »Warum hast du damals von mir verlangt, dass ich schlechte Pflaster herstelle und an Beiersdorf liefere?«

»Könntest du bitte etwas leiser sprechen?«

»Könnte ich. Aber ich will eine Erklärung. Wird Zeit nach so vielen Jahren, meinst du nicht?«

Er nickte. Gretel verstand offenbar kein Wort.

»Ich verdanke einem Freund meines Vaters einiges. Meine Eltern sind nicht gerade wohlhabend, dieser Freund hat mich bei meiner Ausbildung unterstützt, hat mir ein Studium finanziert. Das habe ich nicht beendet.« Er lachte schief. »Theorie liegt mir nicht so.«

»Dafür kennt er sich sehr gut mit Zahlen aus«, sagte Gretel.

»Dieser Mann hat mir eine erste Stelle vermittelt. Ist nicht so leicht, nach einem abgebrochenen Studium was zu finden.«

»Es sei denn, man hat gute Beziehungen«, sagte Toni.

»Ja. Ich habe eine ordentliche Stelle bekommen und konnte mir meine Sporen verdienen. Danach bin ich zu Beiersdorf gekommen. Das war, als der Herr Beiersdorf das Unternehmen noch selbst geleitet hat. Dieser Freund meines Vaters hat mit Beiersdorf Geschäfte gemacht.«

Toni schnaufte. Sein ganzes Leben wollte sie eigentlich gar nicht hören.

»Er hatte sogar vor, dessen Laboratorium zu übernehmen, als es zum Verkauf stand.«

»Aha. Das wollten sicher einige, was?«

»Wahrscheinlich. Wie du weißt, hat Herr Troplowitz das Rennen gemacht. Sehr zum Ärger von Herrn Dierksen.« Tonis Herz setzte einen Schlag aus. Sie fühlte sich, als hätte jemand ihr mit Wucht vor die Stirn geschlagen.

»Dierksen?«, hauchte sie. »Aber nicht Dirk Dierksen, oder doch?«

»Du kennst ihn?«

»Seine Tochter …« Toni räusperte sich. »Mein Mann ist ertrunken, weil er Dierksens Tochter das Leben retten wollte.«

»Das wusste ich nicht«, sagte er.

»Zufälle gibt's.« Gretel schüttelte den Kopf. Toni glaubte nicht an Zufälle. Nicht in diesem Fall.

»Wie gesagt, ich verdanke ihm viel«, fuhr Hagen fort. »Er hat mal erwähnt, dass ihn alles interessieren würde, was bei Beiersdorf geschieht. Ich ging davon aus, dass er als Erster wissen wollte, falls das Unternehmen wieder zum Verkauf stehen könnte. Also habe ich ihm alles erzählt, was mir so aufgefallen ist. Unter anderem, dass merkwürdigerweise Pflaster von einem Hersteller geliefert würden, an deren Entwicklung Richard damals gearbeitet hat. Kam mir sehr komisch vor, wer sollte die Dinger herstellen? Dierksen vermutete, dein Mann sei womöglich gar nicht tot.«

»Wie bitte?« Toni schnappte nach Luft. Sie brauchte einen Schluck Wasser.

»Ich sollte herausfinden, woher die Pflaster kommen. Das war nicht schwer. Ich hatte gesehen, wie Hermann Krause mit einem Karton in die Firma kam. Irgendwann bin ich ihm nach, da wusste ich Bescheid.«

»Du konntest natürlich nicht für dich behalten, dass eine Frau dahintersteckt. Warum hast du mich nicht einfach Herrn Troplowitz verraten?«

»Dierksen hat von mir verlangt, dich unter Druck zu setzen.«

»Zu erpressen, meinst du.« Das war alles ganz ungeheuerlich.

»Bitte, Toni, das klingt so böse«, warf Gretel ein und tätschelte Hagens Arm.

»Ich bin auch böse. Was glaubst du, welche Ängste ich ausgestanden habe? Ein fremder Mann platzt in meine Wohnung und verlangt von mir, schlechte Ware zu produzieren und Herrn Troplowitz unterzujubeln.« Sie kam richtig in Fahrt. »Und das war längst nicht alles. Als ich bei Beiersdorf eine Stelle bekommen habe, hat Werner mich als eine Diebin hingestellt. Und mir gedroht hat er auch. Ich dachte, er bringt mich um in diesem stinkigen Chemielager.«

»Könntest du dich bitte beruhigen?« Er sah sich um, aber keiner der anderen Gäste achtete auf sie. »Ich habe mich doch vorhin entschuldigt.«

»Du denkst, ein einziger Satz macht alles wieder gut, was du angerichtet hast?«

»Und er lädt dich zum Essen ein«, erinnerte Gretel sie.

Toni holte Luft, doch Hagen war schneller.

»Ich will ganz ehrlich sein.« Mit einem Mal war da wieder dieser überhebliche Blick. Das gefiel ihr gar nicht. »Es hat mir nicht sonderlich behagt, aber ich hätte damit leben können, dir zu schaden.«

»Werner!« Gretel ließ ihre Hand auf seinem Arm liegen. Nicht einmal so eine Aussage konnte sie anscheinend gegen ihn aufbringen.

»Du drängst dich in Bereiche, in denen Frauen nichts zu suchen haben«, sprach er ungerührt weiter. »Die Sache mit deinem Mann tut mir leid. Aber du kannst dir doch nicht einbilden, seine Produktion einfach fortzuführen. Für Fälle wie dich gibt es die Witwenversorgung. Du gehörst in ein Stift.«

»Aber Gretel soll weiter ihr eigenes Geld verdienen, auch wenn sie dein Kind bekommt? Könntest du dich mal entscheiden, ob du altmodisch sein willst oder fortschrittlich?« Toni leerte ihr Glas. Bloß weg hier!

»Was Dierksen von mir verlangt hat, hatte nichts mit dir zu tun. Herr Troplowitz war die Zielscheibe. Ich sollte helfen, ihm zu schaden. Wenn Dierksen den Betrieb übernommen hätte, wäre ich Prokurist geworden. Dann hätte ich genug verdient, um Gretel und unser Kind gut zu versorgen.«

»Wie lieb!« Gretel schmiegte sich an ihn.

»Und jetzt hat Herr Dierksen kein Interesse mehr an einer Übernahme, oder was?«, fauchte Toni.

»O doch, er ist immer auf dem Sprung. Warum schlachtet er wohl sonst den Selbstmord vom Beiersdorf so gekonnt aus?« Er senkte kurz den Blick. »Nur glaube ich nicht, dass ich noch besonders viel davon hätte. Nach der gescheiterten Geschichte mit der Salbenreibmaschine hat Dierksen gemeint, nicht einmal das hätte ich hingekriegt.«

»Irgendwie verstehe ich das alles noch nicht.« Toni versuchte, die vielen einzelnen Ungeheuerlichkeiten zu sortieren. Wie sie es auch drehte, ergab sich kein vernünftiges Bild. »Dierksen hätte doch gar nichts davon gehabt, wenn die Maschine lange ausgefallen wäre. Sie war ganz neu, alle Handgriffe saßen bei den Arbeitern noch, und sie konnten die Salbe auf herkömmliche Weise herstellen«, überlegte Toni laut. »Der Schaden für Beiersdorf oder besser für Herrn Troplowitz wäre gering gewesen.« Ihr schwante Böses. »Was genau hast du nicht hingekriegt?«

»Dich aus dem Unternehmen zu jagen. Das war das Mindeste, was Dierksen von mir wollte.«

Von dem Schreck musste sich Toni erst mal erholen. Jetzt, wo Herr Troplowitz Gretels Rettung war, hatte Hagen dann doch Skrupel, ihm weiter Schaden zuzufügen. Zwar hatte er erst überlegt, auf eigene Faust ein Ding zu drehen, das beide erledigt hätte, den Direktor und sie, um sein Ansehen bei diesem Ekel Dierksen noch zu retten, hatte das dann aber doch nicht über das Gewissen gebracht. Unglaublich, das hatte er frei von der Leber weg zugegeben. Was für ein oller Mistkerl! Dafür sah Toni den Herrn Troplowitz nun in einem ganz anderen Licht. Er hatte nicht etwa von Anfang an einen leichten Stand in Hamburg gehabt, das wusste jeder. Viel zu viele behaupteten noch immer, Juden seien verschlagen. Und dann kam er ja auch noch aus Schlesien, war also kein echter Hanseat. Nur 'n Pfeffersack, der auf mehrere Generationen blicken konnte, die in Ohlsdorf unter der Erde lagen, war ein richtiger Pfeffersack. Herr Troplowitz musste sich immer mehr anstrengen als andere. Dem ging's eigentlich 'n büschen so wie sonst den Frauen. Na ja, ganz so schwer hatte er das mit seinem Geld natürlich nicht. Trotzdem.

Dierksen hatte sich anscheinend alle Mühe gegeben, seinem Ruf zu schaden und ihm sogar die Firma abzuluchsen. Obendrein hatte er Toni übel mitgespielt, das hätte für sie böse enden können. Aber der Direktor hatte ohne Beweise nicht viel drauf gegeben. Die meisten hätten sie ohne eine weitere Chance kurzerhand vor die Tür gesetzt. Also schön, dem Herrn Troplowitz konnte sie dann wohl vertrauen. Fragte sich, warum der Dierksen es auch auf sie abgesehen hatte. Es sollte das Mindeste sein, dass Hagen sie aus dem Unternehmen beförderte. Warum? Mit einem Schlag hatte sie die hässliche Szene bei Mode-Baumann vor Augen. Frau Dierksen hatte behauptet, Toni und Richard seien schuld am Unglück der Familie Dierksen. Toni hatte ihre Worte noch genau im Ohr: »Erst den Tod eines Menschen verschulden, dann die Tatsachen verdrehen!«

Hassten die beiden sie, weil sie dachten, Richard hätte vielleicht etwas falsch gemacht? Sie glaubten doch wohl nicht, ihre Tochter könnte noch leben, wenn Richard nicht irgendeinen schlimmen Fehler gemacht hätte. Nee, so dösig konnte niemand denken. Richard war tot. Selbst wenn er sich nicht besonders geschickt angestellt hatte, weil er nicht der eleganteste Schwimmer war, wie konnte man ihr, der Witwe, daran die Schuld geben? Wenn sie recht hatte, bedeutete das, Dierksen würde keine Ruhe geben. Er würde weiter versuchen, sie von Beiersdorf zu vertreiben. Konnte sogar sein, dass er erst zufrieden war, wenn sie aus Hamburg verschwand. Mann, das war alles ein ziemliches Durcheinander. Nur eins war ihr plötzlich ganz klar: Sie konnte auf keinen Fall die Stelle in der Reklameabteilung annehmen, so verlockend das auch war. Dierksen würde neue Gemeinheiten gegen sie aushecken, und die würden möglicherweise Herrn Troplowitz treffen. Am besten räumte sie das Feld und ging nach Berlin.

28
Gerda

Oscar machte ihr allmählich wirklich Sorgen. Immer hatte er diesen Schleier im Blick, selbst wenn er lachte, was sowieso nicht mehr oft vorkam. Wohin war die Leichtigkeit verschwunden, mit der er sonst immer alle Situationen des Lebens genommen hatte? Gewiss, seit Beiersdorfs Tod gab es wieder mehr Ablehnung, manchmal sogar unverhohlene Anfeindung. Gerda konnte sich aber nicht vorstellen, dass das der einzige Grund für seine Verwandlung war. Selbst jetzt, als der Wagen sie zur feierlichen Einweihung des neuen Rathauses fuhr, war er auffällig still.

»Warum bist du so nachdenklich, Bärchen? Kannst du nicht verkraften, dass doch jemand gekündigt hat?« Natürlich war das nicht die Erklärung für sein Verhalten, aber vielleicht gelang es ihr, ihn aus der Reserve zu locken.

»Niemand hat gekündigt«, gab er zurück und starrte aus dem Fenster.

»Ich dachte, dieses Fräulein Peters will nach Berlin ziehen.«

»Sie hat unsinniges Zeug geredet.« Er war offenbar noch immer verstimmt deswegen. »Als ob sie in der Neuen Photographischen Gesellschaft die Aussicht auf eine gute Stellung hätte. An einer Maschine würde sie dort stehen und jeden Tag die gleichen Handgriffe machen, anstatt bei mir in der Reklameabteilung eigene Ideen einbringen zu können. Wenn du diese Wahl hättest, wie würdest du dich entscheiden?« Er erwartete keine Antwort auf diese Frage.

»Nun, sie wird ihre Gründe haben. Vielleicht gibt es Familie in Berlin.«

»Ach was!« Du meine Güte, er war reizbar wie eine Wespe. »Ich habe ihr vorgeschlagen, dass sie Urlaub nehmen und nach Berlin fahren soll. Am besten guckt sie sich auch gleich die Fabrik der Photographischen Gesellschaft an. Sie kommt nach Hamburg zurück, da bin ich sicher«, schloss er und sah wenigstens etwas zufriedener aus. Doch nicht lange, dann kehrte die Sorgenfalte auf seine Stirn zurück. Er seufzte.

»Entschuldige, Mutzl, du hast ja recht, ich bin unausstehlich, was? Es ist nur … Seit Pauls Freitod wollen die Anschuldigungen einfach nicht aufhören.«

»Aber das ist bald ein Jahr her!«

Er nickte. »Ich dachte, die Leute beruhigen sich von allein wieder, aber so ist es nicht. Niemand sagt mir direkt ins Gesicht, was er denkt, aber immer mehr Hamburger Lieferanten behaupten plötzlich, sie hätten einen Engpass. Gestern habe ich ein Schreiben aus Paris bekommen. Ein wirklich großer Kunde. Sie sehen erst einmal von weiteren Bestellungen ab, weil sie aus Hamburg etwas über mich gehört hätten, das sie sehr irritiert habe«, zitierte er. »Was soll das schon sein? Es ist, als hätte jemand nichts anderes zu tun, als aller Welt wieder und wieder einzubläuen, ich hätte den Tod eines Menschen verschuldet.« Er seufzte tief. »Wenn das so weitergeht, wird es langsam ernst, Gerda. Mein Unternehmen könnte einen Schaden davontragen, der sich nicht wiedergutmachen lässt.«

Dieser 26. Oktober 1897 hätte ein Festtag sein sollen. Doch Gerdas Laune war alles andere als festlich, als sie mit Oscar aus der Kutsche kletterte. Da halfen auch die Fahnen nicht, die auf sämtlichen öffentlichen Gebäuden im Herbstwind wehten. Nicht einmal die Kinder, alle fein herausgeputzt, konnten ihr mehr als ein schmales Lächeln entlocken. Sie hatten an diesem Dienstag extra schulfrei, um den Alten Wall und die Große Johannisstraße Fähnchen schwingend zu säumen. Die Glocken von St. Nikolai läuteten, Menschen, so weit das Auge reichte, bestaunten das wahrhaft eindrucksvolle Gebäude, das an diesem Tag von Bürgermeister Johannes Versmann und seinen Hunderten Ehrengästen zum Leben erweckt wurde.

Sie betraten das Rathaus durch ein geschmiedetes schwarzes Portal, das sich Gerda gern näher angesehen hätte. Doch es war nicht möglich, in Ruhe stehen zu bleiben, die geladenen Gäste strömten unaufhörlich ins Innere.

»Da sind Irma und Senator Behn«, raunte Gerda Oscar zu. Behn trug den typischen samtenen Umhang, reich bestickt und schwer, dazu die weiße Halskrause, schwarze Strümpfe und schwarze Schuhe mit goldenen Schnallen. Ihr fiel sofort auf, wie eng Irma an der Seite ihres Mannes stand. Das hatte gewiss nicht nur mit der drängenden Menschenmenge zu tun. Sie schlängelten sich zu ihnen durch.

»Ein großer Moment für Hamburg«, stellte der Senator fest. »Wie schön, dass nicht nur eine der aufregendsten Künstlerinnen der Einweihungsfeier Glanz verleiht, sondern auch deren Entdeckerin und natürlich einer der bedeutendsten Geschäftsmänner.«

»Sieht aus, als hätte dein Mann den Schock gut überwunden, mit der geheimnisvollen Mynona verheiratet zu sein«, flüsterte Gerda Irma ins Ohr.

»Wer würde sich nicht freuen, plötzlich zwei Frauen zu haben?«, gab Irma zurück und zwinkerte keck. Wie jung und entspannt sie aussehen konnte. Und wie beeindruckend schön. Sie hatte eine dunkelgrüne Robe gewählt, die sie wie eine zweite Haut umgab und erst unterhalb ihrer Knie weit auslief. Ihr Haar fiel ihr offen über die Schultern, nur zwei funkelnde Spangen hielten die Seiten im Zaum.

»Was hältst du nun vom Rathaus?«, fragte Gerda sie. »Ich erinnere mich nicht mehr genau an deine Worte, aber ich weiß noch, dass du wenig Erwartungen daran hattest. Hast du nicht von einem traditionellen Prunkbau ohne schöpferische Kraft gesprochen?«

»Das könnten meine Worte gewesen sein.« Sie lachte. »Ich gebe zu, es ist nicht übel.« Ihre Miene verriet, wie beeindruckt sie doch von der Architektur war. »Ich hätte mir zwar modernere Elemente gewünscht, aber es ist ganz hübsch geworden.«

»Ganz hübsch.« Eckart schüttelte lächelnd den Kopf. »Man sagt, es gibt kein Bauwerk auf der Welt, das so viel Kupfer- und Bronzeschmuck aufweisen kann. Ich mag den hellen Sandstein, er wirkt sehr edel, finde ich. Und diese Symmetrie von Vorderfassade und Turm!«

»Du merkst, er gerät richtig ins Schwärmen.« Irmas Augenbraue schnellte in die Höhe.

»Ich kann Ihnen nur zustimmen, lieber Herr Behn, es ist ein Rathaus, das der Stadt gut zu Gesicht steht. Sie können als Teil des Senats sehr stolz sein.«

Es wurden Reden gehalten, man beglückwünschte sich gegenseitig. Irma hatte an der Seite ihres Mannes einige Persönlichkeiten zu begrüßen.

»Versprich mir, dass wir uns später noch sehen!«, hatte sie gesagt und vielsagend mit den Augen gerollt, ehe sie in der Menge verschwunden waren. Auch Oscar wurde hier und da in Gespräche verwickelt oder begrüßte jemanden, mit dem er Geschäfte machte.

Nachdem er sich von einem Herrn verabschiedet hatte, schlug er vor, den Kaisersaal zu besichtigen.

»Als ich das letzte Mal dort war, war er noch ein Provisorium«, erklärte er.

Der Kaisersaal machte seinem Namen alle Ehre. Gold, wohin man nur schaute. An Wänden und der Decke gab es so viele Kunstwerke zu entdecken, dass man sich wohl eine ganze Stunde und länger hier aufhalten könnte, ohne sich zu langweilen. Für eine Weile schien selbst Oscar vollkommen von dem abgelenkt zu sein, was ihn so quälte. Gerda entspannte sich. Wenn nur ihre Füße nicht schon wieder so schmerzen würden. Und der Stoff des neuen Kleides erwies sich als schrecklich unangenehm. Am liebsten hätte sie sich pausenlos gekratzt, so juckte ihre Haut.

»Frau Troplowitz, nicht wahr?«

Gerda drehte sich zu der Stimme um und erblickte eine Frau, die ihr bekannt vorkam. Wo hatten sie sich bloß schon gesehen? Ein Name fiel ihr nicht ein, sie hatte nur ein unangenehmes Gefühl.

»Guten Tag«, sagte sie freundlich. Herrje, es juckte aber auch schrecklich. Gerda rieb sich über den Arm.

»Meyerling«, stellte die Frau sich vor. »Sie erinnern sich? Wir haben mal an einem Tisch gesessen. Gott, das muss schon tausend Jahre her sein. Ich weiß nicht einmal mehr, zu welchem Anlass das war.«

»Frau Meyerling, natürlich«, gab Gerda zurück und versuchte, Oscars Aufmerksamkeit zu gewinnen. Er hatte ein viel besseres Gedächtnis für Gesichter, Namen und Orte.

»Kratziger Stoff, was?« Frau Meyerling deutete mit einer schnellen Kopfbewegung auf Gerdas Hand, die noch immer mit ihrem Arm beschäftigt war. »Das kenne ich. Ist es bei Ihnen auch Ausschlag?

Wenn ich meinen Ausschlag habe, kann ich im Grunde gar keinen Stoff ertragen.« Sie seufzte theatralisch. »Allerdings ist das gar nichts gegen mein Magengeschwür. Das verleidet mir wirklich das Leben.« Schlagartig erinnerte Gerda sich. Herr Meyerling hatte irgendetwas mit der königlichen Eisenbahn zu tun. Seine Frau hatte Gerda bei ihrem Kennenlernen den ganzen Abend lang nur von ihren Wehwehchen erzählt. Hilfesuchend sah Gerda sich um. Sie hatte nicht vor, sich noch einmal Geschichten über Furunkel oder Auswurf anzuhören.

»Sieh nur, Liebster, die Frau Troplowitz«, rief Frau Meyerling. Gerda wandte sich ihr wieder zu und ihrem Mann, der soeben zu ihnen gestoßen war.

»Komm«, fauchte er seine Gattin an, »das ist nun wirklich kein Umgang für uns. Mit Menschen, die andere ins Unglück stürzen, möchten wir nichts zu tun haben.«

Gerda lief es kalt den Rücken herunter. »Mein Mann hat niemanden ins Unglück gestürzt«, entgegnete sie energisch. Dieser Meyerling hatte extra laut gesprochen, damit auch jeder im Kaisersaal aufmerksam wurde. Dann musste sie eben genauso laut sein, um ihren Mann zu verteidigen.

Der war plötzlich wieder neben ihr. »Schon gut, Gerda, so mancher plappert nach, was er gehört hat. Ohne zu verstehen, worüber er eigentlich spricht.«

»Was erlauben Sie sich?« Meyerling wollte sich eben aufplustern, als es an der Saaltür unruhig wurde.

»Lassen Sie mich durch!«, schrie eine Frau.

»Antonia?«, fragte Oscar leise. Sah aus, als würde er seinen Ohren nicht recht trauen.

»Ich glaube kaum, dass Sie eine Einladung haben. Die Einweihungsfeier ist nicht für die Öffentlichkeit bestimmt«, sagte irgendjemand.

»Schlimm genug. Sollte ein Rathaus nicht für seine Bürger da sein?«

»Sie ist es«, sagte Oscar und blickte angestrengt in die Richtung, aus der der Disput mit der jungen Frau zu hören war. Auch alle anderen reckten die Hälse.

»Lassen Sie mich gefälligst los!«, schimpfte die Frauenstimme, die wohl Antonia Peters gehörte.

»Nun machen Sie hier doch kein Theater! Kommen Sie mit mir! Sie haben hier nichts zu suchen.« Es klang so, als würden schon mehrere Ordner versuchen, die junge Dame zu bändigen.

»Im Gegenteil, mir scheint, ich komme gerade im richtigen Moment. Ich weiß, warum Herr Beiersdorf sich umgebracht hat.«

Das Schweigen, das schlagartig einsetzte, war greifbar. Gerda sah Oscar an, der ganz blass wurde. Es war eine ganz und gar unwirkliche Situation. Um sie herum Männer mit buntbestickten Fräcken, mit Amtstrachten oder Uniformen, die Damen in langen Kleidern, schwer mit Schmuck behangen und mit unpraktisch großen Hüten ausstaffiert, die sie in den Händen halten mussten, weil nicht genug Platz für sie war. Ob Senatoren oder Bankiers, ob Direktor eines namhaften Unternehmens oder ein hoher Polizeibeamter, alle machten Platz und ließen Antonia Peters den Saal betreten. Sie trug einen einfachen Mantel, darunter lugte ein schlichter Rock aus derber Wolle hervor. Sie passte in das Bild wie eine Scholle in den Wald.

»Natürlich, ein einfaches Bauernweib kennt die wahren Hintergründe des tragischen Unglücks und weiß damit mehr, als wir alle hier zusammen«, rief Meyerling aufgebracht. »Sehr glaubhaft, ich muss schon sagen.« Gerda hätte nicht schlecht Lust, ihm ins Gesicht zu schlagen. So ein überheblicher, unhöflicher Mensch! Wenigstens fand er nicht die erhoffte Zustimmung. Weiter starrten alle Fräulein Peters an und wagten kaum, einander etwas zuzuflüstern, wohl aus Angst, auch nur ein einziges Wort zu verpassen. Gerda entdeckte Irma und ihren Mann, die sich vorsichtig durch das Gewimmel schoben.

»Ich komme eben aus Berlin zurück«, erklärte Fräulein Peters fest. »Dort habe ich erfahren, was Herrn Beiersdorf in Wahrheit zu seinem Selbstmord getrieben hat. Herr Troplowitz hat sicher nichts damit zu tun.«

»Sollten wir das nicht besser woanders besprechen?«, schlug Oscar vor und trat auf sie zu.

Sofort war Irma zur Stelle. »Ich finde, es gibt keinen angemesseneren Ort als den Kaisersaal.« Sie blickte in die Runde. »Ich sehe hier jede Menge Herrschaften, die hinter vorgehaltener Hand behaupten, Herr Troplowitz sei für den Freitod verantwortlich. Sollten sie nicht alle die Wahrheit erfahren?«

»Wahrheit?« Dierksen trat aus der Menge hervor. Gerda wusste nicht, ob sie noch viele Überraschungen verkraften konnte. Sie bemerkte den entsetzten Blick von Fräulein Peters, der sich von einer Sekunde zur anderen in eine Miene wilder Entschlossenheit verwandelte. »Eine Person, die im Namen ihres längst verstorbenen Ehemannes Geschäfte gemacht hat, die stiehlt und lügt, die soll uns die Wahrheit sagen?«

Nun setzte doch ein Tuscheln ein. Die Zeugen dieses Spektakels waren hin und her gerissen, das konnte man sehen. Und sie hofften auf einen weiteren Skandal.

»Meine Schwägerin ist die Gattin von Heinrich Oelsner.«

»Dem Berliner Anwalt?«, wollte jemand wissen.

»Ihre Verwandtschaft interessiert hier nun wirklich niemanden«, blaffte Dierksen dazwischen.

»Ja, er ist Anwalt«, gab Fräulein Peters zurück. »Er war mit dem Fall eines Berliner Apothekers befasst. Besser gesagt, mit dessen Konkurs.« Nun gehörte ihr die ganze Aufmerksamkeit. »Herr Beiersdorf hat von diesem Apotheker ein Haus samt Einrichtung eines Laboratoriums und obendrein einem Grundstück gekauft. Er glaubte, ihm gehörte durch dieses Geschäft auch die Erlaubnis, die Apotheke des Mannes zu führen. Der Berliner ging in Konkurs, und Herr Beiersdorf musste rechtlichen Beistand in Anspruch nehmen, weil die Gegenseite behauptete, er habe nur das Gebäude mit dem Land erworben, vom Betrieb der Apotheke sei nicht die Rede gewesen.« Alle starrten sie an, hier und da steckten einige die Köpfe zusammen und tuschelten.

»Dachte ich's mir doch, dass Paul daran zugrunde gegangen ist«, zischte Oscar.

»Jedenfalls hat sich das Theater über Jahre hingezogen, sagte mir Herr Oelsner. Herr Beiersdorf wollte irgendwann nichts weiter als eine Entscheidung, die er zur Not hätte anfechten können.«

»Also ich höre mir diese Märchenstunde nicht länger an«, verkündete Dierksen. Niemand rührte sich. Nicht einmal Meyerling und seine Frau wollten das Ende des Berichts versäumen. Dierksens Wangen wurden dunkelrot. Er stieß grob Männer und Frauen zur Seite, die ihm im Weg standen, und verließ den Kaisersaal.

»Unerhört!«, »Also so was!«, schimpfte jemand, dann wurde es wieder mucksmäuschenstill. Ausgerechnet jetzt musste Gerda niesen.

»Entschuldigung!«, flüsterte sie und biss sich in den nächsten Sekunden auf die Zunge, um den aufregungsbedingten Anfall unter Kontrolle zu halten.

»Jedenfalls hat der Herr Beiersdorf nichts Handfestes bekommen, man hat ihn immer wieder hingehalten«, erzählte Fräulein Peters weiter. »Sein Anwalt hat sogar bei einem Oberpräsidium um eine greifbare Entscheidung gebeten. Es gibt Aufzeichnungen, die das beweisen«, sagte sie. »Die Bitte wurde abgelehnt. Darum war Herr Beiersdorf im Kultusministerium.« Sie machte eine Pause und sah in die neugierigen Gesichter. Gerda fürchtete schon, die junge Frau würde gleich in Tränen ausbrechen. Sie sah plötzlich so zerbrechlich aus. »Die Herrschaften wissen doch alle so gut Bescheid über den Tod von Herrn Beiersdorf«, rief sie mit zitternder Stimme. »Dann wussten Sie sicher auch, dass es dort passiert ist, im Kultusministerium. Er wollte höchstpersönlich einen letzten Versuch machen. Leider wurde er wieder abgewiesen«, berichtete sie leise. »Und dann hat er direkt vor Ort im Dienstzimmer das Gift eingenommen.« Es war plötzlich so still, dass sich Gerda nicht einmal mehr traute zu atmen. Sie griff nach Oscars Hand. Dem hing eine Träne an den Wimpern. Fräulein Peters sah noch einmal in die Runde. »Wenn irgendjemand eine Erklärung hat, was Herr Troplowitz in dieser Schmierenkomödie der Behörden wohl für eine Rolle gespielt haben soll, denn man raus damit!« Einige gestandene Kaufleute senkten betroffen den Blick. »Keiner? Wie auch, er hat ja nix damit zu tun. Habe ich vorhin schon gesagt. Dann wird in Zukunft nun hoffentlich niemand mehr irgendeinen anderen Unfug behaupten.« Sie drehte sich um und ging einfach hinaus.

Gerda und Oscar folgten ihr, Irma und Eckart ebenfalls. Die junge Frau hatte sich in den Innenhof geflüchtet. Dort stand sie nun am

Brunnen, den Gerda so mochte. Er zeigte den Sieg über die Cholera-Epidemie. Ein sehr passender Platz, um sich am Sieg über die Gerüchte zu erfreuen.

»Wie schön, dass Sie zurück sind, Fräulein Antonia.« Oscars Stimme war heiser. Er wischte sich ständig über die Augen.

»Morgen sind Sie Stadtgespräch«, rief Irma und klatschte amüsiert in die Hände. »Ich habe den übereifrigen Reporter von den *Hamburger Nachrichten* gesehen. Erstaunlich, dass er Sie noch nicht in seinen Klauen hat.«

»Es ist wohl angebracht, mich bei Ihnen zu bedanken.« Oscar hatte seine Fassung wiedergefunden. »Es gibt nicht viele, die den Mut aufgebracht hätten, vor dieser Gesellschaft einen derartig schwungvollen Vortrag zu halten.«

»Sie haben irgendwann mal zu mir gesagt, das Gerede der Leute könnte einem das Genick brechen. Und dann hat Werner Hagen gesagt, Dirk Dierksen würde den Selbstmord von Herrn Beiersdorf ausschlachten, um Ihnen zu schaden, weil der doch immer noch scharf auf Ihre Firma ist.«

»Was sagen Sie da?« Oscar starrte sie an. Dass Dierksen damals auch ein Angebot für Beiersdorf abgegeben hatte, war keine Überraschung. Dass er jedoch offen zugab, Oscar schaden zu wollen, war nicht zu glauben. Und dann steckte auch noch Oscars Kontorbeamter Werner Hagen mit ihm unter einer Decke? Gerda konnte einfach nicht begreifen, was sie alles zu hören bekam. Dierksen wollte, wie es schien, nicht nur Oscar in die Knie zwingen, sondern auch Antonia Peters das Leben versauern. Und zwar ausgerechnet, weil ihr Mann versucht hatte, die Dierksen-Tochter vor dem Ertrinken zu retten. Etwas Absurderes war Gerda noch nicht zu Ohren gekommen.

»Wie kann ich mich jemals erkenntlich zeigen?«, wollte Oscar wissen, als Antonia Peters sich alles von der Seele geredet hatte.

»Eine Stellung in der Reklameabteilung mit Aussicht auf eine leitende Position ist nun wohl schon weg, was?« Sie war kaum zu verstehen, so leise sprach sie.

Oscar wiegte bedächtig den Kopf. »Ein Mann Mitte dreißig kümmert sich momentan darum.«

Sie nickte. »War auch nur 'ne Frage.«

»Ich stelle mir eigentlich jemanden vor, der jünger ist, frischer. Wie alt sind Sie, Fräulein Antonia?«

»Gerade sechsundzwanzig geworden.«

»Das hört sich gut an. Wenn Sie nicht wieder Hals über Kopf kündigen und nach Berlin verschwinden wollen, würde ich es gern mit Ihnen versuchen …«

»Bestimmt nicht. Danke, Herr Troplowitz.« Sie strahlte wie einer der goldenen Lüster im Kaisersaal. Nur kurz, dann verfinsterte sich ihre Miene zu Gerdas Überraschung. »Aber was wird denn dann aus dem älteren Herrn?«

»Älterer Herr! Ich sagte Mitte dreißig. Das ist ja nun noch nicht gerade ein Greis.« Gerda kicherte.

»Ich möchte nicht, dass er meinetwegen seine Arbeit verliert«, beharrte Antonia Peters.

»Machen Sie sich um den mal keine Sorgen, der hat auch so genug zu tun.« Oscar zwinkerte ihr vergnügt zu. Gerda atmete auf. Endlich hatte sie ihren Oscar wieder.

»Darauf müssen wir anstoßen«, verkündete Irma.

»Ich kann noch nicht weg, bedaure.« Eckart Behn küsste sie auf die Wange. »Glückwünsch, Herr Troplowitz, Sie sind um diese Mitarbeiterin zu beneiden. Wenn Sie mich entschuldigen würden?«

»Geht ihr schon vor«, sagte Oscar. »Mal sehen, ob ich den Dierksen noch irgendwo finde. Ich will ihn zur Rede stellen. Und zwar sofort.«

»Champagner!« Irma war ganz in ihrem Element. Sie hatten sich ins neu eröffnete Grandhotel *Vier Jahreszeiten* fahren lassen. Antonia Peters hatte sich zunächst gesträubt.

»Ich kann unmöglich in meinem Aufzug in ein solch teures Luxushotel gehen.«

»Unsinn«, hatte Irma ihren Einwand beiseite gewischt. »Sie konnten schließlich auch in die Einweihungsfeier des Rathauses platzen. Ohne Eintrittskarte wohlgemerkt.« Dann hatte sie ihr kurzerhand ihren Samtmantel mit Pelzbesatz gegeben und sich selbst den zerschlissenen einfachen um die Schultern gelegt. »Jetzt sind Sie drüber schick, und ich bin drunter schick. Das muss reichen, damit wir beide anständig behandelt werden«, hatte sie erklärt. »Am Tisch sieht man sowieso nur noch Ihre Bluse. Die ist doch hübsch.«

So hatten sie es gemacht. Irma genoss die empörten Blicke sichtlich, Fräulein Peters keineswegs. Das arme Ding hätte wohl am liebsten die Flucht ergriffen.

»Auf Sie, Fräulein Peters«, rief Irma, nachdem der Champagner serviert war.

»Sagen Sie doch bitte, Toni«, flüsterte die und stürzte das erste Glas in einem Zug herunter.

Irma lachte auf. »Sie gefallen mir, Toni.« Der Kellner trat mit unbewegter Miene hinzu und schenkte nach.

»Mir auch«, stimmte Gerda zu. »Was Sie sich da eben getraut haben … Ich kann Ihnen gar nicht sagen, wie dankbar ich Ihnen bin.« Gerda erhob den Kristallkelch. Sie hatte wenig im Magen und vertrug ohnehin kaum Alkohol. Aber das war ihr an diesem besonderen Abend gleichgültig.

»Wirklich, Respekt, das war ein Auftritt von Format!« Irma nickte anerkennend. »Da haben Sie ein gutes Werk getan.«

»Jetzt ist es aber mal gut.« Fräulein Peters wurde ganz rot.

»Ich bin die Älteste von uns«, warf Gerda ein. »Ich möchte, dass wir sofort mit dem albernen Sie aufhören. Gerade nach diesem formatösen Auftritt.«

»Forma… was?« Irma lachte und warf das Haar zurück. Fräulein Peters kicherte auch.

»O Gott, nee, ich kann nicht Du zu Ihnen sagen. Sie sind die Frau Direktor!«

»Papperlapapp. Erstens bin ich die Frau *vom* Direktor, zweitens haben Sie meinen Gatten soeben gerettet.«

»Nun übertreiben Sie aber!«

»Kein bisschen! Auf dem Weg zum Rathaus hat Oscar zu mir gesagt: Mein Unternehmen könnte einen Schaden davontragen, der sich nicht wiedergutmachen lässt. Das waren seine Worte.« Die beiden sahen einigermaßen irritiert aus. Hatte sie etwas Dummes gesagt? »Wir haben über die bösen Gerüchte gesprochen, die Sie nun aus der Welt geschafft haben. Du hast das geschafft, Toni.«

Gott sei Dank, die junge Frau gab ihren Widerstand auf und trank mit ihnen Bruderschaft. Das machte es wirklich leichter.

»Ich bin so glücklich, dass ich in der Reklameabteilung arbeiten darf«, meinte Toni irgendwann. »Trotzdem, ich möchte niemandem etwas wegnehmen. Wenn doch nun schon jemand die Stelle bekommen hat …«

»Hast du es tatsächlich noch nicht verstanden, Toni?« Irmas überheblicher Gesichtsausdruck konnte auch ziemlich nett aussehen.

»Der Herr Mitte dreißig ist er selbst. Oscar Troplowitz liebt Reklame.«

»Ach so.« Man konnte richtig sehen, wie Toni aufatmete. Ein liebes Mädchen mit einem großen Herzen! »Mach dich drauf gefasst, dass er dir auch in Zukunft reinreden wird. Selbst, wenn du es wirklich mal zur Leiterin der Abteilung bringst, das schwöre ich dir.«

Wo Oscar nur blieb? Nachdem Gerda schon zweimal erwähnt hatte, sie mache sich langsam Sorgen, schlug Irma vor, zum Rathaus zurückzufahren.

»Ich glaube, ich gehe lieber nach Hause.« Hörte sich lustig an, wie Toni sprach, so weich und wattig. Gerda kicherte. »Ich bin todmüde.«

»Dann lassen wir uns beim Rathaus absetzen, und der Wagen fährt dich heim.« Irma klang völlig normal, obwohl sie mindestens genauso viel Champagner getrunken hatte wie Gerda und Toni. »Zu Fuß gehst du besser nicht, sonst greift dich noch ein Ordnungshüter auf.«

»Liebe Güte, ja, man merkt ihr womöglich an, dass sie Alkohol getrunken hat«, flüsterte Gerda. »Als Frau. Das ist doch verboten.«

»Ich bin noch nie eingesperrt worden«, erklärte Irma leichthin.

Draußen trafen die Kälte und der Sturm Gerda unvorbereitet. In ihrem Kopf drehte sich etwas. Das war bestimmt die komische Herbstluft.

»Ach, wäre doch schon wieder Frühling«, sagte sie. »Ich liebe es, wenn die Luft verfüllt ist vom Zwitschern der Speisen und Matzen.« Irma und Toni prusteten los. »Was denn? Findet ihr das etwa nicht schön?«

»Du hast Speisen und Matzen gesagt«, presste Toni hervor und lachte schon wieder.

»Was? Nein!« Speisen und Matzen. »Ist ja zum Piepen!«

29
Gerda

1898

Dank Tonis mutigem Auftritt im Rathaus hatte das letzte Jahr eine fulminante Wende genommen, die Gerda und Oscar gleichermaßen genossen. Das Erfreuliche an Klatsch und Tratsch war, dass sich auch dieses Ereignis und damit die Wahrheit über Beiersdorfs tragischen Tod rasend schnell verbreitet hatte. Was erst über Oscar gesagt wurde, war nun über den Berliner Apotheker zu hören, der mit seiner Pleite Paul Beiersdorf ins Verderben gerissen hatte. Lieferanten standen wieder Schlange, um Oscar ihre Aufwartung zu machen und die hohe Qualität ihrer chemischen Präparate anzupreisen. Die Anzahl der eintreffenden Bestellungen erhöhte sich von Woche zu Woche.

Ein nasskalter Januar neigte sich dem Ende zu, als Oscar Gerda bat, ihn in die Firma zu begleiten.

»Was gibt es denn? Willst du schon wieder eine weitere Fabrik bauen lassen?«

»Lass dich überraschen, Mutzl. Und nimm sicherheitshalber ein Taschentuch mit.« Ihr stand also eine Aufregung bevor.

»Guten Morgen, Frau Köhler. Bitte schicken Sie mir Antonia Peters herein«, wies er seine Vorzimmerdame an, kaum dass er den Raum betreten hatte. »Irma müsste auch gleich hier sein«, ließ er Gerda in seinem Kontor wissen. Es wurde immer geheimnisvoller. Toni und Irma trafen fast zeitgleich ein. Gerda musste schmunzeln.

Frau Köhlers Miene nach zu urteilen, war die mindestens ebenso verwirrt wie Gerda. Und brennend neugierig, da könnte Gerda wetten.

»Kaffee für die Damen?« Oscar war bester Laune. »Frau Köhler, bringen Sie uns doch bitte Kaffee und Kekse. Viele Kekse.«

Sie steckte den Kopf zur Tür herein. »Kommt Herr Krause auch noch?«

»Nein, aber wir essen auch gern Plätzchen.« Er wartete, bis Frau Köhler fort war. »Ich habe mich entschieden, die Entwicklung technischer Klebebänder nicht fortzuführen. Es war ja ohnehin eher eine Notlösung. Leider wurden meine Erwartungen nicht erfüllt. Das Band wurde in erster Linie von Bonbonfabrikanten zum Abdichten und Verschließen ihrer Dosen verwendet. Aber auch sie sind, gelinde gesagt, nicht voll zufrieden.«

»Warum erzählst du uns das alles, Oscar?« Gerda konnte sich keinen Reim auf sein Verhalten machen. Was hatten Toni, Irma und sie mit seiner Entwicklung zu tun?

»Weil es wichtig ist, dass die Damen genau über die Artikel und die Schwerpunkte von Beiersdorf informiert sind. Alle hier anwesenden Damen«, ergänzte er. »Ich werde mich wieder ganz auf das pharmazeutische Kerngeschäft konzentrieren.« Er verschränkte die Arme vor der Brust und sah von einer zur anderen.

»Aha.« Irma zog eine Augenbraue hoch. »Brauchen Sie ein neues Markenzeichen? Gerade wenn Sie sich wieder ausschließlich der Pharmazie zuwenden, passt der Äskulapstab doch bestens.«

»Soll ich die Herren vom *Hamburger Anzeiger* und von den *Hamburger Nachrichten* informieren?«, wollte Toni wissen. Sie wirkte verunsichert.

»Nein, nein. Aber ich habe eine Idee und wüsste gern, was Sie davon halten. Ich möchte, dass Sie drei zusammenarbeiten.«

»Wie bitte?« Gerda glaubte sich verhört zu haben. Sie hatte ja schon einiges mit ihm erlebt, aber das war doch einigermaßen ungewöhnlich.

»Du sollst natürlich keine richtige Anstellung bekommen. Wäre ja noch schöner.« Er lachte. »Allerdings wäre es mir sehr recht, wenn du dich beratend einbringen könntest. Wenn jemand sagen kann, welche Produkte dringend gebraucht, aber nirgends angeboten werden, dann bist du das, meine Liebe.«

»Das tue ich doch längst. Ich sage dir immer …«

»Mir, ja. Und das sollst du gern auch weiterhin tun. Nur habe ich manchmal kein offenes Ohr, weil mir so viel anderes im Kopf herumgeht. Vielleicht erkenne ich nicht immer gleich den Nutzen. Ich dachte, wenn die Damen sich über einen neuen Einfall unterhalten, könnte daraus eine konkrete Idee entstehen, die ich dann nur noch umsetzen brauche.«

»Na ja, warum nicht?« Gerda mochte Toni und Irma sowieso. Es wäre nett, wenn sie häufiger Zeit miteinander verbringen würden. Möglicherweise könnte man Besprechungen in ein nettes Kaffeehaus verlagern.

»Wunderbar! Sie, Toni, koordinieren alle Reklamemaßnahmen. Wie ich Sie einschätze, fällt Ihnen ganz flott etwas ein, wenn Sie zu dritt über die Vorteile eines neuen Artikels plaudern.«

»Klar, das kriege ich bestimmt hin.«

»Und ich bin von Anfang an informiert, mache Skizzen und plane Plakate«, sagte Irma sofort.

»So hatte ich mir das vorgestellt. Wenn Sie trotz Ihres großen Erfolgs als Mynona noch Zeit für mich haben. Für meine Produkte.«

»Für Sie immer, Herr Troplowitz. Nur für Sie.« Irma lächelte charmant.

Gerda freute sich wie ein Kind. Es fühlte sich auf einmal an, als säße sie mit Freundinnen zusammen. Plötzlich fiel ihr etwas ein, sie musste lachen.

»Was ist denn so komisch, meine Liebe?« Oscar legte den Kopf schief.

»Entschuldigung, ich dachte nur gerade ...« Sie kicherte. Die verständnislosen Mienen machten es nicht besser. »Ich dachte, vielleicht überlegen wir uns auch hübsche Produkte für Tiere.« Jetzt guckten alle wirklich drollig aus der Wäsche. Gerda beherrschte sich für eine Sekunde. »Produkte für Speisen und Matzen«, brachte sie endlich heraus. Toni und Irma brüllten geradezu los. Frau Köhler riss die Tür auf, blickte zu Oscar. Der zuckte hilflos mit den Achseln, und die Köhler zog sich wieder zurück.

»Frauen sind im Privatleben ganz anders als Männer. Das war mir bewusst. Dass ihr aber auch im Geschäftsleben so seid ...« Weiter kam er nicht, denn es war schon wieder um die drei geschehen. »Charmant«, stellte er belustigt fest, »das kann dem Unternehmen nur guttun.«

Das Jahr ging ins Land. Gerda hatte sich noch nichts grundlegend Neues überlegt, was Oscar herstellen sollte. Im Grunde war das auch gar nicht nötig, denn er hatte im Lauf ihrer Ehe bereits alle Beschwerden aufgegriffen, über die sie je geklagt hatte. Nur war er eher selten zu Ergebnissen gekommen, die sie als ausgereift und perfekt empfand. Beiersdorf stand für Qualität, und zusammen mit Dr. Unna forschte und entwickelte Oscar unermüdlich neue Rezepturen. Doch die Sicht einer von trockener Haut oder zu engen Schuhen geplagten Frau fehlte dabei. Gerda verstand sehr gut, warum Oscar Irma, Toni und sie gebeten hatte, ihn in diesem Punkt zu unterstützen, nur hatte er wohl auf ganz neue Impulse gehofft, während die drei eher hier und da Verbesserungen anregten. Die Hühneraugenringe waren noch zu dick, die Lippenpomade in den Zinndosen teilte das Schicksal mit der Gesichtscreme, deren Inhaltsstoffe einfach keine dauerhafte Verbindung eingehen wollten. Trotzdem war Gerda davon überzeugt, Oscars Hoffnungen zu erfüllen, die er in die drei Frauen steckte, und sie hatte viel Freude an den Zusammentreffen. Konnten drei Menschen verschiedener sein?

Irma hatte sich verändert, sie wirkte längst nicht mehr so fahrig, wie Gerda sie einst kennengelernt hatte. Sie hatte noch immer viel für Champagner, Wein und Cognac übrig, benahm sich allerdings selbst nach reichlichem Genuss weniger unangenehm. Auch ihre sarkastische Ader war nicht etwa verschwunden, doch Gerda hatte den Eindruck, dass sie der Welt gegenüber weniger feindselig war, seit sie sich mit Haut und Haaren in ihren Ehemann verliebt hatte. Toni war ein Goldstück. Sie konnte auch eine ziemliche Kratzbürste sein, aber nur, wenn irgendwo eine Ungerechtigkeit zu bekämpfen war. Sie wollte manchmal mit dem Kopf durch die Wand, hatte ein großes Herz und ein gutes Gespür für Menschen. Ihre eigene Rolle in dem ungleichen Trio sah Gerda in ihrer unerschütterlichen Ausgeglichenheit. Während die anderen beiden von ihren Stimmungen und Gefühlen umgerissen werden konnten, ruhte Gerda in sich und trotzte den Stürmen des Lebens. Solange nur Oscar an ihrer Seite war. Der sprühte vor neuer Energie, seit deutlich war, dass Tonis Auftritt im Rathaus langfristig zu einer Veränderung geführt hatte. Erst war er noch ein wenig verhalten gewesen, das war Gerda nicht entgangen. Doch mit jedem Tag, mit jeder neuen Bestellung oder den Empfehlungsschreiben – einige biederten sich geradezu an – atmete er mehr auf und stürzte sich in seine Arbeit. Er war wieder ganz der Alte, stets auf der Suche nach neuen Ideen und aktuellen Entdeckungen.

So saß er auch an diesem Abend in seinem Ohrensessel, die *Berichte der deutschen chemischen Gesellschaft* auf den Knien.

»Donnerwetter!« Sein Oberkörper schnellte vor, Oscar war auf einen Schlag mit jeder Faser angespannt. »Isaac Lifschütz hat Eucerit aus Wollfett isoliert!« Gerda sah ihn an und wartete. Was mochte daran so aufregend sein? »Er hat sich das Verfahren patentieren lassen. Natürlich, das hätte jeder getan. Dieser Glückspilz, dass ihm das gelungen ist. Wenn er es klug anstellt, kann er ein Vermögen machen.«

»Was ist so besonders an diesem Eucerit?«

Oscar bekam einen geradezu träumerischen Blick. »Es ist ein Emulgator. Wie ein Kuppler, dem es gelingt, Werner Hagen und Antonia Peters zu einem glücklichen Paar zu verbinden.« Er lachte laut auf. Gerda musste ihn wohl sehr verständnislos angesehen haben. »Schlechtes Beispiel«, sagte er. »Ein Emulgator sorgt dafür, dass sich zwei Stoffe verbinden, die sich eigentlich nicht verbinden lassen. Wasser und Öl etwa.«

»Für immer? Ich meine, die beiden Stoffe trennen sich nicht nach geraumer Zeit wieder?« Dann könnte es endlich eine Hautcreme geben, die ihre Konsistenz behielt. Das wäre zu schön, um daran glauben zu können.

»Das muss sich noch zeigen, es spricht aber einiges dafür.« Er blickte wieder auf seine Zeitung. »Ich habe schon viel von Lifschütz gehört, scheint ein guter Mann zu sein.«

»Erstaunlich, dass du ihn dann noch nicht nach Hamburg geholt hast.« Sie lächelte.

»Ein verlockender Gedanke, in der Tat. Allerdings hat er ein eigenes Unternehmen und hält obendrein mehr als dieses eine Patent. Was sollte ihn dazu bringen, seine Unabhängigkeit aufzugeben, um für mich tätig zu werden?« Oscar dachte insgeheim jedoch bereits darüber nach, womit er Lifschütz dazu bringen konnte, zu Beiersdorf zu kommen, dessen war sie sicher. »Denk nur, Mutzl, mit ihm zusammen kann ich dir vielleicht endlich eine Creme für deine zarte Haut entwickeln, die sich nicht in ihre Einzelteile aufspaltet, wenn es warm ist.«

»Das wäre wunderbar. Aber ich dachte, du willst noch dein Zinkoxyd-Kautschukpflaster perfektionieren.«

»So ist es auch.«

»Seit Jahren arbeitest du daran. Sagtest du nicht kürzlich, du hast das Gefühl, bald am Ziel zu sein?«

»Das stimmt. Nur ist bald ein relativer Begriff.«

»Der sich immer weiter ausdehnt, je mehr Aufgaben du parallel zu bewältigen versuchst, habe ich recht?«

»Wie immer.« Er warf ihr eine Kusshand zu und lächelte. Sie wusste, dass er ihr im nächsten Moment erklären würde, warum es dennoch richtig war, alles gleichzeitig zu tun. »Andererseits könnte das einzelne Produkt zwar möglicherweise früher fertig werden, wenn ich mich vollständig darauf konzentrieren würde, aber eine Garantie dafür gibt es nicht. Bei mehreren Produkten, die ich in der Mangel habe, verzögert sich für jedes einzelne zwar die Entwicklungsdauer, insgesamt gibt es mir jedoch die Chance, meiner Kundschaft einen Knüller nach dem anderen zu präsentieren.« Gerda wollte etwas einwenden, aber Oscar war nicht zu bremsen. »Meine Lippensalbe beispielsweise ist gut, aber auch noch nicht ausgereift. Vor allem die Zinndosen gefallen mir noch nicht recht.«

»Ich finde den verschiebbaren Boden ziemlich praktisch.«

»Die Handhabung könnte noch einfacher sein. Nicht jede Frau hat Geschick wie du. Zarte Damenhände brauchen eine zarte Verpackung, an der man sich keinen Nagel abbrechen kann.« Er machte eine Pause. »Für die Pflaster will ich französische Cretonne verwenden. Das ist ein sehr stabiles Gewebe.«

»Ich weiß, ich habe es mir für Vorhänge angesehen. Ist das nicht etwas sehr schwer und … sperrig?«

»Hm, womöglich. Ich brauche einfach das perfekte Material.« Er lächelte sie an. »Und die perfekte Creme für meine perfekte Frau. Warum nicht alles auf einmal?«

Wenn Gerda ihren Mann auch noch so gut verstand und sicher war, dass er wusste, was für das Geschäft das Beste war, wurde sie allmählich doch ein wenig unruhig. Ein Knüller nach dem anderen. Schön wär's. Selbst ein einziger ließ auf sich warten. Es ging dem Unternehmen gut, die Einnahmen stiegen kontinuierlich. Die Ausgaben allerdings auch.

»Über einundzwanzigtausend Mark gehen allein auf das Reklamekonto«, verriet Gerda Toni an einem milden Frühlingstag. Eigentlich hatten sie sich wieder zu dritt treffen wollen, um ein letztes Mal Einfälle und Neuigkeiten auszutauschen, ehe Gerda und Oscar auf Reisen gingen. Irma hatte kurzfristig abgesagt. Sie müsse malen, hatte sie ausrichten lassen. Es kam nicht oft vor, doch wenn sie eine Eingebung hatte, wie sie es nannte, dann blieb alles andere stehen und liegen und sie war durch nichts auf der Welt von ihrer Leinwand fortzubringen.

»Einundzwanzigtausend?« Tonis Augen wurden immer größer. Sie saßen auf der kleinen Terrasse, die von mannshohem Kirschlorbeer vor den Blicken von der Straße geschützt war.

»Eine ziemlich große Summe«, meinte Gerda.

»Eine unvorstellbare Summe«, fand Toni. »So viel Geld werd ich mein Lebtag nicht verdient haben. Na ja, aber 'n paar Jahre dauert das schon.«

»Es gibt noch immer einige, die ein Budget für Reklame als komplett unnötig erachten. Ich bin sicher, mein Oscar hat den richtigen Riecher. Ganz Hamburg ist wegen der riesigen Plakate auf das Cito-Klebeband aufmerksam geworden.«

»Das kannst du laut sagen, das war eine Attraktion.«

»Qualität allein genügt nicht, die haben andere auch. Man muss den Leuten erzählen, welche Vorteile ein Produkt hat.«

»Und das macht man am besten, indem man deren Gefühle anspricht. Die müssen genau das haben wollen.« Toni war genauso überzeugt wie Gerda, das merkte man deutlich. »Ist trotzdem bannig viel Geld, um den Leuten was schmackhaft zu machen. Ich mein, die Summe musst du erst mal wieder verdienen.«

»Das ist es, was mir Sorgen macht, Toni. Andere sparen sich diesen Betrag und können ihre Ware entsprechend günstiger anbieten als mein Mann. Ich weiß einfach nicht, ob er nicht zu viel riskiert.« Sie seufzte. »Die hohen Kosten für Reklame sind es nicht allein, im gleichen Atemzug wächst das Unternehmen in einem Tempo, dass mir manchmal ganz schwindelig wird. Oscar hat die Größe seiner Fabrik in wenigen Jahren vervierfacht, das gilt auch für die Zahl seiner Mitarbeiter. Versteh mich nicht falsch, Toni, ich bin froh, dass er so vielen Menschen Arbeit gibt. Sie sind bei ihm gut aufgehoben, und er braucht sie auch, weil er dauernd die Produktion erhöht.«

»Nur dass er gleichzeitig die Arbeitszeit senkt«, führte Toni ihre Gedanken fort. »Ist mehr als anständig von ihm. Statt sechsundfünfzig nur noch zweiundfünfzig Stunden in der Woche.« Sie rieb sich die Nasenspitze. »Das ist für die Belegschaft ein Geschenk. Bloß kostet das natürlich auch wieder Geld, weil er mehr Leute braucht, um die gleiche Menge Arbeit zu schaffen.«

»Als wäre das nicht alles genug, hat er außerdem die Fabrik elektrifizieren lassen. Ein eigener Stromgenerator ist bestimmt kein Schnickschnack«, sagte Gerda nachdenklich. »In Zukunft werden sich alle einen installieren lassen, denke ich. Wenn das alles nur nicht so schrecklich teuer wäre.«

»Mensch, Gerda, dein Mann ist 'n mutiger Unternehmer, aber doch kein Draufgänger. Der riskiert schon nicht zu viel.«

Rosa brachte Kaffee und einen Teller Petits Fours. Wie auf ein geheimes Stichwort verstummten die beiden. Toni würde sich eher die Zunge abschneiden lassen, ehe sie etwas von dem weitertratschte, was Gerda ihr anvertraute. Das konnte man von Rosa nicht mit Sicherheit behaupten.

»Danke, Rosa«, sagte Gerda und wartete. Nachdem ihre Haushälterin nach drinnen verschwunden war, knüpfte sie sofort an: »Gewiss nicht, nur liegt es nicht immer in seiner Hand. Oscar hat Unsummen in die Entwicklung seines weißen Pflasters und in die Maschinen gesteckt. Drei verschiedene Geräte nur für Pflaster! Eins zum Aufwickeln, eins zum Schneiden und zum Perforieren. Liebe Zeit, ich möchte gar nicht wissen, wie viel er dafür ausgegeben hat.«

»Ganz sicher wird er mit seinem Leukoplast auch viel einnehmen.«

»Das hat er bei seinem Cito-Band auch gedacht. Und jetzt? Technische Klebebänder werden einfach nicht benötigt.«

»Kann ich mir nicht vorstellen. Irgendetwas zu reparieren hat man doch immer. Überleg mal, wie viele Anwendungsmöglichkeiten Irma damals für das Plakat eingefallen sind. Und die ist nun sicher keine handwerkliche Leuchte.«

»Vielleicht ist die Zeit einfach noch nicht reif dafür. Sagt Oscar.«

»Für Leukoplast ganz sicher.« Toni biss in eins der kleinen Gebäckkunstwerke. »Die sind himmlisch!«, stöhnte sie mit vollem Mund. Wie unbefangen sie inzwischen mit Gerda umging, nachdem sie sich zunächst sogar gescheut hatte, sie zu duzen und mit Vornamen anzusprechen. »Ich verstehe das nicht«, sagte sie, »ich dachte, Leukoplast wäre jetzt endlich perfekt.«

»Fast. Oscar sagt, er ist nur noch einen Hauch von dem Produkt entfernt, das zum absoluten Kassenschlager werden könnte. Er spürt das.« Sie angelte sich ein Petit Four von der Platte. »Nur das Trägermaterial passt noch nicht hundertprozentig. Er findet einfach nicht den idealen Stoff.«

»Hat er sich nicht für Cretonne entschieden?«

»Das ist viel zu derb, das habe ich ihm gleich gesagt.«

»Ja, das war keine Überraschung. Ich hätte von Anfang an Segeltuch genommen.«

»Segeltuch?«

»Ja, es hat die richtigen Eigenschaften. Schön dehnbar und reißfest. Und Feuchtigkeit geht auch nicht gleich durch.«

»Hast du ihm das gesagt? Vom Segeln versteht er nichts. Du etwa?«

Toni lachte. »Nee, bestimmt nicht. Das ist nichts für unsereins. Segelvereine sind nur etwas für bestimmte Leute mit Geld.« Sie erschrak. »War nicht böse gemeint. Es gibt so Pfeffersäcke, die nix anderes zu tun haben. Also, ich wollte nix gegen Menschen sagen, die reich sind. Ihr seid ja auch …«

»Ist schon gut, Toni, ich weiß genau, was du meinst. Mir gefallen die jungen Kerle auch nicht, die in schicken weißen Hosen und Hemden auf ihren Segelbooten hocken, jungen Damen die Köpfe verdrehen und das Geld ihrer alten Herren durchbringen.«

»Ja, genau die meinte ich!«

»Segeltuch also. Wie kommst du darauf?«

»Richard hatte einen Freund, der Schiffe ausgestattet und Segel gemacht hat. Na ja und weil ich doch mal beim Kleiderkönig Baumann gearbeitet habe, interessiere ich mich ein bisschen für Stoff. Ich wollte wissen, wieso einige sich immer zusammenkräuseln, egal wie sorgfältig du nähst, und andere so robust und gut zu verarbeiten sind.«

»Die Erfindung eines lange haltbaren Pflasters mit all seinen nützlichen Eigenschaften käme wahrhaftig gerade recht.« Gerda beobachtete die erste Hummel des Jahres, die brummend zwischen den Blüten einer Weide hin und her flog.

»Du kannst ihm das ja sagen mit dem Segeltuch. Ich versteh natürlich nix davon, aber ein blindes Huhn findet auch mal ein Korn.«

»Ach, Toni, du bist ein Schatz. Ich werde es ihm sagen, darauf kannst du dich verlassen. So gut ich meinen Mann auch kenne, ich habe allerdings keine Ahnung, was er tun wird. Wir wollen doch nach Frankreich reisen. Er hat alles gründlich geplant und freut sich schon seit Wochen. Natürlich hat er auch Verabredungen mit Abnehmern. Es ist nicht so einfach, alles wieder umzuwerfen. Vorher bleibt ihm aber nicht genug Zeit, um mit diesem Segeltuch zu experimentieren. Und nach unserer Rückkehr sind es nur noch wenige Tage bis zu seiner großen Präsentation. Was wird nur, wenn er an der Produktion mit Cretonne festhält, sie aber nicht den Durchbruch bringt?« Gerda schüttelte den Kopf. »Wir können unmöglich fahren. Ich muss ihn davon überzeugen, sich um das Tuch zu kümmern.«

»Von wegen, das lass mal schön bleiben. Der Herr Direktor muss auch mal Ferien haben. Was hast du gewonnen, wenn er nun wieder drauf verzichtet, weiter schuftet und irgendwann lang hinschlägt? Nee, ihr fahrt schön nach Frankreich, um das Segeltuch kümmern Hermann und ich uns.«

30
Toni

Gut gebrüllt, Löwe. Da hatte Toni den Mund mal wieder sehr weit aufgerissen. Hermann war zwar seit einigen Wochen in Hamburg und hatte bis zur Präsentation auch keine Verpflichtungen im Ausland mehr, bloß war es zwischen ihnen noch immer ein büschen frostig. Sie grüßten sich, wenn sie sich sahen, manchmal schnackten sie auch kurz. Wie geht's? Viel zu tun? Was man eben so sagte unter Menschen, die auf dem gleichen Gelände arbeiteten. Zuerst hatte ihr das bannig leid getan. Anfangs waren sie auch noch höchst seltsam miteinander umgegangen, als wären sie rohe Eier, die bei jedem falschen Wort zu Bruch gehen könnten. Mit der Zeit war Tonis Gefühl immer mehr verschwunden. Genau wie damals, nachdem Hagen sie in diesem kleinen Lagerraum an die Wand gedonnert hatte. Die Angst machte sich still und leise aus dem Staub. Das Gefühl für Hermann auch. Irgendwann hatten sie wohl beide vergessen, wieso sie einander eigentlich so übervorsichtig behandelten. Ihr Umgang hatte sich einigermaßen normalisiert. Bloß wollte Toni nun etwas von ihm. Genau genommen, hatte sie in ihrem und seinem Namen eine ziemlich wichtige Aufgabe übernommen. Gerda hatte ihren Mann erst ganz kurz vor der Abreise eingeweiht. Erst war er nicht sonderlich begeistert gewesen, aber dann hatte er gemeint, er könne nur gewinnen. Solange die Produktion mit Cretonne nicht darunter leiden würde, sollten sie nur experimentieren. Prokurist Krause würde schon wissen, was er verantworten konnte. Also war er mit seiner Frau nach Frankreich aufgebrochen.

Gleich am ersten Tag nach der Abreise stellte Hermann Toni zur Rede: »Findest du nicht, du hättest mich fragen müssen, bevor du mir zusätzliche Arbeit auflädst?« Hatte er da etwa schon ein graues Haar? Nicht nur eins, immer mehr entdeckte sie. Stand ihm gut. »Hörst du mir zu, Toni?«

»Ja, entschuldige. Gerda … Ich meine, Frau Troplowitz war so traurig, das konnte einem wirklich das Herz brechen. Die beiden wären um ein Haar hiergeblieben, damit sich der Herr Direktor selbst um die Versuche mit dem Segeltuch kümmern kann.« Das war zwar geflunkert, aber nur ein bisschen. »Nun stell dir mal vor, das wär so gekommen, und die Proben wären nix gewesen, dann hätte er bei seinem sperrigen Cretonne bleiben müssen, aber keine Erholung mehr vor der wichtigen Präsentation gehabt. Und die Termine mit den französischen Kunden wären auch ins Wasser gefallen. Hättest du das gewollt?« Sie wusste, dass er darauf nur eine Antwort haben konnte.

»Natürlich nicht.« Er senkte den Blick und ließ den Kopf beinahe hängen.

»Tut mir leid, dass ich dich nicht gefragt hab. Das musste alles so schnell gehen.«

Er blickte auf. »Segeltuch also. Hast du welches besorgt?« Sie gingen in den Lagerraum, an den sie keine guten Erinnerungen hatte. Hermann sah sich den Stoff lange an, betastete ihn, zog ihn auseinander. »Gute Qualität. Wie viel haben wir?«

»Genug, um hundert Pakete Pflaster herzustellen, sagt Herr Troplowitz.«

»Noch wissen wir nicht, ob sich das Material überhaupt eignet«, gab er zu bedenken. »Wenn sich deine Idee aber doch als brauchbar erweisen sollte, kriegen wir dann schnell Nachschub?«

Toni nickte eifrig. »Der Lieferant wartet nur auf unsere Bestellung.«

»Na schön, dann gucken wir mal, was dein Segeltuch kann.«

Tonis Herz schlug wie verrückt. Endlich tat sie das, was sie schon mit Richard so geliebt hatte: ausprobieren und hoffen. Diese Spannung war etwas ganz Eigenes und riss Toni förmlich mit sich. Hermann zeigte ihr, wie man das Tuch in die Streichmaschine einspannte, wo dann die erwärmte Pflastermasse automatisch aufgetragen wurde. Die so angefertigten Bahnen mussten abkühlen und trocknen, ehe sie in der Schneidemaschine auf die richtige Größe gebracht und im letzten Schritt perforiert werden konnten. Mensch, das dauerte alles länger, als sie sich vorgestellt hatte. Aber dann war der große Moment da, die ersten fertigen Pflaster lagen vor ihr.

»Die sehen so schön aus!«, rief sie begeistert. Am liebsten wäre sie Hermann um den Hals gefallen, weil sie gar nicht wusste, wohin mit ihrer Freude.

»Das allein nützt nur nichts.« So ein Spielverderber! Das wusste sie selbst, trotzdem konnte man sich doch schon mal 'n büschen freuen. »Auf den ersten Blick sehen sie wirklich ganz ordentlich aus.« Er nahm ein Exemplar zur Hand, zog die Schutzstreifen ab, hielt es gegen das Licht, klebte es auf seinen Unterarm und strich darüber. »Allerbest!« Toni strahlte. »Bisher«, sagte er, konnte sich ein Lächeln aber nicht verkneifen. »Wenn das auch übermorgen noch so gut hält, beim Waschen nicht abfällt, sich auflöst oder unansehnlich wird, muss es nur noch leicht abzukriegen sein, und keine Pusteln hinterlassen. Dann können wir loslegen.«

Toni konnte es kaum abwarten. Jeden Tag fragte sie Hermann, wie sich das erste Muster machte.

»Es klebt, wie du siehst. Mehr kann ich auch heute nicht sagen.« War er denn kein bisschen gespannt? Er machte es ihr wirklich nicht gerade leicht. Am Montag hatten sie das Pflaster hergestellt, am Freitag kam er endlich in das kleine Kontor, eigentlich mehr ein Vorraum vor der Abteilung der Buchhalter, in dem sie ihren Platz hatte.

»Sieh dir das an!« Hermann präsentierte ihr den entblößten Unterarm. Da war nichts mehr.

»Es ist doch nicht abgefallen?«

»Nein, ich habe es abgelöst. Ging ganz einfach, hat nicht wehgetan, und wie du siehst: kein Ausschlag, nicht einmal die kleinste Rötung.«

»Dann funktioniert es?« Sie sprang auf.

»Na ja, dass es gut geklebt hat, sich trotzdem leicht abziehen ließ, all das hat mit dem Segeltuch natürlich nichts zu tun. Das hatte Herr Troplowitz ja alles schon ausgetüftelt.« Es folgte eine lange Kunstpause, die Toni fast wahnsinnig machte. »Allerdings scheint mir dieses Tuch gut zu den anderen Zutaten zu passen. Wir sollten produzieren.«

»O Hermann, das ist … Ich freu mich so!«

»Kompliment, war ein sehr guter Einfall«, lobte er sie und lächelte so nett wie früher einmal.

»Danke!«

»Nichts zu danken, darauf bist du ganz allein gekommen.«

»Danke, dass du mir geholfen hast, obwohl ich dich nicht vorher gefragt habe. Danke, dass du das Experiment durchgeführt hast. Ich hätte ja nicht mal gewusst, wie ich diese unheimlichen lauten Maschinen bedienen sollte.«

»So unheimlich sind die gar nicht, hast du jetzt ja gesehen. Laut sind sie allerdings wirklich.« Er verzog leidend das Gesicht, sie musste lachen.

»Darf ich dich zum Essen einladen? Als Dankeschön«, setzte sie eilig hinzu. »Muss ja nicht das Lokal in der Niedernstraße sein. Ich weiß nicht mal, ob es das noch gibt.«

»Das Bauernfrühstück war erstklassig. Der Abend war überhaupt sehr schön.«

Sie blickte auf und sah ihm direkt in die Augen. Mensch, dieses Kitzeln im Bauch hatte sie aber lange nicht mehr gehabt.

»Erst die Arbeit, dann das Vergnügen«, sagte er streng. »Wenn die ersten hundert Packungen fertig sind und der Qualitätskontrolle auch standhalten können, dann darfst du.«

Sie fingen also wieder von vorne an. Segeltuch in die Streichmaschine einspannen. Nur musste dieses Mal eine viel größere Menge Stoff verarbeitet werden. Der Vorgang dauerte entsprechend länger. Immer wieder musste Masse nachgefüllt und eine neue Bahn eingelegt werden. In der Zeit trockneten die ersten Meter zwar schon, trotzdem hätte Toni nicht gedacht, dass sie so viele Tage beschäftigt sein würden. Hermann hatte ihr aufgetragen, nach jedem Produktionsschritt zu überprüfen, ob alles aussah, wie es aussehen sollte. Das tat sie mit Feuereifer. Es durfte einfach nichts schiefgehen. Aber was sollte denn passieren? Die Handgriffe waren die gleichen, die sie bei ihrem Versuch gemacht hatten. Solange die Maschinen ratterten, musste sie sich keine Sorgen machen. Um die Pflastermasse, das Herz des Produkts, kümmerte Hermann sich selbst, damit die Zusammensetzung stimmte.

Nur noch eine knappe Woche, bis Gerda und ihr Mann zurückkamen. Sie würden Augen machen! Toni freute sich schon sehr darauf. Hermann war viel unterwegs. Er hatte etwas von einem Lieferanten und Zinkoxyd gesagt und die Fabrik verlassen. Auch am Tag drauf war er nur kurz da.

»Wie sieht es aus, Toni, keine Probleme bei der Produktion?«

»Nein, alles bestens.«

»Gott sei Dank! Dann fahre ich wieder raus nach Harburg. Dr. Unna begleitet mich. Vielleicht kann er mit einer chemischen Untersuchung feststellen, wieso das Pulver sich anders verhält als sonst«, sagte er mehr zu sich selbst und war auch schon weg.

So ganz wohl war Toni nicht in ihrer Haut, allein für die Produktion eines neuen Pflasters verantwortlich zu sein, aber stolz war sie, dass Hermann ihr diese Verantwortung übergab. Ohne Pause lief sie von einer Maschine zur anderen, sah sich immer wieder die verschiedenen Stadien an. Als Feierabend war, knurrte ihr schrecklich der Magen. Sie hatte ganz vergessen zu essen. Hatte sich aber gelohnt. Nur noch ein paar Meter Stoff, dann waren sie fertig. Die ersten Stapel komplett abgepackter Pflaster standen schon auf dem Tisch. Wie schön das aussah.

»Na, kannst du dich gar nicht von dem Anblick trennen?« Toni fuhr herum.

»Hermann! Mensch, hab ich mich verjagt.«

»Entschuldigung, ich wollte dich nicht erschrecken.« Er sah müde aus. »Wenn ich das richtig sehe, können wir morgen fertig werden, was? Pünktlich vor der Rückkehr von Herrn Troplowitz.« Er öffnete eine Packung, nahm ein Pflaster heraus, drehte es und betrachtete es von beiden Seiten. »Das war ein langer Tag, ich habe noch nicht mal etwas gegessen«, sagte er, während er prüfte, ob sich die Schutzstreifen leicht fassen ließen.

»Ich auch nicht.« Toni wollte gerade vorschlagen, dass sie ihre Einladung doch schon heute Abend wahrmachen könnte, da sah sie, wie sich seine Miene verfinsterte. »Stimmt was nicht?« Er fuhr mit den Fingerspitzen immer wieder über die Oberseite, dann über die Unterseite. Sein Gesicht veränderte sich immer mehr und wurde schließlich zu einer Maske, die einem Angst machen konnte.

»Ist dir das nicht aufgefallen?«

»Was denn?« Sie hatte keine Ahnung, wovon er sprach. Es war doch alles in Ordnung, sie hatte sich immer wieder davon überzeugt.

»Ganz rau.« Er fing an, mit dem Fingernagel an der Unterseite zu kratzen. Toni musste mit ansehen, wie innerhalb kürzester Zeit immer mehr Fasern sich lösten und abstanden. Er sah sie an, enttäuscht, wütend und ziemlich verzweifelt. »Das können wir nicht verkaufen.«

»Ich weiß gar nicht, wie das passieren konnte«, stotterte sie. »Bestimmt ein Materialfehler. Kann doch sein.«

Er riss schon das nächste Päckchen auf. »Kann sein. Leider glaube ich nicht dran.« Wieder fühlte er erst mit den Fingerspitzen und schob dann mit dem Nagel Faser für Faser auseinander. Dabei schüttelte er unaufhörlich mit dem Kopf. Es brauchte nicht viele Stichproben, bis sie wussten, dass alles umsonst gewesen war.

»Wie ist das nur möglich?« Toni war den Tränen nahe. »Wir haben alles genauso gemacht wie bei dem Test.«

»Warum hast du denn bloß nichts bemerkt?«, fragte er aufgebracht und lief auf und ab, als würde er im nächsten Augenblick explodieren.

»Ich weiß es nicht, Hermann, ich habe alles kontrolliert, das schwöre ich.« Der Kloß in ihrem Hals wuchs und wuchs. Bloß nicht losheulen.

Er packte ein Pflaster, rieb darauf herum. »Merkt man kaum«, brummte er leise. »Jedenfalls nicht, wenn man nicht Tag für Tag damit zu tun. Ist nicht dein Fehler.« Das war lieb von ihm, sonderlich getröstet fühlte sie sich trotzdem nicht. Das Kind lag im Brunnen, da biss die Maus keinen Faden ab. Was sollten sie denn jetzt machen?

»Wir müssen den Fehler finden, ihn abstellen und wieder loslegen. Am besten noch heute Nacht«, rief er plötzlich.

»Du kannst dich doch kaum noch auf den Beinen halten«, wandte sie halbherzig ein. Mann, sie wäre wirklich froh, wenn er die Sache in den Griff kriegen würde. So schnell wie möglich. Aber ein schlechtes Gewissen hatte sie eben auch.

»Ach was«, meinte er. »Meinst du, du könntest irgendwo etwas Essbares auftreiben? Du kannst mir hier sowieso nicht helfen.«

»Klar!« Sie wollte schon lossausen, blieb aber noch einmal stehen. »Danke, Hermann, dass du mich nicht im Stich lässt.«

»Ich mache das für Herrn Troplowitz und für Beiersdorf.« Er musste grinsen. »Und vielleicht ein ganz kleines bisschen für dich.«

Toni war heilfroh. Hermann bekam das hin, da war sie ganz sicher. Dann mussten sie zwar einiges wegschmeißen, konnten aber die Präsentation noch retten. Vielleicht konnte man die fehlerhafte Charge sogar noch verschenken, an ein Waisenhaus oder so. Toni wusste jetzt jedenfalls, dass sie die Aufregung in der Entwicklungsabteilung genossen hatte, dass die aber auf Dauer nix für sie war. Nee, das hielt man ja nicht aus. Das sollten Herr Troplowitz, Hermann und die anderen Herren Chemiker man schön allein machen.

Als sie mit zwei dick belegten Stullen für jeden zurück war, hatte Hermann den Fehler gefunden.

»Das ist seltsam«, murmelte er, während er ein riesiges Stück aus seinem Brot biss, »in der Perforiermaschine stecken zwei Metallhaken. Ich könnte schwören, dass die nicht dahin gehören. Also, entweder saßen die an einer anderen Stelle und sind runtergerutscht, oder die waren da vorher noch gar nicht.« Toni blieb ihr Bissen im Halse stecken. Sie musste husten. »Was ist denn los? Du bist ganz blass.«

»Werner Hagen hat schon mehrfach versucht, mir das Genick zu brechen. Gretel sagt zwar, dass ihm das ehrlich leid tut, und er hat auch versprochen, mich in Ruhe zu lassen, aber was ist, wenn das gelogen war?«

Hermann ließ sie nicht aus den Augen.

»Dass Hagen sich ein paar Dinge geleistet hat, die nicht in Ordnung waren, hat sich herumgesprochen. Ich bin überrascht, dass er weiter im Unternehmen ist«, sagte er kauend. Toni erzählte ihm knapp, was alles passiert war. Ein paar Einzelheiten ließ sie aus, sie wollte nicht petzen. Die Sache war schließlich geklärt und erledigt. Wenigstens hatte sie das bis zu diesem Abend gedacht.

»Was hat Gretel mit Werner Hagen zu schaffen?«, wollte er wissen, nachdem er ihr aufmerksam zugehört hatte.

»Das kann ich dir nicht sagen.« Mist, wieso hatte sie Gretel überhaupt erwähnt?

»Was soll das, Toni? Ich hole die Kohlen aus dem Feuer, du erzählst mir abenteuerliche Geschichten, dass ein Beiersdorf-Beamter unsere Produktion sabotiert haben könnte, aber dann hältst du den Mund? Vertraust du mir nicht?«

»Doch, natürlich. Es ist nur …«

Er sah sie lange an. »Nein, Toni, unter Vertrauen stelle ich mir etwas anderes vor. Unter Freundschaft auch.« Er stand auf, zögerte, dann nahm er seine Jacke.

»Wo willst du denn jetzt hin?« Wollte er nicht noch in der Nacht die neue Produktion starten? Sie konnten es sich nicht leisten, auch nur eine Stunde zu verlieren.

»Nach Hause in mein Bett! Du hast in den letzten Jahren keinen Wert auf meine Gesellschaft gelegt, nun musst du auch ohne sie auskommen. Vielleicht kennst du ja jemanden, der für dich die Metallhaken aus der Maschine fummelt. Oder vielleicht versuchst du es selbst?« Er ließ sie einfach stehen. Das konnte er doch nicht machen! Doch, er konnte.

Es dauerte lange, bis sich Toni von ihrem Schock erholt hatte. Keine Stunde zu verlieren. Sie kannte niemanden, den sie um zehn Uhr am Abend um Hilfe bitten konnte. Irma war handwerklich sicher nicht zu gebrauchen, und ihr Mann war Senator. Die hatten doch alle zwei linke Hände. Fast blind, weil sich diese dummen Tränen einfach nicht wegblinzeln ließen, marschierte sie zur Perforiermaschine. Immerhin wusste sie, dass hier der Fehler lag und wie er ungefähr aussah. Konnte doch nicht so schwer sein, zwei blöde kleine Haken aus dem Weg zu kriegen.

Es war sogar sehr schwer. Erst hatte es ewig gedauert, bis sie die Übeltäter überhaupt entdeckt hatte, dann hatte sie keinen Schimmer, wie sie an die Dinger herankommen sollte. Toni probierte es mit einem Bleistift und einer Zange. Sie wusste ja nicht einmal, wo das Werkzeug aufbewahrt wurde. Es war reines Glück, dass Hermann eine Zange liegen gelassen hatte. Bloß half ihr das auch nicht, weil sie die dämlichen Haken nicht zu fassen bekam. Gut, wenn sie die Mistviecher nicht entfernen konnte, würde sie sie unschädlich machen. Genau, einfach hochbiegen oder platt klopfen, so dass sie nicht mehr die Unterseiten des schönen Pflasters aufrauen konnten. Auch das war eine ziemliche Herausforderung. Das war aber auch alles eng. Nicht mal mit ihren schmalen Händen kam sie so richtig an die Stelle heran. Ihr Taschenmesser! Warum war sie nicht längst darauf gekommen? Das hatte sie eigentlich immer bei sich, um ein paar Beeren abzuschneiden, wenn sie irgendwo welche entdeckte. Oder für Kräuter. Oder natürlich mal für eine Scheibe Wurst bei einem Picknick. Damit müsste es gehen. Sie schob die Klinge in die Maschine, drückte. Diese Haken waren aber bannig fest. Nicht dass die am Ende doch noch für etwas gut waren. Sie setzte neu an, drückte kräftiger, rutschte ab.

»Au verdammt!« Blut quoll aus ihrem Daumen hervor.

»So wird das nichts. Man muss die Maschine auseinanderbauen.«

»Hermann!«

»Lass mich raten, ich habe dich schon wieder erschreckt.«

»Ja, hast du. Mann, bin ich froh!«

»Wieso, wirst du gerne erschreckt?« Klang immer noch ziemlich eingeschnappt. Aber er war da.

»Danke, dass du zurückgekommen bist.«

»Ich hatte befürchtet, dass du es allein versuchst und dir Körperteile abtrennst.«

»Ist nur ein Kratzer«, sagte sie kleinlaut und schob sich den blutenden Finger wieder in den Mund.

»Du brauchst ein Pflaster. Sind ja genug da.« Er holte einen Werkzeugkasten und machte sich daran, die Perforiermaschine in ihre Einzelteile zu zerlegen. »Wie ich dir vorhin schon gesagt habe. Es geht hier um die Firma und um Herrn Troplowitz. Für den tue ich alles.«

Für die Präsentation hatte Toni sich einiges einfallen lassen. Ein Kinderchor trat auf, es gab einen Drehorgelspieler mit einem Affen. Das Tier reichte den Gästen Muster der neuen Pflaster. Nicht allen

Besuchern, wie Toni feststellte. Offenbar suchte es sich sehr genau aus, wen es leiden mochte und wen nicht. Herr Troplowitz lobte sie überschwänglich. Natürlich hatte er gleich nach seiner Rückkehr erfahren, was losgewesen war.

»Das Segeltuch ist erstklassig, darauf kommt es an«, hatte Hermann seinen Bericht beendet. Darum gab es für den Herrn Direktor keinen Grund, sich sonderlich aufzuregen.

Toni war unendlich erleichtert. Je länger die schreckliche Nacht her war, in der Hermann die Maschine auseinandergenommen, die Metallhaken entfernt und alles wieder zusammengesetzt hatte, desto mehr redete sie sich ein, es sei einfach nur ein Unglück gewesen, bei dem niemand die Hand im Spiel hatte. Natürlich wusste sie es besser.

Dr. Unna lobte das neue Leukoplast vor den geladenen Gästen als Ideal eines Heftpflasters.

»Es hat eine große Zukunft vor sich, davon bin ich zutiefst überzeugt.«

Nicht nur er, sondern auch ein Reporter des Fachblatts *Berichte der deutschen chemischen Gesellschaft* war geradezu von den Socken.

»Der schreibt für gewöhnlich sehr kritisch über Oscars Produkte«, flüsterte Gerda Toni zu. »Hör ihn dir jetzt an! Er kommt aus dem Schwärmen gar nicht mehr heraus.«

Das war wirklich so. »Komplizierte Bandagen werden mit diesem Leukoplast unnötig«, sagte er gerade zu einem älteren Herrn mit Spitzbart. »Verbände können mühelos fixiert werden. Selbst für die Fixierung von Brüchen, auch von Nabelbrüchen, halte ich es für absolut tauglich. Und dann dieser feine Farbton. Auch im Bereich des Gesichts ist es mannigfaltig einsetzbar! Genau das werde ich schreiben.« Toni hatte Dierksen gleich bei seinem Eintreffen gesehen. Ihr war das Herz in die Hose gerutscht. Aber er war nun mal Apotheker. Herr Troplowitz hatte nicht vergessen, wie übel Dierksen ihm mitgespielt hatte, dennoch hatte er ihn ganz selbstverständlich auf die Gästeliste gesetzt.

»Ich will sein Verhalten nicht beschönigen, Fräulein Antonia. Verzeihen ist aber eine große Tugend, denke ich. Menschen sind nur sehr selten von Grund auf schlecht. Sie haben Gründe für ihr Tun. Ich glaube, er hat den Tod seiner Tochter einfach nicht überwunden und sucht nun bei aller Welt die Schuld dafür.«

»Mein Mann ist auch tot. Bei dem gleichen schrecklichen Unfall ums Leben gekommen. Trotzdem laufe ich nicht herum und erzähle Lügen oder schicke sogar jemanden los, der eine unschuldige Person erpresst.«

»Freuen Sie sich über Ihren anständigen Charakter und Ihre Stärke. Nicht jeder ist mit diesen Geschenken gesegnet.«

Immer wieder sah sie im Lauf des Nachmittags zu Dierksen herüber. Er nahm die Begeisterung seiner Berufskollegen und den Jubel der Kundschaft mit versteinerter Miene zur Kenntnis. Ihr fiel auf, dass sie ihn noch nie glücklich lächeln sehen hatte. Herr Troplowitz hatte wohl recht, der Mann konnte einem irgendwie leid tun.

Hermann musste immer wieder ein paar Fragen beantworten. Das tat er mit sichtlichem Vergnügen. Überhaupt sah er wieder sehr schick aus, nachdem er sich mal gründlich ausgeschlafen hatte. Eigentlich schade, dass zwischen ihnen nix entstanden war. Toni beobachtete ihn, wie er mal mit dem sprach, dann mit jenem und zwischendurch immer wieder zum Buffet mit den Häppchen eilte. Sie passten bestimmt nicht übel zusammen. Komisch, wie das Leben manchmal spielte. So einen richtigen Grund, warum sie auseinandergetrudelt sind, ehe sie sich überhaupt richtig nahe waren, gab's doch gar nicht. Plötzlich sah er zu ihr herüber. Er lächelte dieses scheue Lächeln, das sie so gut leiden konnte. Dann steuerte er auf sie zu.

»Die Plackerei bis zur letzten Sekunde hat sich gelohnt, was?«

»Kann man wohl sagen.«

»Ich wollte mich noch bei dir entschuldigen.« Sie holte Luft und wollte etwas erwidern. »Nee, lass mal. Ich hätte nicht so grob zu dir sein müssen. Es war einfach ein sehr langer Tag, mir sind fast die Augen zugefallen, ich hatte Hunger …«

»Das Schlimmste überhaupt.« Sie verdrehte die Augen, so ulkig sie konnte.

»Das ist kein Grund, dich anzuschnauzen und einfach im Stich zu lassen.«

»Das hast du nicht. Wirklich, Hermann, du brauchst dich nicht zu entschuldigen. Ich bin dir so dankbar, dass du zurückgekommen bist.« Er schob die Hände in die Hosentasche. »Übrigens, die Einladung zum Essen gilt. Wenn du magst.«

31
Gerda

Toni hatte Wort gehalten. Nicht zuletzt dank ihrer Hilfe war das erste selbstklebende Zinkoxyd-Kautschuk-Pflaster der Öffentlichkeit präsentiert worden, das nicht nur so sanft zur Haut war, dass selbst Gerda es problemlos verwenden konnte, sondern es war zusätzlich dazu geeignet, Wundauflagen zu fixieren. Sehr praktisch! Wie lange hatte Oscar probiert, hergestellt, Rezepturen verändert, immer wieder etwas verbessert. Schon manches Mal war er dicht dran gewesen, doch nie hatte das Ergebnis alle Erwartungen erfüllen können. Dieses Mal war es perfekt. Und Toni hatte einen Beitrag dazu geleistet. Gerda wollte sich so gerne bedanken. Deswegen schlug sie ihr einige Tage nach der gelungenen Präsentation einen Bummel über den Jungfernstieg vor.

»Wir kaufen uns etwas Schönes und lassen die Rechnung an Oscar schicken.«

»Ich habe doch nur meine Arbeit gemacht. Dafür bekomme ich meinen Lohn, einen sehr guten Lohn.« Typisch Toni, Gerda musste sich regelrecht anstrengen, um sie doch noch zu überzeugen. »Aber ich möchte auf keinen Fall zu Baumann. Ich habe keine gute Erinnerung an meine Zeit dort.«

»Kommt ja nicht in Frage. Der sogenannte Kleiderkönig ist ein Scheusal, der an mir sicher keinen Pfennig verdienen wird«, stellte Gerda kategorisch fest. »Außerdem ist nicht nur sein Laden unmodern, seine Ware ist es auch. Sie war es jedenfalls, als ich ein einziges Mal dort war.«

Glücklicherweise gab es andere hübsche Geschäfte, durch die Irma, Toni und Gerda streiften. Oscar hatte Toni einen Tag Sonderurlaub gegeben. Die Sonne schien und warf glitzernde Pünktchen auf das Wasser der Alster. Zum Baden war es noch zu kalt, aber viele waren mit Jollen und anderen Booten unterwegs. Dazwischen zogen die Schwäne ihre Kreise. Es war die perfekte Kulisse, fand Gerda. Sie beendeten ihren Bummel im Alsterpavillon und studierten die Karte.

»Ein Eisbecher mit Früchten und Sahne«, sagte Toni und stöhnte. »Das ist jetzt genau richtig.«

»Für mich nicht.« Irma verzog ein wenig abfällig das Gesicht.

»Lass mich raten, du entscheidest dich für Champagner«, neckte Gerda sie und ließ es absichtlich etwas vorwurfsvoll klingen.

»Reingefallen!« Irma triumphierte. »Ich nehme ein Stück Kirschkuchen mit Baiser und Sahne.« Gerda fing ihren kessen Blick auf. »Nun mach mal wieder den Mund zu, Gerda, sonst gibt's Durchzug.«

Gerda erzählte von Frankreich, Irma hatte einen Galeristen getroffen, den sie unglaublich komisch imitierte, doch sie kamen natürlich immer wieder auf Tonis mutige Rede im Rathaus und auf den Einfall mit dem Segeltuch zurück.

»Wir haben dir schon wieder so viel zu verdanken, Toni.«

»Nicht nur mir«, widersprach sie. »Hermann hat mich gerettet. Mich und natürlich das Leukoplast.«

»Was ist da eigentlich zwischen euch?« Irma bemühte sich nicht erst, ihre Neugier zu verbergen. »Man sieht dir drei Meilen gegen den Wind an, dass du verliebt in ihn bist.«

»So ein Tüünkram!«, wehrte Toni ab. Nicht sehr überzeugend, wie Gerda feststellte.

»Hermann ist ein guter Kerl«, schaltete sie sich ein. »Es wird höchste Zeit, dass er eine nette Frau findet. Ich könnte mir keine bessere für ihn vorstellen.«

»Bloß entscheidest du das nicht.« Klang so, als würde Toni das bedauern. Gerda konnte nicht nachfragen, denn Toni war schon wieder bei der in letzter Minute abgewendeten Katastrophe. »Hermann hat sich das Malheur angeguckt und dann die Maschine. Und da hat er zwei kleine Metallhaken entdeckt, die das Material so zugerichtet haben, dass man es einfach so mit dem Fingernagel aufpulen konnte. Bei den Mustern war noch alles bestens. Erst als wir in großer Menge fertige Pflaster zum Perforieren in die Maschine gelegt haben, ist der Fehler passiert.«

»Fehler ist gut. Die gesamte Produktion wäre unverkäuflich gewesen, wenn ich das richtig verstanden habe.« Irma schob sich ein Stück Kuchen mit einem großen Klacks Sahne in den Mund. Es war eine Freude, ihr zuzusehen. Alles an ihr konnte so leicht sein. Wenn es doch immer so wäre.

»Ganz genau«, stimmte Toni ihr zu. »Hermann meinte, die beiden Haken waren vorher nicht da. Er ist sich ziemlich sicher, dass jemand die ganze Maschine auseinandergebaut hat, um die überhaupt zu montieren.«

»Kann es sein, dass Werner Hagen doch noch in Dierksens Auftrag versucht, meinem Mann zu schaden?« Gerda hätte es gern gesehen, wenn Oscar den Mann entlassen hätte. Nun war er noch immer da. Ob er wieder etwas im Schilde führte?

»Nein.« Toni schüttelte vehement den Kopf. »Das dachte ich auch zuerst, aber er war gar nicht in Hamburg. Er war mit seiner Frau verreist«, erklärte sie. Gerda konnte in ihrem Gesicht lesen wie in einem Buch. Es passte Toni nicht, dass er den liebenden Ehemann spielte, während Gretel mit seinem Kind dasaß und sich außerdem um ihre Geschwister kümmern musste. »Dierksen hat ihn fallen lassen wie so 'ne heiße Pellkartoffel. Hagen hätte gar nichts mehr davon, uns eins auszuwischen.« Toni sah plötzlich ganz ängstlich aus. »Ich frag mich immer, wer das dann gewesen ist.«

»Ein Konstruktionsfehler ist absolut ausgeschlossen?« Irma sah von einer zur anderen.

»Hundertprozentig«, antwortete Toni ihr. »Wäre es anders, hätten schon die Muster einen mitgekriegt. Hermann sagt, die Haken waren ganz raffiniert angebracht, so dass man die nur schwer entdecken konnte. Jemand hat die Maschine manipuliert, ganz sicher.«

»Wer?«, fragten Irma und Gerda gleichzeitig.

»Wenn ich das nur wüsste.«

Gerda mochte sich nicht vorstellen, dass es wieder jemanden im Unternehmen gab, der finstere Pläne hatte. Wie eine Laus im Pelz. Sie schwiegen. Mit einem Mal fand Gerda sogar das Klirren von Tonis Löffel im Glas schrecklich laut.

»Kein Grund, sich Sorgen zu machen«, rief Irma übertrieben fröhlich. Sie wusste, dass beide sie durchschauten, aber sie wusste vermutlich auch, dass sowohl Toni als auch Gerda diese kleine Schauspielszene gerade gut gebrauchen konnten. »Selbst wenn noch immer jemand versucht, der Chemischen Fabrik Paul Beiersdorf – jetzt kommt das Wichtigste …« Sie machte eine Pause und versicherte sich der vollen Aufmerksamkeit, »… und Co. – Schaden zuzufügen, dann werden wir ihn finden und ihm das Handwerk legen.«

»Genau!« Toni schlug mit der flachen Hand auf den Tisch.

»Richtig.« Gerda sah die beiden an. »Niemand kann Oscar oder einer von uns etwas anhaben, solange wir drei zusammenhalten!«

Anmerkung & Nachwort

Irma und Toni sind Erfindungen, die für Künstlerinnen und Arbeiterinnen der Epoche stehen. Entsprechend hat es nie eine Irma gegeben, die für Beiersdorf Plakate gemalt oder Anzeigen gestaltet hat. Das haben andere getan, mit allerdings nicht weniger Aufsehen, weil die Haltung vieler Kaufleute zu Reklame zur beschriebenen Zeit so war, wie ich es geschildert habe. Ebenso hat auch keine Frau an der Entwicklung von Leukoplast oder anderem mitgewirkt, das waren Oscar Troplowitz, Dr. Unna und vielleicht weitere männliche Mitarbeiter. Zinkoxyd zu verwenden, ist Troplowitz selbst eingefallen. Und Leukoplast bestand vermutlich nie aus Segeltuch. Das Viskosegewebe heutiger Zeit gab es so damals aber noch nicht, daher habe ich Toni diese Idee in den Kopf gesetzt, die ja vielleicht eine Weile das Nonplusultra hätte gewesen sein können. Was die Entwicklung von Pflastern angeht, so habe ich mich gründlich informiert. Es war wirklich ein langer Weg, um ein aus heutiger Sicht vermeintlich einfaches Produkt zu erschaffen.

Dass Paul Carl Beiersdorf sich mit Gift das Leben genommen hat, ist wahr. Ob es Hamburger gab, die hinter vorgehaltener Hand Troplowitz eine Mitschuld gegeben haben, weiß ich nicht. Ich habe keinen Hinweis darauf gefunden. Der Hintergrund, der ihn zum Selbstmord trieb, ist dagegen richtig, auch Ort und Art stimmen.

Es stimmt ebenfalls, dass kurz nach Übernahme des Laboratoriums durch Oscar Troplowitz einer von zwei Kontorbeamten gekündigt hat, auch dass dieser bald darauf erneut eingestellt wurde, weil das Arbeitsaufkommen sich stark erhöht hatte. Um der Geschichte Dramatik zu verleihen, habe ich ihn zum Handlanger des Bösewichts im Buch gemacht. Die alleinige Übernahme des Geschäfts Beiersdorf durch Oscar Troplowitz hat bereits im Oktober 1890 stattgefunden.

Über Oscars Eltern weiß ich nicht besonders viel. Zwar liegen mir Bilder der beiden vor, doch über ihren Charakter und das Verhältnis zu ihrem Sohn kann ich nur mutmaßen.

Der Ablauf der Cholera-Epidemie 1892 in Hamburg ist historisch richtig geschildert. Es stimmt nicht, dass Oscar Troplowitz Robert Koch nach Hamburg holte, und vermutlich auch nicht, dass Gerdas Eltern den berühmten Infektionsforscher kannten. Aber: Das Herunterfahren des Bahn- und Schiffsverkehrs ist ebenso richtig wie die Abstandsregeln, das Verbot von Veranstaltungen, die Schulschließungen oder auch das Besuchsverbot Erkrankter, die tatsächlich nicht selten ohne Familie oder einen Freund an ihrer Seite verstorben sind. Menschen, die aus Hamburg in eine andere Stadt reisten, wurde Quarantäne verordnet, was oft schlicht bedeutete, dass man sie eingesperrt hat. Selbst nachdem Robert Koch den Cholera-Erreger identifiziert hatte, gab es weiter angesehene und ernst zu nehmende Wissenschaftler, die an eine andere Theorie glaubten. All diese Beschreibungen stammen von 1892 und nicht, wie man vielleicht denken könnte, aus dem Jahr 2020. Interessant fand ich, dass schon damals Menschen die Theorien verbreitet haben, die ihren Interessen am besten gedient haben. Sehr schade, dass wir so wenig aus der Zeit gelernt haben und wieder aufeinander losgehen, wenn unterschiedliche Meinungen zu einer möglichen Pandemie bestehen. Respekt sollte unsere Leitlinie im Umgang miteinander sein, und wir sollten einander zuhören. Umso mehr, wenn wir mit einem unbekannten Phänomen konfrontiert sind.

Eine kleine Übersicht der echten Beiersdorf-Geschichte – soweit

1890 Oscar Troplowitz kauft das Unternehmen Beiersdorf.

1891 Er führt Maschinen für die Herstellung ein und erhöht die Produktion.

1892 Bau der neuen Fabrik in Eimsbüttel; Reduzierungen der wöchentlichen Arbeitszeit bei vollem Lohnausgleich.

1896 Mit *Cito* entsteht das erste technische Klebeband, ein Vorläufer von Tesafilm.

1901 Leukoplast kommt auf den Markt.

Personenverzeichnis

(diejenigen, die real existiert haben, sind kursiv gedruckt):

Eckart Behn: jüngster Senator Hamburgs

***Julie de Boor*:** Künstlerin und Schwester von Hautarzt Dr. Unna

Dirk Dierksen: Hamburger Apotheker und Kaufinteressent für das Beiersdorfsche Labor

Werner Hagen: Kontorbeamter im Haus Beiersdorf

Gretel Hansen: junge Arbeiterin

Irmgard von Hohenlamburg (später Behn): Künstlerin

Therese Köhler: Vorzimmerdame von Oscar Troplowitz

Hermann Krause: Beiersdorf-Angestellter, der nach seinem Studium in die Firma zurückkehrt; stets mit großem Appetit gesegnet

Antonia Peters, genannt Toni: Witwe des ehemaligen Beiersdorf-Mitarbeiters Richard und später Angestellte von Oscar

***Fritz Schumacher*:** Stadtplaner und Architekt

***Gertrud Troplowitz*,** genannt Gerda: Apothekerstochter aus Posen und Oscars Ehefrau

***Oscar Troplowitz*:** Apotheker, der die Firma Beiersdorf übernimmt und deren Weichen für die Zukunft stellt

***Dr. Paul Gerson Unna*:** Berühmter Hamburger Hautarzt und Betreiber des Dermatologicums; enger Berater von Oscar Troplowitz

Glossar

Schlesische Begriffe:

Mutzl: typischer schlesischer Kosebegriff

pimplich: zimperlich / wehleidig

Hamburger Begriffe:

Bangbüx: Angsthase

bannig: doll, kräftig, anderes Wort für sehr

Höker: Händler, Verkäufer

Michel: umgangssprachlicher Name der Hauptkirche Sank Michaelis

Pfeffersack: teilweise ironisch, teilweise neidisch gemeinte Bezeichnung für einen sehr wohlhabenden Kaufmann

plietsch: schlau

Rundstück: Brötchen

schier: glatt, ordentlich, frei von Störendem

Schnute: Mund

Snoopgroschen: Ein Groschen zum Snoopern, zum Naschen also; Trinkgeld, kleiner Zuverdienst

töffelig: tollpatschig, ungeschickt

Tüünkram: Unsinn

Danksagung

Wenn ich den vorliegenden Text auch geschrieben habe, ist ein Roman doch immer ein Gemeinschaftswerk. Ich danke meiner Testleserin Birgit für ihre Rückmeldung zu den Figuren. Besonders danke ich meiner Lektorin Constanze Bichlmaier, die mich ertappt hat, wenn ich mich verrannt habe, und die jede umständliche Formulierung aufgespürt hat. Wenn man über einen langen Zeitraum so eng mit einem Text verbunden ist, fehlt die Distanz. Die ist aber nötig, um Ecken und Kanten zu entfernen, gegen die nicht einmal Oscar Troplowitz ein Pflaster hätte erfinden können.